JOHN GRISHAM

John Grisham est né en 1955 dans l'Arkansas, aux États-Unis. Il exerce pendant dix ans la profession d'avocat, tout en écrivant des thrillers à ses heures perdues. Il publie en 1989 son premier roman, *Non coupable*, mais c'est en 1991, avec *La Firme*, qu'il rencontre le succès. Depuis, *L'Affaire Pélican* (1992), *Le Couloir de la mort* (1994), *L'Idéaliste* (1995), *Le Maître du jeu* (1996) et *L'Associé* (1999) ont contribué à faire de lui la figure de proue du legal thriller. Mettant à profit son expérience du barreau, il dévoile les rouages du monde judiciaire, et aborde ainsi les problèmes de fond de la société américaine. Aux États-Unis, où il représente un véritable phénomène éditorial, la vente de ses livres se compte en millions d'exemplaires et ses droits d'adaptation font l'objet d'enchères faramineuses auprès des producteurs de cinéma (*La Firme*, *L'Affaire Pélican*). *L'Accusé*, dont les droits d'adaptation cinématographique ont été retenus par George Clooney, a paru aux éditions Robert Laffont en 2007. Il a également publié chez le même éditeur *La Revanche* (2008), *L'Infiltré* (2009), *Chroniques de Ford County* (2010), *La Confession* (2011), *Les Partenaires* (2012), *Le Manipulateur* (2013) et *Calico Joe* (2013).
Marié, père de deux enfants, John Grisham est l'un des auteurs les plus lus dans le monde.

Retrouvez toute l'actualité de John Grisham sur :
www.jgrisham.com

L'INFILTRÉ

DU MÊME AUTEUR
CHEZ POCKET

LE DROIT DE TUER
LA FIRME
L'AFFAIRE PÉLICAN
LE CLIENT
LE COULOIR DE LA MORT
L'IDÉALISTE
LE MAÎTRE DU JEU
L'ASSOCIÉ
LA LOI DU PLUS FAIBLE
LE TESTAMENT
L'ENGRENAGE
LA DERNIÈRE RÉCOLTE
L'HÉRITAGE
LA TRANSACTION
LE DERNIER JURÉ
LE CLANDESTIN
L'ACCUSÉ
LE CONTRAT
L'INFILTRÉ
LA CONFESSION
LES PARTENAIRES
LE MANIPULATEUR

LA REVANCHE
CHRONIQUES DE FORD COUNTY

THEODORE BOONE : ENFANT ET JUSTICIER
THEODORE BOONE : L'ENLÈVEMENT

JOHN GRISHAM

L'INFILTRÉ

Traduit de l'américain
par Johan-Frédérik Hel Guedj

ROBERT LAFFONT

Titre original :
THE ASSOCIATE

MIXTE
Papier issu de sources responsables
FSC® C003309

Pocket, une marque d'Univers Poche, est un éditeur qui s'engage pour la préservation de son environnement et qui utilise du papier fabriqué à partir de bois provenant de forêts gérées de manière responsable.

ISBN : 978-2-266-25439-7
(édition originale : Doubleday/Random House, Inc. New York)

À Steve Rubin, Suzanne Herz, John Pitts,
Alison Rich, Rebecca Holland, John Fontana,
et au reste de la bande, chez Doubleday.

1.

Les règles du championnat junior de New Haven exigeaient que chaque gamin joue au moins dix minutes par match. On avait le droit de faire des exceptions pour les joueurs qui avaient agacé leur entraîneur en manquant des entraînements ou en violant tel ou tel règlement. Dans ces cas-là, avant le match, un entraîneur pouvait déposer un rapport et informer l'arbitre que suite à une infraction, Untel ou Untel ne jouerait pas longtemps, ou même pas du tout. La fédération n'appréciait guère. En fin de compte, on était dans un contexte de sport de loisir plus que dans celui d'une véritable compétition.

Avec quatre minutes restant à jouer, le coach Kyle jeta un œil au bout du banc de touche, fit un signe de tête à un petit gars sombre et boudeur, un dénommé Marquis, et lui dit : « Tu veux entrer ? » Sans répondre, Marquis s'approcha de la table du marqueur et attendit le prochain coup de sifflet de l'arbitre. Il avait violé de nombreux règlements – sauté des entraînements, manqué l'école, aligné les mauvaises notes, perdu son uniforme, proféré des grossièretés. Au bout de dix semaines et quinze matches, Marquis avait enfreint à peu près la totalité des quelques règles que son coach s'était efforcé de lui inculquer. Kyle avait depuis longtemps compris que son joueur star violerait n'importe quelle nouvelle règle et, de fait, il avait taillé dans sa liste et résisté à la tentation d'en ajouter de nouvelles. Cela ne marchait pas. Essayer de maîtriser d'une main de velours dix gamins des quartiers chauds n'avait abouti qu'à reléguer les Red Knights à la dernière place de la division des douze ans et moins du championnat d'hiver.

Marquis n'avait que onze ans, mais c'était clairement le meilleur joueur sur le terrain. Il préférait tirer et marquer que passer et défendre et, dans les deux premières minutes, il avait foncé dans la raquette, droit sous le panier, en contournant, doublant, sautant plus haut que des joueurs bien plus grands que lui, et marqué six points. Sa moyenne était de quatorze, et si on l'autorisait à jouer plus d'une mi-temps, il était sans doute capable d'en marquer trente. Bref, le petit jeune pensait qu'il n'avait pas franchement besoin de s'entraîner.

Malgré ce one-man-show, le match n'était plus à leur portée. Kyle McAvoy était assis sur le banc ; en silence, il suivait l'action et attendait que la pendule tourne. Un match à jouer et la saison serait terminée, sa dernière d'entraîneur de basket. En deux ans, il en avait remporté une dizaine, perdu une vingtaine, et s'était demandé comment un individu sain d'esprit pouvait accepter de s'improviser entraîneur, de son plein gré, et à quelque niveau que ce soit. Il le faisait pour ces gamins, s'était-il répété un millier de fois, des gamins sans père, des gamins issus de familles à la dérive, des gosses privés de modèles masculins positifs. Et il y croyait encore, mais au bout de deux années de ce baby-sitting, à se disputer avec les parents (quand ils se donnaient la peine de se montrer), à se prendre le bec avec les autres entraîneurs qui n'étaient jamais en reste d'une tricherie, à tâcher d'ignorer les arbitres, des ados incapables de saisir la différence entre une faute d'obstruction et une faute offensive, il en avait marre. Il avait rempli sa mission de bénévole, dans cette ville en tout cas.

Il suivit le match, il rongea son frein, en poussant un cri de temps à autre, comme le voulait son rôle de coach. Il regarda autour de lui dans le gymnase vide, un vieil édifice en brique dans le centre de New Haven, qui abritait les rencontres du championnat junior depuis cinquante ans. Une poignée de parents étaient disséminés sur les gradins, tous en attente du coup de sirène annonçant la fin du temps réglementaire. Marquis marqua encore. Personne n'applaudit. Deux minutes à jouer, et les Red Knights accusaient douze points de retard.

À l'autre extrémité du terrain, juste sous l'ancien tableau d'affichage, un homme en costume sombre franchit la porte et s'adossa contre les gradins rétractables. Il était repérable, parce qu'il avait la peau blanche. Aucune des deux équipes ne comptait un seul joueur blanc. Et puis il se détachait du lot à cause de son costume, qui devait être noir ou bleu marine, avec une chemise blanche et une cravate bordeaux, le tout sous un trench qui annonçait une espèce d'agent ou de flic.

Par hasard, le regard du coach Kyle tomba pile sur cet homme à l'instant où il entrait dans le gymnase, et il se dit aussitôt que le type faisait tache, ici. Sans doute un quelconque inspecteur ou un agent des stupéfiants à la recherche d'un dealer. Ce ne serait pas la première arrestation, à l'intérieur du gymnase ou aux abords.

Après s'être adossé contre les gradins, l'agent, ou le flic, posa un long regard soupçonneux sur le banc des Red Knights, pour apparemment se fixer sur l'entraîneur, Kyle, qui lui rendit ce regard, l'espace d'une seconde, avant de se sentir mal à l'aise. Marquis expédia une balle aérienne depuis le milieu de terrain, et Kyle se leva d'un bond, les mains grandes ouvertes, secoua la tête, une façon de lui demander « Pourquoi ? ». Marquis fit comme s'il n'était pas là et, à petites foulées, se replia en défense. Une faute idiote stoppa le décompte de l'horloge et prolongea leur supplice. Tout en observant le joueur avant son lancer franc, Kyle risqua un œil derrière lui et il vit, là-bas, dans le fond, le flic, le regard immobile, qui ne suivait toujours pas le jeu, mais restait rivé sur lui.

Pour un étudiant en droit de vingt-cinq ans sans casier judiciaire, sans aucun antécédent avec la loi, sans le moindre semblant d'infraction à son actif, susciter la visite et s'attirer ainsi l'attention d'un homme qui, selon toute probabilité, devait être employé par un service de police ou un autre n'aurait pas dû l'inquiéter le moins du monde. Mais avec Kyle McAvoy, rien n'était jamais aussi simple. Ce n'étaient pas les flics de quartier et la police de l'État qui le tracassaient particulièrement. Ceux-là, ils n'étaient payés que pour réagir après coup. Mais les individus en costume sombre, les enquêteurs et les agents, ceux qui étaient formés pour creuser en profondeur et découvrir des secrets – ces types-là le perturbaient toujours.

Trente secondes à jouer et Marquis discutait avec l'un des arbitres. Deux semaines plus tôt, il avait dit à l'un d'eux d'aller se faire foutre, ce qui lui avait valu d'écoper d'une suspension pour un match. Kyle engueula son joueur vedette, qui n'écoutait jamais. Il balaya rapidement le stade du regard pour voir si monsieur le flic n° 1 était seul ou s'il n'était pas maintenant accompagné d'un flic n° 2. Non, personne.

Encore une faute idiote, et il hurla sur l'arbitre, juste histoire de se défouler. Il se rassit, se passa l'index dans le cou, récoltant une goutte de transpiration dont il se débarrassa d'une chiquenaude. On était début février, et il faisait vraiment froid, dans ce gymnase, comme toujours.

Alors pourquoi transpirait-il ?

Le flic n'avait pas bougé d'un centimètre. En fait, observer Kyle avait l'air de lui plaire.

La vieille sirène finit par retentir. Dieu merci, le match était terminé. Une équipe exultait. Quant à l'autre, en réalité, elle n'en avait rien à fiche. Les deux formations s'alignèrent pour la séance obligatoire de tope-là et de « super match, super match », rituel aussi dénué de sens pour des gamins de douze ans qu'il peut l'être pour des joueurs du championnat universitaire. Tout en félicitant l'entraîneur adverse, Kyle jeta encore un œil au bout du terrain. L'homme à la peau blanche était reparti.

Combien y avait-il à parier qu'il attendait dehors ? C'était pure paranoïa, bien sûr, mais la paranoïa s'était installée depuis si longtemps dans la vie de Kyle qu'il se contentait désormais de l'accepter, de vivre avec et d'aller de l'avant.

Les Red Knights se regroupèrent dans le vestiaire des visiteurs, un local exigu sous les tribunes permanentes à moitié affaissées, situées du côté de l'équipe qui jouait à domicile. Là, le coach débita la litanie de ses remarques les plus convenues – bel effort, bonne bagarre, nous nous sommes améliorés sur certains plans, terminons samedi sur une note positive. Les garçons se changeaient et l'écoutaient à peine. Ils étaient fatigués du basket, parce qu'ils étaient fatigués de perdre, et rejetaient toute la responsabilité de la défaite sur la tête du coach, naturellement. Il était trop jeune, trop blanc, trop comme il faut, trop universités chic de l'Ivy League.

Les rares parents qui étaient là attendaient à la porte du vestiaire, et c'étaient ces quelques minutes tendues, à la sortie de l'équipe, que Kyle détestait le plus dans ces travaux de bénévolat. Il y aurait les plaintes habituelles sur le temps réglementaire et les arrêts de jeu. Marquis avait un oncle, un ancien joueur de l'équipe de l'État, une grande gueule qui aimait déblatérer sur le traitement injuste que le coach Kyle réservait au « meilleur joueur du championnat ».

Depuis le vestiaire, une autre issue donnant sur un corridor sombre et étroit courait sous les tribunes du côté de l'équipe à domicile, jusqu'à une porte extérieure ouvrant sur un passage. Kyle n'était pas le premier entraîneur à utiliser cette issue de secours et, ce soir-là, ce n'était pas seulement les familles et leurs plaintes qu'il avait envie d'éviter, mais aussi le flic, ou l'agent. Il dit un rapide au revoir à ses gars et, tandis qu'ils quittaient le vestiaire, il s'éclipsa. En quelques secondes, il fut dehors, dans le passage, puis il marcha d'un pas rapide sur un trottoir gelé. On avait déblayé une épaisse couche de neige, et le trottoir glissant était tout juste praticable. Le thermomètre avait dû chuter très au-dessous de zéro. Il était 20 h 30, on était mercredi, et il se dirigea vers les bureaux de la revue de la fac de droit de l'université Yale, où il travaillerait jusqu'à minuit au moins.

Il dut s'arrêter avant.

L'agent était adossé contre l'aile d'une jeep Cherokee rouge garée le long du trottoir. Le véhicule était immatriculé au nom d'un certain John McAvoy, de York, en Pennsylvanie, mais depuis six ans la jeep était le fidèle compagnon de son fils, Kyle, son véritable propriétaire.

Il eut beau sentir ses pieds peser subitement le poids de la brique et ses genoux flageoler, il réussit à avancer encore péniblement, en faisant comme si de rien n'était. Non seulement ils m'ont retrouvé, se dit-il en tâchant de garder la tête claire, mais ils ont fait leur boulot à fond et ils ont repéré ma jeep. Pas précisément de la recherche de pointe non plus. Je n'ai rien fait de mal, se répéta-t-il, plusieurs fois.

– Pas de la tarte, ce match, l'entraîneur, lui lança l'agent quand Kyle, à trois mètres de lui, ralentit le pas.

Il s'immobilisa et toisa le type, jeune, épais, les joues rouges et les boucles rousses, celui qui l'avait tenu à l'œil dans le gymnase.

– Je peux vous aider ? demanda-t-il, et aussitôt il entrevit l'ombre du n° 2 qui traversait la rue comme une flèche.

Ils opéraient toujours en tandem.

Le n° 1 plongea la main dans sa poche.

– C'est très exactement ce que vous pourriez faire, nous aider, lui répondit-il en sortant un étui en cuir qu'il ouvrit d'un coup sec. Bob Plant, FBI.

– Tout le plaisir est pour moi, fit Kyle, mais il sentit son cerveau se vider de tout son sang et ne put réprimer un tressaillement.

Le n° 2 entra dans la danse. Il était bien plus mince, dix ans de plus, les tempes grisonnantes. Il avait les poches pleines, lui aussi, et ce fut avec aisance qu'il exécuta le geste bien rodé de la présentation de l'insigne.

– Nelson Ginyard, FBI, dit-il.

Bob et Nelson. Deux Irlandais. Deux types originaires du Nord-Est.

– Et ensuite, personne d'autre ? ironisa Kyle.

– Non. Vous avez une minute, qu'on se parle ?

– Pas vraiment.

– Vous auriez intérêt, lui dit Ginyard. Cela pourrait se révéler très productif.

– J'en doute.

– Si vous vous en allez, nous vous suivrons, le prévint Plant, et il se redressa, puis se rapprocha d'un pas. Vous ne voudriez pas qu'on vienne vous trouver sur le campus, non ?

– Vous me menacez ?

De nouveau, cette transpiration, sous les aisselles cette fois et, malgré ce froid polaire, une goutte ou deux lui coulèrent le long des côtes.

– Pas encore, le rassura Plant avec un sourire narquois.

– Écoutez, on se prend dix minutes, ensemble, devant un café, lui proposa Ginyard. Il y a un bar à sandwiches juste au coin. Je suis sûr qu'il y fera déjà plus chaud.

– J'ai besoin d'un avocat ?

– Non.

– Vous dites toujours ça. Mon père est avocat, et j'ai grandi dans son bureau. Je connais tous vos trucs.

– Pas de trucs, Kyle, c'est juré, lui affirma Ginyard, et lui, au moins, il paraissait sincère. Accordez-nous juste dix minutes de votre temps. Je vous promets que vous ne le regretterez pas.

– Quel est l'ordre du jour ?

– Dix minutes. C'est tout ce que nous vous demandons.

– Donnez-moi une indication, ou la réponse sera non.

Bob et Nelson échangèrent un regard. Ils haussèrent tous deux les épaules. Pourquoi pas ? Tôt ou tard, il faudrait bien le lui dire. Ginyard se tourna, fixa le bout de la rue, et parla contre le vent.

– Duquesne University. Il y a cinq ans. Une bande de garçons ivres morts, tous membres d'une fraternité étudiante, et une jeune fille.

Le corps et le cerveau de Kyle réagirent différemment. Son corps s'avouait vaincu – un bref affaissement des épaules, un très léger soupir et un tremblement dans les jambes, bien perceptible. Mais son cerveau, lui, contre-attaqua tout de suite.

– C'est des conneries ! s'exclama-t-il, et il cracha sur le trottoir. J'ai déjà tiré cette histoire au clair. Il ne s'est rien passé et vous le savez.

Il y eut un long silence, Ginyard ne détachait pas le regard du bout de la rue, tandis que Plant surveillait le moindre geste de l'intéressé. Le cerveau de Kyle fonctionnait à toute vitesse. Pourquoi le FBI se mêlait-il d'un prétendu viol relevant de la compétence de l'État ? En deuxième année de procédure criminelle, ils avaient étudié les nouvelles lois relatives aux interrogatoires menés par le FBI. Dans sa situation précise, le simple fait de mentir à un agent constituait maintenant un délit passible de poursuites. Fallait-il qu'il la boucle ? Fallait-il qu'il appelle son père ? Non, il n'appellerait pas son père, c'était hors de question.

Ginyard se tourna, se rapprocha de trois pas, la mâchoire contractée, une mimique de mauvais acteur, pour lui siffler sa réplique de vrai dur, quasiment sans desserrer les dents.

– On va abréger, monsieur McAvoy, parce que je me gèle. Vous êtes sous le coup d'une inculpation, à Pittsburgh, d'accord. Pour viol. Si vous voulez jouer les brillants étudiants en droit, les Monsieur Je-sais-tout à qui on ne la fait pas et courir vous trouver un avocat, ou même appeler votre vieux, alors l'acte d'accusation tombe demain et votre vie telle que vous l'aviez envisagée risque fort de partir en couilles. En revanche, si vous nous accordez dix minutes de votre temps si précieux, là, tout de suite, dans ce bar à sandwiches au coin de la rue, alors l'acte d'accusation sera suspendu, si ce n'est même complètement oublié.

– Vous pouvez vous en tirer facilement, ajouta Plant, toujours posté sur son flanc. Sans même avoir à dire un mot.

– Pourquoi devrais-je vous faire confiance ? parvint-il à leur répondre, la bouche très sèche.

– Dix minutes.

– Vous avez un magnéto avec vous ?

– Bien sûr.

– Je veux le voir, sur la table, d'accord ? Je veux que chaque mot soit enregistré, parce que je me méfie de vous.

– Ça me paraît normal.

Ils fourrèrent leurs mains au fond des poches de leurs trenchs assortis et s'éloignèrent d'un pas lourd. Kyle déverrouilla sa jeep et monta dedans. Il fit démarrer le moteur, régla le chauffage au maximum, et songea à filer.

2.

Le Buster's Deli était étroit et tout en longueur, avec des boxes aux banquettes en vinyle rouge alignés le long du mur, à droite. Sur la gauche, il y avait un bar, un gril derrière un comptoir, et une rangée de flippers. Et aussi toute une panoplie de souvenirs de Yale punaisés sur les murs, au petit bonheur. Kyle était venu quelquefois manger là durant sa première année de droit, cela remontait à de nombreux mois.

Le gouvernement fédéral avait investi les deux derniers boxes. Un autre trench se tenait debout devant la dernière table, en train de discuter avec Plant et Ginyard, en attendant. Quand Kyle s'approcha lentement d'eux, l'agent lui lança un regard, puis il le gratifia de son sourire réglementaire, avant de s'asseoir dans le box voisin où patientait le n° 4, en sirotant un café. Plant et Ginyard avaient commandé des assiettes de sandwiches « sous-marin », frites et pickles, et n'avaient encore touché à rien. La table était couverte d'assiettes et de tasses de café. Plant se leva et contourna la table pour que les deux autres agents puissent surveiller leur victime. Ils se tenaient épaule contre épaule, toujours en imper. Kyle se glissa dans le box.

L'éclairage était insuffisant et gris ; ce coin, dans le fond de la salle, était sombre. Le raffut des flippers se confondait avec un match bruyant retransmis par la chaîne ESPN, sur l'écran plat du bar.

– Vous avez besoin d'être à quatre ? fit-il, en désignant le box derrière lui, d'un mouvement de tête par-dessus son épaule.

– Ça, ce n'est que la partie visible de l'iceberg, lui répliqua Ginyard.

– Vous voulez un sandwich ? lui demanda Plant.

– Non.

Une heure plus tôt, il avait déjà eu sa dose. Pour le moment, son système digestif, son système excrétoire et son système nerveux étaient au bord de l'implosion. Il luttait pour respirer normalement, en faisant un effort terrible pour avoir l'air imperturbable. Il déplaça un stylo jetable et une fiche bristol et, avec tout le cran qu'il réussit à puiser en lui, il leur dit :

– J'aimerais revoir vos insignes.

Leurs réactions furent identiques – l'incrédulité, l'impression qu'on les insultait, et puis l'air de se dire « Oh et puis qu'est-ce que ça peut foutre », et ils plongèrent la main dans leur poche pour en extraire leur bien le plus précieux. Ils les posèrent à plat sur la table, et Kyle choisit celui de Ginyard en premier. Il nota son nom complet – Nelson Edward Ginyard –, puis son matricule. Il écrivit en appuyant fort et mémorisa soigneusement l'information. Sa main tremblait, mais il était convaincu que ça ne se voyait pas. Il passa méticuleusement le pouce sur l'emblème en cuivre, sans trop savoir ce qu'il cherchait, mais en prenant tout de même son temps.

– Je pourrais voir une carte d'identité, avec votre photo ? insista-t-il.

– Et puis quoi encore ? protesta l'autre.

– Une carte d'identité avec photo, s'il vous plaît.

– Non.

– Je ne parlerai pas tant qu'on n'en aura pas terminé avec les préliminaires. Montrez-moi votre permis. Je vous montrerai le mien.

– On a déjà la copie du vôtre.

– Peu importe. Allez, montrez-le-moi.

En levant les yeux au ciel, Ginyard glissa la main vers sa poche arrière. D'un portefeuille plutôt râpé, il sortit un permis de l'État du Connecticut, agrémenté d'un cliché assez menaçant de sa personne. Kyle l'examina, nota la date de naissance et les informations inscrites sur le permis.

– C'est encore pire qu'une photo de passeport, ironisa-t-il.

– Vous voulez voir ma femme et mes gosses ? continua Ginyard en retirant de son portefeuille une photo en couleurs qu'il jeta sur la table.

– Non, merci. Vous êtes de quel bureau, les gars ?

– Hartford. (Il hocha la tête vers le box voisin.) Eux, ils sont de Pittsburgh.

– Sympa.

Ensuite, Kyle examina l'insigne et le permis de Plant et, quand il eut terminé, il attrapa son téléphone portable et tapa sur le clavier.

– Qu'est-ce que vous faites ? lui demanda Ginyard.

– Je vais vérifier vos infos sur Internet.

– Vous vous figurez qu'on est inscrits sur un joli petit site du FBI ? s'agaça Plant, dans un mouvement d'humour.

Les deux agents eurent l'air de trouver ça drôle. Ça ne paraissait pas les inquiéter, ni l'un ni l'autre.

– Je sais sur quel site vérifier, leur affirma-t-il en saisissant l'adresse d'un répertoire fédéral peu connu.

– Vous ne nous trouverez pas, lui assura Ginyard.

– Ça prendra une minute. Où est le magnéto ?

Plant sortit un appareil numérique ultramince, de la taille d'une brosse à dents électrique, et l'alluma.

– Vous indiquez la date, l'heure et le lieu, je vous prie, exigea Kyle avec un aplomb qui l'étonna lui-même. Et vous stipulez aussi que l'interrogatoire n'a pas encore débuté, et qu'aucune déclaration n'a été enregistrée avant la minute présente.

– Bien, monsieur. J'adore les étudiants en droit, s'amusa Plant.

– Vous regardez trop la télévision, le prévint Ginyard.

– Allez-y.

Plant plaça l'enregistreur au centre de la table, entre une assiette de pastrami et de cheddar et une timbale de thon fumé. Il se tourna vers le micro intégré et débita toutes ces informations préliminaires. Kyle surveillait son téléphone et, quand le site s'afficha, il tapa le nom de Nelson Edward Ginyard. Quelques secondes s'écoulèrent et personne ne fut surpris de constater que l'identité de l'agent Ginyard était confirmée : agent de terrain, FBI, Hartford.

– Vous voulez voir ? lui dit Kyle, en levant le minuscule écran en l'air.

– Félicitations, lui rétorqua l'autre. Vous êtes satisfait, maintenant ?

– Non. Je préférerais ne pas être là.

– Vous pouvez partir quand vous voulez, lui rappela Plant.

– Vous m'avez demandé dix minutes.

Il consulta sa montre.

Les deux agents se penchèrent en avant, les quatre coudes alignés, et subitement le box parut rapetisser.

– Vous vous souvenez d'un type, un certain Bennie Wright, enquêteur principal, crimes sexuels, police de Pittsburgh ?

C'était Ginyard qui avait pris la parole le premier, en surveillant le moindre tressaillement de paupières de Kyle.

– Non.

– Vous ne l'avez pas croisé, il y a cinq ans, pendant l'enquête ?

– Je ne me souviens pas d'avoir rencontré un Bennie Wright. J'aurais pu, mais je ne me souviens pas de ce nom-là. Après tout, depuis que le non-événement qui nous occupe n'a pas eu lieu, cela fait cinq années.

Ils pesèrent sa réplique, la ruminèrent lentement, sans le quitter des yeux. Kyle eut l'impression qu'ils avaient tous les deux envie de lui dire : « Vous mentez. »

Au lieu de quoi, Ginyard poursuivit.

– Bon, l'inspecteur Wright est ici, en ville, et il aimerait vous rencontrer d'ici à peu près une heure.

– Encore un rendez-vous ?

– Si ça ne vous ennuie pas. Cela ne prendra pas beaucoup de temps, et il y a de bonnes chances que ça vous permette de vous éviter cette mise en accusation.

– Une mise en accusation pour quoi, au juste ?

– Pour viol.

– Il n'y a pas eu viol. La police de Pittsburgh a déjà tranché là-dessus, il y a cinq ans.

– Eh bien, il semblerait que la fille soit de retour dans le circuit, lui expliqua Ginyard. Elle a remis son existence sur ses rails, elle a suivi une thérapie en profondeur et, surtout, elle s'est trouvé une avocate, maintenant.

Comme Ginyard avait achevé sa phrase sans poser de question, elle n'appelait pas de réponse. Kyle ne put s'empêcher de se tasser de quelques centimètres. Il lança un regard vers le comptoir, vers les tabourets inoccupés. Et un regard vers l'écran plat. C'était un match universitaire, les tribunes étaient pleines d'étudiants qui poussaient des cris, et il se demanda ce qu'il fabriquait assis là.

Continue de parler, pensa-t-il, mais sans rien leur dire.

– Je peux vous poser une question ?

– Bien sûr.

– Si cette mise en accusation doit m'être signifiée, comment se fait-il qu'elle puisse être stoppée ? Et en ce cas, pourquoi on se parle, là ?

– Elle est sous scellés, par ordonnance du tribunal, lui précisa Ginyard. Selon l'inspecteur Wright, le procureur aurait un marché à vous proposer, un marché concocté par l'avocate de la victime, et qui vous permettra de vous sortir de cette panade. Vous jouez le jeu, et cette mise en accusation contre vous ne verra jamais le jour.

– Je reste perplexe. Je devrais peut-être appeler mon père.

– C'est à vous de voir, mais si vous êtes un garçon intelligent, vous allez attendre d'avoir causé avec l'inspecteur Wright.

– Dites, les gars, vous ne m'avez même pas lu le rappel de mes droits.

– Ce n'est pas un interrogatoire, souligna Plant. Et ce n'est pas une enquête.

Puis il tendit la main vers la timbale de thon fumé et y piocha une frite graisseuse.

– Ah bon, alors il s'agit de quoi, au juste ?

– D'une réunion.

Ginyard s'éclaircit la voix, se redressa de plusieurs centimètres, et poursuivit.

– C'est un crime qui relève de l'État, Kyle, nous le savons tous. En temps normal, on ne devrait pas intervenir, mais comme vous êtes ici dans le Connecticut et que la mise en accusation émane de Pennsylvanie, les gars de Pittsburgh nous ont demandé de les aider à organiser cette réunion. Après ça, on s'efface.

– Je reste perplexe.

– Allons. Un brillant esprit juridique comme vous. Vous n'êtes sûrement pas aussi obtus.

Il y eut un long silence, durant lequel ils réfléchirent tous les trois à l'étape suivante. Plant mâchait sa deuxième frite, mais ses yeux ne se détachèrent pas une seule seconde de Kyle. Ginyard but une gorgée de café, dont le goût lui fit froncer le nez, mais sans cesser de le dévisager. Les flippers s'étaient tus. Hormis les quatre agents du FBI, un barman absorbé par son match et Kyle, le bar était désert.

Finalement, ce dernier se pencha à son tour, bien calé sur ses deux coudes et, à quelques centimètres de l'enregistreur, déclara :

– Il n'y a eu ni viol ni crime. Je n'ai rien fait de mal.

– Parfait, alors venez discuter avec Wright.

– Et où est-il ?

– À dix heures, il sera à l'Holiday Inn de Saw Mill Road, chambre 222.

– Il me faut un avocat.

– Peut-être, peut-être pas, répondit Ginyard, en se penchant à son tour, de sorte que leurs deux têtes n'étaient plus qu'à trente centimètres l'une de l'autre. Écoutez, je sais que vous ne nous faites pas confiance, mais quand on vous dit qu'avant de parler avec qui que ce soit d'autre, vous devriez parler avec Wright, je vous prie de nous croire. Enfin, quoi, à minuit, vous pourrez toujours appeler un avocat, ou votre père. Ou demain. Mais si vous réagissez de manière excessive, alors là, le résultat pourrait tout de suite se révéler désastreux.

– Je m'en vais. Conversation terminée. Éteignez l'enregistreur.

Ni l'un ni l'autre n'esquissa le moindre geste vers l'appareil. Kyle le fixa du regard, puis, se penchant encore une fois, il ajouta, très distinctement :

– Ici Kyle McAvoy. Il est 8 h 50 du soir. Je n'ai rien d'autre à ajouter. Je n'ai fait aucune déclaration, et je quitte le Buster's Deli immédiatement.

Il s'extirpa de la banquette et il était presque sorti du box quand Plant lui lança ces quatre mots :

– Il a la vidéo.

Un coup de sabot de cheval dans l'entrejambe n'aurait pas cogné plus fort. Il s'agrippa au vinyle rouge, se crut sur le point de s'évanouir. Lentement, il se rassit. Lentement, il tendit la main vers le gobelet en plastique et but une longue et lente gorgée d'eau. Il avait les lèvres et la langue desséchées, et l'eau ne suffit pas à arranger les choses.

La vidéo. Un étudiant de la fraternité Bêta, l'un des saoulards de la soirée, aurait prétendument filmé quelque chose avec son téléphone portable. Il y aurait soi-disant des images de la fille, nue sur un canapé, trop ivre pour bouger, et quatre ou cinq membres des Bêta, dévêtus ou en train de se déshabiller, qui admiraient le spectacle. Kyle se remémorait vaguement la scène, mais n'avait jamais vu la vidéo. D'après la rumeur qui courait chez les Bêta, elle aurait été détruite. Les flics de Pittsburgh avaient fouillé partout, sans jamais la retrouver. Elle avait disparu, oubliée, profondément enfouie parmi les secrets de la fraternité.

Plant et Ginyard étaient de nouveau au coude à coude, deux paires d'yeux déterminés, sans un battement de cils.

– Quelle vidéo ? réussit-il à leur demander, mais sur un ton si vaseux et si peu convaincant qu'il n'était même pas convaincu lui-même.

– Celle que vous avez cachée aux flics, lui répondit Plant, en remuant à peine les lèvres. Celle qui prouve votre présence sur la scène du crime. Celle qui va réduire votre existence à néant et vous envoyer au trou pour vingt ans.

Ah, oui, cette vidéo-là.

– Je ne vois pas de quoi vous voulez parler.

Là-dessus, il but encore un peu d'eau. L'estomac et la tête pris de relents nauséeux, il crut qu'il allait vomir.

– Ah, et moi, je crois que si, insista Ginyard.

– Vous l'avez vue, cette vidéo ?

Les deux agents hochèrent la tête.

– Alors vous savez que je n'ai pas touché cette fille.

– Peut-être, peut-être pas. Mais vous étiez présent, lui rappela Ginyard. Cela fait de vous un complice par assistance.

Pour s'empêcher de dégobiller, il ferma les yeux et se massa les tempes. La fille était une petite nana déchaînée qui avait passé plus de temps dans le local des Bêta que dans sa piaule de la résidence étudiante. Une groupie, une sangsue, une bête de soirée, avec un bon paquet de cash en provenance de papa. Les membres de la Bêta se l'étaient refilée. Quand elle avait crié au viol, ils s'étaient instantanément réfugiés dans le mutisme, et ils avaient fait bloc. Un mur de dénégation et d'innocence. Comme ses déclarations semblaient peu fiables, les flics avaient finalement jeté l'éponge. Aucune plainte n'avait été déposée. Plus tard, elle avait quitté Duquesne University et, par bonheur, elle avait disparu de la circulation. Le grand miracle de ce vilain petit épisode, c'était qu'il n'avait fait aucun bruit. Il n'était venu gâcher aucune autre existence, à part la sienne.

– L'acte d'accusation vous mentionne, vous, et trois autres, précisa Ginyard.

– Il n'y a pas eu viol, répéta Kyle sans cesser de se masser les tempes. S'il y a eu rapport sexuel, c'était avec son consentement, je vous le promets.

– Pas si elle est tombée dans les pommes, rectifia Ginyard.

– On n'est pas là pour argumenter, Kyle, fit Plant. C'est le travail des avocats. Nous sommes ici pour conclure un marché. Si vous coopérez, cette histoire s'évaporera d'elle-même, tout au moins en ce qui vous concerne.

– Quel genre de marché ?

– L'inspecteur Wright est là pour vous en parler, c'est son rôle.

Kyle se redressa lentement et tapota de la tête contre la banquette en vinyle rouge, derrière lui. Il avait envie de plaider, de supplier, d'expliquer que ce n'était pas juste, qu'il était sur le point d'obtenir son diplôme, d'entrer au barreau et d'entamer une carrière. Son avenir était si prometteur. Son passé était immaculé. Presque.

Mais ça, ils étaient déjà au courant, n'est-ce pas ?

– D'accord, d'accord, dit-il. J'y serai.

Ginyard se pencha encore plus près.

– Vous avez une heure. Si vous passez un coup de fil, on le saura. Si vous essayez de vous enfuir, on vous suivra, vu ? Pas d'entourloupe, Kyle. Et puis là, vous êtes en train de prendre la bonne décision, je vous le jure. Tenez bon, et toute cette affaire s'annulera d'elle-même.

– Je ne vous crois pas.

– Vous verrez.

Il les laissa là avec leurs sandwiches froids et leur café amer. Il regagna sa jeep, roula jusqu'à son appartement, à trois rues du campus. Il farfouilla dans la salle de bains de son colocataire, trouva un Valium, ferma la porte de sa chambre à clef, éteignit la lumière et s'allongea par terre.

3.

C'était un Holiday Inn érigé dans les années 1960, en un temps où les chaînes de motels et de restauration rapide faisaient la course pour construire le long des autoroutes et des contre-allées. Kyle était passé devant une centaine de fois sans jamais le voir. Derrière, il y avait une crêperie, et le bâtiment voisin était occupé par une grande surface d'électroménager à prix cassés.

Le parking était sombre et au tiers plein. Il fit marche arrière et gara la jeep rouge sur une place à côté d'un minibus immatriculé dans l'Indiana. Il coupa les phares, mais laissa tourner le moteur et le chauffage allumé. Il tombait une neige légère. Et pourquoi pas le blizzard, une inondation, un tremblement de terre, une invasion, n'importe quoi qui vienne bouleverser cet effroyable scénario ? Et pourquoi obéissait-il à leurs petites manigances comme un somnambule ?

La vidéo.

Au cours de cette dernière heure, il avait pensé appeler son père, mais cette conversation leur prendrait bien trop de temps. John McAvoy lui fournirait des conseils juridiquement solides, et rapidement, mais le fond de l'histoire était trop compliqué. Il avait songé à téléphoner au professeur Bart Mallory, son conseiller pédagogique, son ami, son brillant professeur de procédure criminelle, un ancien juge qui saurait exactement quoi faire. Mais là encore, il y avait trop de vides à combler, et pas assez de temps. Il avait aussi envisagé d'appeler deux de ses camarades de la fraternité Bêta, à Duquesne University, mais pourquoi s'embêter ? Les conseils qu'ils pourraient lui donner seraient aussi peu judicieux que toutes les stratégies qui se bousculaient dans sa tête. Cela ne rimait à rien de leur gâcher l'existence. Et, dans l'horreur du moment, il avait réfléchi à différents moyens auxquels il pourrait recourir pour disparaître. Se précipiter comme un fou à l'aéroport. Filer en douce à la gare routière. Sauter du haut d'un pont suspendu.

Mais ils le surveillaient, non ? Et ils l'avaient aussi mis sur écoute, donc tous ses coups de fil seraient interceptés. À cette minute, quelqu'un l'observait, il en était certain. Peut-être qu'à l'intérieur de ce minibus de l'Indiana, un tandem de sbires avec casques d'écoute et équipement de vision nocturne prenaient leur pied à contrôler ses faits et gestes et à gaspiller l'argent du contribuable.

Il était incapable de se rendre compte si le Valium avait de l'effet.

Quand la pendule digitale de l'autoradio afficha 21 h 58, il coupa le moteur et sortit sous la neige. Il traversa bravement le terre-plein goudronné, chacun de ses pas laissant une empreinte derrière lui. Serait-ce son dernier instant de liberté ? Il avait lu tant de dossiers où il était question d'inculpés dans des affaires criminelles qui entraient en individus libres dans un poste de police, juste le temps de répondre à quelques questions en vitesse, et qui se retrouvaient inculpés, menottés, emprisonnés, happés par le système. Lui, il pouvait encore s'enfuir.

Quand les portes vitrées claquèrent derrière lui, il s'immobilisa une seconde dans le hall de réception désert et crut entendre le fracas métallique d'une porte de cellule, dans son dos. Il entendait, il voyait, il s'imaginait trop de choses. Apparemment, le Valium avait eu l'effet inverse, en lui mettant les nerfs à fleur de peau. Il fit un signe de tête au réceptionniste décati, derrière son comptoir d'accueil, mais sans recevoir de réponse audible de sa part. Dans l'ascenseur qui sentait le renfermé, en route vers le deuxième étage, il se demanda quel imbécile entrerait de son plein gré dans un motel rempli de flics et d'agents qui cherchaient à tout prix à l'accuser d'un crime qui n'avait jamais eu lieu ? Pourquoi faisait-il ça ?

La vidéo.

Il ne l'avait jamais vue. Il ne connaissait personne qui l'avait visionnée. Dans le monde très secret de la fraternité Bêta, des rumeurs, des démentis, des menaces circulaient, mais personne n'avait jamais su avec certitude si l'« histoire avec Elaine » avait été vraiment filmée. Qu'elle l'ait réellement été, et que cette pièce à conviction soit en possession de la police de Pittsburgh et du FBI, le poussa sérieusement à envisager la solution du pont suspendu.

Minute. Je n'ai rien fait de mal. Cette fille, je ne l'ai pas touchée, en tout cas pas ce soir-là.

Personne ne l'a touchée. C'était du moins la version à toute épreuve, la version concertée à laquelle on avait juré de se tenir, au sein de la fraternité

Bêta. Mais si la vidéo prouvait le contraire ? Tant qu'il ne l'aurait pas vue, il n'en saurait rien.

Dès sa sortie sur le palier du deuxième étage, il fut cueilli par l'odeur nocive de la peinture fraîche. Il s'arrêta devant la porte de la chambre 222 et jeta un œil à sa montre, pour s'assurer de ne pas être en avance d'une minute. Il frappa, trois fois, entendit du mouvement et des voix étouffées. La chaîne de sécurité cliqueta, la porte s'ouvrit d'un coup et l'agent spécial Nelson Edward Ginyard lui dit :

– Content que vous ayez pu venir.

Kyle entra, laissant le vieux monde derrière lui. Le nouveau était subitement terrifiant.

Ginyard avait retiré sa veste, et sa chemise blanche était ceinte d'un baudrier, avec un assez gros pistolet logé dans son étui noir, calé sous l'aisselle gauche. L'agent Plant et les deux autres du Buster's Deli le dévisageaient, et ils étaient eux aussi en bras de chemise, histoire que le jeune Kyle puisse prendre toute la mesure de leur arsenal. Trois Beretta 9 mm identiques, aux étuis et aux baudriers en cuir noir assortis. Des hommes solidement armés, tous les trois l'œil mauvais, comme s'ils auraient été plus que ravis d'abattre ce violeur.

– Bonne initiative, lui assura Plant, en hochant la tête.

En fait, dans ce moment de brouillard, Kyle se dit que c'était une initiative plutôt stupide.

La chambre 222 avait été reconvertie en bureau opérationnel de fortune. On avait repoussé le lit double dans un coin. Les rideaux étaient fermés, bord à bord. On avait fait monter deux tables pliantes, recouvertes de tous les signes d'un travail acharné – des chemises, d'épaisses enveloppes, des carnets. Trois ordinateurs portables étaient allumés et, sur l'écran de celui qui était le plus en vue, le plus proche de la porte, il entraperçut son portrait, extrait de l'annuaire de la faculté. Central York High School, année 2001. Les clichés au format 18 × 24 de trois de ses congénères de la fraternité Bêta étaient punaisés au mur, derrière les tables. Et tout au fond, quasiment au bord des rideaux, il y avait aussi la photo d'Elaine Keenan.

La chambre était attenante à une autre, et la porte de communication était ouverte. L'agent n° 5 fit son apparition dans l'encadrement – même pistolet, même baudrier – et lança un rapide regard à Kyle. Cinq agents ? Deux chambres. Une tonne de paperasse. Tout ce mal, tout ce travail, tous ces hommes, rien que pour me pincer ? Le spectacle de la puissance de l'administration fédérale en action lui donna le vertige.

– Cela vous ennuierait de vider vos poches ? lui demanda Ginyard en lui tendant une petite boîte en carton.

– Pourquoi ?

– S'il vous plaît.

– Vous vous figurez que je suis armé ? Vous pensez que je pourrais sortir un couteau et vous agresser, dites, hein, les gars ?

L'agent n° 5 perçut la note d'humour et rompit la glace d'un bel éclat de rire. Kyle sortit son trousseau de clefs, fit tinter l'anneau sous le nez de Ginyard, pour bien le lui montrer, puis le remit dans sa poche.

– Et si on vous fouillait un peu ? suggéra Plant, en s'avançant déjà vers lui.

– Je vous en prie, après vous. (Il leva les bras.) Tous les étudiants de Yale sont fortement armés, vous savez.

L'autre le palpa, en l'effleurant rapidement. Il avait à peine commencé que c'était déjà fini, tout juste cinq secondes, puis il disparut dans la pièce voisine.

– L'inspecteur Wright est en face, dans le couloir, lui précisa Ginyard.

Encore une autre chambre.

Il le suivit dehors, dans ce couloir mal aéré, et patienta, le temps que l'autre tapote à la porte de la chambre 225. Quand elle s'ouvrit, Kyle entra, seul.

Bennie Wright, lui, n'arborait aucun armement. Il lui serra promptement la main, en lui crachant :

– Inspecteur Wright, police de Pittsburgh.

Tout le plaisir est pour moi, songea Kyle, mais il ne répondit rien. Qu'est-ce que je fabrique ici ?

Wright approchait de la cinquantaine, petit, mince, dégarni, quelques mèches de cheveux noirs plaquées en arrière, juste au-dessus des oreilles. Il avait aussi les yeux noirs, partiellement dissimulés par une minuscule paire de lunettes de lecture, perchées à mi-hauteur d'un nez étroit. Il referma la porte derrière son visiteur, puis lui désigna l'emplacement de rigueur, en lui disant :

– Pourquoi ne vous asseyez-vous pas ?

– Quelles sont vos intentions ? lui demanda Kyle sans bouger.

Wright passa devant le lit et s'arrêta à côté d'une table pliante, encore une, agrémentée, celle-ci, de deux chaises en métal bon marché, disposées face à face.

– On va causer, Kyle, lui annonça-t-il d'un ton enjoué, et le jeune homme se rendit compte que le policier avait un léger accent.

Même s'il ne subsistait dans son élocution presque aucune trace de sa langue maternelle, l'anglais n'était pas sa première langue. Mais c'était curieux. Un type qui s'appelait Bennie Wright, de Pittsburgh, n'aurait pas dû avoir d'accent étranger.

Il y avait dans un coin de la chambre une petite caméra vidéo montée sur un trépied. Des câbles couraient sur la table, jusqu'à un ordinateur portable, un écran de douze pouces.

– Je vous en prie, insista-t-il, en lui désignant une chaise tandis qu'il s'asseyait sur l'autre.

– Je veux que tout soit enregistré, fit l'étudiant.

Wright jeta un regard par-dessus son épaule, vers la caméra.

– Pas de problème.

Lentement, il s'approcha de la chaise et s'assit. Wright remontait les manches de sa chemise blanche. Sa cravate était déjà à moitié dénouée.

À sa droite, Kyle vit l'écran vide du PC. À sa gauche, un épais dossier, fermé. Au centre de la table, un bloc-notes grand format, pages blanches et lignées, un stylo noir posé dessus, en attente.

– Allumez la caméra, exigea-t-il.

Wright tapa sur le clavier du portable, et ce fut son visage qui apparut à l'écran. Il regarda cette image de lui-même, et n'y vit que de la peur.

Avec des gestes efficaces, Wright fouilla dans son dossier pour réunir les documents nécessaires, comme si ce jeune homme était simplement venu remplir une demande de carte de crédit. Quand il eut trouvé les feuillets concernés, il les plaça au centre de la table.

– Première chose, passer vos droits en revue.

– Non, rectifia Kyle d'une voix feutrée. Je dois d'abord voir votre insigne et une pièce d'identité.

Cette exigence eut le don d'irriter l'inspecteur, mais cela ne dura que quelques secondes. Sans un mot, il extirpa un portefeuille en cuir marron de sa poche arrière, l'ouvrit.

– J'ai le même depuis maintenant vingt-deux ans.

Il examina l'insigne en bronze, qui accusait bien son âge, en effet. Benjamin J. Wright, Pittsburgh Police Department, matricule 6658.

– Et votre permis de conduire ?

Wright rabattit son portefeuille d'un coup sec, révélant un autre compartiment, manipula des cartes, et jeta sur la table un permis avec photo, émis par l'État de Pennsylvanie.

– Satisfait, maintenant ? lâcha-t-il, cassant.

Kyle le lui rendit.

– Pourquoi le FBI est-il impliqué là-dedans ?

– On pourrait déjà en finir avec le rappel de vos droits ?

Le policier remit de l'ordre dans ses documents.

– Bien sûr. Je connais le cinquième amendement.

– J'en suis convaincu. L'un des meilleurs étudiants de l'une de nos facultés juridiques les plus prestigieuses. Un très brillant jeune homme. (Kyle lut le texte en même temps que Wright en prononçait les formules rituelles.) Vous avez le droit de garder le silence. Tout ce que vous direz pourra être éventuellement retenu contre vous par le tribunal. Vous avez le droit de prendre un avocat. Si vous n'en avez pas les moyens, l'État vous en attribuera un d'office. Des questions ?

– Non.

Il signa de son nom les deux formulaires stipulant qu'il avait pris connaissance de ses droits et les refit glisser vers son interlocuteur.

– Pourquoi le FBI est-il impliqué ?

Il répétait sa question.

– Croyez-moi, Kyle, le FBI, c'est le cadet de vos soucis. (Wright avait les mains velues, immobiles, posées, et les doigts croisés sur son bloc-notes. Il s'exprimait lentement, avec autorité. C'était lui qui menait cet entretien, cela ne soulevait aucun doute.) Voici ce que je suggère, Kyle. Nous avons tellement de questions à traiter, et le temps nous manque. Avez-vous déjà joué au football ?

– Oui.

– Alors disons que cette table est un terrain de football. Pas formidable, comme analogie, mais ça devrait convenir. Vous êtes ici, sur la ligne d'en-but. (De la main gauche, il traça une ligne imaginaire, devant l'ordinateur.) Vous avez cent yards à couvrir pour marquer, gagner et sortir d'ici entier. (De la main droite, il traça l'autre ligne d'en-but, à côté de son épais dossier. Ses mains étaient à un mètre vingt l'une de l'autre.) Cent yards, Kyle, vous me suivez, d'accord ?

– D'accord.

Il joignit les mains et tapota sur le bloc-notes.

– Quelque part ici, vers la ligne des cinquante yards, je vais vous montrer la vidéo qui est la source de ce litige. Ça ne va pas vous plaire, Kyle. Ça va vous rendre malade. La nausée. Vous retourner l'estomac. Mais ensuite, si c'est encore dans vos possibilités, nous allons continuer votre petite progression vers la ligne d'en-but, et quand nous y serons, vous serez complètement soulagé. Vous vous considérerez de nouveau comme un golden boy, un beau jeune homme à l'avenir sans limites et au passé immaculé. Restez collé à moi, Kyle, laissez-moi être le patron, le coach, celui qui appelle les actions de jeu, et ensemble nous atteindrons la Terre promise.

Sa main droite vint se plaquer sur la ligne d'en-but.

– Et cet acte d'accusation ?

Wright la posa sur le dossier.

– Il est ici.

– Quand est-ce que je le vois ?

– Arrêtez de poser des questions. Les questions, c'est moi. Et, avec un peu de chance, les réponses, c'est vous.

Ce n'était pas un accent espagnol. D'Europe de l'Est, peut-être, et si ténu, par moments, qu'il s'effaçait presque.

L'inspecteur posa la main gauche devant l'ordinateur.

– Maintenant, Kyle, il va falloir commencer par le commencement. Quelques éléments de contexte, d'accord ?

– Comme vous voudrez.

Wright sortit des documents de son dossier, les étudia une seconde, puis il prit son stylo.

– Vous êtes né le 4 février 1983 à York, Pennsylvanie, vous êtes le troisième enfant et le seul fils de John et Patty McAvoy. En 1989, vos parents ont divorcé, vous aviez six ans, et ni l'un ni l'autre ne se sont remariés, exact ?

– Exact.

Wright cocha le paragraphe, puis enchaîna une série de questions rapides sur les membres de sa famille, leur date de naissance, leurs cursus scolaire et universitaire, leur métier, leur adresse, leurs hobbys, leur affiliation religieuse, et même leur tendance politique. À mesure que la liste s'allongeait, il déplaçait ses papiers et prenait des notes. Il tenait à disposer d'éléments clairs, sur toute la ligne. Il connaissait même la date et le lieu de naissance du neveu de Kyle, âgé de deux ans, qui vivait à Santa Monica. Quand il en eut fini avec la famille, il sortit d'autres papiers. Kyle sentit les premiers signes de la fatigue. Et on n'en était qu'à l'échauffement.

– Voulez-vous boire quelque chose ?

– Non.

– Votre père est un avocat généraliste, à York ?

C'était une affirmation, mais plutôt comme une question.

Il se contenta d'opiner. Ensuite, un tir de barrage de demandes au sujet de son père, sa vie, sa carrière et ses centres d'intérêt. Toutes les quatre ou cinq questions, il avait envie de lui demander : « Et quel est le rapport ? » Mais il tint sa langue. Wright possédait toutes les informations. Et lui, il se limitait à confirmer ce que d'autres savaient déjà.

– Votre mère est une artiste. Dans quel domaine ? l'entendit-il ajouter.

– On en est où, là, dans le match ?

– Vous avez gagné à peu près dix yards. Quel genre d'artiste, votre mère ?

– Elle est peintre.

Pendant dix minutes, ils sondèrent la vie de Patty McAvoy.

Enfin, le policier en avait terminé avec la famille et se concentrait sur le suspect. Il lui servit quelques questions faciles sur son enfance, mais sans s'attarder sur les détails. Il sait déjà tout, se redit Kyle.

– Tableau d'honneur au Central York High School, athlète vedette, aigle chez les scouts, le grade le plus élevé. Pourquoi avez-vous choisi Duquesne University ?

– Ils m'ont proposé une bourse en basket.

– Vous avez eu d'autres propositions ?

– Deux, de la part d'établissements plus modestes.

– Mais vous n'avez pas beaucoup joué, à Duquesne.

– J'ai joué treize minutes en première année, ensuite je me suis fait une déchirure au genou, le ligament croisé antérieur, dans la dernière minute du dernier match.

– Opéré ?

– Oui, mais le genou était fichu. J'ai laissé tomber le basket et je me suis inscrit comme membre actif dans une fraternité étudiante.

– On abordera la fraternité Bêta tout à l'heure. Vous avait-on invité à réintégrer l'équipe de basket ?

– Plus ou moins. Peu importait. J'avais le genou flingué.

– Vous avez choisi l'économie comme matière principale et vous avez obtenu des notes quasi parfaites. Que s'est-il passé en espagnol, lors de votre deuxième année ? Vous n'avez pas eu un A ?

– J'aurais dû prendre allemand, je pense.

– Un seul B en quatre ans, ce n'est pas si mal.

Wright tourna une page, prit note de quelque chose. Kyle observa brièvement son visage à l'écran et se dit qu'il devait absolument se détendre.

– Mentions très bien, adhésion à une dizaine d'organisations étudiantes, championnats de softball en salle, secrétaire, puis président de la fraternité Bêta. Votre dossier universitaire est impressionnant, et pourtant, vous êtes aussi arrivé à mener de front une vie sociale pour le moins assez active. Parlez-moi de votre première arrestation.

– Je suis sûr que vous avez le dossier dans votre chemise, là.

– Votre première arrestation, Kyle.

– La seule. Une première, et il n'y en a pas eu d'autre. En tout cas à ce jour, si je ne m'abuse.

– Que s'est-il passé ?

– Une histoire typique des fraternités étudiantes. Une soirée bruyante qui s'est interrompue avec l'arrivée des flics. Je me suis fait prendre avec un « conteneur », selon la formule consacrée de la police. Une boîte de bière. Du pinaillage. Infraction. J'ai dû verser une amende de trois cents dollars et j'ai récolté six mois de mise à l'épreuve. Après ça, l'incident a été effacé de mon casier et Yale n'en a jamais rien su.

– C'est votre père qui a géré l'affaire ?

– Il s'en est un peu occupé, mais j'avais un avocat, à Pittsburgh.

– Qui ?

– Une dame qui s'appelle Sylvia Marks.

– J'ai entendu parler d'elle. Elle n'est pas spécialisée dans les âneries d'étudiants ?

– C'est bien elle. Mais elle connaît son métier.

– Je croyais qu'il y avait eu une deuxième arrestation.

– Non. Je me suis fait interpeller par la police sur le campus, mais il n'y a pas eu d'arrestation. Juste un avertissement.

– Que faisiez-vous ?

– Rien.

– Alors pourquoi vous ont-ils contrôlé ?

– Deux fraternités d'étudiants se tiraient dessus à coup de pétards-fusées. Des petits malins. Je ne m'y suis pas mêlé. Aucune mention dans mon dossier, donc je me demande comment vous avez pu en entendre parler.

Wright ignora ce commentaire et prit encore des notes dans son bloc. Quand il eut fini de griffonner, il demanda :

– Pourquoi avez-vous décidé d'entrer en faculté de droit ?

– J'ai pris cette décision quand j'avais douze ans. J'ai toujours voulu devenir avocat. Mon premier boulot, c'était de tenir la photocopieuse au bureau de mon père. J'ai en quelque sorte grandi là-bas.

– Auprès de quelles universités avez-vous déposé votre candidature ?

– Penn, Yale, Cornell et Stanford.

– Où avez-vous été reçu ?

– Dans les quatre.

– Alors pourquoi Yale ?

– C'était mon premier choix, depuis le début.

– Yale vous a proposé une bourse ?

– Certaines incitations financières, oui. Mais les autres aussi.

– Avez-vous emprunté de l'argent ?

– Oui.

– Combien ?

– Vous avez réellement besoin de le savoir ?

– Si ce n'était pas le cas, je ne vous poserais pas la question. Vous croyez que je parle juste pour m'écouter parler ?

– Cette question-là, ce n'est pas moi qui peux y répondre.

– Revenons aux prêts étudiants.

– Quand j'aurai mon diplôme, en mai, je devrai à peu près 60 000 dollars.

Wright hocha la tête, comme s'il confirmait l'exactitude du montant. Il tourna une autre page, et Kyle s'aperçut qu'elle aussi était noire de questions.

– Et vous écrivez pour la revue juridique ?

– Je suis le rédacteur en chef du *Yale Law Journal*, oui.

– C'est la plus haute distinction honorifique de la faculté ?

– Selon certains, oui.

– L'été dernier, vous avez fait un stage, à New York. Parlez-moi un peu de ce stage.

– C'était un de ces énormes cabinets de Wall Street, Scully & Pershing, le stage d'été standard. On nous servait à dîner et à boire, on avait des horaires relax, tous les grands cabinets ont recours au même numéro, pour attirer les étudiants chez eux. Ils bichonnent leurs stagiaires, et ensuite, une fois qu'ils sont entrés comme collaborateurs, ils les tuent à la tâche.

– Scully & Pershing vous ont-ils proposé un poste, une fois votre diplôme obtenu ?

– Oui.

– Avez-vous accepté ou refusé ?

– Ni l'un ni l'autre. Je n'ai pas pris ma décision. Le cabinet m'a accordé un délai supplémentaire.

– Qu'est-ce qui vous réclame autant de temps ?

– J'ai quelques autres pistes. La première, c'est un poste de magistrat stagiaire auprès d'un juge fédéral, mais de ce côté-là, les choses demeurent encore incertaines.

– Et vous avez reçu d'autres propositions professionnelles ?

– J'ai reçu d'autres propositions, oui.

– Dites-m'en plus.

– Franchement, vous y voyez un intérêt ?

– Tout ce que je dis a un intérêt, Kyle.

– Vous avez de l'eau ?

– Je suis certain qu'il doit y avoir ça dans la salle de bains.

Kyle se leva d'un bond, passa entre le lit double et la crédence, alluma la lumière dans la salle de bains exiguë, et fit couler de l'eau du robinet dans un verre en plastique à la paroi très fine. Il le vida d'un trait, le remplit de nouveau. Quand il retourna à la table, il posa le gobelet vers sa ligne des vingt yards, puis vérifia son image à l'écran.

– Juste par simple curiosité, dit-il. Le match en est où ?

– Troisième tentative et peu d'avancée. Parlez-moi de ces autres offres d'emploi, des autres cabinets.

– Pourquoi ne me montrez-vous pas simplement cette vidéo, qu'on saute toutes ces salades ? Si elle existe vraiment et si elle m'incrimine, alors je sors d'ici et j'engage un avocat.

Wright s'inclina vers lui, ajusta la position de ses deux coudes sur la table et se tapota doucement le bout des doigts. La partie inférieure de son visage se décontracta sur un sourire, mais la partie supérieure conserva toute sa réserve. Très froidement, il commenta :

– Vous vous mettez en colère, là, cela pourrait vous coûter la vie.

Me coûter la vie ? Comme à un cadavre ? Ou la vie au sens d'un brillant avenir ? Il ne savait pas trop. Il respira à fond, puis but une autre gorgée d'eau. Cet éclair de colère s'était dissipé, laissant place à l'accablement, un mélange de confusion et de peur.

Le faux sourire s'agrandit.

– Je vous en prie, Kyle, vous vous débrouillez bien, là. Encore quelques questions, et on abordera un domaine plus ardu. Alors, ces autres cabinets ?

– On m'a proposé un poste chez Logan & Kupec, à New York, chez Baker Potts, à San Francisco, et chez Garton à Londres. J'ai refusé les trois. Je tourne encore autour d'un projet de poste à caractère public.

– En quoi faisant ? Où cela ?

– C'est en Virginie, une mission d'aide juridique, pour les travailleurs immigrés.

– Et vous feriez cela combien de temps ?

– Deux ans, peut-être, je ne suis pas sûr. C'est juste une possibilité.

– Pour un salaire bien moindre ?

– Oh, oui. Pour beaucoup moins.

– Comment allez-vous rembourser vos prêts étudiants ?

– Je trouverai.

Cette réponse de petit malin déplut à Wright, mais il préféra ne pas la commenter. Il baissa les yeux sur ses notes, quoique ce bref aperçu ne fût même pas utile. Il savait que le jeune Kyle devait 61 000 dollars en prêts étudiants, mais que s'il consacrait les trois prochaines années à travailler pour un salaire minimal à défendre les pauvres, les opprimés, les victimes de maltraitance ou protéger l'environnement, Yale lui ferait grâce de cette dette. Cette offre lui avait été soumise par Piedmont Legal Aid, une structure spécialisée dans l'aide juridictionnelle, et son poste d'assistant était financé par une subvention émanant d'un énorme cabinet juridique de Chicago. Selon les sources de Wright, l'étudiant avait accepté l'offre, au moins verbalement, ce qui lui rapporterait 32 000 dollars annuels. Wall Street attendrait. Wall Street serait toujours là. Son père l'avait encouragé à consacrer ces deux prochaines années à monter au front, à mettre les mains dans le cambouis, loin du droit des entreprises auquel lui, John McAvoy, vouait le plus grand mépris.

D'après le dossier, Scully & Pershing lui avait offert un salaire de base de 200 000 dollars, sans compter les primes habituelles. Les autres cabinets lui offraient des montants similaires.

– Quand allez-vous vous choisir un emploi ? lui demanda-t-il.
– Très bientôt.
– Vous vous orientez plutôt vers quoi ?
– Vers rien.
– Vous êtes sûr ?
– Évidemment que je suis sûr.

Wright tendit la main vers son dossier, en secouant la tête, l'air déterminé, le front plissé, comme si on venait de l'insulter. Il prit d'autres documents, les feuilleta, puis lança un regard courroucé à Kyle.

– Vous n'avez pris aucun engagement verbal pour un poste auprès d'une structure dénommée Piedmont Legal Aid, à Winchester, en Virginie, où vous débuteriez le 2 septembre prochain ?

Kyle laissa échapper un filet d'air entre ses lèvres desséchées. Le temps d'amortir le choc, instinctivement, il regarda l'écran et oui, il avait bien l'air aussi pâlichon qu'il l'était en réalité. Il faillit bredouiller « Mais enfin, comment savez-vous ça ? », et c'eût été admettre la vérité. Vérité qu'il ne pouvait pas nier non plus. Wright savait déjà.

Il allait s'acheminer laborieusement vers une réponse vaseuse, mais son adversaire lui porta le coup de grâce.

– Appelons cela votre mensonge n° 1, d'accord, Kyle ? fit-il avec un sourire grinçant. Si nous devions en arriver à un mensonge n° 2, nous couperions la caméra, on se souhaiterait une bonne nuit, et on se retrouverait demain pour votre arrestation. Menottes, confrontation, clichés judiciaires, et pourquoi pas un journaliste ou deux. Vous ne penserez plus du tout à protéger les immigrés en situation irrégulière, et vous ne penserez plus du tout à Wall

Street. Ne me mentez pas, Kyle. J'en sais trop sur votre compte.

Il eut envie de lui répondre « Oui, monsieur », au lieu de quoi ce fut à peine s'il réussit à esquisser faiblement un « oui » de la tête.

– Alors, vous projetez de travailler dans les œuvres charitables, ces deux prochaines années ?

– Oui.

– Et ensuite quoi ?

– Je l'ignore. Je suis certain de rejoindre un cabinet, tôt ou tard, et d'entamer ma carrière.

– Que pensez-vous de Scully & Pershing ?

– Grosse boutique, puissante, et riche. Je crois que c'est le plus important cabinet juridique du monde. Tout dépend des dernières fusions entre cabinets ou des dernières absorptions en date. Des bureaux dans trente villes et sur cinq continents. Des types vraiment intelligents qui travaillent très dur et qui se soumettent mutuellement à une pression énorme, qui pèse surtout sur leurs jeunes collaborateurs.

– Votre style de travail ?

– Difficile à dire. L'argent, c'est super. Le métier est sans pitié. Mais on joue dans la cour des grands. Je finirai probablement là-bas.

– Dans quel secteur êtes-vous intervenu, l'été dernier ?

– J'ai bougé, mais j'ai passé l'essentiel de mon temps au contentieux.

– Cela vous plaît, le contentieux ?

– Pas particulièrement. Puis-je vous demander quel rapport ces questions peuvent bien avoir avec cette histoire de Pittsburgh ?

Wright retira ses coudes de la table et essaya de se détendre en s'enfonçant un peu plus dans sa chaise pliante. Il croisa les jambes et posa son bloc en équilibre sur sa cuisse gauche. Il mâchonna l'extrémité de son stylo un petit moment, en dévisageant Kyle comme s'il s'était transformé en psychiatre qui analyserait son patient.

– Parlons de votre fraternité étudiante, à Duquesne.

– Comme vous voudrez.

– Vous étiez plus ou moins dix membres à avoir prêté serment, au sein de votre promotion, exact ?

– Neuf.

– Vous restez en contact avec eux ?

– Dans une certaine mesure.

– L'acte d'accusation comporte quatre noms, le vôtre et trois autres, alors parlons des trois autres. Où est Alan Strock ?

L'acte d'accusation. Quelque part dans ce foutu dossier, à moins d'un mètre de lui, il y avait son acte d'accusation. Comment son nom pouvait-il figurer parmi les défendeurs ? Il n'avait pas touché cette fille. Il n'avait été témoin d'aucun viol. Il n'avait vu personne faire l'amour. Il se rappelait vaguement avoir été présent dans la pièce, mais à un moment, au cours de la soirée, et pendant cette scène de sexe, il avait perdu connaissance. Comment pourrait-il être accusé de complicité s'il n'était pas conscient ? Ce serait sa ligne de défense, au tribunal, et une ligne solide, mais rien que s'imaginer le spectre d'un procès, c'était trop épouvantable. Un procès ne se tiendrait que longtemps après son arrestation, et s'accompagnerait d'une immense publicité, avec l'horrible découverte de sa photo imprimée. Il ferma les yeux et se massa les tempes, il pensa aux coups de fil qu'il allait passer chez lui, d'abord à son père, et puis à sa mère. D'autres coups de téléphone suivraient : un à chacun des directeurs chargés du recrutement qui lui avaient proposé ces postes ; un à chacune de ses deux sœurs. Il proclamerait son innocence et ainsi de suite, mais il savait qu'il ne parviendrait jamais à se débarrasser de ces soupçons de viol.

Pour le moment, il n'avait aucune confiance en l'inspecteur Wright et dans le marché que celui-ci avait en tête – quel qu'il soit. S'il existait un acte d'accusation, alors aucun miracle ne pourrait l'enterrer.

– Alors, Alan Strock ? insista Wright.

– Il est en fac de médecine, à l'université d'État de l'Ohio.

– Vous avez correspondu, récemment ?

– Un e-mail, il y a deux jours.

– Et Joey Bernardo ?

– Il vit toujours à Pittsburgh, il travaille pour un courtier en Bourse.

– Des contacts récents ?

– Au téléphone, il y a quelques jours.

– Aucune mention d'Elaine Keenan, avec Alan ou Joey ?

– Non.

– Dites, les gars, vous avez tous essayé de l'oublier, Elaine, hein ?

– Oui.

– Eh bien, la revoilà.

– Visiblement.

Wright se redressa sur sa chaise, décroisa les jambes, s'étira le dos et reprit une position plus confortable, les deux coudes plantés sur la table.

– Après sa première année, Elaine a quitté Duquesne, reprit-il à voix plus basse, comme s'il commençait un long récit. Elle était très perturbée.

Des notes désastreuses. Elle affirme maintenant que ce viol lui a valu de graves troubles émotionnels. Elle a vécu chez ses parents, à Érié, pendant à peu près un an, et ensuite, le début de la dérive. Pas mal d'automédication, alcool et drogues multiples. Elle a vu quelques thérapeutes, mais sans résultat. Vous étiez au courant de tout ça ?

– Non. Après son départ de la fac, on est restés sans nouvelles.

– Quoi qu'il en soit, elle a une sœur, plus âgée, à Scranton, en Virginie, qui l'a accueillie, qui lui a trouvé de l'aide, et lui a payé une cure de désintoxication. Et puis ils ont dégotté un psy qui, manifestement, a fait du bon travail et l'a remise d'aplomb. Elle ne se drogue plus, ne boit plus, elle se sent bien, et sa mémoire s'est fortement améliorée. Elle s'est aussi trouvé une avocate, et elle demande justice, naturellement.

– Vous avez l'air sceptique.

– Je suis un flic, Kyle. Tout me laisse sceptique, mais j'ai là cette jeune femme assez convaincante, qui affirme avoir été violée, et j'ai une vidéo qui constitue une pièce à conviction de poids. Et, pour couronner le tout, j'ai cette avocate qui veut la peau de quelqu'un.

– C'est de l'extorsion, c'est ça ? Uniquement une question d'argent ?

– Que voulez-vous dire, Kyle ?

– Le quatrième défendeur, c'est Baxter Tate, et nous savons tous de quoi il retourne. La famille Tate est très riche. Vieille fortune de Pittsburgh. Baxter est né avec un portefeuille de fonds en fidéicommis dans son berceau. Combien veut-elle ?

– C'est moi qui pose les questions. Avez-vous eu des rapports sexuels…

– Oui, j'ai eu des relations sexuelles avec Elaine Keenan, comme la quasi-totalité de ma promotion. Elle était très, très chaude, elle passait plus de temps dans les locaux du Bêta que la majorité des Bêtas eux-mêmes, elle était capable de nous faire boire, et c'était toujours nous qui roulions sous la table, elle, jamais, et son sac à main était en permanence rempli de comprimés divers. Ses problèmes ont commencé bien avant son arrivée à Duquesne. Croyez-moi, elle n'a aucun intérêt à porter cette affaire en justice.

– Combien de fois avez-vous eu des rapports sexuels avec elle ?

– Une fois, environ un mois avant ce prétendu viol.

– Savez-vous si Baxter Tate avait eu des relations sexuelles avec Elaine Keenan, le soir en question ?

Kyle observa quelques secondes de silence, respira à fond.

– Non, je n'en sais rien. Je suis tombé dans le cirage.

– Baxter Tate admet-il avoir eu des relations sexuelles avec elle, ce soir-là ?

– Il ne m'a rien dit.

Wright acheva d'écrire une longue phrase sur son bloc, le temps que ce nuage se dissipe. Kyle pouvait presque entendre le chuintement de la caméra. Un bref regard, et il vit le petit témoin rouge qui le fixait.

– Où est Baxter Tate ? lui demanda Wright après un silence pesant, interminable.

– Quelque part à Los Angeles. À peine terminé son troisième cycle, il est parti pour Hollywood, où il voulait devenir acteur. Il n'est pas très stable.

– C'est-à-dire ?

– Il vient d'une famille fortunée qui est encore plus dysfonctionnelle que la moyenne des familles fortunées. C'est un fêtard absolu, régime alcool, drogues et nanas. Et il ne donne aucun signe de vouloir s'en sortir. Son but dans la vie, c'est de devenir un grand acteur et de se noyer dans l'alcool. Il veut mourir jeune, façon James Dean.

– Il a tourné dans des films ?

– Pas un seul. Mais il a tourné dans pas mal de bars.

Subitement, Wright eut l'air de se lasser de poser des questions. Il avait cessé de griffonner. Son regard dur était plus flottant. Il fourra des papiers dans son dossier, puis tapota du doigt au centre de la table.

– Nous avons progressé, Kyle, je vous remercie. La balle est au milieu du terrain. Vous voulez voir la vidéo ?

4.

Pour la première fois, Wright se leva, s'étira et se dirigea vers un coin de la pièce où attendait une petite boîte en carton. Une boîte blanche, où quelqu'un avait écrit proprement au feutre noir, et en lettres capitales : « En l'affaire de : KYLE MC AVOY et al. » Kyle McAvoy et autres. Wright sortit quelque chose de la boîte et, avec toute la ferme résolution du bourreau se préparant à actionner le commutateur de la chaise électrique, il retira un DVD d'une pochette, l'inséra dans le lecteur du portable, tapa sur deux touches, et reprit place. Kyle avait du mal à respirer.

Tandis que l'ordinateur enchaînait déclics et vrombissements, Wright commenta :

– Le téléphone portable était un Smartphone Nokia 6000, fabriqué en 2003, avec logiciel ETI Camcorder préinstallé, une carte mémoire d'un giga qui peut contenir environ trois cents minutes de fichiers vidéo compressés, une qualité en méga-pixels de quinze images/seconde, et activation vocale, ce qui se faisait de mieux à l'époque. Vraiment très sympa, ce téléphone.

– Qui est la propriété de ?

Wright eut un sourire finaud.
– Désolé, Kyle.
Pour une raison ou une autre, le policier jugea utile de lui montrer le téléphone. Il tapa sur une touche, et une photo du Nokia apparut à l'écran.
– Déjà vu cet appareil ?
– Non.
– Je pensais bien. Petit rappel de la scène, Kyle, au cas où les détails se seraient un peu brouillés dans votre esprit. Nous sommes le 25 avril 2003, dernier jour de cours, les examens de fin de cycle débutent dans une semaine. C'est un vendredi, une chaleur hors de saison pour Pittsburgh, des maximales de trente degrés ce jour-là, presque un record, et les jeunes de Duquesne décident de faire ce que tous les étudiants dignes de ce nom font, un peu partout. Ils commencent à boire dans l'après-midi, et ils prévoient déjà de continuer à boire toute la nuit. Un petit groupe se réunit dans la résidence où vous louez un appartement avec trois autres camarades. Vous sortez nager, une séance d'UV, vous buvez quelques bières, vous écoutez Phish. Les filles sont en bikini. La vie est belle. À un moment donné, après la tombée de la nuit, la fête se poursuit à l'intérieur, dans votre appartement. On commande des pizzas. La musique est forte, à cette heure-ci, on est passé à Widespread Panic. Et encore de la bière. Quelqu'un se pointe avec deux bouteilles de tequila, que l'on s'empresse de vider le plus vite possible, bien sûr. Vous vous rappelez ?
– Je me souviens de presque tout, oui.
– Vous avez vingt ans, vous venez de terminer votre deuxième année…
– Ça ne m'a pas échappé.
– On finit par mélanger la tequila à du Red Bull, et vous commencez à aligner les verres, vous et

votre bande. Je suis sûr que vous avez dû en aligner une tapée.

Kyle hocha la tête, ses yeux ne quittaient pas l'écran.

– Un peu plus tard, les vêtements s'envolent, et le propriétaire de ce téléphone décide de filmer secrètement toute la scène. À mon avis, il voulait avoir sa petite vidéo de ces demoiselles seins nus. Vous l'avez encore en tête, cet appartement, Kyle ?

– Oui, j'y ai vécu un an.

– Nous sommes allés repérer l'endroit. C'est un trou à rats, évidemment, comme beaucoup de logements d'étudiants, mais, d'après le logeur, rien n'a changé. Notre hypothèse, c'est que le type a placé son téléphone sur l'étroit comptoir qui sépare la kitchenette du coin salon. Ce comptoir, c'est le fourre-tout, on y pose n'importe quoi, les manuels, les agendas, les bouteilles de bière vides, grosso modo la totalité de ce qui a pu entrer dans cet appartement.

– C'est juste.

– Donc notre homme sort son portable, il se faufile en douce jusqu'à ce comptoir et, au beau milieu de cette soirée endiablée, il l'allume et le dissimule à côté d'un manuel. La scène d'ouverture est assez crue. Nous l'avons étudiée attentivement, il y a là six filles et neuf garçons, et tout le monde danse, plus ou moins dévêtu. Ça vous rappelle quelque chose, Kyle ?

– En partie, oui.

– Nous connaissons tous les noms.

– Vous allez me la montrer, ou vous comptez seulement m'en parler ?

– À votre place, je ne serais pas si impatient de voir ça. (Là-dessus, il tapa sur une nouvelle touche.)

Quand l'enregistrement commence, il est 23 h 14, précisa-t-il, et il tapa encore sur une touche.

Soudain, à l'écran, ce fut un assaut frénétique, une musique assourdissante – c'était Widespread Panic, le morceau : « Aunt Avis », l'album : *Bombs and Butterflies* – et des corps ondulant dans des poses suggestives. Quelque part dans le fond de son cerveau, Kyle avait espéré voir une brève série d'images floues, à la définition médiocre, d'une bande de crétins de la Bêta en train de boire dans le noir. Au lieu de quoi, il resta interdit devant une image vidéo d'une clarté remarquable, filmée par l'objectif minuscule d'un téléphone. L'angle choisi par le propriétaire inconnu de l'appareil dévoilait la quasi-totalité du coin salon du 4880 East Chase, appartement 6B.

Les quinze fêtards avaient tous l'air très saouls. Les six filles étaient poitrine nue, en effet, comme la plupart des garçons. En fait de danse, c'était du pelotage de groupe, et il n'y avait pas deux partenaires qui restaient ensemble plus de quelques secondes d'affilée. Tout le monde avait un verre à la main ; la moitié du groupe avait une cigarette ou un joint dans l'autre. Ces six paires de seins qui se trémoussaient en cadence, pour les garçons, c'étaient des proies rêvées. Toute cette chair à nu, d'un sexe ou de l'autre, était à la disposition de qui en voudrait. Une incitation à se toucher, à s'agripper. Des corps se collaient, se penchaient, vacillaient, avant de se séparer et de passer au partenaire suivant. Certains convives étaient bruyants et chahuteurs, d'autres, assommés par ce flot d'alcool et de décoctions chimiques, donnaient plutôt l'impression de dépérir à vue d'œil. Et apparemment ils chantaient tous ou presque sur la musique. On voyait aussi des lèvres vissées dans de longs baisers, tandis que des mains baladeuses allaient chercher des parties plus intimes.

– Je crois que c'est vous, là, avec les lunettes noires, fit Wright, sur un ton assez supérieur.

– Merci.

Lunettes noires, casquette jaune de l'équipe de basket des Pirates, short de sport blanc cassé qui pendait trop bas, un corps mince à la peau pâle et hivernale, en manque de soleil. Un verre en plastique dans une main, une cigarette dans l'autre. La bouche ouverte, il chantait avec les autres. Un crétin alcoolisé. Un abruti de vingt ans au bord du voile noir.

Et à cette minute, cinq ans plus tard, il n'éprouvait aucune nostalgie, il ne regrettait rien de ces années d'insouciance tapageuse, à l'université. Le bordel, les cuites, les réveils en fin de matinée dans des lits inconnus, rien de tout cela ne lui manquait. En même temps, il n'éprouvait aucun remords. Il se sentait un peu gêné de se retrouver sur ce film, mais cela remontait à longtemps. Sa période étudiante n'avait rien eu de très surprenant non plus. Il n'avait pas davantage fait la fête que tous ceux qu'il fréquentait à l'époque – et sûrement pas moins.

La musique s'arrêta un petit moment. Entre deux morceaux, on préparait d'autres verres qu'on faisait circuler. L'une des filles se laissa tomber sur une chaise : apparemment, elle déclarait forfait pour ce soir. Et puis un autre morceau commença.

– Ça continue environ huit minutes de plus, fit Wright, en consultant ses notes d'un œil. (Kyle ne doutait pas que l'inspecteur et sa troupe aient analysé et mémorisé chaque seconde, chaque image.) Comme vous le verrez, Elaine Keenan n'est pas présente. Elle a déclaré qu'elle se trouvait alors dans l'appartement voisin, où elle buvait un verre avec des amis.

– Donc elle a encore changé sa version.

Wright ignora cette remarque.

– Si cela ne vous ennuie pas, je vais avancer plus loin, jusqu'à l'arrivée de la police. Vous vous souvenez de ces policiers, Kyle ?

– Oui.

Les images saccadées défilèrent à peu près une minute en accéléré, et Wright appuya de nouveau sur une touche.

– À 23 h 25, la fête s'interrompt brusquement. Écoutez.

Au milieu d'un morceau, alors que les quinze étudiants ou presque étaient encore bien visibles, en train de danser, de boire, de brailler, quelqu'un poussa un cri, hors champ : « Les flics ! Les flics ! » Kyle se vit attraper une fille et disparaître de l'image. La musique se tut. Les lumières s'éteignirent. L'écran devint complètement noir.

Wright poursuivit :

– D'après nos procès-verbaux, la police a été appelée à trois reprises pour venir chez vous, ce printemps-là. C'était la troisième fois. Un jeune homme, un certain Alan Strock, l'un de vos colocataires, a ouvert la porte aux policiers et parlementé avec eux. Il leur a juré qu'il n'y avait pas eu consommation d'alcool par des mineurs. Que tout allait bien. Il baisserait volontiers la musique et il ferait en sorte de réduire le bruit. Les flics lui ont donné sa chance, et se sont contentés d'un avertissement. Ils ont supposé que les autres s'étaient planqués dans les chambres.

– Ils avaient presque tous filé par l'escalier de secours.

– Peu importe. La caméra vidéo du téléphone portable était réglée sur l'activation vocale, donc au bout de soixante secondes de quasi-silence, elle avait cessé d'enregistrer. Elle était posée à au moins six mètres de la porte d'entrée. Suite à la panique, son propriétaire avait décampé, en oubliant son téléphone et, dans la mêlée, quelqu'un avait bousculé toutes les affaires posées sur le comptoir, le téléphone avait pris un coup et le cadre avait bougé. On ne voit plus autant de choses qu'avant. Il s'écoule une vingtaine de minutes, dans un calme parfait. À 23 h 48, on entend des voix et la lumière se rallume.

Kyle se rapprocha de l'écran. Le tiers du cadre était obstrué par un objet jaune.

– Sans doute un annuaire, les pages jaunes, souligna Wright. La musique redémarre, mais bien plus bas.

Les quatre colocataires – Kyle, Alan Strock, Baxter Tate et Joey Bernardo – allaient et venaient dans le coin salon, en short et en T-shirt, avec de nouveau un verre à la main. Elaine Keenan traversa elle aussi la pièce, en parlant sans arrêt, puis elle s'assit sur le rebord du canapé, en fumant ce qui ressemblait à un joint. La moitié seulement du canapé était visible. Une télévision était allumée, hors champ. Baxter Tate se rendit près d'Elaine, lui dit quelque chose, puis il posa son verre et retira son T-shirt d'un geste rapide. Elaine et lui s'affalèrent l'un sur l'autre, dans le canapé, manifestement en train de s'envoyer en l'air, pendant que les trois autres regardaient la télévision et tournaient en rond. Ils parlaient, mais la musique et le son de la télé noyaient leurs propos. Alan Strock passa devant l'objectif, enleva son T-shirt et dit quelque chose à Baxter, qu'on ne voyait pas. Elaine restait silencieuse. On apercevait moins de la moitié du canapé, maintenant, mais un écheveau de jambes nues était bien reconnaissable.

Ensuite la lumière s'éteignit et, l'espace d'une seconde, la pièce fut plongée dans le noir. Lentement, le halo blafard de la télévision vint se refléter sur les murs, créant un éclairage indirect. Joey Bernardo entra dans l'image, il enleva son T-shirt, lui aussi. Il s'immobilisa, regarda fixement le canapé, où on se livrait à une activité débridée.

– Écoutez, siffla Wright.

Joey dit quelque chose que Kyle ne parvint pas à saisir.

– Vous avez entendu ? demanda le policier.

– Non.

L'autre stoppa la vidéo.

– Nos experts ont étudié la bande-son. Joey Bernardo dit à Baxter Tate : « Elle est réveillée ? » Tate est manifestement en train de faire l'amour à Elaine, qui s'est évanouie sous l'effet de l'alcool, et Bernardo s'arrête devant eux, se rend compte de la situation et se demande si la jeune fille est toujours consciente. Vous voulez écouter de nouveau ?

– Oui.

L'inspecteur revint en arrière, puis relança la lecture. Kyle se baissa et, le nez à moins de vingt centimètres de l'écran, il regarda attentivement, écouta encore plus attentivement, et il entendit le mot « réveillée ». L'inspecteur secoua la tête avec gravité.

La scène continuait, avec la musique et la télévision en bruit de fond et, même si le coin salon de leur appartement était plongé dans le noir, on discernait des silhouettes dans l'ombre. Baxter Tate finit par se détacher du canapé, se leva, apparemment nu de la tête aux pieds, et s'éloigna. Une autre silhouette, Joey Bernardo, prit aussitôt sa place. Certains bruits étaient à peine audibles.

On entendait un cliquetis métallique régulier.

– Nous pensons qu'il s'agit du canapé, expliqua Wright. J'imagine que vous ne pouvez pas nous aider ?

– Non.

Et assez vite ce furent des halètements haut perchés, et le cliquetis s'interrompit. Joey s'écarta du canapé et disparut.

– C'est grosso modo la fin du film. Après ça, il y a encore douze minutes, mais il ne se passe plus rien. Si la fille, Elaine, a changé de position ou si elle s'est levée du sofa, ce n'est pas sur la vidéo. Nous avons la quasi-certitude que Baxter Tate et Joey Bernardo ont eu un rapport sexuel avec elle. Il n'y a aucune preuve visible concernant Alan Strock et vous-même.

– Moi, non. Je peux vous l'assurer.

– Où étiez-vous pendant ces deux viols ?

Wright lui posa la question, puis il appuya sur une touche et l'écran devint blanc.

– Je suis convaincu que vous avez déjà votre idée.

– Bien. (Il s'était de nouveau armé de son stylo et de son bloc.) Elaine dit qu'elle s'est réveillée quelques heures plus tard, vers trois heures du matin, nue, toujours sur ce canapé, avec subitement le vague souvenir d'avoir été violée. Elle a paniqué, elle n'était pas trop certaine de savoir où elle était, elle admet qu'elle était encore très saoule, elle parvient à retrouver ses vêtements, s'habille, vous voit profondément endormi dans un fauteuil inclinable, devant la télévision. Elle comprend alors où elle est et se souvient un peu mieux de ce qui lui est arrivé. Strock, Tate et Bernardo ont disparu. Elle vous parle, vous secoue l'épaule, mais vous ne réagissez pas, donc elle sort en vitesse de l'appartement, rejoint celui d'à côté, et tombe finalement de sommeil.

– Et pendant quatre jours, elle ne parle pas de viol, n'est-ce pas, inspecteur, ou bien a-t-elle encore changé de discours ?

– Pendant quatre jours, non, c'est exact.

– Je vous remercie. Pas un mot à quiconque pendant quatre jours. Ni à ses colocataires, ni à ses amis, ni à ses parents, à personne. Et soudain, elle décide qu'elle a été violée. La police s'est tout de suite beaucoup méfiée de son histoire, hein ? Puis vos collègues se sont présentés à l'appartement, et au siège de la fraternité Bêta, ils ont posé des questions, et ils ont reçu très peu de réponses. Pourquoi ? Parce qu'il n'y a pas eu viol. Tout cela était consenti. Croyez-moi, inspecteur, cette fille aurait accepté de faire n'importe quoi.

– Comment pouvait-elle consentir à quoi que ce soit si elle était inconsciente, Kyle ?

– Si elle était inconsciente, comment peut-elle se souvenir d'avoir été violée ? Il n'y a eu aucun examen médical. On n'a pas utilisé de kit de viol. Pas la moindre pièce à conviction. Juste la mémoire d'une jeune femme très confuse en état de black-out total. L'affaire a été classée sans suite il y a cinq ans, et aujourd'hui encore elle devrait être classée sans suite.

– Mais elle ne l'est pas. Elle est là, et bien là. Le jury d'accusation pourrait considérer que la vidéo suffirait à prouver le viol.

– Ce sont des conneries et vous le savez. Il n'est pas question de viol. Il est question d'argent. La famille de Baxter Tate est bourrée de fric. Elaine s'est trouvé une avocate bien rapace. Cette mise en accusation n'est rien d'autre qu'une tentative d'extorsion.

– Vous êtes donc disposé à courir le risque d'un procès à grand spectacle, et celui d'une condamnation ? Vous voulez que le jury d'accusation voie vraiment la vidéo ? Vous et vos trois copains de chambrée complètement pétés à l'alcool, qui abusent d'une jeune femme ?

– Je ne l'ai pas touchée.

– Non, mais vous étiez là, tout près, à moins de trois mètres. Allons.

– Je ne m'en souviens pas.

– Comme c'est commode.

Kyle se leva lentement et se rendit dans la salle de bains. Il remplit un autre gobelet en plastique d'eau du robinet, le but d'un trait, le remplit de nouveau, et le but. Ensuite, il s'assit sur le bord du lit et s'enfouit la tête dans les mains. Non, il n'avait pas envie que le jury découvre la vidéo. Il venait de la voir pour la première fois et il priait pour que ce soit la dernière. Il eut la vision de ses trois copains et lui assis dans une salle d'audience bondée, les lumières tamisées, le juge, la mine sévère, les jurés, ébahis, Elaine, en larmes, ses parents, stoïques, au premier rang, et la vidéo défilant sous les yeux d'un public captivé. Cette scène lui donnait la nausée.

Il se sentait innocent, mais il n'était pas convaincu que les jurés partagent son sentiment.

Wright éjecta le disque et le rangea soigneusement dans un boîtier en plastique.

Kyle resta un long moment le regard rivé sur la moquette bon marché. Il y avait du bruit dans le couloir, des voix étouffées, des pas traînants, peut-être les types du FBI qui avaient des fourmis dans les jambes. En réalité, cela lui était égal. Il avait les oreilles qui bourdonnaient et ne savait pas trop pourquoi.

Chacune de ses pensées fugaces était chassée par la suivante, il était dans l'incapacité de se concentrer, de réfléchir de façon rationnelle, de s'attacher à ce qu'il devait dire ou ne pas dire. Les décisions prises en cette minute terrible pouvaient avoir des répercussions infinies. L'espace d'un instant, ce tourbillon mental s'arrêta sur les trois joueurs de crosse, à Duke University, en Caroline du Nord, accusés à tort d'avoir violé une strip-teaseuse. Par la suite, on les avait entièrement disculpés, mais seulement après une atroce descente aux enfers. Et dans cette affaire, il n'y avait pas eu de vidéo, pas le moindre lien tangible avec la victime.

« Elle est réveillée ? » demande Joey à Baxter. Combien de fois cette question résonnerait-elle dans la salle du tribunal ? Image par image. Mot après mot. Quand les jurés se retireraient pour délivrer leur verdict, ils auraient ce film en tête.

Wright demeurait patiemment assis à la table, ses mains velues croisées sur son bloc-notes grand format, immobiles. Le temps ne comptait pas. Il avait l'éternité devant lui.

– On est toujours en milieu de terrain ? fit Kyle, rompant le silence.

– On a dépassé le milieu de terrain, on approche de la ligne des quarante yards et on avance.

– J'aimerais voir l'acte d'accusation.

– Bien sûr.

Kyle se leva et baissa les yeux vers la table pliante. L'inspecteur entama une série de gestes qui, à première vue, avaient de quoi laisser songeur. D'abord, il sortit son portefeuille de sa poche arrière gauche, en retira son permis de conduire, et le posa sur la table. Il y ajouta son insigne de la police de Pittsburgh et le coucha sur la table. D'une boîte, par terre, il vida d'autres cartes et d'autres insignes, qu'il aligna sur la table. Il attrapa un dossier, le tendit à Kyle et lui dit :

– Bonne lecture.

Le dossier était étiqueté « INFORMATION ». Il l'ouvrit et en fit glisser une liasse de feuillets agrafés. La première page avait un aspect officiel. Un titre en gras : « Commonwealth de Pennsylvanie, Comté d'Allegheny, Cour des plaids communs. » Et en titre plus petit, cette mention : « Commonwealth contre Baxter F. Tate, Joseph N. Bernardo, Kyle L. McAvoy et Alan B. Strock. » Il y avait un numéro de rôle, une cote de dossier et d'autres annotations officielles.

Wright attrapa une paire de ciseaux et découpa méthodiquement son permis de conduire en deux carrés parfaits.

Le premier paragraphe stipulait : « Cette plainte est déposée au nom et en vertu de l'autorité du Commonwealth de Pennsylvanie contre les défendeurs susnommés… »

Wright découpait quelques autres cartes en plastique, apparemment toutes des permis de conduire ou des cartes de crédit.

« Qui sous la juridiction de cette cour… »

Wright arracha son insigne en bronze de son étui en cuir et le lâcha sur la table, où il rebondit.

– Qu'est-ce que vous faites ? finit par lui demander Kyle.

– Je détruis les pièces à conviction.

– Quelles pièces à conviction ?

– Lisez page deux.

Kyle, qui était arrivé en bas de la page un, tourna à la page deux. Elle était vierge, pas un mot, pas une lettre, pas une virgule, rien. Il tourna la page trois, et la quatre, et la cinq. Toutes vierges. Wright était occupé à aligner d'autres insignes. Kyle, qui tenait entre ses mains cet acte d'accusation factice, regardait faire l'inspecteur, bouche bée.

– Asseyez-vous, Kyle, fit l'autre avec un sourire, en lui désignant la chaise pliante vide.

S'efforçant de dire quelque chose, le jeune homme réussit tout juste à lâcher un geignement mort-né. Puis il se rassit.

– Il n'y a pas d'acte d'accusation, continua l'autre comme si maintenant tout cela tombait sous le sens. Pas de jury populaire, pas de flics, pas d'arrestation, pas de procès. Rien qu'une vidéo.

– Pas de flics ?

– Eh, non. Tous ces trucs sont faux. (D'un geste des deux mains, il désigna le petit tas de pièces d'identité qu'il venait de couper en morceaux.) Je n'appartiens pas à la police. Ces messieurs, de l'autre côté du couloir, ne sont pas des agents du FBI.

Kyle bascula la tête en arrière comme un boxeur qui vient d'être touché, puis se frotta les yeux. L'acte d'accusation tomba par terre.

– Qui êtes-vous ? réussit-il quand même à marmonner d'une voix sourde.

– C'est une très bonne question, Kyle, mais y répondre prendra un peu de temps.

Encore incrédule, il prit l'un des insignes – celui de Ginyard, FBI. Il passa le pouce dessus.

– Mais j'ai vérifié ce type, sur Internet. Il travaille réellement pour le FBI.

– Oui, ce sont de vrais noms. Des noms d'emprunt, juste pour la soirée.

– Alors vous avez usurpé le titre d'un officier de police ?

– Et comment. Mais cela ne constitue qu'un délit mineur. Épargnez-vous cette peine.

– Mais pourquoi ?

– Pour attirer votre attention, Kyle. Pour vous convaincre de venir ici, à cette petite réunion avec moi. Sinon, vous auriez pu vous enfuir. En outre, nous voulions vous impressionner, en faisant un peu étalage de nos moyens.

– Nous ?

– Oui, mon cabinet. Voyez-vous, Kyle, je travaille pour un adjudicataire, une compagnie privée, et j'ai été engagé pour accomplir un certain travail. Nous avons besoin de vous, et c'est notre méthode de recrutement.

Kyle se relâcha dans un éclat de rire nerveux. Une bouffée de chaleur lui monta aux joues, son sang se remettait à circuler normalement. Il y eut d'abord un frisson de soulagement, de ne pas être sous le coup de l'inculpation, d'avoir échappé au peloton d'exécution. Mais la colère commençait à bouillir en lui.

– Vous recrutez en recourant au chantage ?

– Si nécessaire. Nous avons ce DVD. Nous savons qui est cette fille. Et elle a bien une avocate.

– Est-elle au courant de l'existence de cette vidéo ?

– Non, mais si elle la voyait, votre vie pourrait singulièrement se compliquer.

– Je ne suis pas sûr de vous suivre.

– Allons, Kyle. En Pennsylvanie, le délai de prescription pour le viol est de douze ans. Vous en avez encore sept à courir. Si Elaine et son avocate découvraient cette vidéo, elles vous menaceraient d'une plainte pénale pour vous obliger à un règlement au civil. Ce ne serait, comme vous dites, rien d'autre que de l'extorsion, mais ça marcherait. Votre vie sera bien plus lisse et sans bavures si vous jouez le jeu avec nous et si nous enterrons cette vidéo.

– Donc vous me recrutez ?

– Oui.

– Pour faire quoi ?

– Pour être avocat.

5.

Une fois soulagé de ce poids écrasant qui lui pesait sur les épaules, et respirant de nouveau à peu près normalement, Kyle jeta un œil à sa montre. Il était plus de minuit. Il regarda Wright, enfin, quel que soit le vrai nom de ce type, et il eut envie de sourire, et même de le serrer dans ses bras, tout simplement parce qu'il n'était pas flic à Pittsburgh et ne lui délivrerait pas d'acte d'accusation. Il n'y aurait pas d'arrestation, pas de poursuites, pas d'humiliation, et tout cela, pour Kyle, suscitait l'euphorie. Mais en même temps, il avait envie de se ruer de l'autre côté de cette table et de lui flanquer son poing dans la figure, avec toute la violence dont il serait capable, de le renverser sur le sol et de le frapper à coups de pied jusqu'à ce qu'il ne remue plus.

Il finit par refouler ces deux impulsions. Wright était solide, sans doute bien entraîné, et il saurait se défendre. Pas franchement le genre de garçon qu'on aurait envie de serrer dans ses bras. Il se redressa contre le dossier de sa chaise, croisa la cheville droite sur son genou gauche et, pour la première fois depuis des heures, il se détendit.

– Alors, quel est votre vrai nom ?

Wright préparait un nouveau bloc grand format sur papier ligné, pour une nouvelle série de prise de notes. Il écrivit la date, dans l'angle supérieur gauche.

– Nous n'allons pas perdre notre temps avec des questions oiseuses, Kyle.

– Ah, et pourquoi pas ? Vous ne pouvez même pas me dire votre nom ?

– Restons-en à Bennie Wright, pour le moment. En réalité, peu importe, car vous ne connaîtrez jamais mon nom.

– Là, ça me plaît. On est en pleines salades de barbouzes. Vous êtes sacrément forts, les gars. Pendant presque quatre heures, vous m'avez carrément fait marcher. J'avais le côlon noué, un nœud presque aussi gros qu'une citrouille. Je pensais déjà à me trouver un joli pont d'où m'envoler. Je vous en veux à mort et je ne suis pas près de l'oublier.

– Quand vous la fermerez, nous pourrons passer aux choses sérieuses.

– Je peux m'en aller, là, tout de suite ?

– Bien sûr.

– Et personne ne va m'alpaguer ? Plus de faux insignes et d'agents du FBI bidons ?

– Rien. Allez-y. Vous êtes un homme libre.

– Oh, je vous remercie.

Une minute s'écoula, sans un mot. Les petits yeux perçants de Wright ne se détachèrent pas une seconde du visage de son interlocuteur qui, malgré tous ses efforts, se sentait incapable de soutenir ce regard. Il avait un pied qui gigotait, ses yeux qui se dérobaient à droite, à gauche, et il n'arrêtait pas de tambouriner du bout des doigts sur la table. Dans sa tête, il faisait défiler cent scénarios à toute vitesse, mais pas une fois il ne songea à quitter la pièce.

– Parlons de l'avenir, Kyle, lui suggéra-t-il enfin.

– Bien sûr. Maintenant que je ne suis plus menacé d'arrestation, j'ai devant moi un avenir meilleur, c'est certain.

– Cet emploi que vous comptez accepter. Piedmont Legal Aid. Pourquoi tenez-vous tant à gâcher deux années pour sauver le monde ?

– Je ne vois pas véritablement les choses sous cet angle. Il y a beaucoup de travailleurs immigrés, en Virginie, et la plupart du temps ils sont en situation irrégulière, exposés à toutes sortes de mauvais traitements. Ils vivent dans des boîtes en carton, ne mangent que du riz midi et soir, triment pour deux dollars la journée, un travail éreintant pour lequel ils ne sont pas toujours payés, et ainsi de suite. J'imagine qu'un peu d'aide ne leur ferait pas de mal.

– Mais pourquoi ?

– C'est du droit d'intérêt public, d'accord ? À l'évidence, ça vous passe au-dessus de la tête. Il y a des juristes qui consacrent leur temps à aider les autres. On nous enseigne encore ça, en fac de droit. Et nous sommes encore quelques-uns à y croire.

Voilà qui laissa Wright froid.

– Parlons de Scully & Pershing.

– Comment ça ? Vous avez mené vos propres recherches, je n'en doute pas.

– Ils vous ont proposé un boulot ?

– Exact.

– Vous débutez quand ?

– Cette année, le 2 septembre. Je m'inscris au barreau en juillet, et je commence à travailler en septembre.

– En tant que collaborateur ?

– Non, comme associé à part entière. Ou alors pourquoi pas secrétaire, ou rédacteur ? Allons, Bennie, vous connaissez les usages.

– Ne vous mettez pas en colère. Nous avons encore un bon bout de chemin devant nous.

– Je vois. Et maintenant nous devrions coopérer, et devenir copains, parce que nous luttons pour un objectif commun. Rien que vous et moi, exact, Bennie ? Un tandem de deux bons vieux amis. On va où, là, nom de Dieu ?

– On va chez Scully & Pershing.

– Et si je n'ai pas envie de travailler là-bas ?

– Vous n'avez guère le choix.

Kyle s'appuya sur ses coudes et se frotta les yeux. La table pliante était étroite, leurs visages n'étaient plus qu'à cinquante centimètres l'un de l'autre.

– Avez-vous refusé l'offre de Scully & Pershing ?

– J'imagine que vous connaissez déjà la réponse à cette question. J'imagine que cela fait un petit moment que vous écoutez mes conversations téléphoniques.

– Pas toutes.

– Vous êtes un petit voyou.

– Les petits voyous, ça vous fracasse les tibias, Kyle. Nous sommes beaucoup trop intelligents pour ça.

– Non, je n'ai pas refusé l'offre de Scully & Pershing. Je les ai informés que je réfléchissais sérieusement à mes deux années de droit d'intérêt public, et nous avons même discuté d'un possible report. Ils m'ont accordé un délai supplémentaire, mais je dois prendre ma décision.

– Alors ils vous veulent toujours ?

– Oui.

– Avec un salaire initial de 200 000 dollars ?

– Quelque chose de cet ordre. Vous connaissez les chiffres.

– L'un des plus grands et des plus prestigieux cabinets juridiques du monde.

– Le plus grand, du moins c'est ce qui se dit.

– Gros cabinet, clients importants, des associés fortunés jouissant de contacts un peu partout. Allons, Kyles, c'est une offre pour laquelle la plupart des étudiants en droit tueraient volontiers quelqu'un. Pourquoi ne pas accepter ?

D'un coup, Kyle quitta son siège et fit les cent pas dans la chambre. Il toisa l'autre, l'œil mauvais.

– Que je sois bien certain de vous suivre. Vous voulez que j'accepte un poste chez Scully & Pershing, pour des raisons qui, j'en suis sûr, vont à l'encontre de mes intérêts, et si je dis non, vous me ferez chanter avec cette vidéo et ces allégations de viol. Exact ? C'est vers ça qu'on s'achemine, Bernie ?

– Plus ou moins. Ce mot de « chantage » est si vilain.

– Je ne voudrais offenser personne, Bernie. Je suis convaincu que vous êtes quelqu'un de très sensible. Mais c'est du chantage, ou de l'extorsion, enfin, le nom que vous voudrez bien lui donner. C'est un délit, Bernie. Et vous êtes un voyou.

– Fermez-la et arrêtez de me traiter de voyou !

– Je pourrais aller voir la police, dès demain, et vous faire choper. Usurpation d'identité d'un officier de police judiciaire, tentative de chantage.

– Cela n'arrivera pas.

– Je peux faire en sorte que si.

Wright se leva, lentement, et, pendant une horrible seconde, amorça un geste, comme s'il allait lui coller un méchant coup de poing. Puis il pointa tranquillement le doigt sur lui et, d'une voix ferme et posée, lui dit :

– Vous êtes un gamin au nez tout plein de votre morve juridique. Vous voulez courir chez les flics, allez-y. Échafaudez vos petites théories de manuels scolaires sur qui a raison et qui a tort, et vous savez ce qui se passera ? Je vais vous expliquer. Vous ne me reverrez plus jamais. Les gars, là, de l'autre côté du couloir, les agents du FBI, ils sont déjà partis. Plus la moindre trace. Disparus, pour toujours. D'ici peu, je vais recevoir la visite de l'avocate d'Elaine Keenan, je vais lui montrer la vidéo, je vais attirer son attention sur la fortune de Baxter Tate, donner vos adresses, vos numéros de téléphone et vos e-mails actuels à cette avocate, les vôtres et ceux d'Alan Strock et de Joey Bernardo, l'inciter à discuter avec le procureur, à Pittsburgh, et avant que vous vous soyez rendu compte de rien, la situation vous aura complètement échappé. On vous intentera peut-être une procédure, peut-être pas. Mais moi, faites-moi confiance, je vais vous anéantir.

– Où est Elaine ? Vous l'avez enfermée quelque part dans un bunker ?

– Peu importe. Nous avons des raisons de penser qu'elle est définitivement convaincue d'avoir été violée, dans votre appartement.

– S'il vous plaît.

– Cette fille, c'est une bombe à retardement, Kyle, et la vidéo suffirait à la faire exploser. Vous avez encore sept ans devant vous pour vous en inquiéter. (Là-dessus, Wright regagna son siège et prit quelques notes. Kyle s'assit au bord du lit, face au miroir.) Et ça pourrait vraiment très mal tourner, continua l'autre. Réfléchissez un peu. L'étudiant le plus brillant de la fac de droit de Yale arrêté sur une inculpation de viol. Les groupes de défense des femmes braillant pour qu'on leur livre ces quatre paires de testicules. La vidéo diffusée clandestinement sur Internet. Un procès sans merci. Un risque de condamnation, la prison. Une carrière détruite.

– Bouclez-la !

– Non. Donc si vous croyez que je me soucie de vos menaces à deux balles, soyez bien certain que vous vous trompez. Parlons affaires. Prenons cette vidéo et mettons-la sous clef quelque part, pour que personne ne la voie jamais. Qu'en pensez-vous, Kyle ?

Sur le moment, il n'en pensait que du bien. Il gratta sa barbe naissante.

– Qu'est-ce que vous voulez ?

– Je veux que vous acceptiez l'offre de Scully & Pershing.

– Pourquoi ?

– Ah, nous progressons, enfin. Maintenant, nous allons pouvoir discuter affaires. Cette question du pourquoi, j'ai cru que vous ne me la poseriez jamais.

– Pourquoi ? Pourquoi ? Pourquoi ?

– Parce que nous avons besoin d'informations.

– Super. Voilà qui éclaircit les choses. Je vous remercie grandement.

– Accordez-moi quelques minutes de patience. Que je vous expose le contexte. Nous avons deux entreprises gigantesques en concurrence acharnée. Ce sont deux rivaux impitoyables, qui valent l'un et l'autre des milliards, et se vouent un mépris absolu. Dans ce secteur, on a déjà vu des procédures juridiques, des procédures haineuses, de grands déballages publics, sans vainqueur et sans perdant bien tranchés. Donc, durant toutes ces années, ces deux-là ont tâché d'éviter le tribunal. Jusqu'à ce jour. Mais maintenant, ils sont sur le point de s'affronter, dans un procès sans précédent. Il va s'ouvrir d'ici quelques semaines, devant une cour fédérale, à New York. L'enjeu se situe aux alentours des 800 milliards de dollars, et le perdant risque de ne pas y survivre. Un litige d'une brutalité effrayante. Une manne pour les avocats. Chacun des deux groupes a fait appel à un cabinet de Wall Street, et devinez quoi ? Les deux cabinets se haïssent, eux aussi.

– Je meurs d'envie de me retrouver au milieu de tout ça.

– C'est le chemin que vous prenez. L'un de ces deux cabinets s'appelle Scully & Pershing. L'autre Agee, Poe & Epps.

– Autrement dénommé APE.

– Exact.

– J'ai passé un entretien, là-bas.

– Ils vous ont proposé un poste ?

– Je croyais que vous saviez tout.

– Uniquement ce que j'ai besoin de savoir.

– Ce cabinet-là ne m'a pas plu.

– Voilà qui est parlé, mon garçon. Et bientôt, vous allez voir, ils vont vraiment vous déplaire.

Kyle passa dans la salle de bains, fit couler de l'eau froide dans le lavabo, s'aspergea le visage et le cou et s'observa fixement dans le miroir, un long moment. Évite de te fatiguer, se dit-il. Ignore la fatigue et la peur. Essaie d'anticiper la suite. Essaie de lui balancer une balle vicieuse, bouscule son timing, dévie-le de sa trajectoire.

Il se rassit à la table, en face de lui.

– Où l'avez-vous trouvée, cette vidéo ?

– Kyle, Kyle, quelle perte de temps.

– Si la vidéo est utilisée au tribunal, alors le propriétaire du téléphone portable va devoir déposer sous serment. À ce stade-là, vous ne pourrez pas protéger son identité. Le sait-il ? Le lui avez-vous expliqué ? C'est un membre de ma fraternité, et je parie qu'il refusera de témoigner devant la cour.

– La cour ? Vous voulez aller devant un tribunal ? Un procès comporte toujours la possibilité d'une condamnation, ce qui signifie la prison, et la prison pour les mignons petits garçons blancs condamnés pour viol, ce n'est pas joli-joli.

– Je parie qu'elle ne portera pas plainte.

– Vous ne pouvez parier sur rien. Elle a besoin d'argent. Si elle peut en soutirer à M. Tate, et quelques dollars à vous et aux deux autres, elle ne s'en privera pas. Faites-moi confiance.

– Je ne vous confierais même pas mon linge sale.

– Assez d'insultes. Nous irons voir son avocate et nous lui montrerons très exactement comment procéder. Ou alors, non, tiens. Nous nous bornerons peut-être à diffuser une version abrégée de la vidéo sur Internet, dès ce soir. Nous couperons la scène du viol et nous laisserons tout le monde voir la partie fête. Nous l'enverrons par e-mail à tous vos amis, à votre famille, à vos employeurs éventuels, à la Terre entière, Kyle. Histoire de regarder un peu ce que ça donne. Et ensuite, nous réintroduirons peut-être certaines séquences, en incluant celle du viol, pourquoi pas, et nous la remettrons en ligne. Dès qu'Elaine l'aura vue, votre photo sera dans les journaux.

Kyle en resta véritablement bouche bée, et ses épaules se voûtèrent. Il fut incapable de songer à une réponse immédiate, mais soudain une idée le cueillit : on allait l'abattre. M. Wright ici présent était un petit assassin sans pitié qui travaillait pour un groupe aux moyens illimités, armé d'une grande détermination. Ils allaient sceller sa perte. Ils pourraient même le tuer.

Comme s'il lisait dans ses pensées, Wright se rapprocha un peu.

– Kyle, nous ne sommes pas des boy-scouts. Et je suis fatigué de ces bavardages. Je ne suis pas ici pour négocier. Je suis ici pour vous donner des ordres. Ou vous suivez mes ordres, ou j'appelle le bureau et je demande à mes copains de vous réduire en miettes.

– Je vous méprise.

– Soit. Je ne fais que mon travail.

– Quel travail misérable.

– Pouvons-nous parler du vôtre ? Le nouveau, j'entends ?

– Je n'ai pas fait du droit pour devenir un espion.

– Appelons cela autrement.

– Alors à vous d'appeler ça autrement, Bennie.

– Transfert d'informations.

– Oh, n'importe quoi. C'est de l'espionnage, et rien d'autre.

– Sincèrement, appelez cela comme vous voudrez, je m'en moque.

– Quel genre d'informations ?

– Une fois que la procédure sera lancée, il y aura un million de pièces. Peut-être dix millions, qui sait ? Quantité de documents et quantité de secrets. Nous nous attendons à ce que chacun des deux cabinets affecte cinquante avocats au dossier… peut-être jusqu'à dix associés, et le reste, ce seront des collaborateurs. Vous serez intégré au service du contentieux de Scully & Pershing, donc vous aurez accès à quantité d'informations.

– Dans ces cabinets, la sécurité est extrêmement stricte.

– Nous le savons. Sur le plan de la sécurité, nos spécialistes sont meilleurs que les leurs. Nous étions dans la partie avant eux.

– Je n'en doute pas. Puis-je savoir à propos de quoi ces deux grands groupes se battent ?

– Des secrets. De la technologie.

– Super. Merci. Ces compagnies portent un nom ?

– Elles figurent dans la liste des cinq cents premières entreprises américaines du magazine *Fortune*. Je vous livrerai davantage d'informations au fur et à mesure, quand nous aurons avancé.

– Vous allez donc faire partie de ma vie pendant un bout de temps ?

– Je suis votre gestionnaire officiel. Nous allons passer beaucoup de temps ensemble, vous et moi.

– Alors je démissionne. Allez-y, fusillez-moi. Je ne serai ni un espion ni un voleur. Dès l'instant où je sortirai de chez Scully & Pershing avec un document ou un CD que je ne suis pas censé détenir, et dès que je vous l'aurai remis, à vous ou à qui que ce soit d'autre, j'aurai enfreint la loi et violé la moitié des règles éthiques de la profession juridique. Je serai radié du barreau et condamné pour je ne sais quoi.

– Uniquement si vous vous faites prendre.

– Je me ferai prendre.

– Non. Nous sommes beaucoup trop intelligents. Nous n'en sommes pas à notre coup d'essai. C'est notre métier.

– Votre société se spécialise dans le vol de documents ?

– Appelons ça de l'espionnage d'entreprise. Nous exerçons ce métier tous les jours, et nous nous en sortons très bien.

– Alors allez imposer votre chantage à quelqu'un d'autre.

– Non. Ce sera vous et personne d'autre, Kyle. Réfléchissez. Vous acceptez le poste que vous avez toujours désiré, pour un salaire indécent, et vous menez l'existence survoltée de la mégapole. Ils se débrouillent pour vous faire trimer à mort, pendant quelques années, mais ensuite ils vous récompensent. Quand vous atteignez la trentaine, vous êtes collaborateur senior, et vous gagnez 400 000 dollars par an. Un joli appartement dans SoHo. Une part d'une maison de campagne dans les Hamptons. Une Porsche. Un cercle d'amis qui sont tous intelligents, riches, à l'ascension aussi rapide que la vôtre. Et puis un jour la procédure fait l'objet d'un règlement à l'amiable. Nous disparaissons. La prescription tombe, à Pittsburgh. La vidéo est enfin oubliée et, à trente-deux ou trente-trois ans, on vous invite à rejoindre Scully & Pershing en qualité d'associé senior avec participation aux bénéfices. Un ou deux millions annuels. Le summum de la réussite. Une superbe carrière devant vous. La vie est merveilleuse. Et personne ne saura jamais rien de ce transfert d'informations.

Un mal de tête qui couvait depuis cette dernière heure arriva finalement à maturité et vint le saisir au milieu du front. Il s'allongea sur le lit et se massa les tempes. Il ferma les yeux, mais parvint encore à parler, même dans le noir.

– Écoutez, Bennie, je sais que vous vous fichez de la morale, de l'éthique, de toutes ces choses-là, mais pas moi. Comment suis-je censé vivre avec ma conscience, au juste, si je trahis la confiance de mon cabinet et celle de ses clients ? La confiance, c'est l'atout le plus important dont dispose un avocat.

J'ai appris cela de mon père, quand j'étais encore adolescent.

– Pour nous, tout ce qui compte, c'est l'obtention de ces informations. Nous ne perdons pas trop de temps à méditer sur des questions de morale.

– Je l'avais plus ou moins compris.

– J'ai besoin d'un engagement. Il me faut votre parole.

– Vous auriez du paracétamol ?

– Non. Avons-nous conclu un accord, Kyle ?

– Vous n'avez rien contre les maux de tête ?

– Non.

– Vous avez un revolver ?

– Dans ma veste.

– Prêtez-le-moi.

Une minute s'écoula, sans un bruit.

Wright ne le quitta pas du regard, pas une seconde, et lui, il resta immobile, hormis quelques pressions délicates sur le front, du bout des doigts. Ensuite, il se leva lentement et, dans un chuchotement, il dit :

– Vous prévoyez de rester encore combien de temps ici ?

– Oh, j'ai pas mal de questions.

– C'est ce que je craignais. Je n'en peux plus. J'ai la tête comme une calebasse.

– Comme vous voudrez. Cela dépend de vous. Mais il me faut une réponse. Avons-nous conclu un accord, un marché, un arrangement ?

– Ai-je réellement le choix ?

– Je n'en vois pas d'autre.

– Moi non plus.

– Donc ?

– Si je n'ai pas le choix, alors je n'ai pas le choix.

– Excellent. Sage décision, Kyle.

– Oh, je vous remercie beaucoup.

Wright se leva et s'étira comme si une longue journée au bureau venait enfin de s'achever. Il brassa encore quelques papiers, manipula la caméra vidéo, rabattit l'écran du portable.

– Voulez-vous vous reposer, Kyle ?

– Oui.

– Nous avons plusieurs chambres. Libre à vous de faire un petit somme, si vous en avez envie, nous pouvons poursuivre demain.

– Nous sommes déjà demain.

Wright était devant la porte. Il l'ouvrit et Kyle le suivit hors de la pièce, traversa le couloir, et entra dans la 222. Ce qui avait été il y a peu un PC de commandement du FBI s'était maintenant reconverti en une chambre ordinaire de motel à 89 dollars la nuit. Ginyard, Plant et les autres faux agents étaient partis depuis longtemps, et ils avaient tout emporté – dossiers, ordinateurs, agrandissements photographiques, trépieds, attachés-cases, boîtes, tables pliantes. Le lit était revenu au centre de la pièce, parfaitement bordé.

– Je vous réveille dans quelques heures? s'enquit Wright sur un ton enjoué.

– Non. Laissez-moi tranquille.

– Je serai de l'autre côté du couloir.

Une fois seul, Kyle rabattit le couvre-lit, éteignit la lumière et ne tarda pas à s'endormir.

6.

En dépit de ses bonnes résolutions, il se réveilla plusieurs heures plus tard. Il mourait d'envie de dormir éternellement, de tout simplement partir à la dérive et qu'on l'oublie. Il se réveilla dans la chaleur d'une chambre obscure, sur un lit dur et, l'espace d'une seconde, il ne savait plus trop où il était ni comment il avait pu arriver ici. Sa tête le faisait encore souffrir et il avait la bouche sèche. Assez vite, pourtant, le cauchemar reprit ses droits, et il ressentit un désir pressant de décamper, de partir d'ici et, là, une fois dehors, il pourrait se retourner et se persuader que la rencontre avec l'inspecteur Wright n'avait pas réellement eu lieu. Il avait besoin d'air frais, et peut-être de quelqu'un avec qui parler.

Il se faufila hors de la pièce et se rendit à pas feutrés au bout du couloir, jusqu'en bas des marches. Dans le hall de la réception, des représentants de commerce avalaient un café en parlant vite, impatients d'entamer leur journée. Le soleil était levé, il avait cessé de neiger. À l'extérieur, l'air était froid et vif, et il en aspira une bouffée comme s'il avait failli étouffer. Il arriva à la jeep, démarra, alluma le chauffage et attendit que le dégivrage fasse fondre la neige sur le pare-brise.

Il vérifia ses messages sur son portable. Sa petite amie avait appelé six fois, son colocataire trois fois. Ils s'inquiétaient. Il avait cours à neuf heures et une pile de travail l'attendait à la revue de droit. Enfin, pour le moment, à ses yeux, petite amie, colocataire, fac de droit ou revue, rien ne présentait le moindre intérêt. Il quitta le Holiday Inn et prit vers l'est, la nationale 1, sur quelques kilomètres, jusqu'à ce qu'il soit sorti de New Haven. Coincé derrière un chasse-neige, il fut contraint de lambiner à quarante-cinq à l'heure. Une file d'autres voitures s'étirait dans son rétroviseur et, pour la première fois, il se demanda s'il n'était pas suivi. Il se mit à jeter de rapides coups d'œil dans le rétro.

Puis, ce fut la petite ville de Guilford, et il s'arrêta devant un drugstore, où il trouva enfin du paracétamol. Il l'avala avec une boisson sucrée et il était sur le point de retourner à New Haven quand il remarqua un bistro de l'autre côté de la rue. Il n'avait rien avalé depuis son petit déjeuner de la veille, et il se sentait soudain affamé. Il aurait presque pu sentir l'odeur du bacon grillé d'ici.

Le bistro était bondé, toute une faune locale venue prendre le petit déjeuner. Il trouva un siège au comptoir et commanda des œufs brouillés, du bacon, des pommes de terre sautées, des toasts, du café et un jus d'orange. Il mangea en silence, cerné par les rires et les commérages du coin. La migraine se dissipait rapidement, et il réfléchit au reste de sa journée. Sa petite amie risquait de poser problème : aucun contact depuis douze heures, une nuit passée hors de son appartement – un comportement des plus inhabituels pour quelqu'un d'aussi discipliné que lui. Il ne pouvait tout de même pas lui dire la vérité. Non, la vérité, c'était un luxe du passé, désormais. Le présent et le futur ne seraient plus qu'une vie de mensonges, de camouflages, de vols, d'espionnage et d'autres mensonges encore.

Olivia était étudiante, en première année de droit, à Yale, californienne, licenciée de l'UCLA, extrêmement brillante et ambitieuse, et qui ne cherchait pas vraiment à s'engager. Ils sortaient ensemble depuis quatre mois, et leur relation était plus occasionnelle que sentimentale. Pourtant, il n'avait aucune envie de lui bredouiller le faux récit d'une nuit dont il ne restait rien de tangible.

Un corps s'approcha derrière lui. Une main surgit, tenant une carte de visite toute blanche. Kyle jeta un œil sur sa droite et tomba nez à nez avec l'homme qu'il avait rencontré il y a peu sous le nom d'agent spécial Ginyard, vêtu cette fois d'un blouson en poil de chameau et d'un jean.

– M. Wright aimerait vous voir à quinze heures, après les cours, dans la même chambre, lui dit-il, puis il disparut avant que Kyle ait pu lui répondre.

Il prit la carte. Elle était vierge, excepté ce message écrit à la main : « 15 h, aujourd'hui, chambre 225, Holiday Inn. » Il resta quelques minutes le regard figé, se désintéressant aussitôt du reste de nourriture qu'il avait devant lui.

C'est ça, mon avenir ? se demanda-t-il. Avoir sans arrêt quelqu'un qui me surveille, qui me suit, qui attend dans l'ombre, me traque, m'écoute ?

À la porte, une foule de gens attendait une place assise. La serveuse glissa sa note sous sa tasse de café avec un rapide petit sourire qui voulait dire « c'est l'heure ». Il alla payer à la caisse et, une fois à l'extérieur, se retint de scruter les autres véhicules et tout ce qui aurait pu lui signaler la présence d'autres suiveurs. Il appela Olivia, qui dormait.

– Est-ce que ça va ? lui demanda-t-elle.

– Oui, ça va.

– Je ne veux rien savoir, dis-moi juste que tu n'es pas blessé.

– Je ne suis pas blessé. Je vais bien, je suis désolé.

– Ne t'excuse pas.

– Je ne m'excuse pas, d'accord. J'aurais dû t'appeler.

– Je n'ai aucune envie de savoir.

– Mais si, tu as envie. Tu acceptes mes excuses ?

– Je n'en sais rien.

– C'est déjà mieux. J'espérais un peu de colère, de ta part.

– Ne me cherche pas.

– Si on déjeunait ?

– Non.

– Pourquoi non ?

– Je suis occupée.

– Tu ne peux pas sauter le déjeuner.

– Où es-tu ?

– À Guilford.

– Et c'est où, ça ?

– Sur la route, juste après New Haven. Il y a un grand café qui sert des petits déjeuners. Je t'amènerai, un de ces jours.

– J'en meurs d'envie.

– Retrouve-moi au Grill à midi.

– Je vais réfléchir.

Il retourna à New Haven, en s'interdisant, tous les cinq cents mètres, de jeter un œil à son rétro. Il entra sans faire de bruit dans son appartement et prit une douche. Même un tremblement de terre n'aurait pas réveillé Mitch, son colocataire et, quand finalement celui-ci sortit de sa chambre en titubant, Kyle buvait un petit café assis au comptoir de la cuisine en lisant un journal en ligne. Mitch lui posa quelques vagues questions sur la nuit dernière, mais il les esquiva joliment en lui laissant croire qu'il était tombé sur un autre style de fille et que les choses s'étaient extrêmement bien passées. Mitch repartit se coucher.

Quelques mois plus tôt, ils s'étaient entendus sur une entière fidélité et, une fois qu'Olivia fut convaincue qu'il ne l'avait pas trompée, elle se dégela un peu. L'histoire qu'il avait mis plusieurs heures à lui concocter était la suivante : depuis un moment, il n'était plus certain de devoir s'engager dans le droit d'intérêt public au lieu d'accepter un gros poste dans un gros cabinet. Puisqu'il n'avait pas le projet de faire carrière dans le droit public, pourquoi s'engager dans cette voie ? Il finirait par travailler à New York, alors pourquoi retarder l'inévitable ? Et ainsi de suite. Et, hier soir, après son match de basket-ball, il avait fermement résolu de prendre une décision définitive. Il avait éteint son téléphone portable et pris la route, pour rouler longtemps, en direction de l'est, sans trop savoir pourquoi, par la Nationale 1, au-delà de New London, jusque dans le Rhode Island. Il avait perdu la notion du temps. Après minuit, il s'était remis à neiger, il avait trouvé un motel pas cher, où il avait dormi quelques heures.

Et il avait changé d'avis. Il irait à New York, chez Scully & Pershing.

Il lui déballa tout cela au déjeuner, devant un sandwich, au Grill. Olivia l'écouta, l'air sceptique, mais sans l'interrompre. Elle donnait l'impression de mordre à l'histoire de la veille au soir, mais ce qu'elle n'avalait pas, c'était ce changement soudain de plan de carrière.

– Tu veux rire, laissa-t-elle échapper quand il lui lâcha le mot de la fin.

– Ce n'est pas simple, reconnut-il, déjà sur la défensive.

Il savait que ce moment n'aurait rien de plaisant.

– Toi, M. Pro Bono, M. Droit d'intérêt public ?

– Je sais. Je sais. J'ai le sentiment de retourner ma veste.

– Tu retournes ta veste. Tu renies tes principes, tu finis par ressembler à n'importe quel étudiant de troisième année.

– Baisse un peu d'un ton, s'il te plaît, lui fit-il en regardant autour de lui. Évitons une scène.

Elle baissa d'un ton, mais elle haussait encore les sourcils.

– Tu me l'as toi-même répété cent fois, Kyle. Nous entrons tous en faculté de droit avec de grandes idées, faire le bien, aider les autres, combattre l'injustice, mais chemin faisant, on en arrive à renier ses principes. On est attiré par l'argent. On se transforme en putains du monde de l'entreprise. Ce sont tes propres termes, Kyle.

– En effet, ces mots-là me disent quelque chose.

– Je n'arrive pas à y croire.

Ils avalèrent deux ou trois bouchées, mais manger restait le cadet de ses soucis.

– Nous avons trente ans devant nous pour gagner de l'argent, reprit-elle. Qu'est-ce qui nous empêche de consacrer quelques années à aider les autres ?

Il était dans les cordes, l'arcade sourcilière en sang.

– Je sais, je sais, marmonna-t-il lamentablement. Mais le timing, ça compte. Je ne suis pas sûr que Scully & Pershing patienteront.

Encore un mensonge, mais bon, la barbe. Une fois lancé, pourquoi s'arrêter ? Les mensonges s'enchaînaient d'eux-mêmes.

– Oh, je t'en prie. Tu peux te dégotter un boulot dans n'importe quel cabinet d'Amérique, maintenant ou dans cinq ans.

– Je n'en suis pas sûr. Le marché du travail est plus tendu. Certains grands cabinets menacent de licencier.

Elle repoussa son assiette, croisa les bras et secoua lentement la tête.

– Je n'arrive pas à y croire, répéta-t-elle.

Et, à cet instant, il n'arrivait pas à y croire, lui non plus, mais il était capital, à cette minute et à tout jamais, de donner le sentiment qu'il était arrivé à cette décision après avoir mûrement pesé la question. En d'autres termes, cette décision, il fallait qu'il la vende. Olivia constituait son premier test. Les suivants, ce seraient ses amis, puis ses professeurs préférés. Une fois qu'il aurait reproduit ce petit numéro à quelques reprises et qu'il aurait peaufiné son mensonge, il pourrait puiser en lui le courage d'aller rendre visite à son père et de lui annoncer la nouvelle, qui donnerait lieu à une vilaine dispute. John McAvoy détestait l'idée que son fils aille travailler pour un cabinet d'avocats d'affaires de Wall Street.

Hélas, Olivia parut assez peu convaincue par son boniment. Ils échangèrent quelques piques, cela dura plusieurs minutes, puis oublièrent de déjeuner et repartirent chacun de leur côté. Il n'y eut pas de petit baiser sur la joue en guise d'au revoir, pas d'étreinte, pas de promesse de se rappeler plus tard. Il passa une heure dans son bureau, à la revue de droit, en ressortit, non sans réticence, et reprit sa voiture pour retourner au motel.

La chambre avait un peu changé. La caméra vidéo et l'ordinateur portable avaient disparu, plus aucun signe d'appareils électroniques nulle part, même s'il était persuadé que le moindre de leurs propos serait enregistré, d'une façon ou d'une autre. La table pliante formait toujours l'épicentre, mais on l'avait rapprochée de la fenêtre. C'étaient aussi les mêmes deux chaises pliantes. Le décor avait l'austérité d'une salle d'interrogatoire dans un commissariat, perdue quelque part au fond d'un sous-sol.

Et la migraine était de retour.

D'une chiquenaude, il expédia le bristol que Ginyard avait laissé sur la table du bistro et entama la conversation sur un ton des plus enjoués.

– Vous direz à cet enfoiré d'arrêter de me suivre, je vous prie.

– Nous sommes juste un peu curieux, c'est tout, Kyle.

– Je ne vais pas tolérer d'être suivi, Bennie, vous comprenez ça ?

Bennie lui refit son sourire finaud.

– Notre marché ne tient plus. Je ne vais pas vivre toute ma vie avec une meute de crapules qui surveillent tout ce que je fais. Laissez tomber la surveillance, oubliez les écoutes et les micros cachés, et cessez de fouiner dans mes e-mails, Bennie. Vous m'écoutez ? Je ne vais pas marcher dans les rues de New York en me demandant qui se trouve derrière moi. Je ne vais pas bavarder au téléphone en pensant qu'un zozo pourrait m'écouter. Vous venez de démolir mon existence, Bennie, alors ce serait la moindre des choses de m'accorder un reste de vie privée.

– Nous n'avons pas la moindre intention de…

– C'est un mensonge et vous le savez. Voici notre nouveau marché, Bennie. Nous nous mettons d'accord, là, sur-le-champ, pour que vous vous teniez en dehors de mon existence, vos abrutis et vous. Vous n'écoutez pas aux portes, vous ne suivez personne, vous ne vous cachez pas dans la pénombre, vous ne traquez pas les gens, vous ne jouez pas au chat et à la souris. Je ferai ce que vous voulez que je fasse, peu importe ce que c'est, mais vous, il faut me laisser tranquille.

– Sinon ?

– Oh, sinon. Sinon, je préfère encore courir le risque d'une accusation de viol bidon. Écoutez, Bennie, si je dois fiche ma vie en l'air, qu'est-ce que ça peut foutre ? J'ai le choix entre deux poisons. Elaine d'un côté, et vos voyous de l'autre.

Bennie souffla lentement, se racla la gorge et lui répondit :

– Oui, Kyle, mais pour nous, il est important de garder le contact avec vous. C'est la nature de notre travail. C'est notre activité.

– C'est du chantage pur et simple.

– Kyle, Kyle, je vous en prie, pas ça, pas maintenant. Ce genre de propos ne va pas faire progresser le ballon.

– S'il vous plaît, on peut oublier le ballon ? Ça devient carrément pénible, là.

– On ne peut pas se permettre de vous lâcher en liberté dans New York.

– C'est mon dernier mot : on ne me traque pas, on ne me surveille pas, on ne me suit pas. Vous comprenez ça, Bennie ?

– Cela pourrait poser un problème.

– Cela en pose déjà un. Qu'est-ce que vous voulez ? Vous saurez où j'habite et où je travaille… de toute manière, ces cinq prochaines années, ces deux endroits n'en feront à peu près qu'un. Je serai au bureau dix-huit heures par jour, si ce n'est plus. Pourquoi, au juste, serait-il nécessaire de me maintenir sous surveillance ?

– Il y a des procédures que nous devons appliquer.

– Alors changez-les. Ce n'est pas négociable. (D'un bond, il se leva et se dirigea vers la porte.) Quand se revoit-on ?

– Où allez-vous ? lui demanda Bennie en se levant à son tour.

– Cela ne vous regarde pas, et ne vous avisez pas de me suivre. Ne me filez pas.

Il avait la main sur la poignée de la porte.

– D'accord, d'accord. Écoutez, on peut faire preuve d'un peu de souplesse, là. Je vois ce que vous voulez dire.

– Quand, et où ?

– Tout de suite.

– Non, j'ai des choses à faire, et sans qu'on me surveille.

– Mais il y a tant d'aspects dont nous devons discuter, Kyle.

– Quand ?

– Que diriez-vous de six heures, ce soir ?

– Je serai ici à huit heures, et pour une heure seulement. Et je ne reviendrai pas demain.

7.

À la gare de New Haven, il embarqua à bord du train de 7 h 22 pour la gare de Grand Central, à New York. Il portait le meilleur de ses deux costumes, une chemise blanche unie et une cravate d'un ennui total, une paire de richelieus noirs, et il tenait à la main une serviette en cuir, un cadeau de son père, à Noël dernier. Il avait aussi les éditions du matin du *New York Times* et du *Wall Street Journal*, et rien ne le distinguait de tous les autres cadres à l'œil endormi, pressés d'arriver à leur bureau.

Avec la campagne couverte de givre qui défilait dans un brouillard, il oublia les journaux et laissa son esprit vagabonder. Il se demanda s'il vivrait un jour dans ces banlieues, et s'il serait forcé de circuler en train trois heures par jour pour que ses enfants puissent fréquenter de bonnes écoles et rouler à vélo dans des rues vertes et ombragées. À vingt-cinq ans, ce n'était pas une perspective très séduisante. Mais pour l'heure, la majeure partie de ses réflexions concernant son avenir étaient sombres et embrouillées. S'il n'était pas inculpé, et même radié du barreau, il aurait de la chance. La vie dans ces gros cabinets était assez rude, et il allait maintenant devoir s'imposer, les premières années, l'impossible corvée de bosser comme une brute tout en dérobant des informations confidentielles et en priant tous les jours pour ne pas se faire prendre.

Cette idée de trajet quotidien, ce ne serait peut-être pas un si mauvais plan, après tout.

Au bout de trois jours et de nombreuses heures de discussions, de chicanes, de protestations et de menaces, Bennie Wright avait finalement quitté la ville. Il s'était replié dans l'ombre, mais il ne tarderait pas à refaire surface, évidemment. Kyle détestait sa voix, son visage, ses tics, ses mains velues et posées, sa tête lisse, ses manières confiantes, insistantes. Chez ce Bennie Wright, il détestait tout, tout de son entreprise, ou de son cabinet, peu importait ce que c'était au juste et, au cours de la semaine écoulée, en plein milieu de la nuit, il avait de nombreuses fois changé d'avis pour les prier d'aller tous se faire foutre.

Et ensuite, dans l'obscurité, comme toujours, il sentait le contact froid de leurs menottes, il voyait sa photo dans les journaux, l'expression du visage de ses parents et, pire que tout, il se voyait lui-même redoutant de glisser un regard vers les jurés, pendant la projection de la vidéo, devant une salle d'audience médusée.

« Elle est réveillée ? » demande Joey Bernardo au moment où Baxter Tate s'allonge sur Elaine, dans le canapé.

Elle est réveillée ? Ces mots résonnent dans toute la salle d'audience.

La campagne a disparu, le train fonce à travers une succession de bourgades et de banlieues, avant de s'enfoncer sous la terre, de plonger sous l'East

River et de pénétrer dans Manhattan. Kyle sortit de Grand Central à grands pas, héla un taxi au coin de Lexington Avenue et de la Quarante-quatrième Rue. Il n'avait pas regardé une fois par-dessus son épaule.

Scully & Pershing louait toute la moitié supérieure d'un immeuble baptisé le « 110 Broad », un édifice de verre élancé qui comptait quarante-quatre étages, au cœur du quartier de la finance. Il y avait passé dix semaines, l'été dernier, comme stagiaire – le numéro de séduction type d'un grand cabinet : mondanités, déjeuners, écumer les bars et suivre les matches des Yankees, au prix de quelques heures de travail pas trop fatigantes. Ce boulot-là, c'était une plaisanterie, et tous le savaient. Si les dîners arrosés se passaient convenablement, ce qui était quasiment toujours le cas, une fois diplômés, les stagiaires devenaient des collaborateurs, et leur vie était pour ainsi dire une affaire entendue.

Il était presque dix heures du matin, et l'ascenseur était vide. Les avocats étaient à leur bureau depuis des heures. Il monta jusqu'au treizième étage, le hall de réception principal du cabinet, et s'arrêta quelques secondes pour admirer le lettrage en bronze massif informant tous les visiteurs qu'ils se trouvaient à présent en territoire consacré : le sanctuaire de Scully & Pershing. Un cabinet juridique de deux mille cent avocats, le plus grand que le monde ait jamais connu. Le premier et le seul, à ce jour, qui puisse se targuer d'avoir franchi la barre des deux mille avocats. Conseil d'un nombre d'entreprises classées dans les cinq cents premières du magazine *Fortune* supérieur à tous les autres cabinets de l'histoire du droit des affaires en Amérique. Des bureaux implantés dans dix villes des

États-Unis et vingt villes étrangères. Cent trente années d'une tradition étroite et bornée. Capable d'aimanter, par l'argent, tous les meilleurs talents juridiques. Le pouvoir, l'argent et le prestige.

Il se sentait déjà là comme un intrus.

Les murs étaient tapissés d'art abstrait, le mobilier était opulent, contemporain. Un magicien d'origine asiatique s'était chargé de la décoration, digne d'un magazine spécialisé, et il y avait sur une table une brochure qui exposait son travail en détail. Comme si tel ou tel, travaillant ici, avait le temps de se pencher sur les choix des aménagements intérieurs. Une superbe petite réceptionniste en talons aiguilles nota son nom et le pria d'attendre. Oubliant tout le reste, il lui tourna le dos pour s'extasier devant une œuvre d'art si bizarre qu'il n'avait aucune idée de ce qu'elle représentait. Au bout de quelques minutes d'observation ahurie, il entendit l'appel de la réceptionniste.

– M. Peckham vous attend. Deux étages plus haut.

Il prit l'escalier.

Comme beaucoup de cabinets d'avocats de Manhattan, Scully & Pershing dépensait de l'argent dans ses ascenseurs, les espaces d'accueil et les salles de réunion – les endroits que les clients et les autres visiteurs risquaient effectivement de voir –, mais dans les entrailles du cabinet, là où travaillait la piétaille, l'efficacité brute dominait. Les couloirs étaient tapissés d'armoires de rangement. Les secrétaires et les dactylos – toutes des femmes – travaillaient dans des boxes étroits, à proximité immédiate les unes des autres. L'infanterie des rédacteurs et autres coursiers travaillait debout. L'immobilier new-yorkais était tout simplement trop coûteux pour qu'on leur octroie une place ou un recoin un peu correct. Les collaborateurs seniors et les associés juniors se voyaient relégués dans des petits bureaux périphériques, avec vue sur des bâtiments similaires.

Les collaborateurs débutants s'entassaient dans des espaces compacts et sans fenêtres, coincés à trois ou quatre dans des boxes exigus, les « cubes », comme on les appelait. Ces « bureaux » étaient situés à l'écart, dissimulés aux regards. Des installations minables, des horaires écrasants, des patrons sadiques, une pression insoutenable – dans un cabinet juridique de premier plan, cela faisait partie du tout-venant et, avant même d'avoir terminé sa première année à Yale, Kyle avait déjà entendu toutes sortes d'histoires horrifiantes. Scully & Pershing n'était pas mieux et certainement pas pire que les autres mégacabinets qui jetaient de l'argent à la figure des étudiants les plus brillants, avant de les démantibuler.

Aux quatre angles de chaque étage, les bureaux les plus spacieux abritaient les vrais associés, les véritables piliers du cabinet qui avaient, eux, leur mot à dire sur la décoration. Doug Peckham était l'un d'eux, un associé de quarante et un ans, spécialisé dans le contentieux, un ancien de Yale qui avait pris Kyle sous sa supervision, pendant son stage. Ils s'étaient plus ou moins liés d'amitié.

On introduisit le jeune impétrant dans le bureau de Peckham, quelques minutes après dix heures, juste au moment où deux collaborateurs en sortaient. Quelle qu'ait été la nature de cette réunion, elle ne s'était pas bien déroulée. Les collaborateurs avaient l'air secoué, et Peckham s'efforçait visiblement de retrouver son calme.

Ils échangèrent les salutations et autres plaisanteries d'usage, les propos badins habituels où il était question de ce bon vieux Yale. Kyle savait que cet associé-là facturait l'heure 800 dollars, à raison d'au moins dix heures par jour. Par conséquent, le temps qu'il lui faisait perdre avait une grande valeur.

– Je ne suis pas certain de vouloir passer deux ans à faire de l'aide juridique, commença-t-il, alors qu'on n'en était qu'aux préliminaires.

– Ce n'est pas moi qui vous jetterai la pierre, Kyle, fit l'autre d'une voix sèche au débit rapide. En réalité, vous avez trop de potentiel. Votre avenir est ici.

Il ouvrit les bras, dans un geste englobant son vaste empire. C'était un joli bureau, plutôt grand comparé aux autres, mais pas un royaume non plus.

– J'aimerais vraiment travailler dans le contentieux.

– Je n'y vois aucune objection. Vous avez passé un été formidable, ici. Vous avez fait forte impression, sur nous tous. Je vais déposer la demande moi-même. Vous savez cependant que le contentieux n'est pas destiné à tout le monde.

C'était leur discours à tous. La carrière moyenne d'un avocat-conseil dure vingt-cinq ans. La pression est forte, le niveau de stress élevé. Peckham pouvait avoir quarante et un ans, mais il en faisait facilement cinquante. Le cheveu complètement gris, des cernes noirs, les bajoues trop prononcées, la taille trop enrobée. N'ayant sans doute plus fait d'exercice depuis des années.

– Ma date de confirmation est dépassée, lui signala Kyle.

– Depuis quand ?

– Une semaine.

– Pas un problème. Allons, Kyle. Le rédacteur en chef du *Yale Law Journal*… Nous serons ravis de vous faciliter les choses. Je vais parler à Woody, au service du personnel, et régler ça. Nos recrutements ont été très fructueux. Vous allez intégrer la meilleure promotion de novices que nous ayons eue depuis des années.

C'était le même discours pour toutes les promotions de novices dans tous les grands cabinets d'avocats.

– Merci. Et vraiment, j'adorerais travailler dans le groupe du contentieux.

– Accordé, Kyle. Considérez que c'est entendu.

Et là-dessus, il consulta sa montre – entretien terminé. Son téléphone sonna, on entendit des voix feutrées juste derrière sa porte. En lui serrant la main et en prenant congé, Kyle se dit qu'il n'avait aucune envie de devenir un autre Doug Peckham. Il n'avait aucune idée de ce qu'il voulait devenir, et d'ailleurs il ignorait s'il deviendrait autre chose qu'un avocat radié du barreau, mais vendre son âme pour devenir associé n'était pas dans ses projets.

Des collaborateurs attendaient à la porte, de jeunes messieurs à la tenue impeccable, à peine plus âgés que lui. L'air prétentieux, soucieux, nerveux, ils entrèrent dans la tanière du lion, et à peine la porte s'était-elle refermée que Doug élevait la voix. Quelle vie. Et encore, ce n'était qu'une journée tranquille, au contentieux. La véritable tension, c'était pour la salle d'audience.

En redescendant par l'ascenseur, il fut saisi par l'absurdité de ce que l'on attendait de lui. Il quitterait donc les bureaux de Scully & Pershing, il prendrait l'ascenseur comme des centaines d'autres, et il serait censé avoir caché sur lui ou dans ses effets des informations secrètes, des pièces qui ne lui appartenaient pas, qui étaient la propriété du cabinet, et tout particulièrement celle de ses clients. Et il allait remettre ces données précieuses entre les mains poilues de ce Bennie, avec son nom d'emprunt, qui s'en servirait ensuite contre le cabinet et son client.

À qui vais-je faire croire ça ? se dit-il. Il y avait quatre autres personnes dans cet ascenseur. De la sueur perla au-dessus de ses sourcils.

Voilà donc à quoi se réduit mon existence. Risquer l'emprisonnement pour viol en Pennsylvanie ou risquer la prison à New York pour vol de secrets. Et pourquoi pas de troisième voie ? Quatre années d'université, trois autres en faculté de droit, sept au total, plutôt couronnées de succès, tout le potentiel du monde, et je vais me transformer en voleur grassement rémunéré.

Et il n'avait personne à qui parler.

Il voulait se sortir de là. Sortir de cet ascenseur, de ce bâtiment, de cette ville. Sortir de cette situation épineuse. Il ferma les yeux et parla tout seul.

Mais il y avait cette pièce à conviction, en Pennsylvanie, et à New York, la voie était libre. Pour l'instant. Et pourtant, il était certain de finir par se faire prendre. Des mois avant d'avoir commis le moindre délit, il savait qu'il se ferait prendre.

Deux rues plus loin, il trouva un bar. Il s'assit sur un tabouret, devant la vitrine et, l'air triste et esseulé, il regarda un long moment l'immeuble du 110 Broad, la tour qui deviendrait bientôt son foyer, ou sa prison. Il connaissait les chiffres, les statistiques. Scully & Pershing allait engager cent cinquante nouveaux collaborateurs dans le monde, cent dans ses seuls bureaux de New York. Il leur verserait un salaire rondelet correspondant à 100 dollars d'honoraires par heure et, à son tour, le cabinet facturerait le travail de ses collaborateurs à ses clients aisés plusieurs fois ce tarif. Comme tous les bleus de cette infanterie de Wall Street, on attendrait de lui qu'il facture un minimum d'environ deux mille heures par an, mais s'il souhaitait faire bonne impression, il faudrait que ce soit davantage. Les semaines de travail de cent heures n'auraient rien d'exceptionnel. Au bout de deux ans, les collaborateurs commenceraient à lâcher prise pour aller se trouver un travail plus raisonnable. D'ici quatre ans, la moitié auraient démissionné. Dix pour cent de sa promotion survivraient, s'accrocheraient, se hisseraient en haut de l'échelle et, au bout de sept ou huit années, seraient récompensés par un statut d'associé. Quant à ceux qui n'auraient pas lâché prise en route, mais dont on estimerait qu'ils n'avaient pas l'étoffe d'un associé, on les pressurerait d'autant plus.

Le métier était devenu si épouvantable que la tendance de certains cabinets juridiques était maintenant de chercher à vanter leur « qualité de vie ». On attendait des collaborateurs qu'ils facturent moins d'heures, qu'ils prennent plus de vacances et ainsi de suite. Toutefois, ce n'était le plus souvent qu'un artifice de recrutement. Dans la culture des drogués du travail, dominante au sein de toutes ces grandes structures, les collaborateurs les plus inexpérimentés étaient supposés facturer presque autant que les associés, et ce en dépit de ce que les responsables du recrutement avaient pu leur raconter devant un déjeuner, quelques mois plus tôt.

Bien sûr, côté finances, c'était impeccable. Au moins 200 000 dollars, pour débuter. Le double dans les cinq ans, en tant que collaborateur senior. Et encore le double dans les sept ans, en tant qu'associé junior. Largement plus d'un million à trente-cinq ans, en qualité d'associé à part entière, et un avenir offrant la promesse de revenus encore supérieurs.

Les chiffres, les chiffres. Il en avait la nausée, de ces chiffres. Il ne rêvait que d'une chose, les Blue Ridge Mountains et un salaire d'association à but non lucratif, soit 32 000 dollars, mais sans le stress, la tension et les tracas de la vie citadine. Il mourait d'envie d'être libre.

Au lieu de quoi, il avait encore un nouveau rendez-vous avec Bennie Wright. Le taxi s'arrêta devant le Hilton Millenium, dans Church Street. Il paya le chauffeur, salua le concierge d'un signe de tête, prit l'ascenseur jusqu'au quatrième étage, entra dans une chambre où l'attendait son « gestionnaire officiel ». Bennie lui désigna une table ronde, avec une coupe de pommes en son centre, mais il refusa de s'asseoir ou de retirer sa veste.

– Leur offre tient toujours, lui dit-il. Je débuterai en septembre, avec les autres collaborateurs.

– Bon. Cela ne me surprend pas. Et vous serez au contentieux ?

– Peckham pense que oui.

Bennie avait un dossier sur Doug Peckham, ainsi que d'autres dossiers sur tous les associés spécialisés dans le contentieux et sur bon nombre d'autres avocats de Scully & Pershing.

– Mais c'est sans garantie, ajouta-t-il.

– À vous de vous débrouiller en ce sens.

– Nous verrons.

– Avez-vous un appartement en vue, ici, à Manhattan ?

– Non, pas encore.

– Eh bien, de notre côté, nous avons effectué quelques recherches, jeté un œil à droite à gauche.

– Marrant, je ne me souviens pas de vous avoir demandé votre aide.

– Et nous avons trouvé deux endroits qui seraient vraiment parfaits.

– Parfaits pour qui ?

– Pour vous, naturellement. Les deux se situent dans TriBeCa, assez près du bureau.

– Qu'est-ce qui vous fait croire que je pourrais envisager un seul instant de vivre là où vous m'ordonnerez de vivre ?

– Et nous prendrons votre loyer à notre charge. Assez onéreux, l'immobilier.

– Oh, je vois. Vous me trouvez un appartement, vous me le payez, comme ça je n'aurai pas besoin de colocataire. C'est ça, Bennie ? Une personne en moins, dont vous n'aurez pas à vous soucier. Et vous me maintenez dans l'isolement. En outre, ce loyer nous rend inséparables. Vous me payez, je vous livre des secrets, et voilà, nous formons juste un duo d'hommes d'affaires avisés, exact, Bennie ?

– La chasse au logement, dans cette ville, c'est un vrai merdier. J'essaie simplement de vous aider.

– Mille mercis. Il ne fait aucun doute que ces endroits sont faciles à surveiller, peut-être même truffés de micros, ou que leur intimité est déjà compromise de mille manières que je n'ose même pas imaginer. Bien essayé, Bennie.

– Le loyer mensuel est de 5 000 dollars.

– Gardez-les. On ne peut pas m'acheter. À l'évidence, on peut me faire chanter, mais m'acheter, ça, non.

– Où prévoyez-vous de vous installer ?

– Là où ça me plaira. Je trouverai, et sans aucune intervention de votre part.

– Comme vous voudrez.

– Et comment. De quoi d'autre vouliez-vous me parler ?

Bennie s'approcha de la table, prit un bloc-notes et l'étudia comme s'il ne savait pas déjà ce qui y était écrit.

– Avez-vous déjà consulté un psychiatre ?

– Non.

– Un psychologue ?

– Non.

– Un conseiller psychosociologique ou un thérapeute quelconques ?

– Oui.

– Des détails, je vous prie.

– Il n'y a rien à dire.

– Alors parlons de ce rien. Que s'est-il passé ?

Kyle s'adossa contre le mur et croisa les bras. Dans son esprit, il faisait peu de doute que Wright connaissait à peu près tout ce qu'il était sur le point de lui expliquer. Il en savait décidément beaucoup trop.

– Après l'incident avec Elaine, et après la fin de l'enquête de police, j'ai parlé à une conseillère psychosociologique des services de santé réservés aux étudiants. Elle m'a adressé au docteur Thorp, un spécialiste des addictions à la drogue et à l'alcool. Il m'a un peu malmené, il m'a bien tapé sur le système, il m'a imposé un travail d'introspection approfondi, et il m'a convaincu que l'alcool n'arrangerait rien.

– Vous étiez devenu alcoolique ?

– Non. Ce n'était pas l'avis du docteur Thorp. Et pas le mien non plus d'ailleurs. Mais je buvais tout de même trop d'alcool. Trop de fêtes et de beuveries. J'ai rarement fumé des joints.

– Et depuis, vous êtes resté sobre ?

– J'ai arrêté de boire. J'ai grandi, je me suis trouvé un autre genre de colocataires, et je n'ai plus jamais été tenté. Et, à ce jour, les gueules de bois ne me manquent pas.

– Même pas une bière de temps à autre ?

– Nan. Cela ne me traverse même pas l'esprit.

Bennie opina, comme s'il approuvait.

– Et la fille ? demanda-t-il.

– Quoi, la fille ?

– Cette relation, c'est sérieux ?

– Je ne suis pas sûr de comprendre où vous voulez en venir, Bennie. Pouvez-vous m'éclairer, là ?

– Votre vie va déjà être assez compliquée comme ça sans idylle. Une liaison sérieuse pourrait être une nouvelle source de difficultés. Il vaudrait mieux reporter de quelques années.

Kyle éclata de rire, d'agacement et d'incrédulité. Il secoua la tête et essaya de trouver une repartie appropriée, mais rien ne lui vint à l'esprit. Hélas, il était d'accord avec son persécuteur. Et sa liaison avec Olivia ne menait nulle part.

– Quoi d'autre, Bennie ? Je peux avoir des amis ? Je peux rendre visite à mes parents, à l'occasion ?

– Vous n'en aurez pas le temps.

Subitement, Kyle se dirigea vers la porte, l'ouvrit d'un coup et sortit en la claquant derrière lui.

8.

Il existe un foyer d'étudiants au premier étage de la faculté de droit de Yale où les murs, devant la porte d'entrée, sont couverts d'affiches et d'offres de stages, et même de propositions de carrières dans le droit d'intérêt public. On y encourage les étudiants à consacrer quelques années à venir en aide aux femmes battues, aux enfants maltraités, aux sans-abri, aux demandeurs d'asile, aux adolescents fugueurs, aux défendeurs dans l'indigence, aux boat people haïtiens, aux Américains détenus dans des prisons à l'étranger et aux étrangers détenus dans des prisons américaines, aux projets de réforme du premier amendement de la Constitution (qui protège et définit les libertés de culte, de réunion, d'expression et de la presse) et aux associations de défense de la présomption d'innocence et des prévenus accusés à tort, aux groupes de protection de la nature, aux militants de l'environnement, et ainsi de suite.

À Yale, la foi dans le service public est profondément ancrée. L'admission à cette université est souvent déterminée par les antécédents du candidat dans le secteur bénévole et par ses réflexions écrites sur les bienfaits qu'un diplôme de droit est censé apporter au monde. On abreuve les étudiants de première année des vertus du droit d'intérêt public, et on attend d'eux qu'ils s'engagent, et le plus tôt possible.

Et ils s'y tiennent, pour la plupart. À peu près quatre-vingts pour cent des étudiants de première année se disent attirés par le droit parce qu'ils veulent venir en aide aux autres. À un certain stade, toutefois, généralement au cours de la deuxième année, les choses commencent à changer. Les grands cabinets débarquent sur le campus pour y conduire des entretiens et entamer leurs procédures de sélection. Ils proposent des stages d'été, avec de jolis salaires et la perspective de dix semaines de plaisir et de matchs de base-ball ou de football à New York, Washington ou San Francisco. Plus important encore, ils détiennent les clefs de carrières lucratives. Au sein de la faculté de droit de Yale, comme dans toutes les universités prestigieuses, un fossé se creuse. Nombre de ceux qui se disaient si séduits par ces rêves vertueux de l'aide aux opprimés renversent subitement la vapeur et se prennent à rêver de leur réussite en première division de la carrière juridique à l'américaine, alors que beaucoup d'autres, rebutés par ces manœuvres de séduction, s'accrochent à leurs conceptions idylliques du service public. La ligne de partage est claire et nette, mais tout cela reste de bon aloi.

Quand un rédacteur en chef du *Yale Law Journal* accepte un poste mal rémunéré auprès des services publics juridiques, il devient un héros aux yeux de ceux de son propre camp et de la majorité des étudiants de la faculté. Mais quand il cède subitement aux charmes de Wall Street, ces mêmes individus le considèrent d'un œil moins favorable.

La vie de Kyle se mua en véritable cauchemar. Sa décision laissait ses amis du camp de l'intérêt public incrédules. Les tenants du droit des affaires, eux, étaient déjà trop occupés pour s'en soucier. Sa relation avec Olivia se réduisait désormais à une séance de sexe par semaine, et uniquement pour combler un simple besoin. Elle le trouvait changé. Il était plus lunatique, plus sombre, préoccupé, sans qu'elle puisse comprendre et sans qu'il puisse lui dire de quoi il s'agissait.

Si seulement tu savais, songeait-il.

Elle avait accepté un stage d'été dans une association contre la peine de mort, au Texas. En conséquence, on la sentait pleine de ferveur et de grands projets destinés à changer les choses, là-bas. Ils se voyaient de moins en moins, mais réussissaient tout de même à se chamailler davantage.

L'un des professeurs préférés de Kyle était un ancien gauchiste qui avait consacré l'essentiel des années soixante à manifester pour ou contre ceci ou cela, et qui restait le premier à organiser une pétition contre ce qu'il percevait comme la dernière injustice en date sur le campus. Quand il apprit que son étudiant avait retourné sa veste, il lui téléphona et exigea un déjeuner. Devant des enchiladas dans un bar à tacos, juste en face du campus, ils se disputèrent pendant une heure. Kyle fit mine de s'offenser de cette immixtion dans ses choix, mais au fond de son cœur il savait qu'il avait tort. Le professeur, lui, martelait ses arguments et ses jurons, sans aboutir à rien. Il laissa Kyle sur un dernier aveu des plus démoralisants :

– Tu me déçois énormément.

– Merci, répliqua-t-il, et il marcha vers le campus en s'invectivant.

Ensuite, il maudit Bennie Wright, Elaine Keenan, Scully & Pershing et toute son existence actuelle. Il râlait et pestait pas mal, ces derniers temps.

Après une série de rencontres pour le moins houleuses avec ses amis, il trouva enfin le courage de rentrer chez lui.

Les McAvoy avaient suivi le mouvement de plusieurs milliers d'autres immigrants écossais, vers l'est de la Pennsylvanie. Pendant quelques générations, ils avaient vécu des travaux de la ferme, avant de continuer plus au sud, en Virginie, en Caroline du Nord et du Sud, et même au-delà. Certains s'arrêtèrent en route, parmi lesquels le grand-père de Kyle, un pasteur presbytérien mort avant la naissance de son petit-fils. Le révérend McAvoy avait la charge de plusieurs églises de la périphérie de Philadelphie, avant son transfert à York, en 1960. Son fils unique, John, avait achevé le lycée là-bas, et puis, après l'université, le Vietnam et la faculté de droit, il avait regagné le domicile familial.

En 1975, John McAvoy avait abandonné son travail mal payé de gratte-papier au sein d'un petit cabinet juridique spécialisé dans l'immobilier, à York. D'un pas décidé, il avait traversé Market Street, loué une « suite » de deux pièces dans une ancienne maison reconvertie en bureaux, au milieu d'une enfilade de pavillons identiques, avait accroché son enseigne et s'était déclaré prêt à intenter des procédures. Le droit immobilier l'ennuyait trop. Il rêvait de conflits, de salles d'audience, de drames, de verdicts. La vie à York était assez calme. Lui, l'ancien marine, était toujours en quête de combats.

Il travaillait très dur et traitait tout le monde convenablement. Les clients étaient libres de l'appeler chez lui, et il les recevait même le dimanche après-midi, si nécessaire. Il rendait visite à domicile, à l'hôpital, en prison. Il s'était baptisé « l'avocat de la rue », le défenseur des clients qui travaillaient en usine, qui se blessaient, qui subissaient des discriminations ou se mettaient la justice à dos. Ses clients n'étaient pas des banques, des compagnies d'assurances, des agences immobilières ou des entreprises. Il ne les facturait pas à l'heure. Souvent, il ne leur facturait rien du tout. Ses honoraires lui étaient parfois payés sous forme de bois de chauffage, d'œufs et de volailles, de steaks et de tâches bénévoles exécutées dans la maison. Le cabinet prospérait, il s'était agrandi, s'était étendu à l'étage supérieur et à l'étage inférieur, et il avait fini par racheter cette maison. De plus jeunes avocats le rejoignaient, et repartaient – aucun ne restait plus de trois ans. M. McAvoy était très exigeant avec ses collaborateurs. Il était plus clément avec ses secrétaires. L'une d'elles, Patty, une femme divorcée, avait épousé le patron après deux mois d'une cour assidue, et n'avait pas tardé à tomber enceinte.

Le cabinet juridique de John L. McAvoy n'avait aucune spécialité, hormis celle de représenter des clients démunis. N'importe qui pouvait entrer, avec ou sans rendez-vous, et voir John dès qu'il était disponible. Il traitait les testaments et les successions, les divorces, les coups et blessures, les petites affaires criminelles et la centaine d'autres litiges qui trouvaient le chemin de son bureau de Market Street. Le va-et-vient était permanent, on ouvrait les portes tôt et on les fermait tard, et la salle d'attente était rarement vide. Grâce à ce volume d'activité, et à une frugalité presbytérienne innée, le bureau couvrait ses dépenses et assurait à la famille McAvoy un revenu qui, pour York, la plaçait au niveau de la bourgeoisie locale. S'il avait été plus rapace, ou plus sélectif, ou même un peu plus ferme en matière de facturation, John McAvoy aurait pu doubler ses revenus et adhérer au country club. Mais il détestait le golf et n'appréciait pas les gens plus fortunés de sa petite ville. Surtout, il considérait l'exercice du droit comme une vocation, une mission destinée à aider les moins fortunés.

En 1980, Patty avait mis au monde des jumelles. Kyle était né en 1983 et, avant même d'entrer en maternelle, il traînait dans les locaux de son père. Après le divorce de ses parents, il avait préféré la stabilité d'un cabinet juridique aux contraintes de la garde partagée et, tous les jours après les cours, il s'installait dans une petite pièce à l'étage et y terminait ses devoirs. À dix ans, il était responsable de la photocopieuse, du café et du rangement de la petite bibliothèque. Il était payé 1 dollar par heure, en espèces. À quinze ans, il maîtrisait les arcanes de la recherche juridique et il était capable d'élaborer des notes sur des sujets élémentaires. Au lycée, quand il ne jouait pas au basket, il était au bureau ou au tribunal avec son père.

Il adorait le cabinet juridique. Il bavardait avec les clients qui attendaient d'être reçus par maître McAvoy. Il flirtait avec les secrétaires et cassait les pieds des collaborateurs. Dans les moments de tension, il lançait des blagues, surtout quand maître McAvoy était en colère contre un subordonné, et il jouait des tours aux confrères d'autres barreaux en visite. Tous les avocats et tous les juges d'York le connaissaient, et il n'était pas rare qu'il se glisse dans une salle d'audience déserte, qu'il dépose une requête au juge, en défende le bien-fondé si nécessaire, et reparte avec une ordonnance signée. Les greffiers le traitaient comme s'il faisait partie des juristes.

Avant l'université, tous les mardis après-midi, à cinq heures, il s'attardait près du bureau, quand M. Randolph Weeks s'y arrêtait pour décharger une livraison de nourriture – fruits et légumes de son jardin au printemps et en été, porc, volaille ou gibier à l'automne et en hiver. Tous les mardis à cinq heures, depuis ces dix dernières années au moins, M. Weeks venait s'acquitter d'une partie de ses honoraires. Personne ne savait au juste combien il devait ou combien il avait versé, mais il s'estimait toujours redevable envers maître McAvoy. Bien des années plus tôt, il avait expliqué à Kyle que son père, un grand avocat, avait réalisé un miracle en évitant la prison à son fils aîné.

Et Kyle, alors encore adolescent, avait été le conseil officieux de Mlle Brily, une vieille folle qui s'était fait chasser de tous les cabinets juridiques d'York. Elle avançait péniblement dans les rues de la ville en tirant un meuble de classement en bois monté sur roulettes, des boîtes de documents qui, prétendait-elle, prouvaient clairement que son père, décédé à quatre-vingt-seize ans (mais elle n'avait jamais cessé de soupçonner un acte criminel), était l'héritier légitime d'un énorme gisement de charbon, dans l'est de la Pennsylvanie. Kyle avait lu la quasi-totalité de ses « documents » et en avait vite conclu qu'elle était encore plus cinglée que ne le pensaient la plupart des confrères. Mais il l'avait abordée et il avait écouté le récit de ses conspirations. À l'époque, il gagnait 4 dollars par heure et il les méritait, jusqu'au dernier centime. Son père l'installait fréquemment en salle d'attente, pour sonder ceux de leurs nouveaux clients qui, à première vue, possédaient le profil parfait pour lui faire perdre beaucoup de temps.

Mis à part les quelques rêves d'adolescence habituels d'une carrière dans le sport professionnel, il avait toujours su qu'il deviendrait avocat. Il ne savait pas de quelle espèce au juste, et où il exercerait, mais quand il avait quitté York pour Duquesne, il doutait d'y revenir un jour. John McAvoy en doutait aussi, même si, comme n'importe quel père, il songeait souvent à la fierté qui serait la sienne si le nom de son cabinet se changeait en McAvoy & McAvoy. Il exigeait de son fils qu'il travaille dur et récolte d'excellentes notes, mais il avait lui-même été un peu surpris par sa réussite à l'université et en faculté de droit, à Yale. Et quand il entama ses entretiens avec de grands cabinets de droit des affaires, John avait eu quantité de choses à dire sur le sujet.

Kyle avait appelé son père pour l'informer de sa venue à York vendredi en fin d'après-midi. Ils avaient convenu de dîner ensemble. Comme d'habitude, à son arrivée, à 17 h 30, le bureau était encore très animé. Le vendredi, la majorité des cabinets fermait tôt, et la plupart des avocats se trouvaient soit dans les bars, soit au country club. John McAvoy, lui, travaillait tard parce que nombre de ses clients étaient payés en fin de semaine, et certains venaient faire un saut pour lui signer de petits chèques ou s'enquérir de leur affaire. Kyle n'était plus revenu ici depuis six semaines, depuis Noël, et les locaux lui parurent encore plus miteux. Il aurait fallu remplacer la moquette. Les rayonnages s'affaissaient toujours davantage. Son père étant incapable d'arrêter la cigarette, il était permis de fumer et, dans la journée, un épais brouillard flottait sous le plafond.

Quand Sybil, la secrétaire principale, vit Kyle franchir la porte, elle raccrocha brusquement son téléphone. Elle se leva d'un bond, poussa un glapissement, l'empoigna et plaqua contre lui son opulente poitrine. Ils s'embrassèrent sur les joues, tous deux réjouis de cette étreinte très physique. Pour Sybil, son père avait au moins géré deux divorces, et elle n'allait pas tarder à mettre son mari actuel à la rue, lui aussi. Kyle avait appris les détails la semaine de Noël. Pour l'heure, le cabinet comptait trois secrétaires et deux collaborateurs, et il alla de pièce en pièce, d'abord au rez-de-chaussée, puis au premier, où logeaient les jeunes avocats, bavardant avec les employés qui étaient en train de boucler leurs serviettes et leurs sacs à main et de ranger leur bureau. Le patron pouvait toujours prendre plaisir à rester tard les vendredis, le reste de la boutique était fatigué.

Kyle but un Coca light dans la pièce qui tenait lieu de coin café, et il écouta les voix et les bruits du bureau qui allaient déclinant. Le contraste était frappant. Ici, à York, tous les collègues de ce cabinet étaient aussi des amis fiables. Le rythme était parfois très lourd, mais jamais frénétique. Le patron était un bon type, le genre que l'on voudrait avoir pour avocat. Les clients possédaient un visage et un nom. Les avocats de l'autre côté de la rue étaient de vieux potes. C'était un monde bien différent des rues sans merci de New York.

Il se demanda, et ce n'était pas la première fois, pourquoi il ne racontait pas tout à son père. Pourquoi il ne déballait pas son histoire. En commençant par Elaine, ses allégations, les flics et leurs questions. Cinq ans plus tôt, il avait été à deux doigts de se précipiter chez lui et de l'appeler à l'aide. Mais ensuite cela lui était passé, l'affaire en était restée là, et John McAvoy n'eut plus jamais à s'encombrer de ce vilain épisode. Aucun des quatre garçons – Kyle, Joey Bernardo, Alan Strock et Baxter Tate – n'en avait parlé à ses parents. L'enquête avait tourné court, avant même qu'ils n'y aient été contraints.

S'il en parlait maintenant à son père, sa première question serait : « Pourquoi ne m'as-tu rien dit, à l'époque ? » Et il n'était pas prêt à lui faire face. Beaucoup d'autres questions plus coriaces suivraient, un contre-interrogatoire en règle, par un bretteur de salle d'audience qui avait su mettre son fils sur la sellette, en bien des circonstances, et dès son plus jeune âge. Il était bien plus simple pour lui de garder ses secrets et d'espérer que tout se déroule au mieux.

Ce qu'il allait avouer à son père était déjà assez compliqué comme ça.

Après le départ du dernier client, et quand Sybil eut dit au revoir et fermé la porte d'entrée à clef, le père et le fils se détendirent dans le grand bureau et discutèrent basket et hockey universitaires. Ensuite, ils parlèrent de la famille, d'abord de ses deux sœurs jumelles, comme toujours, et puis de Patty.

– Ta mère sait-elle que tu es en ville ?

– Non. Je l'appellerai demain. Ça va ?

– Rien de changé. Elle va bien.

Patty vivait et travaillait dans un loft aménagé à l'intérieur d'un vieil entrepôt d'York. C'était un vaste espace percé de nombreuses fenêtres qui lui procuraient la lumière nécessaire à sa peinture. John en payait le loyer, le gaz, l'électricité, etc., et subvenait à tout le reste de ses besoins avec une allocation mensuelle de 3 000 dollars. Ce n'était pas une pension alimentaire, simplement un cadeau qu'il se sentait obligé de lui consentir pour ses frais d'entretien, car elle était incapable de gagner sa vie. Si elle avait vendu une peinture ou une sculpture, au cours de ces dix-neuf dernières années, personne dans la famille n'en avait jamais rien su.

– Je l'appelle tous les mardis soir, lui dit Kyle.

– Je sais.

Patty n'utilisait ni ordinateur ni téléphone portable. Elle était sérieusement bipolaire, et ses sautes d'humeur étaient parfois stupéfiantes. John l'aimait encore et ne s'était jamais remarié, même s'il s'était accordé le plaisir de quelques rencontres. Patty avait vécu au moins deux liaisons désastreuses, toutes deux avec des artistes, des hommes beaucoup plus jeunes, et John avait été là pour ramasser les morceaux. Leur relation était difficile, c'était le moins que l'on puisse dire.

– Comment ça marche, la fac ?

– En pente douce. Dans trois mois j'aurai mon diplôme.

– Je n'en reviens pas.

Kyle ravala sa salive et décida d'en finir.

– Côté emploi, j'ai changé d'avis. Je vais à Wall Street. Scully & Pershing.

John alluma lentement une nouvelle cigarette. Il avait soixante-deux ans, il s'était empâté, sans être gros, avec une épaisse chevelure grise et ondulée toujours fermement implantée à peine en deçà du front. À vingt-cinq ans, le fils avait déjà perdu plus de cheveux que le père.

John tira une longue bouffée de sa Winston et, derrière ses lunettes à fine monture cerclée perchées sur son nez, il étudia son fils.

– Un motif en particulier ?

La liste des motifs, il l'avait mémorisée, mais il savait que malgré toute l'habileté qu'il déploierait à les lui exposer, ils lui paraîtraient bien plats.

– Ce boulot temporaire dans les services d'aide juridique, c'est une perte de temps. Au bout du compte, j'irai à Wall Street, alors pourquoi ne pas démarrer ma carrière maintenant ?

– Là, je ne te crois pas.

– Je sais, je sais. C'est une volte-face.

– C'est une capitulation. Rien ne te force à suivre une carrière dans le droit des affaires.

– On est dans la cour des grands, papa.

– En termes de quoi ? D'argent ?

– Déjà.

– N'importe quoi. Il y a des avocats pénaux qui gagnent chaque année dix fois ce que gagnent les plus gros associés des plus gros cabinets new-yorkais.

– Oui, et pour chaque gros avocat pénal, il y a cinq mille confrères qui exercent en solo et qui crèvent la dalle. En moyenne, on gagne bien plus d'argent dans un grand cabinet.

– Dans un grand cabinet, chaque minute de ton existence sera un calvaire.

– Pas forcément.

– Bien sûr que si. Tu as grandi ici, au milieu de ces gens, et de vrais clients. À New York, en dix ans, tu ne verras pas un seul de tes clients.

– C'est un beau cabinet, papa. L'un des meilleurs.

John tira un stylo de sa poche, d'un geste sec.

– Permets-moi de coucher ceci sur le papier, pour que dans un an je puisse te le lire.

– Vas-y. Je viens de dire : « C'est un beau cabinet. L'un des meilleurs. »

John prit note.

– Tu vas détester ce cabinet, ses avocats et ses affaires, et tu finiras sans doute même par détester les secrétaires et les autres collaborateurs débutants. Tu vas détester le boulot quotidien, la routine, toute cette masse de travail ingrate, toutes les sornettes abrutissantes qu'ils vont te déverser sur la tête. Ta réponse ?

– Je ne suis pas de ton avis.

– Parfait, fit son père, toujours en train d'écrire. (Puis il tira sur sa cigarette et recracha un impressionnant nuage de fumée. Il posa son stylo.) Je croyais que tu voulais essayer quelque chose de différent, et aider les gens au passage. Ne m'as-tu pas tenu ce discours, voilà encore quelques semaines ?

– J'ai changé d'avis.

– Eh bien, changes-en à nouveau. Il n'est pas trop tard.

– Non.

– Mais pourquoi ? Il doit y avoir une raison.

– Je n'ai simplement aucune envie de passer trois années dans la Virginie profonde à essayer d'apprendre suffisamment d'espagnol pour écouter les problèmes de gens qui, pour commencer, sont ici en situation irrégulière.

– Je suis désolé, mais cela me paraît au contraire une excellente manière de passer ces trois prochaines années. Ça ne prend pas. Fournis-moi une autre raison.

Là-dessus, John McAvoy recula d'un coup son fauteuil en cuir à dossier réglable et se leva d'un bond. Kyle l'avait vu le faire un million de fois. Quand il était agité et bombardait son interlocuteur de questions, son père préférait faire les cent pas en gesticulant des deux mains. C'était une vieille habitude de salle d'audience, et cela n'avait rien d'inattendu.

– J'aimerais gagner de l'argent.

– Pourquoi ? Pour t'acheter des trucs, des nouveaux joujoux ? Tu n'auras même pas le temps de jouer avec.

– J'ai l'intention d'épargner…

– Bien sûr que tu vas épargner. Vivre à Manhattan, c'est tellement bon marché que tu vas économiser une fortune. Il s'approcha du mur dédié à sa personne, de l'autel dédié à son ego, un panneau entier de certificats encadrés et de photos, presque jusqu'au plafond.

– Ça ne prend pas, et je n'aime pas ça.

Ses joues viraient à l'écarlate. Fidèle à son tempérament d'Écossais, on le sentait qui s'échauffait.

Exprime-toi posément, se rappela Kyle. Un ou deux mots un peu trop vifs ne feront qu'aggraver salement les choses. Il survivrait à ce petit affrontement, comme il avait survécu à d'autres, et un jour, bientôt, toutes ces sévères remontrances seraient oubliées, et Kyle serait parti pour New York.

– Ce n'est pas qu'une question d'argent, n'est-ce pas, Kyle ? Nous t'avons tout de même mieux élevé que cela.

– Je ne suis pas là pour me faire insulter, papa. J'ai pris ma décision. Je te demande de la respecter. Beaucoup de pères seraient ravis de voir leur fils décrocher un tel poste.

McAvoy cessa de faire les cent pas et de tirer sur sa cigarette et, de l'autre bout de son bureau, il considéra le beau visage de son unique fils, un jeune homme de vingt-cinq ans assez mûr et incroyablement brillant, et il battit en retraite. Son choix était arrêté. Il en avait assez dit. S'il en disait plus, il en dirait trop.

– D'accord, fit-il. D'accord. C'est ton choix. Tu es assez intelligent pour savoir ce que tu veux, mais je suis ton père et j'aurai toujours quelques avis à te donner sur ta prochaine grande décision, et sur la suivante. C'est à ça que je sers. Et si tu fous de nouveau tout en l'air, tu vas m'entendre, nom de Dieu, ça, tu peux en être sûr.

– Je ne suis pas en train de foirer, papa.

– Je ne vais pas me chamailler.

– On peut sortir dîner. Je suis mort de faim.

– Il va me falloir un verre.

Ensemble, ils prirent la voiture et se rendirent chez Victor, le restaurant italien, le rituel du vendredi soir de John, d'aussi loin que remontent les souvenirs de Kyle. Son père prit aussi son gin martini blanc habituel de la fin de semaine. Kyle commanda sa boisson ordinaire – un Perrier avec une rondelle de citron vert. Ils prirent des pâtes aux boulettes de viande et, après son deuxième cocktail, John se radoucit. Voir son fils entrer dans l'un des cabinets les plus grands et les plus prestigieux du pays, cela ne manquait pas d'allure.

Mais ce brusque changement de programme le déconcertait encore.

Si seulement tu savais, ne cessait de se répéter Kyle. Et il souffrait de ne pouvoir dire la vérité à son père.

9.

Kyle fut soulagé que sa mère ne réponde pas au téléphone. Il attendit presque jusqu'à onze heures, samedi matin, avant de l'appeler. Il laissa un agréable petit message où il annonçait qu'il viendrait lui faire un rapide bonjour car il passait par York, pour une vague raison. Elle devait être soit endormie soit sous médicaments, ou alors, si elle était dans un bon jour, elle travaillait dans son atelier, totalement absorbée par la création d'une des œuvres d'art les plus affreuses que l'on ait jamais vues dans une galerie ou une exposition. Les visites à sa mère étaient des moments pénibles. Elle quittait rarement son loft, quelle que soit la raison, il était donc exclu qu'ils se retrouvent pour prendre un café ou pour déjeuner. Si les médicaments faisaient leur effet, elle parlait sans relâche, tout en forçant son fils à admirer ses derniers chefs-d'œuvre. Si les médicaments restaient inopérants, elle était allongée sur le canapé, les yeux clos, pas lavée, négligée, souvent inconsolable, plongée dans sa mélancolie et son malheur. Elle lui posait peu de questions sur sa vie – l'université, la fac de droit, ses conquêtes, ses projets d'avenir. Elle était beaucoup trop absorbée par son petit monde de tristesse. Quant aux sœurs jumelles de Kyle, elles résidaient très loin de York.

Il laissa son message sur le répondeur alors qu'il se dépêchait de quitter la ville, en espérant qu'elle ne réponde pas trop tôt à son appel. Elle ne répondit pas. En fait, son appel ne reçut jamais de réponse, ce qui n'avait rien d'inhabituel. Quatre heures plus tard, il était à Pittsburgh. Joey Bernardo avait des billets pour le match de hockey des Penguins contre les Senators, samedi soir. Trois billets, pas deux.

Ils se retrouvèrent au Boomerang, l'un de leurs repaires favoris, du temps de la fac. Depuis que Kyle avait arrêté de boire (à l'inverse de Joey), il évitait les bars. En roulant vers Pittsburgh, il avait espéré profiter d'un petit moment de tranquillité avec son ancien colocataire, mais rien de tel ne l'attendait.

Le troisième billet était pour Blair, la fiancée bientôt déclarée de Joey. Le temps que les trois jeunes gens s'installent dans un box exigu et qu'ils commandent des boissons, Joey ne cessait de parler de leurs récentes fiançailles, et ils cherchaient à arrêter une date pour le mariage. Ils étaient tous les deux rayonnants d'amour et si romantiques, ils paraissaient avoir oublié le reste. Ils se tenaient la main, ils étaient assis l'un contre l'autre, ils échangeaient de petits rires et, au bout de cinq minutes, Kyle se sentit mal à l'aise. Qu'était-il arrivé à son ami ? Où était passé l'ancien Joey – le petit dur de South Pittsburgh, fils d'un capitaine des pompiers, boxeur accompli, full-back du championnat lycéen, avec un immense appétit des filles, un déconneur et un malin, persuadé que les femmes étaient des articles jetables, le type qui avait juré de ne pas se marier avant la quarantaine ?

Blair l'avait changé en guimauve. Kyle était sidéré de cette transformation.

Lorsqu'ils se furent lassés de discuter de leurs projets de mariage et de leurs éventuelles destinations de lune de miel, la conversation s'engagea sur leurs carrières respectives. Blair, une pipelette qui commençait toutes ses phrases par « Je », « Moi » ou « Ma », travaillait pour une agence de publicité et consacrait beaucoup trop de temps à conter par le menu certaines de leurs dernières grandes manœuvres de marketing. Joey était suspendu à ses lèvres, et Kyle se mit à consulter la pendule très haut derrière eux, au-dessus d'une rangée de fenêtres. Pendant qu'elle continuait de jacasser, il consentait un gros effort pour faire semblant de s'intéresser et ne pas laisser son œil vagabonder, mais ses pensées revenaient sans cesse à cette vidéo.

« Elle est réveillée ? » demande Joey à Baxter en pleine séance de sexe avec une Elaine Keenan dangereusement intoxiquée.

– Blair va très souvent à Montréal, fit Joey, et voilà Blair qui prend la balle au bond, s'étend sur Montréal et ses charmes.

Elle apprenait le français !

« Elle est réveillée ? » Joey, assis, une main sous la table, sans nul doute très occupée, n'avait pas la moindre idée de l'existence d'une telle vidéo. Quand avait-il même repensé à cet incident pour la dernière fois ? Jamais ? L'avait-il complètement oublié ? Et qu'est-ce que cela rapporterait à Kyle d'évoquer la chose, là, maintenant ?

Après que la police de Pittsburgh avait discrètement refermé le dossier sur Elaine et son viol, les frères de la Bêta l'avaient enterré à leur tour. Au cours de ses deux dernières années d'université, Kyle ne se rappelait pas que l'épisode ait été une seule fois mentionné. Elaine avait disparu, et fut rapidement oubliée.

Si Bennie Wright et ses sbires étaient allés fouiner du côté de Duquesne et Pittsburgh ces dernières semaines, il voulait en savoir davantage. Il voulait savoir ce que Joey aurait pu voir ou entendre. Enfin, ces temps-ci, à part Blair, Joey ne devait pas remarquer grand-chose.

– Tu as parlé avec Baxter ? lui demanda celui-ci, quand sa fiancée s'interrompit, le temps de respirer.

– Pas depuis un mois, à peu près.

Joey se fendit d'un sourire, comme s'il mijotait une bonne blague.

– Il a finalement décroché un rôle dans un film, tu sais ?

– Tu plaisantes. Il ne m'a rien dit.

Blair gloussa comme une écolière de cours élémentaire, car manifestement elle connaissait le reste de l'histoire.

– C'est parce qu'il ne veut pas que tu le saches, poursuivit l'autre.

– Ça doit être un super film.

– Ouais, un soir, il s'est saoulé… parce qu'il s'alcoolise toujours, mais en douce… donc, il m'a appelé pour m'annoncer qu'il avait fait ses débuts à l'écran. C'était un truc nul sur une chaîne du câble, l'histoire d'une jeune fille sur une plage qui découvre une jambe humaine rejetée par la mer, et pendant tout le film, elle fait des cauchemars, elle a peur d'être pourchassée par un tueur unijambiste.

– Et quel rôle joue le grand Baxter Tate, là-dedans ?

– Eh bien, il faut vraiment suivre, sinon tu le loupes. Il y a une scène sur un bateau, les flics scrutent l'océan, sûrement à la recherche du corps, mais ce n'est jamais précisé très clairement. Le film laisse pas mal de choses dans le flou. L'un des adjoints du shérif va le voir et lui annonce : « Chef, on va être un peu court en carburant. » C'est lui, c'est notre star.

– Baxter, c'est l'adjoint ?

– Et mauvais, avec ça. Il n'a que cette réplique et il la joue comme un débutant pétrifié de trac dans un spectacle de lycéens.

– Il était à jeun ?

– Qui sait, mais je pense que oui. S'il avait été ivre, comme il sait l'être, il n'aurait pas retenu sa réplique.

– Je suis impatient de voir ça.

– Pas la peine. Et ne lui dis pas que je t'en ai parlé. Le lendemain matin, il m'a appelé, il m'a supplié de ne pas regarder son film, en me menaçant si j'en parlais à quelqu'un. Il est complètement à la masse.

Et cela rappela à Blair l'une de ses amies qui connaissait quelqu'un « là-bas » et qui avait décroché un rôle dans un nouveau sitcom – et la voilà repartie. Kyle sourit en hochant la tête, tandis que son esprit partait ailleurs. Des trois colocataires, Joey était le seul qui pouvait éventuellement l'aider, à supposer même que ce soit envisageable. Il était urgent que Baxter Tate entre en cure de désintoxication intensive. Alan Strock était entièrement absorbé par son cursus en faculté de médecine de l'université d'État de l'Ohio et, des quatre, c'était évidemment le moins susceptible d'être impliqué.

Pour Joey, l'enjeu était de taille. Il apparaissait sur la vidéo, et se demandait à voix haute, tout en attendant son tour, si Elaine était réveillée et consciente pendant que Baxter était allongé sur elle. Aujourd'hui, il était gestionnaire de comptes dans un cabinet de courtage régional, à Pittsburgh, avec déjà deux promotions à son actif. Il était béat d'amour devant sa pipelette de Blair, ici présente, et le moindre soupçon d'inculpation dans un viol déjà ancien viendrait bouleverser leurs deux petites vies parfaites.

D'un côté, Kyle estimait qu'il payait à la place de Joey. Cette nuit-là, il n'avait pas touché Elaine, et pourtant, c'était sa vie et sa carrière qui étaient maintenant prises en otage par Bennie Wright et sa sale petite vidéo. Joey ne devrait-il pas au moins en être informé ?

D'un autre côté, au point où il en était, il ne parvenait pas à se convaincre de lâcher cette bombe sur son ami. Si lui, Kyle, acceptait ce poste chez Scully & Pershing et accédait aux exigences de Bennie Wright, et s'il ne se faisait pas prendre, il y avait de bonnes chances pour que la vidéo finisse par passer à l'as.

Quelques heures plus tard, profitant d'un arrêt de jeu dans le match, et Blair étant partie aux toilettes, il lui suggéra un petit déjeuner, dimanche. Comme il avait besoin de quitter la ville tôt, prétexta-t-il, pourraient-ils se voir sans Blair, une petite heure environ ? Et s'il la laissait dormir, non ?

Ils se retrouvèrent devant une corbeille de bagels, dans un endroit qui appartenait à une chaîne et qui n'existait pas du temps où Kyle était à Duquesne. Blair dormait encore, et Joey admit qu'il avait besoin de respirer un peu. « Une fille charmante », lui répéta Kyle à plusieurs reprises, et chaque fois il se sentait coupable de lui mentir ainsi. Il ne pouvait s'imaginer vivre avec un tel moulin à paroles. Mais elle avait des jambes superbes, du style de celles que Joey avait toujours convoitées.

Ils parlèrent de New York, un bon moment – la vie dans un grand cabinet, le rythme usant de la mégapole, les équipes sportives, leurs copains qui étaient déjà là-bas, et ainsi de suite. Kyle finit par amener la conversation sur leur ancienne bande de la fraternité Bêta, et ils jouèrent un petit peu à se rafraîchir la mémoire. Ils rirent des farces, des bizutages, des fêtes et des canulars idiots qu'ils avaient pu inventer, eux et d'autres. Ils avaient maintenant vingt-cinq ans, très loin de la folie douce de leurs premières années d'université, et cette poussée de nostalgie les amusa quelques minutes. À plusieurs reprises, l'« histoire Elaine » fut à deux doigts de refaire surface, dans l'attente d'un commentaire ou d'une question, mais Joey ne l'évoqua pas. Cette histoire était oubliée.

Quand ils se dirent au revoir, il était convaincu que son copain avait enterré l'épisode pour toujours et, surtout, que personne, récemment, n'était venu attirer son attention à ce sujet.

Il reprit la route au nord, l'Interstate 80, puis se dirigea vers l'est. New York n'était pas loin, ni en temps de trajet ni en distance. Plus que quelques semaines dans ce monde universitaire douillet, puis deux mois de préparation à l'examen d'entrée au barreau et, début septembre, il se présenterait dans le plus grand cabinet juridique de la planète. Il y aurait là une centaine de collaborateurs de sa promotion, tous des gamins brillants issus des meilleures facultés, tous impeccables, sur leur trente et un, dans leurs vêtements tout neufs, tous impatients de lancer leur brillante carrière.

Il se sentait chaque jour de plus en plus seul.

Mais il n'était pas si seul, loin de là. Ses déplacements vers, dans et autour d'York et de Pittsburgh étaient étroitement surveillés par Bennie Wright et sa bande. Un petit émetteur magnétique, de la taille d'un portefeuille, était dissimulé dans le pare-chocs arrière du Cherokee rouge, sous une couche de boue et de terre. Il était alimenté par le feu arrière gauche et il émettait un signal GPS permanent qui permettait de suivre le véhicule à la trace, où qu'il aille. De ses bureaux dans le bas de Manhattan, Bennie pouvait localiser la jeep avec précision. Il ne fut pas surpris de la visite du jeune homme chez son père, mais ce petit voyage pour aller voir Joey Bernardo était bien plus intéressant.

Bennie n'était pas en manque de gadgets – certains high-tech, d'autres plus rudimentaires, et tous très efficaces, parce qu'il pistait de simples civils, et pas de vrais espions. L'espionnage d'entreprise était bien plus facile que sa variante militaire ou celle qui touchait à la sécurité nationale.

L'intégrité du téléphone portable de leur victime était déjà compromise depuis longtemps, et ils écoutaient chacune de ses conversations. À cette heure, au téléphone, le gamin n'avait mentionné à personne la fâcheuse situation dans laquelle il se trouvait. Ils écoutaient aussi les bavardages d'Olivia, ainsi que ceux de Mitch, son colocataire. Jusqu'à présent, néant.

Ils lisaient ses mails. Vingt-sept par jour en moyenne, quasiment tous liés à la faculté de droit.

D'autres tentatives d'écoute se révélèrent beaucoup plus ardues. Un de leurs agents avait dîné chez

Victor, à York, à une table située à moins de sept mètres de celle de Kyle et son père, mais sans presque rien entendre. Un autre était parvenu à se réserver un siège à deux rangées d'eux, le soir du match des Penguins, mais en pure perte. Au Boomerang, en revanche, l'une des starlettes de l'équipe de Bennie, une blonde de vingt-six ans en jean moulant, avait pu prendre place dans le box voisin de celui de Kyle, Joey et Blair. Elle avait mis deux heures à boire une bière, lu un poche, et signalé que la fille avait parlé sans arrêt, mais surtout de rien.

Dans l'ensemble, Bennie était plutôt satisfait du tour que prenaient les choses. Kyle avait brusquement refusé cet emploi d'intérêt public en Virginie. Il s'était précipité à New York et il avait clarifié la situation avec Scully & Pershing. Il voyait moins Olivia, et il était évident, aux yeux de Bennie, que leur relation ne menait nulle part.

En revanche, ce déplacement improvisé à Pittsburgh, c'était ennuyeux. Avait-il prévu de se confier à Joey ? Et s'était-il effectivement confié à lui ? Et le prochain serait-il Alan Strock ? Allait-il tenter de le contacter, lui ou Baxter Tate, ou les deux ?

Bennie l'avait mis sur écoute, à tous les bons endroits, et il attendait. Il avait loué près de deux cents mètres carrés de bureaux dans un immeuble de Broad Street, deux rues plus bas que Scully & Pershing, sur le trottoir d'en face. Le propriétaire des lieux, le Fancher Group, était une start-up de services financiers domiciliée aux Bermudes. Son représentant répertorié à New York s'appelait Aaron Kurtz, également connu sous le nom de Bennie Wright, et sous une dizaine d'autres identités, avec des papiers parfaits lui permettant d'attester la validité de tous les pseudonymes qu'il choisissait. Du haut de son nouveau perchoir, il pouvait jeter un coup d'œil par la fenêtre et regarder en bas dans Broad Street et, d'ici quelques petits mois, il serait aussi en mesure de voir leur petit gars, Kyle, arriver sur son lieu de travail et en repartir.

10.

La requête fut déposée devant une cour fédérale du District sud de New York, division de Manhattan, dix minutes avant dix-sept heures, un vendredi après-midi, un horaire choisi pour que le dépôt de cette plainte attire aussi peu l'attention de la presse que possible. Un paquet de dernière minute, un vendredi. L'avocat qui avait signé le dépôt était spécialisé dans le contentieux, un dénommé Wilson Rush, associé senior chez Scully & Pershing, et il n'avait pas arrêté de téléphoner toute la journée au greffier pour s'assurer que la plainte serait convenablement enregistrée au registre des procédures avant la fermeture du tribunal pour le week-end. Comme dans tous les dossiers, le dépôt se fit par la voie électronique. Pour engager cette action en justice, aucun membre du cabinet n'était tenu de se rendre à pied au tribunal fédéral Daniel Patrick Moynihan de Pearl Street et d'y déposer une épaisse liasse de documents. De la quarantaine de procédures civiles déposées ce jour-là au District sud, c'était de loin la plus importante, la plus complexe et la plus attendue. Les parties concernées se querellaient depuis des années, et si l'essentiel de leurs chamailleries avait fait l'objet de reportages exhaustifs, la plupart de ces questions demeuraient trop sensibles pour être exposées en public. Le Pentagone, de nombreux élus de premier plan, au Congrès, et même la Maison-Blanche avaient œuvré avec diligence pour éviter le procès, mais tous ces efforts avaient échoué. Une nouvelle bataille avait commencé, et personne ne s'attendait à une solution rapide. Les parties en présence et leurs avocats se battraient à mains nues pendant des années, le litige ferait lentement son chemin dans le système judiciaire fédéral et aboutirait finalement devant la Cour suprême, pour un dernier jugement.

Dès réception de la plainte, le greffier la redirigea vers un dossier sécurisé, afin d'éviter que son contenu ne soit accessible. C'était une précaution extrêmement rare, requise par le premier juge du district. Un résumé de la plainte, réduit à sa plus simple expression, était déjà prêt et disponible, à l'intention de la presse. Il avait été préparé sous la direction de M. Rush, et approuvé lui aussi par le juge.

Le plaignant : Trylon Aeronautics, un fournisseur bien connu du ministère de la Défense, dont le siège était à New York, une compagnie non cotée en Bourse qui concevait et construisait des appareils militaires depuis quarante ans. Le défendeur : Bartin Dynamics, un autre fournisseur de la Défense, coté en Bourse, dont le siège était à Bethesda, dans le Maryland. Bartin engrangeait en moyenne 15 milliards de dollars par an de contrats avec le gouvernement, une enveloppe qui couvrait quatre-vingt-dix pour cent de son chiffre d'affaires annuel. Bartin avait recours à de nombreux avocats pour ses différentes requêtes, mais pour ses principaux litiges, la société faisait appel à la protection de ce cabinet de Wall Street, Agee, Poe & Epps.

À ce jour, Scully & Pershing comptait deux mille cent avocats et prétendait au titre de premier cabinet juridique de la planète. Agee, Poe & Epps en comptait deux cents de moins, mais se vantait de posséder plus de bureaux dans le monde et revendiquait donc cette première place. Chacun des deux cabinets consacrait beaucoup trop de temps et de moyens à dépasser son concurrent et à revendiquer le titre, le pouvoir, le prestige, les facturations, les profils d'associés et tout ce qui pouvait faire grimper son classement.

Le noyau du litige concernait le tout dernier éléphant blanc du Pentagone, un contrat pour la construction du B-10 HyperSonic Bomber, un appareil de l'ère spatiale dont on rêvait depuis des dizaines d'années et qui était maintenant sur le point de devenir réalité. Cinq ans auparavant, l'Air Force avait lancé un appel d'offres auprès de ses principaux sous-traitants pour concevoir ce bombardier hypersonique profilé qui remplacerait la flotte vieillissante des B-52 et demeurerait en service dans l'armée jusqu'en 2060. Lockheed, le plus gros fournisseur de la Défense et favori attendu de cette compétition, s'était trouvé rapidement débordé, suite à la création d'un partenariat à l'initiative de Trylon et de Bartin. Un consortium d'entreprises étrangères – britanniques, français et israéliennes – jouait aussi un rôle secondaire dans ce partenariat.

L'enjeu était énorme. L'Air Force verserait au vainqueur 10 milliards de dollars d'avance pour développer ces technologies de pointe et construire un prototype, avant de passer contrat pour la livraison de 250 à 450 B-10 au cours des trente prochaines années. Estimé à un total de 800 milliards de dollars, ce contrat serait le plus important de toute l'histoire du Pentagone. Les dépassements de coûts anticipés déjouaient tous les calculs.

Le projet du tandem Trylon-Bartin était stupéfiant. Leur B-10 pourrait décoller d'une base aux États-Unis en emportant une charge utile du même volume que celle d'un B-52, voler à 12 000 kilomètres à l'heure, ou Mach 10, et larguer sa cargaison à l'autre bout du monde en une heure, à une vitesse et une altitude qui déjoueraient toutes les contre-mesures défensives actuelles ou envisageables dans un avenir prévisible. Après avoir largué ce qu'il transportait, le B-10 pourrait regagner sa base sans ravitaillement, ni au sol ni en vol. L'appareil progresserait littéralement par sauts successifs en bordure de l'atmosphère. Après avoir grimpé à une altitude de 40 000 mètres, juste à l'extérieur de la stratosphère, il couperait ses moteurs jusqu'à revenir flotter à la surface de l'atmosphère. Une fois à ce niveau, ses moteurs aérobies redémarreraient et porteraient l'engin de nouveau vers 40 000 mètres. Cette procédure de vol, ce mouvement de ricochet très similaire à celui d'un caillou plat rebondissant à la surface d'un plan d'eau, se répéterait jusqu'à ce que l'aéronef atteigne sa cible. Une mission de bombardement, de l'Arizona à l'Asie, requerrait environ une trentaine de ces sauts, le B-10 jaillissant de l'atmosphère une fois toutes les quatre-vingt- dix secondes. En raison de l'emploi intermittent des moteurs, la quantité de carburant nécessaire serait sensiblement plus limitée. Et cette sortie hors de l'atmosphère vers le vide spatial et ses températures glaciales permettrait aussi la dissipation de la chaleur accumulée aux points de friction du fuselage des ailes et des appendices.

Au bout de trois années de recherches et de travaux de conception intenses et parfois effrénés, l'Air Force avait annoncé qu'elle sélectionnait le concept de Trylon-Bartin. Cette annonce s'était faite avec le moins de tapage possible, car les montants en dollars étaient vertigineux, le pays menait deux guerres, et le Pentagone avait estimé peu judicieux d'aller crier sur les toits le lancement d'un programme d'acquisition de matériel militaire aussi ambitieux. L'Air Force avait fait de son mieux pour minimiser le poids du programme du B-10, en vain. Dès que le vainqueur avait été connu, on avait assisté à une foire d'empoigne.

Lockheed avait opéré un retour en force, avec ses sénateurs, ses lobbyistes et ses avocats. Trylon et Bartin, qui avaient un long passif de concurrence féroce, se livrèrent presque aussitôt à toute une série d'attaques réciproques. La perspective de ces sommes d'argent colossales suffisait à faire voler en éclats toute notion de collaboration. Chacun rallia ses politiciens et ses lobbyistes et s'engagea dans la bataille pour s'adjuger un plus gros morceau du gâteau. Les Britanniques, les Français et les Israéliens se trouvaient relégués sur la ligne de touche, mais sans totalement disparaître pour autant.

Trylon et Bartin revendiquaient l'un et l'autre la paternité du concept et des technologies. Des efforts de médiation semblèrent aboutir, puis échouèrent. Lockheed restait tapi au second plan, en position d'attente. Le Pentagone menaça de retirer le contrat au tandem et de lancer un nouvel appel d'offres. Des membres du Congrès organisèrent des auditions parlementaires. Des gouverneurs réclamèrent des créations d'emplois et des mesures en faveur du développement économique. Des journalistes publièrent de longues enquêtes. Des groupes de lutte contre le gaspillage des fonds publics et des observateurs indépendants tournèrent le B-10 en dérision, comme s'il s'agissait d'une navette martienne.

Et les avocats, eux, se préparaient discrètement à déclencher une procédure.

Deux heures après le dépôt du dossier de plainte, Kyle le vit en ligne sur le site de la cour fédérale. Il était à son bureau du *Yale Law Journal*, en train de corriger un article interminable sur son ordinateur. Depuis trois semaines maintenant, il avait vérifié les dépôts de dossiers devant tous les tribunaux fédéraux de New York, ainsi que devant des cours d'État. Lors de leur première séance si pénible, Bennie Wright avait mentionné le dépôt imminent d'un énorme dossier de procédure, à New York, cette procédure qu'il était censé infiltrer. Au cours de leurs autres rendez-vous, depuis lors, il avait à plusieurs reprises sondé Wright pour obtenir des informations sur ce procès, mais l'autre avait écarté chacune de ses demandes d'une formule expéditive : « On parlera de ça plus tard. »

Curieusement, la publication en ligne du dossier ne révélait rien d'autre que le titre et le nom, l'adresse, le cabinet juridique et le numéro d'inscription au barreau de maître Wilson Rush. Le mot « SÉCURISÉ » figurait après le titre, et il fut incapable d'accéder au contenu de la plainte. Aucune autre affaire déposée devant le District sud de New

York au cours des trois dernières semaines n'avait été verrouillée de telle manière.

Autrement dit, les signaux d'alarme se multipliaient.

Il effectua une recherche sur Agee, Poe & Epps et étudia la liste complète de leurs entreprises clientes. Le cabinet représentait Bartin Dynamics depuis les années 1980.

Il oublia son travail pour la revue de droit, ces piles de papiers entassés sur son bureau et tout autour de son siège, et se plongea dans Internet. Une recherche sur Trylon lui révéla assez vite le projet du « B-10 HyperSonic Bomber », et la cohorte de problèmes qu'il avait suscités et continuait à l'évidence de créer.

Il ferma la porte de son petit bureau et s'assura que le bac à papier de l'imprimante était chargé. Il était presque huit heures, en ce vendredi soir, et si les types de la revue de droit étaient réputés pour leurs horaires bizarres, l'équipe avait vidé les lieux pour les congés universitaires de printemps. Il imprima toutes les infos concernant Trylon et Bartin, et rechargea le bac. Il y avait des dizaines d'articles de journaux et de magazines sur le fiasco du B-10. Il les imprima tous et entama la lecture des plus sérieux.

Il découvrit aussi une centaine de sites liés à la défense et à l'armée, et l'un d'eux, consacré à la guerre du futur, lui livra des éléments de fond sur le B-10. Il vérifia l'existence d'autres procédures antérieures éventuelles, pour voir à quelle fréquence Scully & Pershing avait pu intenter des actions, soit au nom de Trylon, soit à titre de défendeur, et il fit de même pour Agee, Poe & Epps avec Bartin. Plus la soirée avançait, plus il creusait, et plus son dossier épaississait, plus il se sentait mal.

Il y avait toujours le risque qu'il se soit mis en chasse de la mauvaise procédure. Tant que Bennie ne lui aurait rien confirmé, il ne pouvait pas en avoir la certitude. Mais cela soulevait peu de doute. Le timing correspondait au calendrier. Les cabinets juridiques respectifs étaient en place. Des milliards étaient en jeu, ainsi que Wright l'avait évoqué. Deux groupes industriels qui étaient aussi de très vieux concurrents. Deux cabinets juridiques qui se vouaient une haine farouche.

Des secrets militaires. Des vols de technologie. De l'espionnage d'entreprise. Du renseignement extérieur. Des menaces de procès et même de poursuites pénales. C'était un gâchis sordide et monumental et maintenant on attendait de lui, Kyle McAvoy, qu'il se glisse dans la mêlée.

Ces dernières semaines, il s'était souvent perdu en conjectures sur le type d'affaires qui pouvait justifier le coût prohibitif d'une opération d'espionnage aussi sophistiquée. Deux groupes industriels rivaux se battant autour d'un magot, voilà qui suffirait à définir d'innombrables litiges. Selon les cas, il pouvait s'agir d'une procédure antitrust, d'un différend sur un brevet ou de deux laboratoires pharmaceutiques se querellant sur la toute dernière pilule contre l'obésité. Mais le pire, le scénario catastrophe, c'était celui qu'on venait de lui confier – un programme d'acquisition de matériels d'armement lancé par le Pentagone, un contrat en or, avec son cortège de technologie secrètes, de politiciens en guerre ouverte, de dirigeants impitoyables, et ainsi de suite. La liste était longue et démoralisante.

Qu'est-ce qui l'empêchait de rentrer à York et d'exercer le droit avec son père, tout simplement ?

À une heure du matin, il fourra ses cahiers dans son sac à dos et, pendant une poignée de secondes, se consacra à un rituel un peu vain : le rangement de son bureau. Il regarda autour de lui, éteignit la lumière, ferma sa porte à clef et se rendit compte, une fois de plus, que n'importe quel espion un tant soit peu digne de ce nom pourrait s'y introduire quand il voudrait. Il était persuadé que Bennie et ses crapules étaient déjà entrés ici, sans doute armés de puces, de câbles, de micros et d'un tas d'autres trucs auxquels il ne voulait même pas songer.

Et il était sûr qu'ils l'observaient. En dépit de toutes les exigences qu'il avait pu formuler à Bennie qu'on le laisse tranquille, il savait qu'ils le suivaient. Il les avait vus, en plusieurs circonstances. Ils étaient forts, mais ils avaient commis quelques erreurs. Tout le défi, se répétait-il régulièrement, consistait à se comporter comme s'il n'avait pas la moindre idée qu'on le surveillait. Il suffisait de jouer le rôle du naïf, du jeune étudiant insouciant qui trimballe son sac à dos sur le campus et n'a d'yeux que pour les filles. Il n'avait pas changé d'habitudes, d'itinéraires ou d'emplacements de parking. Toujours le même endroit pour déjeuner, presque tous les jours. Le même café où, à l'occasion, il retrouvait Olivia après les cours. Il était soit en fac de droit, soit dans son appartement, avec de rares détours sur le chemin. Et comme ses habitudes demeuraient inchangées, celles de ses ombres ne changeaient pas non plus. Il offrait une cible si facile que cela finissait par les rendre paresseux. Kyle l'innocent les berçait, et à peine s'étaient-ils endormis qu'il les prenait sur le fait. Une tête qu'il avait déjà vue à trois reprises, un visage jeune et rougeaud, avec chaque fois des lunettes différentes et une moustache qui apparaissait ou disparaissait.

Chez un libraire de livres d'occasion, près du campus, il se mit à acheter de vieux romans d'espionnage 1 dollar l'unité. Il en achetait un, le gardait dans son sac à dos et, quand il l'avait terminé, il le balançait dans sa corbeille à papier de la fac de droit et s'en achetait un autre.

Il partait du principe qu'aucune de ses communications n'était confidentielle. Son téléphone et son ordinateur portables n'étaient pas sûrs, il en était convaincu. Il augmenta le nombre de ses mails à Joey Bernardo, Alan Strock et Baxter Tate, mais tous ses messages étaient de rapides bonjours quasiment dénués de substance. Il fit de même avec les autres membres de la fraternité Bêta, le tout sous prétexte d'encourager ses copains à se trouver un meilleur boulot ou à rester en contact. Il les appelait tous une fois par semaine et ils discutaient sports, fac et carrières.

Si Bennie était à l'écoute, il ne surprendrait pas un mot susceptible de lui laisser imaginer que Kyle nourrissait le moindre soupçon.

Celui-ci était désormais convaincu que pour survivre, ces sept prochaines années, il allait devoir apprendre à penser et à se conduire comme ses adversaires. Il y avait bien une issue. Quelque part.

Bennie était de retour en ville. Ils se retrouvèrent devant un sandwich, un samedi, dans un bar à pitas des quartiers nord, loin du campus. Il avait promis de passer le voir à peu près une semaine sur deux, pendant tout le printemps et jusqu'à l'obtention de son diplôme, en mai. Kyle lui avait demandé en quoi c'était nécessaire. Bennie lui avait servi des niaiseries dénuées de sens sur l'utilité de maintenir le contact.

À chacun de leurs rendez-vous suivants, la personnalité de Wright s'était quelque peu radoucie. Il restait toujours son « gestionnaire » terre à terre et coriace, chargé d'une mission, mais il se comportait comme s'il voulait rendre le temps qu'ils allaient partager un peu plus agréable. Après tout, ils allaient devoir vivre des heures ensemble, lui rappelait-il, ce qui suscitait toujours un froncement de sourcils chez Kyle, car il n'avait aucune envie de faire la causette.

– Des projets pour les congés de printemps ? lui demanda l'autre alors qu'ils déballaient leurs sandwiches.

– Du travail.

Les vacances avaient commencé la veille, et la moitié de Yale était maintenant quelque part sur les côtes de Floride.

– Allons. Vos dernières vacances de printemps, et vous ne prenez pas la direction des plages ?

– Nan. La semaine prochaine, je serai à New York, pour me chercher un appartement.

Bennie eut l'air surpris.

– On peut vous aider.

– Nous avons déjà eu cette conversation, Bennie. Je n'ai pas besoin de votre aide.

Ils prirent tous deux d'énormes bouchées et mâchèrent en silence. Finalement, Kyle lui demanda :

– Des nouvelles sur ce procès ?

Un hochement de tête expéditif. Rien.

– Le dossier de procédure a été déposé ? Pourquoi ne pouvez-vous rien me dire ?

L'autre s'éclaircit la voix et but une gorgée d'eau.

– La semaine prochaine. Voyons-nous la semaine prochaine, quand vous viendrez à New York, et je vous tiendrai au courant, pour le procès.

– Je suis impatient.

Encore une solide bouchée, et ils prirent le temps de mâcher.

– Quand présentez-vous votre examen d'entrée au barreau ?

– En juillet.

– Où ?

– À New York. Dans Manhattan. Ce n'est pas une perspective qui m'enchante outre mesure.

– Vous vous débrouillerez très bien. Quand recevrez-vous les résultats ?

Bennie connaissait déjà les dates et les lieux de l'examen, à New York. Il savait quand les résultats seraient publiés en ligne. Il savait ce qui arrivait aux jeunes collaborateurs s'ils étaient recalés à l'épreuve du barreau. Il savait tout.

– Début novembre. Vous avez fait la fac de droit ?

Un sourire, presque un petit rire.

– Ah, non. J'ai toujours essayé d'éviter les juristes. Enfin, dans ce métier, il en faut aussi, quelquefois.

Kyle écoutait toujours attentivement cet accent. Accent qui avait tendance à aller et venir. Il pensa aux Israéliens et à leur don pour les langues, surtout au sein du Mossad et de l'armée.

Et ce ne fut pas la première fois qu'il se demanda pour le compte de qui il espionnait, et contre qui.

Ils se revirent quelques jours plus tard au Ritz-Carlton, dans le bas de Manhattan. Il lui demanda s'il avait un bureau en ville, ou s'il réglait toutes ses affaires dans des chambres d'hôtel. Il ne reçut pas de réponse. Avant leur rendez-vous, il avait visité quatre appartements, tous dans SoHo et TriBeCa.

Le moins cher était à 4 200 dollars par mois, pour un soixante-quinze mètres carrés dans un immeuble sans ascenseur, et le plus cher à 6 500 dollars mensuels, pour un quatre-vingt-douze mètres carrés dans un entrepôt rénové. Quel que soit le montant du loyer, il le prendrait tout seul, parce qu'il ne voulait pas de colocataire. Son existence serait assez compliquée comme cela sans subir en plus les tensions de la vie commune. Et en plus, l'idée d'un colocataire ne plaisait pas trop à Bennie.

Wright et compagnie ayant suivi l'étudiant et l'agent immobilier dans le bas de Manhattan, ils savaient précisément où se situaient ces appartements. Le temps que Kyle arrive à l'hôtel, des hommes de Bennie appelaient la même agence immobilière, se renseignaient sur les mêmes appartements, et s'organisaient pour les visiter. Kyle vivrait effectivement où il le souhaitait, mais lorsqu'il emménagerait, les lieux seraient déjà infestés.

Bennie avait quelques épais documents sur la petite table de sa suite.

– Le dossier de procédure a été déposé vendredi dernier, commença-t-il, devant le tribunal fédéral, ici, dans Manhattan. Le plaignant est une compagnie, Trylon Aeronautics. Le défendeur est une autre compagnie, Bartin Dynamics.

Kyle enregistra l'information sans rien manifester. Son dossier sur cette affaire et sur les parties en présence comprenait maintenant trois cahiers à spirale de dix centimètres d'épaisseur chacun, plus de deux mille pages, et grossissait de jour en jour. Il était bien certain de ne pas en savoir autant que son copain Bennie, mais il en savait quand même pas mal.

Et Bennie savait qu'il savait. Depuis ses bureaux confortables de Broad Street, ses techniciens et lui espionnaient l'ordinateur portable de Kyle et son poste de travail à son bureau de la revue juridique. Leur surveillance était permanente et, dès qu'il ouvrait son écran pour envoyer un mot à un professeur, Bennie en était informé. Quand il travaillait à son dossier et modifiait une note, il le savait. Et quand il suivait les dépôts de procédures devant le tribunal de New York, quand il remuait la boue sur Trylon et Bartin, il était aussi informé.

Reste là à jouer les benêts, fiston. Je suis de la partie, moi aussi. Tu es malin comme un singe, mais tu es trop stupide pour t'apercevoir que tu es dedans jusqu'au cou.

11.

Avec l'arrivée d'un printemps timide sur la Nouvelle-Angleterre, le campus revint à la vie et se débarrassa des derniers froids et des dernières ténèbres de l'hiver. Les plantes s'épanouissaient, l'herbe reprenait un peu de couleur et, les jours s'allongeant, les étudiants trouvaient de nouvelles raisons de traîner dehors. Les Frisbee volaient par centaines. Les déjeuners s'éternisaient, et il y avait même des pique-niqueurs, quand le soleil se montrait. Les professeurs devenaient plus paresseux, les cours étaient écourtés.

Pour son dernier semestre sur le campus, Kyle préféra s'écarter de toutes ces festivités. Il se claquemurait dans son bureau, travaillant fébrilement à boucler les ultimes points de détail de la livraison de juin du *Yale Law Journal*. Ce serait son dernier numéro et il voulait que ce soit le meilleur. Le travail lui fournissait l'excuse parfaite pour ignorer pratiquement tout le monde. Olivia en avait eu finalement assez, et ils s'étaient séparés, mais en des termes plutôt aimables. Ses amis, tous des étudiants de troisième année sur le point de recevoir leur diplôme, se répartissaient en deux groupes. Le premier ne jurait que par l'alcool et la fête, et ces étudiants-là voulaient profiter jusqu'au dernier moment de leur vie sur le campus avant d'en être évincés et d'être expédiés dans le monde réel. Le second groupe pensait déjà à sa carrière, révisait en vue de l'examen du barreau et se cherchait un appartement dans telle ou telle grande ville. Pour sa part, il trouvait commode de pouvoir éviter les deux.

Le 1er mai, il envoya une lettre à Joey Bernardo :

Cher Joey,

Je passe mon diplôme de droit le 25 mai. Une possibilité que tu sois là ? Alan ne peut pas venir et je redoute d'inviter Baxter. Ce serait super marrant de traîner ensemble deux ou trois jours. Pas de nana, je t'en prie. Réponds-moi par courrier à cette adresse. Pas d'e-mail, pas de téléphone. Je t'expliquerai plus tard.

Amicalement,

Kyle

La lettre était manuscrite, et il la posta du bureau de la revue juridique. Une semaine plus tard, une réponse lui parvint :

Salut, Kyle,

Qu'est-ce qui te prend de passer par la poste ? Ton écriture craint vraiment. Mais sans doute moins que la mienne. Je serai là pour l'examen, on devrait se marrer. Qu'y a-t-il de si secret qui nous empêche de nous parler au téléphone ou de communiquer par mail ? Tu craques ou quoi ? Baxter craque. Il a pété les plombs. Si on ne tente rien, d'ici un an, il sera mort. Bon, j'ai la main qui me fait mal et je me fais l'effet d'être un vieux con, d'écrire à l'encre. Je suis impatient de lire ton prochain petit mot doux.

Bises,

Joey

La réponse de Kyle fut plus longue et plus détaillée. La réaction de Joey ne fut pas moins sarcastique, et il redoubla de questions. Il la lut, et la jeta aussitôt à la corbeille. Encore un échange de courriers, et leur week-end était planifié.

On ne parvint pas à convaincre Patty McAvoy de sortir de son loft pour la remise du diplôme de son fils – mais il est vrai que l'on n'avait pas non plus déployé beaucoup d'efforts. En réalité, sa décision de rester chez elle satisfaisait plutôt les deux McAvoy, le père et le fils, car sa présence à Yale n'aurait fait que compliquer les choses. Elle avait déjà manqué la même cérémonie à Duquesne, trois ans auparavant, tout comme elle avait loupé celles de ses deux filles. En bref, Patty refusait d'assister aux remises de diplômes, quelle qu'en soit l'importance. Elle avait certes réussi à honorer de sa présence les mariages de ses deux filles, tout en se révélant incapable de prendre part aux préparatifs. John s'était contenté de signer les chèques, et la famille avait plus ou moins survécu à ces deux épreuves.

Joey Bernardo arriva à New Haven le samedi après-midi, la veille des cérémonies à la faculté de droit et, suivant les indications du petit mot manuscrit acheminé par les services de la poste américaine, il se dirigea vers la salle caverneuse d'une pizzeria, le Santo, à mille cinq cents mètres du campus. À quinze heures précises, samedi 24 mai, il se glissa dans un box tout à fait sur la droite de la salle, et il attendit. À la fois amusé et curieux, il en était encore à se demander si son ami n'avait pas perdu la tête. Une minute plus tard, Kyle fit son apparition, en arrivant du fond de la salle, et s'assit en face de lui. Ils se serrèrent la main, puis Kyle jeta un œil vers la porte d'entrée, tout là-bas sur sa droite. Le restaurant était presque désert, et le rock de Bruce Springsteen se déversait par les haut-parleurs.

– Je t'écoute, lui glissa Joey, que tout cela amusait déjà moins.

– On me suit.

– Tu dérailles. La pression te monte à la tête.

– La ferme et écoute.

Une serveuse encore adolescente fit une halte à leur table, pour voir s'ils désiraient quelque chose. Ils commandèrent tous deux un Coca light, et Kyle une grande pizza aux poivrons.

– Je n'ai pas faim, ronchonna Joey quand elle fut repartie.

– Nous sommes dans une pizzeria, on doit donc commander une pizza. Sinon, on aura l'air suspect. D'ici quelques minutes, un gangster en jean délavé, maillot de rugby vert foncé et casquette de golf kaki va franchir cette porte, complètement nous ignorer et sans doute aller au bar. Il va rester là moins de dix minutes, et ensuite il s'en ira. Il ne regardera pas dans notre direction, mais il observera tout. Quand tu partiras, il te suivra, lui ou l'un de ses équipiers, il relèvera ta plaque d'immatriculation et, en quelques minutes, ils sauront que j'ai eu un rendez-vous à moitié secret avec mon vieux pote Joey Bernardo.

– Ces types sont des amis à toi ?

– Non. Ce sont des espions professionnels, mais comme ce n'est que moi, et que je ne suis pas un gangster parfaitement entraîné, ils s'imaginent que je ne m'aperçois pas qu'ils me suivent.

– Parfait. Ça clarifie les choses. Et pourquoi ils te suivent, toi, mon vieux copain ?

– C'est une très longue histoire.

– Tu ne t'es pas remis à boire, non ? T'as pas retouché à l'héro ?

– Je n'ai jamais touché à l'héro et tu le sais. Non, je ne bois pas et je ne perds pas la boule. Je suis sérieux à mort et j'ai besoin de ton aide.

– Il te faut un psy, Kyle. Tu me flanques les chocottes, mon pote. Tu as une lueur dans le regard.

La porte s'ouvrit et le gangster en question fit son entrée. Il était habillé précisément tel que Kyle l'avait décrit, avec en plus une paire de lunettes à monture en écaille de tortue.

– Ne le fixe pas comme ça, lui chuchota-t-il, en voyant Joey qui en restait comme deux ronds de flan.

Les Cocas light arrivèrent, et ils se mirent à boire. Le gangster se rendit au bar et commanda une bière pression. De son tabouret, il pouvait voir leur table dans les miroirs tout en longueur, derrière les râteliers aux alcools, mais il était exclu qu'il puisse entendre ce qu'ils se disaient.

– Il a juste mis des lunettes en plus, commenta Kyle avec un grand sourire, comme s'ils s'échangeaient des blagues. Des lunettes de soleil, ici, ce serait trop voyant. Il a ajouté ces grosses lunettes rondes pour pouvoir regarder autour de lui sans se faire repérer. Tu souris, s'il te plaît. Et tu ris, je te prie. On est deux vieux copains qui se racontent des souvenirs, et c'est tout. Rien de grave.

Toujours abasourdi, Joey ne réussit ni à sourire ni à rire. Alors Kyle partit dans un bruyant soliloque et, dès que la pizza arriva, il s'en détacha une part. Très animé, très souriant, il parlait la bouche pleine.

– Mange, Joey, et souris et, je t'en supplie, prononce au moins quelques mots.

– Qu'est-ce que tu as fait ? Ce type, c'est un flic, ou quoi ?

– Ou quoi… Je n'ai rien fait de mal, mais c'est quand même une histoire compliquée. Et tu es impliqué. Parlons plutôt des Pirates.

– Les Pirates sont à la dernière place du classement, et ils y seront toujours en septembre. Choisis un autre sujet, ou une autre équipe. (Joey finit par prendre une part de pizza et en enfourna la moitié dans sa bouche.) J'ai besoin d'une bière. Je peux pas manger une pizza sans bière.

Kyle fit signe à leur nonchalante petite serveuse et commanda une bière.

Il y avait un écran large, dans un angle de la salle. On repassait les moments forts des derniers matches de base-ball sur ESPN. Ils mangèrent leur pizza et suivirent le reportage quelques minutes. Le type en maillot de rugby était concentré sur sa bière pression ; au bout d'un petit quart d'heure, il l'avait liquidée. Il paya en espèces et s'en alla. Quand la porte se fut refermée derrière lui, Joey questionna son ami.

– Qu'est-ce qui se passe, nom de Dieu ?

– Il faut qu'on ait une conversation, mais pas ici. Ça va prendre une heure ou deux, et ensuite cette première conversation en appellera une autre, et puis une autre. Si nous restons causer ici, ce week-end, on va se faire prendre. Les méchants nous observent, et s'ils nous voient lancés dans une discussion sérieuse, ils comprendront. Il est important qu'on finisse cette pizza, qu'on sorte par cette porte, et qu'on ne nous voie pas ensemble, jusqu'à ce que tu quittes la ville, demain.

– Merci pour l'invitation.

– Je ne t'ai pas invité pour la remise des diplômes, Joey. Désolé. La raison de ta présence ici, c'est qu'il fallait que je te remette ceci. (Il fit glisser une feuille de papier.) Mets ça dans ta poche, et vite.

Joey s'en saisit, jeta un œil autour de lui, pour voir si les assassins ne venaient pas les encercler, et la fourra dans la poche de son jean.

– C'est quoi, ça, Kyle ?

– Fie-toi à moi, Joey, je t'en prie. J'ai des ennuis et j'ai besoin d'aide. Je ne peux compter sur personne d'autre.

– Et je suis impliqué, moi aussi ?

– Peut-être. Terminons cette pizza et allons-nous-en d'ici. Voici mon plan. Dans pas longtemps, c'est la fête du 4 Juillet. Tu nous proposes cette merveilleuse idée d'une excursion, la descente en rafting de la New River, en Virginie-Occidentale, trois jours de rivière, deux nuits sous la tente. Toi, moi et quelques autres de la vieille bande de Duquesne. Un week-end entre garçons, tant qu'on peut encore se le permettre. La liste que tu as en poche contient dix noms et les e-mails, des coordonnées que tu as déjà sans doute. Il y a aussi le nom d'un loueur de matériel, c'est à Beckley, en Virginie. Tu vois, j'ai déjà tout balisé.

Joey opina comme si tout cela n'avait aucun sens. Kyle insista.

– Le but de cette excursion, c'est d'échapper à leur surveillance. Une fois qu'on sera sur la rivière et dans les montagnes, ils n'auront aucun moyen de me suivre. On pourra se parler sans avoir à se soucier d'être observés.

– C'est dingue. Tu es dingue.

– Boucle-la, Joey. Je ne suis pas dingue. Je suis sérieux à mort. Ils me surveillent vingt-quatre heures sur vingt-quatre. Ils écoutent mes conversations téléphoniques, et ils ont infiltré mon ordinateur portable.

– Et ce ne sont pas des flics ?

– Non, ils sont bien plus effrayants que des flics. Si nous passons trop de temps ensemble, là, maintenant, ça va éveiller leurs soupçons, et ta vie va salement se compliquer. Mange un peu de pizza.

– Je n'ai pas faim.

Il y eut un long silence. Kyle continua de manger. Joey suivait toujours les actions marquantes rediffusées par ESPN. Et Springsteen, lui, continua de chanter.

Au bout de quelques minutes, Kyle reprit la parole :

– Écoute, il faut qu'on aille là-bas. J'ai un tas de trucs à te dire, mais maintenant, là, ce n'est pas possible. Si tu veux bien organiser cette descente en rafting, on pourra s'amuser un peu, et en plus je te raconterai toute l'histoire.

– Tu as déjà fait du rafting ?

– Bien sûr. Et toi ?

– Non. Je n'aime pas l'eau.

– Ils fournissent les gilets de sauvetage. Allez, Joey, prends un peu le temps de t'amuser. Dans un an, tu seras marié, et ta vie sera finie.

– Merci, mon pote.

– C'est juste une descente de rivière entre garçons, une bande de vieux amis de la fac.

Expédie-moi ces e-mails et monte-moi cette histoire. Qu'est-ce que t'en dis ?

– Bien sûr, Kyle. Comme tu voudras.

– Mais quand tu m'envoies des e-mails, tu fais diversion.

– Je fais diversion ?

– Oui, je t'ai tout noté. Dans tes e-mails, on va descendre le Potomac, dans l'ouest du Maryland. Ces salauds-là, il ne faut pas trop les alerter.

– Qu'est-ce qu'ils vont faire, nous suivre sur la rivière en hors-bord ?

– Non. C'est juste une précaution. Je n'ai pas envie qu'ils m'approchent de trop près.

– Cette histoire est vraiment étrange, Kyle.

– Et ça ne va pas s'arrêter là.

Subitement, Joey repoussa sa pizza de côté et se pencha vers lui, les coudes fermement plantés sur la table. Il lui lança un regard furibond.

– Je ferai ce que tu me demandes, mais il faut que tu me donnes au moins un indice.

– Elaine est de retour, avec son scénario de viol.

Aussi vite qu'il s'était penché vers lui, Joey se ratatina sur sa banquette, se recroquevilla comme une chiffe molle. Elaine qui ? Il avait oublié son nom de famille (s'il l'avait même jamais su). Cela remontait à cinq ans, peut-être six, et les flics n'avaient pas seulement clos le dossier, ils l'avaient refermé à double tour. Et pourquoi ? Parce qu'il ne s'était rien passé. Il n'y avait pas eu viol. Coït, peut-être, mais avec cette fille, tout cela était arrivé par consentement mutuel. Il avait prévu de se marier en décembre avec la femme de ses rêves, et rien, absolument rien ne viendrait faire foirer ça. Il avait une carrière, un futur, une réputation. Comment ce cauchemar pouvait-il resurgir de la sorte ?

Il avait tant de choses à dire qu'il réussit à ne rien dire du tout. Il dévisagea son ami, qui ne pouvait s'empêcher de se sentir désolé pour lui.

« Elle est réveillée ? » demande Joey.

Aucune réaction de Baxter Tate. Aucune réaction de la fille.

– C'est une affaire qu'on peut régler, Joey. C'est effrayant, mais ça peut se régler. Il faut qu'on se parle, que l'on ait plusieurs heures devant nous, mais pas ici, pas maintenant. Allons-nous-en ailleurs.

– Bien sûr. Tout ce que tu voudras.

Ce soir-là, il retrouva son père pour le dîner, dans un grec, un endroit qui s'appelait l'Athenian. Joey Bernardo les rejoignit. Il avait déjà pris quelques verres en préambule, et il était tellement relax qu'il en devenait complètement ennuyeux. Ou alors c'est qu'il était sous le choc, terrorisé, un truc de cet ordre, mais en tout cas certainement très préoccupé. John McAvoy siffla deux cocktail gin martini blanc avant même d'avoir touché au menu et ne tarda pas à se lancer dans quelques récits de vétéran, des histoires de vieux procès et autres dossiers passés. Cocktail après cocktail, Joey soutenait la cadence. Le gin lui épaississait la langue, mais ne lui allégeait pas l'humeur.

Kyle l'avait invité parce qu'il craignait que son père ne se lance dans une ultime tentative pour le convaincre de résister aux maléfices du droit des affaires et de faire quelque chose de sa vie. Mais après le deuxième martini, et devant un Joey à peine cohérent, John McAvoy repartit bel et bien à l'assaut. Kyle choisit de ne pas discuter. Il croquait ses crackers à l'ail et au houmous, et il l'écoutait. Le vin rouge fut servi, et son père leur raconta une nouvelle anecdote, celle d'un pauvre diable qu'il avait représenté. Un bon dossier, mais sans un sou à la clef, et il avait gagné, bien sûr, comme toujours ou presque dans les histoires que racontent les avocats. Le héros de toutes ses histoires, c'était lui, John McAvoy. Il sauvait les pauvres. Et il protégeait les faibles.

C'était au point que Kyle regrettait presque l'absence de sa mère.

Tard ce soir-là, longtemps après le dîner, il marchait sur le campus de Yale, pour la dernière fois en sa qualité d'étudiant. Il était abasourdi par la vitesse à laquelle ces trois années s'étaient écoulées, et pourtant il était fatigué de la faculté de droit. Il était fatigué des cours, des salles de classe, des examens et de son existence minable avec un budget d'étudiant. À vingt-cinq ans, il était maintenant un homme, un adulte, avec un bon niveau d'instruction, avec une vie saine, et puis il était encore entier, sans dommage irréversible.

À ce stade, son avenir devrait s'annoncer très prometteur et tout à fait captivant.

Et pourtant, il ne ressentait rien que de la peur et de l'appréhension. Sept années d'université, une belle réussite dans ses études, et voilà sur quoi tout cela débouchait – la vie misérable d'un espion malgré lui.

12.

Des deux appartements entre lesquels Kyle hésitait, Bennie préférait celui situé dans l'ancien quartier des abattoirs, près de l'hôtel Gansevoort, dans un immeuble vieux de cent vingt ans, construit dans le seul but d'y tuer des cochons et des vaches. Mais ce carnage appartenait désormais au passé, et le promoteur avait accompli un travail magnifique, en ne conservant que les murs extérieurs et en transformant le bâtiment, après rénovation, en une série de boutiques au premier étage, en bureaux branchés au deuxième, et en appartements modernes à partir des niveaux supérieurs. Bennie se moquait du branché ou du moderne, et l'emplacement n'aurait pas pu le laisser plus indifférent. Ce qui l'intéressait, c'était surtout le fait que l'appartement situé juste au-dessus du 5D était également disponible en sous-location. Il sauta dessus – c'était le 6D, un loyer mensuel de 5 200 dollars pour six mois –, puis il attendit que Kyle signe le bail du 5D.

Ce dernier, en revanche, penchait plutôt pour un deuxième étage sans ascenseur sur Beekman Street, près de l'hôtel de ville et du pont de Brooklyn. Il était plus petit et moins cher, à 3 800 dollars, une somme toujours indécente au regard de la superficie. À New Haven, il déboursait 1 000 dollars mensuels pour un trou à rats, mais qui était trois fois plus vaste que tout ce qu'il avait visité à Manhattan.

Scully & Pershing lui avait versé une prime à la signature de 25 000 dollars, et il envisageait de l'utiliser pour bloquer un appartement agréable dès le début de l'été, tant que les offres étaient nombreuses. Il s'enfermerait dans son nouveau repaire, étudierait pendant six semaines sans interruption, et présenterait l'examen du barreau de New York fin juillet.

Quand il devint évident pour Bennie que son protégé était prêt à louer l'appartement de Beekman Street, il s'organisa pour qu'un de ses sbires fasse subitement son apparition, harcèle l'agent immobilier et lui propose plus d'argent. La manœuvre porta ses fruits, et Kyle fut redirigé vers le quartier des abattoirs. Quand il eut conclu une promesse verbale pour le 5D, à raison de 5 100 dollars par mois pendant un an, à compter du 15 juin, Bennie dépêcha une équipe de techniciens pour « décorer » l'endroit, deux semaines avant la date prévue pour son entrée dans les lieux. Des appareils dotés de micros furent logés dans les murs de chaque pièce. Les lignes de téléphone et Internet furent mises sur écoute et reliées à des récepteurs dans des ordinateurs situés juste au-dessus, au 6D. On installa quatre caméras cachées – dans le coin salon, la cuisine et les deux chambres. Chacune de ces caméras pourrait être retirée immédiatement, pour le cas où Kyle ou quelqu'un d'autre se mettrait à fouiner. Et elles étaient elles aussi connectées à des ordinateurs au 6D, de sorte que Bennie et ses gars pouvaient surveiller tous les faits et gestes de Kyle, sauf sous la douche, quand il se rasait, se brossait les dents et se rendait aux toilettes. Certains lieux devaient conserver leur intimité.

Le 2 juin, Kyle chargea tout ce qu'il possédait dans sa jeep Cherokee, puis il quitta Yale et New Haven. Sur quelques kilomètres, il s'accorda un moment de nostalgie bien ordinaire en pareille circonstance, l'adieu à ses années d'étudiant, mais dès qu'il eut dépassé Bridgeport, il pensait déjà à l'examen du barreau et à ce qui l'attendait ensuite. Il roula en direction de Manhattan, où il prévoyait de passer quelques jours avec des amis, avant d'emménager dans son appartement, le 15 du mois. Il lui restait encore à signer le bail, et l'agent immobilier commençait à s'agacer. Il ne répondit pas à ses appels.

Le 3 juin, comme prévu, il prit un taxi pour l'hôtel Peninsula, en centre ville, et retrouva Bennie Wright dans une suite du dixième étage. Son « gestionnaire » portait sa tenue habituelle, toujours aussi terne – costume sombre, chemise blanche, cravate à mourir d'ennui, chaussures noires –, mais en ce 3 juin, il avait tout de même introduit une ou deux variantes. Il avait tombé la veste, et il portait, sanglé autour de sa chemise, un rutilant étui en cuir noir avec un Beretta 9 mm étroitement calé sous l'aisselle gauche. Un mouvement rapide de la main droite, et l'arme serait prête à entrer en action. Kyle passa en revue toutes les réflexions sarcastiques que lui inspirait un tel arsenal mais à la dernière seconde il se ravisa et décida de faire comme si de rien n'était. À l'évidence, Bennie n'avait qu'une envie, que l'on remarque son Beretta, et peut-être même qu'on lui en touche un mot.

Ignore-le, c'est tout.

Il s'assit comme il s'asseyait toujours en présence de Wright – la cheville droite sur le genou gauche, les bras croisés, et en affichant un air de complet mépris.

– Félicitations pour votre diplôme, commença l'autre, en buvant une gorgée de café dans un gobelet en carton, debout près de la fenêtre qui donnait sur la Cinquième Avenue. Ça s'est bien passé ?

Tu étais là, espèce d'enfoiré. Tes gars nous ont surveillés, Joey et moi, en train de manger une pizza. Tu sais ce qu'on a servi à mon père pour son dîner, et combien de martinis il a sifflé. Tu as vu Joey sortir du grec en titubant, saoul comme un Polonais. Et quand on m'a pris en photo, en toque et en toge, tes hommes de main étaient sans doute là, à me mitrailler, eux aussi.

– Impec, fit-il.

– C'est génial. Vous avez trouvé un appartement ?

– Je crois.

– Où ça ?

– Qu'est-ce que ça peut vous faire ? Je croyais que nous étions d'accord pour que vous me fichiez la paix.

– J'essaie juste de me montrer poli, Kyle, c'est tout.

– Pourquoi ? Rien que le fait de se retrouver, ça me fout déjà les boules, et vous me débitez vos salades, comme si on était un tandem de vieux copains. Je ne suis pas ici parce que j'en ai envie. Je ne suis pas venu bavarder avec vous parce que j'aurais choisi de vous causer. À cet instant, je préférerais être ailleurs, n'importe où sur la planète. Je suis ici parce que vous me faites chanter. Je vous méprise, d'accord ? N'oubliez jamais ça. Et n'essayez plus d'être poli. Ça ne cadre pas avec votre personnalité.

– Oh, je peux aussi me comporter en vrai chieur.

– Mais vous êtes un vrai chieur !

Bennie but une gorgée de café, sans se départir de son sourire.

– Bon, avançons un peu. Puis-je vous demander quand vous passez l'examen du barreau ?

– Non, vous savez très bien quand je le passe, l'examen du barreau. Je suis ici pour quoi, Bennie ? Quel est l'objet de ce rendez-vous ?

– Juste un bonjour amical. Bienvenue à New York. Vous venez d'achever votre droit, mes félicitations. Comment se porte la famille. Ce genre de choses.

– Je suis touché.

Bennie posa sa tasse de café et prit un épais classeur à anneaux. Il le lui tendit.

– Ce sont les dernières pièces dans le cadre du procès Trylon-Bartin. Requête en référé de la défense, visant à débouter le demandeur, attestations justificatives, pièces justificatives, exposés des motifs en faveur, exposés des motifs en défaveur. L'ordonnance de rejet de ladite requête. Réponse déposée par le défendeur, Bartin, et ainsi de suite. Comme vous le savez, le dossier est sous scellés, donc ce que vous détenez là est confidentiel.

– Comment vous l'êtes-vous procuré ?

Bennie répondit avec le même petit sourire idiot dont il le gratifiait toujours quand Kyle posait une question à laquelle l'autre ne pouvait répondre.

– Quand vous ne serez pas occupé à bûcher votre examen du barreau, vous pourrez toujours potasser le dossier de procédure.

– Une question. Il me semble assez tiré par les cheveux que Scully & Pershing m'affecte au service du contentieux qui se trouve justement en charge de ce dossier, et il me paraît encore plus illusoire de croire qu'ils permettraient à un collaborateur débutant de s'en approcher. Je suis certain que vous avez pensé à ça.

– Et la question est... ?

– Que se passe-t-il si je reste à l'écart du dossier ?

– Votre promotion comptera environ une centaine de débutants, comme l'an dernier et comme l'année d'avant. Le dixième de ces débutants à peu près sera affecté au contentieux. Les autres seront ventilés dans tous les autres services... fusions, acquisitions, fiscalité, antitrust, transactions, titres, finance, successions et toutes les autres merveilleuses prestations que propose ce cabinet. Vous serez la star des bleus du contentieux parce que vous êtes le plus intelligent et parce que vous travaillerez dix-huit heures par jour, sept jours par semaine, et vous allez faire de la lèche, vous allez ramper, poignarder vos camarades dans le dos et vous ferez tout ce qu'il faut pour réussir dans un grand cabinet juridique. Travailler sur cette affaire, vous allez le vouloir, vous allez l'exiger et, comme c'est le plus gros procès du cabinet, vous finirez par être affecté à ce dossier.

– Désolé d'avoir posé la question.

– Et tout en dégottant un moyen de vous infiltrer dans cette affaire, vous nous fournirez d'autres informations précieuses.

– Comme quoi ?

– Il est trop tôt pour en discuter. En attendant, il faut vous concentrer sur l'examen du barreau.

– Vous êtes trop bon. Je n'y avais pas pensé.

Ils échangèrent encore quelques aménités de la même eau pendant une dizaine de minutes, puis Kyle repartit en claquant la porte, comme d'habitude. Depuis le taxi, il appela son interlocutrice de l'agence immobilière et lui annonça qu'il avait changé d'avis sur son installation dans le quartier des abattoirs. Cela la contraria, mais elle réussit à garder son calme. Il n'avait rien signé, et elle n'avait aucune munition juridique. Il lui promit de la rappeler d'ici quelques jours, et ils reprendraient leur recherche, en s'orientant vers un endroit plus petit et moins cher.

Il déménagea son bazar dans la chambre d'amis de l'appartement de SoHo de Charles et Charles, deux diplômés en droit de Yale qui avaient fini l'université un an plus tôt et travaillaient maintenant pour deux mégacabinets différents. Ils avaient joué en équipe de crosse à Hopkins, et vivaient sans doute en couple, même s'ils étaient toujours restés discrets là-dessus, du moins à l'époque de Yale. Peu lui importait la nature de leur relation. Il lui fallait un lit pour quelque temps et un endroit où entreposer ses cartons. Et le moyen de tenir Bennie en respect, autant que faire se pouvait. Les deux Charles lui proposèrent leur cagibi gratuitement, mais il insista pour leur verser 200 dollars par semaine. Pour ce qui était d'étudier, l'appartement était parfait, car le duo des Charles était rarement là. Ils étaient tous les deux écrasés par des semaines de travail de cent heures.

Quand il devint clair que la structure de Bennie Wright venait de se faire estamper de six mois de loyer à 5 200 dollars mensuels, pour l'appartement 6D dans l'ancien abattoir, plus la coûteuse « décoration » du 5D situé juste au-dessous, plus 4 100 dollars mensuels (le loyer de l'appartement de Beekman Street), ce dernier fulmina, sans paniquer pour autant. Cet argent gaspillé, cela ne comptait guère. Ce qui le tracassait, c'était le caractère imprévisible de cet épisode. Sa surveillance se menait sans encombre. Ils avaient disséqué son déplacement à Pittsburgh, en février, et cet épisode-là avait cessé de les inquiéter. Mais maintenant que Kyle était arrivé dans la grande métropole, le tenir à l'œil représentait davantage un défi. En règle générale, la surveillance d'un sujet civil est plutôt facile, en raison de ses habitudes et de ses modes de pensée toujours prévisibles. Pourquoi essaierait-il de s'affranchir de cette surveillance s'il en ignorait l'existence ? Mais que savait Kyle, et que suspectait-il, au juste ? Jusqu'à quel point risquait-il de se montrer imprévisible ?

Bennie consacra une heure à panser ses blessures, puis il entama la planification de sa prochaine opération – engager des recherches sur Charles et Charles, et se livrer à une rapide inspection de leur appartement.

La deuxième cure de désintoxication de Baxter Tate débuta par un coup frappé à sa porte d'entrée. Suivi d'un autre. Il ne répondait pas sur son portable. Un taxi l'avait raccompagné à quatre heures du matin, à sa sortie d'un night-club à la mode de Beverly Hills. Et le chauffeur l'avait aidé à monter dans son appartement.

Après le quatrième coup, la porte s'ouvrit en silence et sans difficulté, car Baxter n'avait pas pris la peine de la fermer à clef. Les deux hommes, des spécialistes de la récupération des fils et filles de famille devenus ingérables à cause de leurs problèmes d'addiction, trouvèrent Baxter sur son lit, encore vêtu de son accoutrement de la nuit précédente – chemise en lin blanc tachée d'une giclée d'alcool, veste sport Ermenegildo Zegna en lin noir, jean délavé de créateur, mocassins Bragano, sans chaussettes, et les chevilles très bronzées. Il était dans un état comateux, la respiration chargée, sans aller jusqu'au ronflement. Encore en vie, mais plus pour longtemps, à ce rythme-là, sûrement pas.

Ils fouillèrent en vitesse la chambre et la pièce attenante, à la recherche d'une arme éventuelle. Les deux hommes étaient armés, mais leurs pistolets étaient dissimulés sous leurs vestes. Ensuite, ils contactèrent par radio une voiture qui attendait dehors, et un autre homme pénétra dans l'immeuble. C'était l'oncle de Baxter, un dénommé Walter Tate. Oncle Wally, le frère du père de Baxter, le seul des cinq frères et sœurs qui ait accompli quelque chose dans l'existence. La fortune bancaire de la famille avait beau être désormais vieille de trois générations, elle déclinait à un rythme régulier, mais non alarmant. La dernière fois que Walter avait vu son neveu, celui-ci se trouvait dans le bureau d'un avocat de Pittsburgh, encore occupé à se dépêtrer d'une inculpation pour conduite en état d'ivresse.

Comme ses quatre frères et sœurs étaient incapables d'assumer ne serait-ce que les décisions les plus élémentaires de l'existence, cela faisait belle lurette qu'il avait endossé le rôle du chef de famille. Il suivait les investissements, organisait des réunions avec les avocats, gérait la presse en cas de nécessité et intervenait, certes à contrecœur, quand l'un de ses neveux ou nièces partait en vrille. Son propre fils s'était tué en deltaplane.

Avec Baxter, c'était sa deuxième intervention, et ce serait la dernière. La première avait eu lieu deux ans plus tôt, toujours à Los Angeles, pour envoyer le garçon dans un ranch du Montana. Là-bas, il avait dessaoulé, il était monté à cheval, s'était fait de nouveaux amis et avait vu la lumière. Son abstinence avait duré deux semaines au total, après quoi il était retourné au néant de sa carrière hollywoodienne. Walter s'était fixé une limite à deux cures de désintox. Après quoi, ils pouvaient tous se tuer, cela lui serait égal.

Quand oncle Wally lui secoua la jambe suffisamment fort et suffisamment longtemps pour le sortir de son sommeil, Baxter cuvait son alcool depuis neuf heures d'affilée. La vision de ces trois messieurs étranges debout près de son lit le fit sursauter. Il recula très loin d'eux, se réfugia à l'autre bout du lit, avant de reconnaître son oncle. Il s'était un peu dégarni, il avait pris quelques kilos. Cela remontait à combien de temps ? La famille ne s'était jamais entendue ; en réalité, ses membres faisaient absolument tout leur possible pour s'éviter les uns les autres.

Baxter se frotta les yeux, puis se massa les tempes. Il fut subitement pris d'une migraine à lui fendre le crâne. Il dévisagea oncle Wally, puis les deux étrangers.

– Tiens, tiens, dit-il. Comment va tante Rochelle ?

Rochelle était la première épouse de Walter, mais c'était la seule dont il ait jamais gardé le souvenir. Enfant, elle le terrorisait, et il lui vouait un mépris éternel.

– Elle est morte l'année dernière, lui fit son oncle.

– Mais c'est épouvantable. Qu'est-ce qui t'amène à Los Angeles ?

Il expédia ses mocassins d'une détente du pied et serra un oreiller dans ses bras. Il avait clairement compris vers quoi on se dirigeait.

– On part en voyage, Baxter. Tous les quatre. On va te faire interner dans une nouvelle clinique, te désintoxiquer, et ensuite on verra s'ils arrivent à te remettre d'aplomb.

– Donc c'est une intervention ?

– Oui.

– Extra. On ne voit plus que ça, à Los Angeles. C'est un miracle qu'on arrive encore à tourner un film de temps en temps, à Hollywood, avec cette foutue manie. On demande tout le temps à tout le monde de filer un coup de main, avec ces interventions. Je veux dire, écoute, tu ne vas pas me croire, mais il y a deux mois, même moi j'ai participé à l'une de ces interventions. Un maillon, c'est comme ça qu'on m'a appelé, mais je suppose que vous êtes déjà au courant, les gars. Tu imagines ? Je suis assis dans une chambre d'hôtel avec d'autres maillons, certains que je connais, d'autres que je ne connais pas, et ce pauvre Jimmy arrive dans la pièce, une bière à la main, et le voilà qui tombe carrément dans une embuscade. Son frère le fait asseoir, et nous on s'agite tous dans cette pièce à répéter à ce pauvre garçon qu'il n'est qu'une misérable merde. On l'a fait pleurer, mais bon, ils pleurent toujours, hein ? Moi aussi, j'ai pleuré, non ? Maintenant je me souviens. Tu aurais dû m'entendre faire la leçon à Jimmy sur les méfaits de la vodka et de la cocaïne. S'il n'avait pas pleuré aussi fort, il m'aurait sauté dessus. Je pourrais avoir un verre d'eau ? Qui êtes-vous ?

– Ils m'accompagnent, lui expliqua oncle Wally.

– J'avais compris.

L'un des spécialistes lui tendit une bouteille d'eau. Il la vida, en une seule et longue gorgée bruyante, et de l'eau lui dégoulina sur le menton.

– Vous avez des antalgiques ? demanda-t-il, l'air désespéré. (Ils lui tendirent des cachets et une autre bouteille d'eau. Il avala le tout.) Nous allons où cette fois ?

– Dans le Nevada. Il y a une clinique à Reno, dans les montagnes, une région magnifique.

– C'est pas un ranch-résidence, non ? Trente jours à dos de cheval, je ne pourrais plus le supporter. J'ai encore le derrière à vif de ma dernière désintox.

Oncle Wally était resté debout au pied du lit. Il n'avait pas bougé d'un iota.

– Pas de chevaux, cette fois. C'est un autre genre d'endroit.

– Oh, vraiment. J'ai entendu dire qu'ils se ressemblaient tous, ces endroits-là. Les gens, ici, ils parlent sans arrêt de leur dernière cure de désintox. Toujours à comparer leurs expériences. Super méthode pour lever des filles dans un bar.

Il parlait les paupières closes, le crâne traversé de vagues de douleur.

– Non, là, ce n'est pas pareil.

– Comment ça ?

– C'est un peu plus sévère, et tu vas rester plus longtemps.

– Dis-moi. Combien de temps.

– Le temps qu'il faudra.

– Je ne peux pas juste promettre d'arrêter de boire, là, tout de suite, et m'éviter tout ce bazar ?

– Non.

– Et je suppose, puisque tu es là et puisque c'est toi le grand chef de notre désolante petite tribu, que ma participation ne sera pas vraiment volontaire ?

– Juste.

– Si je vous dis d'aller vous faire voir, de sortir de chez moi, et si j'appelle la police parce que vous avez forcé ma porte, tous les trois, et qu'il n'est pas question que je parte en voyage avec vous… si je te réponds tout ça, alors tu vas directement me sortir la menace du fidéicommis. Exact ?

– Exact.

La nausée le frappa comme l'éclair. Il détala hors du lit, se débarrassa de sa veste sport au passage et franchit la porte de la salle de bains en titubant. Ce furent des vomissements longs et sonores, entrecoupés de bordées de jurons. Il se rinça la figure, contempla ses yeux gonflés dans le miroir, et dut admettre que quelques jours à jeun n'était pas une si mauvaise idée. Mais il ne s'imaginait pas non plus une vie entière sans gnôle et sans drogues.

Le fidéicommis avait été instauré par un arrière-grand-père qui n'avait aucune notion de ce qu'il faisait. À une époque antérieure aux jets privés, aux yachts de luxe, à la cocaïne et à d'autres moyens innombrables de brûler la fortune familiale, la prudence consistait à préserver l'argent pour les générations futures. Mais le grand-père de Baxter avait su détecter les signaux d'alerte. Il avait embauché des avocats et fait modifier les termes du fidéicommis de manière qu'un comité de conseillers puisse exercer un certain pouvoir de décision. Une partie de l'argent arrivait chaque mois sur le compte de Baxter et lui permettait de survivre confortablement sans travailler. Mais les sommes les plus conséquentes pouvaient être retenues, comme un robinet que l'on ferme, et oncle Wally contrôlait la chose d'une main de fer.

Si son oncle disait « Tu pars en désintox », alors il n'allait pas tarder à se retrouver en cale sèche.

Baxter resta là, dans la salle de bains, adossé contre le placage de la cloison, le regard fixé sur ses trois visiteurs. Ils n'avaient pas bronché. Il se tourna vers le spécialiste qui se trouvait le plus près de lui.

– Dites, les gars, si je me défends, vous allez me réduire les pouces en miettes ?

– Non, lui répondit-on.

– Allons-y, Baxter, insista son oncle.

– Je fais mes bagages ?

– Non.

– On prend ton jet ?

– Oui.

– La dernière fois, on m'a autorisé à me saouler.

– La clinique a précisé que tu avais le droit de boire tout ce que tu voulais sur le trajet. Le bar est garni.

– Combien de temps de vol ?

– Quatre-vingt-dix minutes.

– Je vais devoir boire vite.

– Je suis certain que tu sauras te débrouiller.

Baxter ouvrit grand les bras, avec un regard circulaire sur la chambre, autour de lui.

– Et mon appart ? Mes factures, la bonne, le courrier ?

– Je me charge de tout. Allons-y.

Il se brossa les dents, se peigna, changea de chemise, suivit l'oncle Wally et les deux autres dehors, monta avec eux dans un monospace noir. Ils roulèrent en silence quelques minutes, mais la tension fut finalement rompue par les sanglots du jeune homme, sur la banquette arrière.

13.

Fordham University proposait un cours préparatoire à l'examen du barreau, sur la Soixante-deuxième Rue, dans un vaste amphithéâtre rempli d'anciens étudiants en droit tous aussi fébriles et impatients. De 9 h 30 à 13 h 30, tous les jours de semaine, divers professeurs des facultés de droit environnantes abordaient les subtilités du droit constitutionnel et de celui des entreprises, le droit criminel, la propriété, la preuve, les contrats et quantité d'autres sujets. Comme pratiquement tout le monde dans cet amphithéâtre venait à peine de terminer ses études de droit, ces matières leur étaient familières et furent facilement digérées. Mais le volume n'en demeurait pas moins écrasant. Trois années d'études intensives se concluraient par un examen cauchemardesque qui se déroulait sur seize heures en deux journées d'affilée. Trente pour cent de ceux qui le présentaient pour la première fois ne seraient pas reçus et, de ce fait, rares étaient ceux qui hésitaient à débourser les 3 000 dollars de ce cours préparatoire. Scully & Pershing acquittait la note de Kyle et de ses autres nouvelles recrues.

Dès le premier jour, lorsqu'il pénétra dans la salle de Fordham University, la tension était palpable et ne se dissipa plus. Le troisième jour, il prit place au milieu d'un groupe d'amis de Yale, et ils ne tardèrent pas à former une petite équipe de travail qui se réunissait tous les après-midi et souvent jusque tard dans la nuit. Pendant leurs trois années de droit, ils avaient tous redouté ce jour où ils seraient contraints de se replonger dans le monde trouble de la fiscalité fédérale ou dans le pensum du Code commercial uniforme, mais ce jour-là était désormais arrivé. L'examen du barreau les dévorait à petit feu.

Scully & Pershing avait une politique : on vous pardonnait de vous faire retoquer la première fois, mais pas la seconde. Deux sessions ratées, et vous étiez éjecté. Quelques cabinets plus féroces appliquaient une politique de session unique, mais il y en avait aussi une poignée d'autres, plus raisonnables, qui pardonneraient deux insuccès si le collaborateur concerné s'annonçait prometteur sur tous les autres fronts. Quoi qu'il en soit, la peur brûlante de l'échec couvait toujours et rendait souvent le sommeil difficile.

Kyle se retrouva à multiplier de longues marches dans la ville, à toute heure, pour rompre la monotonie des journées et se vider la tête. Ces marches étaient pleines d'enseignements, et parfois captivantes. Il apprenait les rues, les lignes de métro, le réseau des bus, les règles et les usages du piéton et du trottoir. Il savait quels cafés restaient ouverts toute la nuit et quelles boulangeries proposaient des baguettes chaudes à cinq heures du matin. Il découvrit une merveilleuse vieille librairie dans le Village et renoua avec sa passion dévorante pour les romans d'espionnage et les agents secrets.

Au bout de trois semaines dans la ville, il finit par trouver un appartement convenable. Un jour, à l'aube, il s'était assis sur un tabouret derrière la vitrine d'un café sur la Septième Avenue, dans Chelsea, à boire un double espresso à petites gorgées en lisant le *Times*, quand il vit deux hommes extraire à grand-peine un canapé d'un pas de porte, sur le trottoir d'en face. Ces hommes n'étaient visiblement pas des déménageurs professionnels, et ce sofa mettait leurs nerfs à rude épreuve. Ils le jetèrent quasiment à l'arrière d'une camionnette, puis disparurent à nouveau par la porte. Quelques minutes plus tard, ils étaient de retour avec un fauteuil en cuir ventru et massif qui reçut le même traitement. Ces gars-là étaient pressés, et le déménagement n'avait pas l'air joyeux. La porte de l'immeuble jouxtait une boutique bio et, deux étages plus haut, un écriteau, dans l'encadrement d'une fenêtre, annonçait un appartement disponible en sous-location. Il traversa aussitôt la rue, arrêta l'un des deux types, puis le suivit en haut pour un rapide tour du propriétaire. L'appartement était l'un des quatre du troisième étage. Il comportait trois petites pièces et une cuisine étroite et, en discutant avec le type, un Steve quelque chose, il apprit que le bail était à son nom, mais qu'il quittait New York à toute vitesse. Sur une poignée de main, ils se mirent d'accord pour une sous-location de huit mois à 2 500 dollars mensuels. Ce même après-midi, ils se retrouvèrent de nouveau pour signer les papiers et la remise des clefs.

Kyle remercia Charles et Charles, chargea une fois encore ses maigres possessions dans son Cherokee, et roula vingt minutes vers le nord de la ville, jusqu'à l'angle de la Septième Avenue et de la Vingt-sixième Rue Ouest. Son premier achat fut un ensemble assez fatigué, lit et table de nuit, sur un marché aux puces. Son deuxième achat fut une télévision à écran plat de 127 centimètres. Il n'y avait aucune urgence à meubler ou à décorer l'endroit. Il ne s'imaginait pas habiter là plus de huit mois, et il ne se voyait pas y recevoir qui que ce soit. L'endroit lui convenait très bien pour le moment, ensuite il se trouverait un lieu plus agréable.

Avant de partir pour la Virginie-Occidentale, il prit soin de poser quelques pièges. Il coupa plusieurs bouts de fil de couture marron, de dix centimètres chacun, et les colla avec une goutte de vaseline au bas de toutes les portes. En se plaçant devant, en regardant par terre, il voyait à peine les fils contre le chêne teinté, mais si quelqu'un entrait dans l'appartement et ouvrait ces portes, il laisserait une trace de son passage en déplaçant les fils. Il avait entassé plusieurs manuels de droit, des cahiers, des dossiers de ceci et de cela le long d'un mur du coin salon, généralement des trucs inutiles, mais il ne se sentait pas prêt à s'en séparer. C'était une pile d'objets entassés là au petit bonheur, mais en réalité il les avait disposés dans un ordre bien précis et avait photographié le tout avec un appareil numérique. Quiconque fouillerait cette pile serait tenté de remettre les choses plus ou moins à leur place, et si c'était le cas, il le saurait. Il informa sa nouvelle voisine, une dame âgée venue de Thaïlande, qu'il s'absentait quelques jours et qu'il n'attendait pas de visiteurs. Si elle entendait quoi que ce soit, qu'elle appelle la police. Elle accepta, mais il n'était pas certain qu'elle ait compris un traître mot de ce qu'il lui avait raconté.

Sa tactique de contre-espionnage était rudimentaire, mais à en croire les romans d'espionnage, le b.a.-ba fonctionnait souvent très bien.

La New River traverse la chaîne des Alleghenys, dans le sud de la Virginie-Occidentale. Par endroits, son cours est rapide, plus lent à d'autres, mais tous les tronçons de cette rivière jouissent d'un panorama magnifique. Avec des rapides de classe IV dans certaines parties, c'était depuis longtemps l'une des destinations favorites des kayakeurs chevronnés. Et, avec des kilomètres et des kilomètres d'eau plus lente, elle attirait aussi tous les ans des milliers d'adeptes du rafting. Du fait de son succès, plusieurs loueurs de matériel s'étaient aussi installés sur ses rives. Et Kyle avait trouvé celui qu'il avait signalé à Joey non loin de la petite ville de Beckley.

Ils se donnèrent rendez-vous là-bas le premier soir, dans un motel. Joey, Kyle et quatre autres membres de la fraternité Bêta. Ils burent deux cagettes de bière pour célébrer le 4 Juillet, et se réveillèrent avec la gueule de bois. Kyle en resta bien sûr au soda light et se réveilla, lui, en méditant sur les mystères du régime des faillites. Un regard à ses cinq amis, et il se sentit fier d'avoir su résister à l'alcool.

Leur guide était un gars du coin assez fruste, un dénommé Clem, et dans la pratique du radeau gonflable de huit mètres qui était son gagne-pain, Clem appliquait quelques règles impératives. Les casques et les gilets de sauvetage étaient obligatoires. Et, à bord, c'était non-fumeur, point barre. Aucun alcool n'était autorisé non plus sur le « bateau » tant qu'il descendait la rivière. Quand on s'arrêtait, pour le déjeuner ou pour la nuit, ses clients pouvaient boire tout ce qu'ils voulaient. Clem compta dix cagettes de bière, et là il comprit ce qui l'attendait. La première matinée se déroula sans incidents. Le soleil était chaud, l'équipage manquait d'entrain, et il souffrait. En fin d'après-midi, ils s'aspergèrent et puis ils sautèrent dans l'eau. À cinq heures, ils étaient essorés, et Clem trouva un banc de sable où s'installer pour leur première nuit. Après deux bières chacun, et une pour Clem, ils dressèrent quatre tentes et établirent leur campement. Clem fit cuire des côtes de bœuf sur un gril et, après le dîner, chacun partit explorer les alentours.

Kyle et Joey suivirent la rivière sur près de huit cents mètres et, quand ils furent certains de n'être plus visibles, ils s'assirent sur un rondin, les pieds dans une mare d'eau stagnante.

– Vas-y, déballe, fit Joey, en allant droit au but.

Depuis des semaines, et même des mois, Kyle avait été tiraillé par la perspective de cette conversation. Il détestait l'idée de chambouler l'existence de son ami, mais il était arrivé à la conclusion qu'il n'avait pas d'autre possibilité que de lui raconter l'histoire. Toute l'histoire. Ce qui justifiait sa décision, c'était sa certitude que, dans la situation inverse, il aurait certainement voulu tout savoir. Si Joey avait été le premier à voir la vidéo et à en découvrir les menaces, lui, Kyle, aurait voulu le savoir. Mais la raison principale, et qui lui donnait l'impression de se comporter en égoïste, c'était qu'il avait besoin d'aide. Il avait travaillé sur une vague ébauche de plan, qui allait au-delà de ses seules capacités, surtout avec Bennie tapi dans l'ombre. Ce plan pourrait facilement ne mener nulle part, et il pourrait tout aussi aisément les mener à des situations périlleuses. Ou échouer à tout moment. Un plan qui risquait aussi d'être carrément rejeté par Joey Bernardo. La première étape concernait Elaine Keenan.

Joey écouta dans un profond silence le récit détaillé qu'il lui soumit de sa première rencontre avec un individu qui se faisait appeler Bennie. Il fut assez sidéré de l'existence de cette vidéo. Et complètement abasourdi par ce chantage. Et terrorisé à l'idée qu'une fille qu'il avait à moitié oubliée puisse l'accuser de viol et produire une pièce à conviction pour étayer son accusation.

Kyle lui déballa le tout, sauf le contexte du procès Trylon-Bartin. Il n'avait pas encore passé son examen du barreau et reçu son permis d'exercer, mais il avait signé un contrat avec Scully & Pershing et se sentait une obligation éthique de protéger les affaires du cabinet. À la lumière de ce qu'il allait être forcé de faire, c'était certes un sentiment idiot, mais pour le moment, sa carrière demeurait sans tache et il estimait agir dans le respect des règles éthiques.

La première réaction de Joey se résuma à une timide tentative de nier tout contact avec Elaine, mais Kyle repoussa l'argument d'un revers de main.

– Tu es sur la vidéo, lui rappela-t-il avec aussi peu de ménagement que possible. Tu as une relation sexuelle avec une fille qui est sans doute en partie inconsciente. Dans notre appartement. Baxter passe en premier, et ensuite c'est ton tour. Et j'ai tout vu sur un écran de portable de douze pouces. Si jamais cette vidéo est visionnée par un tribunal, ce sera sur grand écran, un écran immense. Ce sera comme d'être assis au cinéma, avec des images agrandies et un son amplifié, si bien que personne n'aura aucun doute sur ton identité. Je suis désolé, Joey, mais tu es bien présent.

– Totalement nu ?

– Pas un fil sur le poil. Tu t'en souviens ou pas ?

– C'était il y a cinq ans, Kyle. Et je me suis donné du mal pour oublier ça.

– Mais tu t'en souviens ?

Il lui répondit, non sans répugnance.

– Ouais, bien sûr, mas il n'y a pas eu viol. Enfin, zut, quoi, cette séance de sexe, c'était son idée à elle.

– Sur la vidéo, ce n'est pas si clair.

– Eh bien, c'est qu'il y manque quelques détails importants. D'abord, quand les flics se sont pointés cette nuit-là, on s'est carapatés. Baxter et moi, on s'est précipités sur la porte à côté et on s'est réfugiés dans l'appart de Thelo, où il y avait une fête plus tranquille, avec moins de monde. Elaine était là, défoncée, comme d'habitude, et elle s'en payait une tranche. On a traîné là quelques minutes, on a attendu que les flics dégagent, et puis Elaine m'a dit qu'elle voulait partir, qu'elle voulait repasser chez nous pour une « séance », comme elle aimait appeler ça. Avec Baxter et moi. C'était son genre, Kyle, toujours en chasse. C'était la fille la plus facile à sauter de tout Duquesne. Tout le monde le savait. Elle était très mignonne et très facile.

– Je m'en souviens bien.

– Je n'ai jamais vu une fille aussi coureuse et aussi allumeuse. C'est pour ça qu'on a été tous stupéfaits quand elle a crié au viol.

– Et c'est pour ça que la police n'a prêté aucun intérêt à son histoire.

– Exactement. Et il y a aussi autre chose, un autre petit détail qui ne figure pas sur la vidéo. La nuit avant la fête, Alan et toi, avec quelques autres, vous êtes allés à un match des Pirates, exact ?

– Oui.

– Elaine était à l'appartement, ce qui n'était pas une nouveauté. Et on s'est fait un trio. Moi, Baxter et Elaine. Vingt-quatre heures plus tard, le même appartement, les mêmes types, la même situation, elle tombe dans les vapes, elle se réveille, et elle décide qu'elle a été violée.

– Je ne me souviens pas de ça.

– Ça n'avait pas vraiment d'importance, jusqu'à ce qu'elle crie au viol. On en a discuté, Baxter et moi, et on a préféré garder ça sous silence, parce qu'elle pourrait prétendre que nous l'avions violée les deux fois. Donc on a enterré l'histoire. Quand la police a commencé de nous titiller, on a fini par leur dire. C'est à ce stade-là qu'ils ont plié les gaules et qu'ils sont rentrés au bercail. Affaire classée. Pas de viol.

Une petite tortue s'arrêta de nager près d'un rondin, et donna l'impression de les fixer du regard. Ils la fixèrent à leur tour et, pendant un long moment, ils ne dirent plus rien.

– Est-ce que Baxter et Alan sont au courant ? lui demanda Joey.

– Non, pas encore. C'était déjà assez dur de t'en parler à toi.

– Je te remercie.

– Je suis désolé. J'ai besoin d'un ami.

– Pour quoi faire ?

– Je n'en sais rien. Pour l'instant, j'ai juste besoin de quelqu'un avec qui parler.

– Qu'est-ce qu'ils te veulent, ces types ?

– C'est très simple. Le plan, c'est de m'introduire comme espion à l'intérieur du cabinet juridique, où je serai en situation de puiser toutes sortes de secrets que la partie adverse pourra utiliser afin de gagner un grand procès.

– Assez simple. Et si tu te fais pincer, qu'est-ce qui t'arrive ?

– Radié du barreau, inculpé, condamné, une peine de cinq années de prison… prononcée par un tribunal d'État, pas par un tribunal fédéral.

– C'est tout ?

– La ruine, l'humiliation, la liste est longue.

– Il va te falloir davantage que des amis.

La tortue rampa sur le sable et disparut dans les racines de l'arbre mort.

– On ferait mieux de rentrer, suggéra Kyle.

– Il faut qu'on se parle encore. Laisse-moi un peu réfléchir à tout ça.

– On ressortira en douce, plus tard.

Ils suivirent la rivière jusqu'au campement. Le soleil était tombé derrière les montagnes, et la nuit approchait vite. Clem attisa les braises et ajouta du bois au feu. L'équipe se rassembla autour, on ouvrit des bières, et on bavarda. Kyle demanda si quelqu'un avait eu des nouvelles de Baxter. Le bruit courait que la famille l'avait enfermé dans une unité de désintox hautement sécurisée, mais la nouvelle n'avait pas été confirmée. Personne n'avait entendu parler de lui depuis trois semaines. Ils s'attardèrent un peu trop à discuter du cas de Baxter.

Joey était d'un silence remarquable, manifestement préoccupé.

– Tu as des ennuis avec une fille ? lui lança Clem, à un moment.

– Nan, juste sommeil, c'est tout.

À 9 h 30, ils avaient tous envie de dormir. La bière, le soleil et la viande rouge avaient eu raison d'eux. Quand Clem acheva sa troisième longue blague d'affilée sur une chute plutôt vaseuse, ils étaient déjà tous prêts à se glisser dans leur sac de couchage. Kyle et Joey partageaient une tente et, tandis qu'ils arrangeaient leurs minces matelas gonflables, Clem beugla depuis l'autre bout du campement : « Faites gaffe aux serpents. » Et là-dessus, il éclata de rire. Ils en conclurent qu'il essayait encore de leur faire une blague. Dix minutes plus tard, ils l'entendaient ronfler. Le bruissement de la rivière les plongea bientôt tous dans le sommeil.

À 3 h 20, Kyle consulta sa montre. Après trois rudes semaines de révisions d'examen, ses nuits étaient erratiques. Dormir pratiquement à même le sol n'arrangeait rien non plus.

– Tu es réveillé ? lui chuchota Joey.

– Oui. Toi aussi, si je comprends bien.

– J'arrive pas à dormir. Allons causer.

Ils firent silencieusement coulisser la fermeture Éclair de l'entrée de la tente et se faufilèrent hors du campement, à l'écart. Kyle ouvrit la marche d'un pas prudent, muni d'une lampe torche, en guettant d'éventuels serpents. Le chemin conduisait à une piste caillouteuse et, au bout de quelques minutes de crapahutage un peu tâtonnant, ils s'arrêtèrent près d'un énorme rocher. Il éteignit la torche et leurs yeux s'adaptèrent peu à peu à l'obscurité.

– Encore une fois, fit Joey. Décris-moi la vidéo.

Comme elle était marquée au fer rouge dans sa mémoire, il n'eut aucun mal à revenir dessus – les heures exactes, l'emplacement de l'objectif, l'angle, les personnes impliquées, l'arrivée de la police, et la présence d'Elaine Keenan. Joey l'écouta une fois encore, sans un mot.

– D'accord, Kyle, acquiesça-t-il finalement. Tu vis avec ça depuis février. Tu as eu tout le temps d'y penser. Pour le moment, je n'ai pas les idées très claires. Dis-moi ce que nous devons faire.

– L'essentiel a déjà été décidé. Je suis officiellement employé par Scully & Pershing et, à un certain moment, je vais me coltiner leur sale boulot. Mais il y a deux choses que j'ai envie de savoir. La première concerne Elaine. Je sais où elle habite, mais j'aimerais savoir qui elle est devenue, maintenant. Est-elle capable de faire resurgir tout ça ou a-t-elle tourné la page ? A-t-elle une vie, ou vit-elle encore dans le passé ? D'après Bennie, elle a une avocate et elle veut qu'on lui rende justice. Peut-être, peut-être pas, mais j'aimerais connaître la vérité.

– Pourquoi ?

– Parce que Bennie est un menteur professionnel. Si elle nourrit encore de la colère, ou si elle rêve de nous soutirer de l'argent, surtout à Baxter, c'est important d'être au courant. Cela pourrait avoir un impact sur mes faits et gestes à l'intérieur de ce cabinet.

– Où est-elle ?

– Elle vit à Scranton, mais c'est tout ce que je sais. Avec à peu près 2 000 billets, on aurait de quoi embaucher un détective privé qui nous fournisse des informations. Je le paierai, mais je ne peux pas organiser ça moi-même, ils me surveillent et ils m'écoutent.

– Donc tu veux que je m'en charge ?

– Oui. Mais il faut que tu sois prudent. Pas de coups de téléphone et pas d'e-mails. Il y a un détective réputé, à Pittsburgh, pas trop loin de ton bureau. Je te donnerai la somme en liquide, tu lui remettras l'argent, il ira fouiner, il nous fera un rapport, et personne n'en saura rien.

– Et ensuite ?

– Je veux savoir qui est Bennie et pour qui il travaille.

– Bonne chance.

– C'est risqué. Il se peut qu'il travaille pour un cabinet juridique concurrent, ou pour un client engagé dans une procédure lourde, ou alors il travaille pour des services de renseignements, américains ou étrangers. Si je suis forcé de jouer les espions, j'apprécierais de savoir pour le compte de qui je travaille.

– C'est trop dangereux.

– C'est très dangereux, mais c'est faisable.

– Comment ?

– Je dois encore y réfléchir.

– Super. Et je devine que je vais être impliqué dans ce plan qui reste encore à trouver.

– J'ai besoin d'aide, Joey. Je n'ai personne d'autre.

– J'ai une meilleure idée. Pourquoi tu ne vas pas voir le FBI et tu leur racontes tout ? Si tu leur racontais que cette ordure essaie de te faire chanter pour t'obliger à voler des informations secrètes dans ton cabinet juridique ?

– Oh, j'y ai pensé, crois-moi. J'ai passé des heures et des heures à envisager ce scénario, mais c'est une mauvaise idée. Il ne fait absolument aucun doute que Bennie se servira de cette vidéo. Il en enverra une copie à la police de Pittsburgh, une copie à Elaine, et encore une copie à son avocate, avec des instructions claires sur le moyen de s'en servir pour nous causer autant de préjudice que possible à moi, à toi, à Alan, et surtout à Baxter. Il la diffusera sur Internet. Cette vidéo risque de prendre une part importante dans nos existences. Tu veux que Blair l'apprenne ?

– Non.

– Ce type est impitoyable, Joey. C'est un professionnel, un spécialiste de l'espionnage d'entreprise, avec un budget illimité et toute la main-d'œuvre nécessaire pour exécuter ses desiderata. Il nous regarderait nous griller et cela le ferait bien rire, je ne sais trop où, mais sans doute à l'abri du FBI.

– Un vrai chic type. Tu aurais plutôt intérêt à le laisser tranquille.

– Je ne vais pas me risquer à commettre des stupidités. Écoute, Joey, il y a une chance sur deux pour que je survive à tout ceci. Je vais me charger de cette sale besogne pendant quelques années et, quand j'aurai cessé de leur être utile, Bennie disparaîtra dans la nature. À ce moment-là, j'aurai violé toutes les règles éthiques de la profession, et j'aurai enfreint tellement de lois qu'on ne pourrait pas toutes les mentionner, mais au moins, je ne me serai pas fait prendre.

– Ça me paraît épouvantable.

Et ça l'était, en effet. En s'écoutant parler, Kyle fut frappé par la folie de toute cette histoire, et par la noirceur de son avenir.

Ils se parlèrent deux heures, jusqu'à ce que le ciel change de couleur, et ils ne songèrent pas une seconde à retourner sous leur tente. Sur cette crête, il faisait plus frais.

L'ancien Joey aurait sauté dans cette affaire à pieds joints, en cherchant la bagarre. La nouvelle version du personnage était beaucoup plus circonspecte. Il avait l'esprit occupé par un mariage, par son avenir avec Blair. Ensemble, ils s'étaient déjà acheté un nouvel appartement et Joey, sans avoir l'air gêné, avait même prétendu que ça lui plaisait de s'occuper de la décoration. Joey Bernardo, de la décoration ?

Le petit déjeuner se composait d'œufs brouillés agrémentés d'une sauce pimentée, accompagnés de bacon et d'oignons. Clem prépara son frichti sur le feu pendant que son équipe levait le camp et chargeait le radeau. À huit heures, ils étaient partis, et ils flottaient paresseusement sur la New River, au gré du courant.

Après un mois en ville, Kyle savourait l'air pur et les grands espaces. Il enviait Clem, un brave gars des montagnes qui ne gagnait pas grand-chose et qui avait besoin d'encore moins pour vivre. « Ces rivières », Clem les avait parcourues vingt ans durant et il avait adoré chaque moment de cette vie. À cet instant, Kyle aurait volontiers échangé sa place avec lui.

L'idée de rentrer à New York le rendait malade. On était le 6 juillet. L'examen du barreau avait lieu dans trois semaines. Son entrée chez Scully & Pershing, dans deux mois.

14.

Mardi matin, 2 septembre, huit heures tapantes. Cent trois nouveaux collaborateurs, élégamment vêtus et pleins d'appréhension, se rassemblèrent dans la mezzanine du cabinet, au quarante-quatrième étage, pour un café et un jus de fruits. Après s'être inscrits et avoir reçu des badges à leur nom, ils bavardèrent, tous très nerveux, se présentèrent et se mirent en quête de visages amicaux. À 8 h 15, ils se dirigèrent vers la grande salle de réunion et entrèrent en file indienne. À la porte, on leur remit à chacun un classeur épais de dix centimètres avec le logo Scully & Pershing, « S & P », inscrit en lettres gothiques et en gras sur la couverture. Ce classeur contenait toutes les informations habituelles – un historique du cabinet, un répertoire, des pages et des pages sur les politiques de la maison, des formulaires d'assurance santé, et ainsi de suite. Sous la rubrique « Diversité », on leur communiquait la composition de leur promotion : Hommes : 71 ; Femmes : 32 ; Blancs : 75 ; Afro-Américains : 13 ; Hispaniques : 7 ; Asiatiques : 5 ; Autres : 3. Protestants : 58 ; Catholiques : 22 ; Juifs : 9 ; Musulmans : 2 ; Sans religion : 12. Chaque membre avait sa petite photo en noir et blanc assortie d'une courte biographie. Les anciens de l'Ivy League dominaient le lot, mais les autres grandes universités, comme celles de New York ou de Georgetown, Stanford, le Michigan, le Texas, Chicago, la Caroline du Nord et Duke, la rivale privée de cette dernière, ou même la Virginie, étaient aussi représentées. Personne ne sortait d'un établissement de deuxième catégorie.

Kyle s'assit avec le groupe issu de Yale et éplucha un peu les chiffres. Quatorze de Harvard, et même s'ils étaient impossibles à distinguer des autres pour le moment, le reste de la promotion ne tarderait pas à comprendre desquels il s'agissait. Cinq de Yale. Pas un de Princeton, parce que Princeton n'avait jamais créé de faculté de droit. Neuf de Columbia.

Avec cent trois collaborateurs touchant un salaire de départ de 200 000 dollars, il y avait à cet instant plus de 20 millions de dollars de talents juridiques tout frais assis dans cette salle. Beaucoup d'argent, mais au cours des douze prochains mois, chacun d'eux facturerait au moins deux mille heures à 300 ou 400 dollars l'heure. Ce nombre d'heures serait variable, mais on pouvait raisonnablement affirmer qu'au cours de l'année à venir, cette promotion de novices générerait pour le cabinet au moins 75 millions de dollars. Ces chiffres ne figuraient pas dans le classeur, mais le calcul était simple à effectuer.

D'autres chiffres manquaient, eux aussi. Sur les cent trois, quinze pour cent s'en iraient au bout de la deuxième année. Et seuls dix pour cent survivraient et accéderaient au rang d'associé, d'ici sept ou huit ans. L'écrémage était brutal, mais Scully &

Pershing n'en avait cure. Il y avait de la main-d'œuvre à disposition en quantité infinie, même s'agissant des spécimens issus de Harvard et de Yale.

À 8 h 30, plusieurs messieurs plus âgés firent leur entrée dans la salle et s'assirent sur des chaises occupant une estrade étroite. Howard Meezer, administrateur senior, s'avança vers la tribune et se lança dans un discours de bienvenue très élaboré, qu'à l'usage il avait sans nul doute fini par mémoriser, avec les années. Après avoir souligné avec quel soin ils avaient été choisis, il passa quelques minutes à vanter la grandeur du cabinet. Ensuite, il traça les contours de cette première semaine. Les deux prochaines journées se dérouleraient dans cette salle, en entretiens divers sur tous les aspects de leur nouvelle carrière et de leur nouvelle vie au sein de Scully & Pershing, cette chère et vieille maison. Mercredi, ils travailleraient une journée entière à se former au maniement de l'ordinateur et de certains outils technologiques. Jeudi, ils se scinderaient en petits groupes et participeraient à de courtes réunions de présentation consacrées à des domaines spécialisés. L'ennui s'avançait à grands pas.

L'orateur suivant parla rémunération et avantages. Puis ce fut le responsable de la bibliothèque du cabinet, qui s'étendit pendant une très longue heure sur le travail de recherche juridique. Un psychologue aborda la question du stress et de la pression et trouva une jolie formule pour leur conseiller de rester célibataires aussi longtemps que possible. Pour ceux qui étaient déjà mariés, parmi les collaborateurs de moins de trente ans, les dix premiers cabinets juridiques de New York enregistraient actuellement un taux de divorce de soixante-douze pour cent. La monotonie de cette succession de sermons fut rompue par l'« équipe technique » qui remit à chacun des ordinateurs portables flambant neufs. Il s'ensuivit un long atelier d'initiation. Après que les ordinateurs eurent chauffé un peu, un nouveau conseiller technique leur remit le très redouté CabPhone. Il était identique à tous les smartphones du marché, mais il avait été spécialement conçu pour les avocats gros bûcheurs de Scully & Pershing – conçu et fabriqué par une société de logiciels et d'électronique dont le cabinet avait assuré l'introduction en Bourse une dizaine d'années plus tôt – une réussite de taille. Il était livré avec les contacts et les éléments de curriculum vitæ de tous les avocats du cabinet, dans les trente bureaux de la planète, plus tout le personnel des auxiliaires juridiques et les secrétaires, presque cinq mille personnes, rien qu'à New York. La base de données incluait des présentations détaillées de tous les clients de S & P, une petite bibliothèque des recherches les plus courantes, de récentes décisions en appel de cours d'État et de cours fédérales, et un registre de tous les juges et greffiers de New York et du New Jersey. Le téléphone était équipé d'un accès Internet haut débit et de tout un assortiment de gadgets et d'options proprement ébouriffant. L'objet était à la fois précieux et inestimable, et si l'une de ces unités était perdue, volée ou si son propriétaire avait le malheur de l'égarer là où il ne fallait pas, il lui en cuirait. Jusqu'à nouvel ordre, il fallait le garder à portée de main vingt-quatre heures sur vingt-quatre, sept jours par semaine.

En d'autres termes, le très chic petit CabPhone détenait maintenant le contrôle de leur existence.

Et le folklore des méga cabinets regorgeait d'histoires scandaleuses liées aux abus du téléphone et de l'e-mail.

Il y eut des commentaires narquois et des borborygmes feutrés dans l'assistance, mais sans exagération. Aucun des pitres de cette promotion n'avait envie de jouer les petits malins.

Le déjeuner fut un buffet rapide, dressé dans la mezzanine. L'après-midi traîna en longueur, mais l'intérêt restait soutenu. Ils n'assistaient plus à des cours de droit ennuyeux. Ils vivaient là des moments importants. La réunion d'accueil et d'orientation de la promotion s'acheva à six heures, ils sortirent précipitamment, et il était beaucoup question de se diriger vers les bars les plus proches.

Le mercredi, Kyle passa son premier test. Avec onze autres impétrants, il fut affecté au groupe du contentieux et conduit dans une salle de conférences au trente et unième étage. Ils y furent accueillis par Wilson Rush, le principal avocat du cabinet, en charge du dossier Trylon Aeronautics dans sa procédure contre Bartin Dynamics, affaire qui ne fut pas mentionnée. Kyle avait tellement lu d'informations sur maître Rush qu'il avait l'impression de déjà le connaître. Le grand homme leur raconta quelques hauts faits, de grands procès de son illustre carrière, puis s'éclipsa en vitesse, sans aucun doute pour aller encore attaquer une grande entreprise en justice. On fit circuler d'autres épais classeurs, et la leçon suivante aborda les aspects pratiques de la préparation d'un dépôt de plainte, des réactions, des requêtes et autres dépositions qui pouvaient soit faire avancer un procès, soit tenter de l'enliser définitivement.

Le premier tueur fit son apparition. Il y en a toujours au moins un par promotion, qu'on soit dans un cours de première année de fac de droit ou dans une classe de nouvelles recrues de Wall Street. Un tueur s'assied au premier rang, pose des questions compliquées, fait de la lèche à quiconque prend la parole en tribune, travaille tous les angles, tranche quelques gorges pour obtenir de meilleures notes, débine ses pairs pour publier dans la revue de droit, n'accepte des entretiens que dans les cabinets de première catégorie (même si leur réputation est exécrable), et arrive au sein dudit cabinet avec la ferme intention de devenir associé avant tous les autres membres de sa promotion. Les tueurs réussissent magnifiquement. Ils deviennent presque tous des associés.

Il s'appelait Jeff Tabor, et ils surent immédiatement d'où il venait car, au milieu de sa première question, il réussit à placer ces mots : « Enfin, à Harvard, on nous a appris que tous les faits connus ne doivent pas forcément figurer dans le dossier de plainte initial. »

À quoi le collaborateur de cinquième année qui animait la leçon lui riposta promptement : « On n'est pas dans le Kansas, Toto. Ici, ça passe ou ça casse. » Cela fit rire tout le monde, sauf le tueur.

À vingt et une heures, le mercredi, les douze nouveaux collaborateurs du contentieux se retrouvèrent dans un restaurant trois étoiles pour ce qui s'annonçait comme un agréable dîner avec Doug Peckham, l'associé qui avait assuré la supervision de Kyle, l'été précédent. Ils patientèrent au bar, on leur servit un verre et, à 21 h 15, un premier commentaire fusa sur Doug et son manque de ponctualité. Ils avaient tous les douze leur Cab-

Phone en poche. En réalité, chacun avait sur lui deux téléphones. Le vieux portable de Kyle était dans la poche droite de son pantalon, le CabPhone dans la gauche. À 21 h 30, ils finirent par discuter de l'idée d'appeler M. Peckham, mais se ravisèrent. Et puis, à 21 h 40, ce fut lui qui appela Kyle en s'excusant brièvement. Il était en audience, au tribunal, les débats avaient pris du retard, et il était maintenant de retour au bureau pour traiter une question urgente. Il fallait que les collaborateurs dînent, sans se soucier de la note.

Le fait qu'un associé travaille à vingt-deux heures un mercredi soir doucha leur envie d'un dîner fin. Cela donna aussi le ton de la conversation. Tandis que le vin coulait à flots, les uns et les autres évoquèrent les pires histoires de harcèlement de collaborateurs qu'ils aient entendues. Le concours fut remporté par Tabor le tueur qui, une fois lubrifié à l'alcool, n'était plus le cul serré qu'il avait été toute la journée. Lors d'une visite de recrutement, l'an dernier, il était tombé sur un ami qu'il avait connu à l'université. L'ami était un collaborateur de deuxième année au sein d'un autre mégacabinet, et il était parfaitement malheureux dans sa nouvelle profession. Son bureau était minuscule et, pendant qu'ils bavardaient, l'ami de Tabor avait essayé de fourrer un sac de couchage sous son bureau, sans qu'il s'en aperçoive. Tabor, toujours curieux, lui avait posé la question : « Ça te sert à quoi, ce truc ? » Et à peine lui avait-il posé la question qu'il avait su la réponse. Son ami lui avait expliqué, l'air penaud, qu'il éprouvait souvent le besoin de rattraper quelques heures de sommeil, la nuit, quand il était surchargé de travail. En insistant, Tabor avait fini par lui arracher la vérité. Ce cabinet était vraiment une boîte infecte. La quasi-totalité des bleus étaient tous installés au même étage, qu'on avait surnommé « le campement ».

Au dix-neuvième jour de la convalescence de Baxter à Washoe Retreat, Walter Tate entra dans la petite salle de réunion et serra la main de son neveu. Puis il serra la main du docteur Boone, le thérapeute principal en charge de Baxter. L'oncle s'était entretenu plusieurs fois avec le médecin au téléphone, mais les deux hommes ne s'étaient jamais rencontrés.

Baxter était bronzé, et relativement de bonne humeur. Il avait tenu quatre-vingt-dix jours sans alcool et sans drogues, sa plus longue période d'abstinence depuis au moins dix ans. Sous l'autorité de l'oncle Wally, il avait signé non sans rechigner les papiers qui permettraient à la clinique de le garder enfermé jusqu'à six mois. Maintenant, il était prêt à sortir. Oncle Wally, lui, n'en était pas si sûr.

La réunion fut conduite par le docteur Boone, et ce dernier procéda à un résumé assez bavard des progrès de Baxter. Une fois sevré, Baxter s'était correctement soumis aux premières étapes de la thérapie. Il avait conscience de son problème. Le vingt-troisième jour, il avait admis être un alcoolique et un consommateur de drogue. Toutefois, il refusait toujours d'admettre sa dépendance physique à la cocaïne, sa substance préférée. En toutes circonstances, il s'était montré coopératif avec ses conseillers psychosociologiques, et même obligeant envers les autres patients. Tous les jours, il s'astreignait à faire de l'exercice et il portait une attention fanatique à son régime alimentaire. Pas de café, pas de thé, pas de sucre. En bref, Baxter était un modèle de bonne conduite. Sa désintox était une réussite, jusqu'à présent.

– Est-il prêt à sortir ? interrogea oncle Wally.

Le docteur Boone observa un temps de silence et scruta Baxter du regard.

– Êtes-vous prêt ? lui demanda-t-il.

– Bien sûr. Je me sens en super forme. Cette vie dans l'abstinence, ça me plaît.

– Ce n'est pas la première fois que j'entends ce style de discours, Baxter, observa Walter. La dernière fois, tu es resté sobre, quoi, deux semaines ?

– Chez la plupart des gens dépendants, une seule cure ne suffit pas, remarqua le docteur Boone.

– C'était différent, se défendit Baxter. La dernière fois, la cure n'a duré que trente jours, et je savais qu'en ressortant j'allais me remettre à boire.

– À Los Angeles, tu n'arriveras jamais à rester sans boire, lâcha Walter.

– Je peux rester sans boire n'importe où.

– J'en doute.

– Tu doutes de moi ?

– Oui. Je doute de toi. Tu as beaucoup à prouver, fiston.

Ils soupirèrent, tous les deux, et se tournèrent vers le docteur Boone. Venait enfin l'heure du jugement, de la sentence, du dernier mot, entre ces quatre murs, dans cet établissement horriblement coûteux.

– Je veux votre avis, en toute franchise, insista Walter.

Le praticien hocha la tête et, sans quitter le patient des yeux, il se lança :

– Vous n'êtes pas prêt. Vous n'êtes pas prêt, parce que vous n'êtes pas en colère, Baxter. Il vous reste à atteindre un stade où vous vous mettrez en colère contre votre ancien moi, votre ancienne vie, vos accoutumances. Il vous reste à haïr votre ancienne manière d'être, et quand cette haine et cette colère vous consumeront, alors vous serez fermement déterminé à ne pas revenir en arrière. Je le vois à votre regard. Vous n'êtes pas décidé. Vous allez retourner à Los Angeles, vous retrouverez vos amis, et les mêmes fêtes, et ensuite vous finirez bien par prendre un verre. Et vous vous direz qu'un verre, ça va encore. Un verre, ça se gère, sans problème. Cela vous est déjà arrivé. Vous commencez par deux bières, et puis trois, et quatre, et ensuite ce sera la spirale descendante. L'alcool d'abord, mais la coke suivra rapidement. Si vous avez de la chance, vous reviendrez chez nous et nous referons une tentative. Et si vous n'avez pas de chance, vous vous tuerez.

– Je ne crois pas un mot de tout ça, protesta Baxter.

– Je me suis entretenu avec les autres conseillers psychosociologiques. Nous sommes tous d'accord. Si vous partez maintenant, il y a de bonnes chances pour que vous vous détruisiez à nouveau.

– Sûrement pas.

– Alors, combien de temps encore ? demanda Walter.

– Cela dépend de Baxter. Nous n'avons pas encore franchi le cap, parce qu'il n'éprouve pas encore de colère contre son ancien moi. (Le regard du docteur Boone croisa celui de son patient.) Vous nourrissez encore ce fantasme d'une grande réussite à Hollywood. Vous voulez être célèbre, une star, vous voulez un tas de filles, les soirées, les couvertures de magazines, les films à succès. Tant que vous ne vous serez pas sorti cette idée de la tête, vous ne resterez pas à l'écart de l'alcool et du reste.

– Je vais te trouver un vrai boulot, proposa Walter.

– Je ne veux pas de vrai boulot.

– Vous voyez ce que je veux dire ? fit le docteur Boone, en reprenant la balle au bond. Vous êtes assis, là, devant nous, vous vous efforcez de concocter le discours qui va vous permettre de sortir d'ici et de vous précipiter à Los Angeles, pour reprendre les choses au point où vous les aviez laissées. Vous n'êtes pas la première victime de Hollywood que je rencontre, Baxter. J'ai déjà quelques heures de vol. Si vous retournez là-bas, d'ici une semaine, vous vous retrouverez dans une soirée.

– Et s'il partait ailleurs ?

– Quand nous le libérerons, nous vous recommanderons certainement un nouveau lieu de résidence, loin de ses anciens amis. Naturellement, il y a de l'alcool partout, mais c'est surtout son mode de vie qui doit changer.

– Et pourquoi pas Pittsburgh ?

– Oh, bon Dieu, non ! s'exclama Baxter. Ma famille est à Pittsburgh, et regardez-les. Je préférerais mourir clodo.

– Continuons le travail ici pendant un mois, proposa le médecin. Ensuite, nous réévaluerons la situation.

À 1 500 dollars par jour, Walter avait ses limites.

– Et qu'allez-vous faire de plus, pendant ces trente jours ?

– Du soutien psychosociologique plus intensif. Plus longtemps il séjournera ici, plus il accroîtra ses chances de succès lors de son retour dans le monde.

– « Retour dans le monde. » J'adore la formule, s'écria Baxter. Je n'arrive pas à croire que vous puissiez m'imposer un truc pareil.

– Fiez-vous à moi. Nous avons passé de nombreuses heures ensemble, et je sais que vous n'êtes pas prêt.

– Je suis tellement prêt. Vous ne savez pas à quel point je suis prêt.

– Fiez-vous à moi.

– Très bien donc, retrouvons-nous dans un mois, décida son oncle.

15.

Les séances d'accueil se prolongèrent jusqu'au jeudi, et devinrent aussi mornes et ennuyeuses que les dossiers de contentieux auxquels les nouveaux collaborateurs seraient bientôt affectés. Le vendredi, ils abordèrent enfin le point que l'on avait ostensiblement évité pendant toute la semaine – l'attribution des bureaux. L'espace vital. De toute manière, il ne faisait guère de doute que leur poste de travail serait exigu, meublé de façon spartiate, et enfoui à l'abri des regards, donc la seule question qui se posait, c'était de savoir quelle serait l'étendue des dégâts.

Le contentieux était concentré aux étages 32, 33 et 34, et c'était quelque part là-dedans, loin des fenêtres, que se trouvaient des boxes avec les nouveaux noms inscrits sur de petites plaques fixées aux cloisons amovibles. On conduisit Kyle au sien, au trente-troisième étage. Son cube était divisé en quatre parties égales au moyen de cloisons en toile, de sorte qu'il lui était possible de s'asseoir à son bureau, de parler tranquillement au téléphone et d'utiliser son portable dans une certaine confidentialité. Personne ne pouvait vraiment le voir. Toutefois, si Tabor, sur sa droite, ou Dale Armstrong, docteur en mathématiques, sur sa gauche, faisaient rouler leur fauteuil de soixante centimètres en arrière, pas plus, ils le voyaient, et réciproquement.

Son bureau offrait assez de surface pour installer son portable, un bloc-notes, le téléphone fixe, et pas grand-chose d'autre. Quelques étagères complétaient l'aménagement. Et il observa qu'il y avait à peine assez de place pour qu'un homme puisse dérouler son sac de couchage. Dès le vendredi après-midi, il était déjà fatigué du cabinet.

Mlle Dale était une flèche, une matheuse qui avait enseigné dans le supérieur avant de décider, pour une raison obscure, de devenir avocate. Elle avait trente ans, elle était célibataire, séduisante, pas souriante et suffisamment glaciale pour qu'on la laisse tranquille. Tabor, lui, c'était le tueur de Harvard. Le quatrième membre de leur petit cube s'appelait Tim Reynolds, il venait de l'université de Pennsylvanie et il reluquait Mlle Dale depuis mercredi. Elle n'avait pas du tout l'air intéressé. Dans le flot des règles du cabinet, des obligations et des interdictions qu'on leur avait rabâchées toute la semaine, celle qu'on leur avait martelé avec le plus d'insistance, c'était l'interdit très strict frappant toute idylle entre les bureaux. Si une relation amoureuse se nouait, l'un des deux devrait s'en aller. Si une liaison fortuite était découverte, il y aurait sanction, dont la nature exacte n'était pas précisée dans le manuel. Une rumeur assez salée circulait déjà au sujet d'un collaborateur célibataire qui avait été viré, et l'associée mariée qu'il avait pourchassée s'était retrouvée mutée dans l'un des bureaux secondaires, à Hong Kong.

Une secrétaire fut assignée au quatuor. Elle s'appelait Sandra, et elle travaillait là depuis dix-huit longues années stressantes. Elle avait accédé jadis à la catégorie supérieure en qualité de secrétaire de direction d'un associé senior, mais la pression s'était révélée trop forte, et elle avait connu une lente rétrogradation vers les niveaux inférieurs, jusqu'à la division des novices, où elle consacrait l'essentiel de son temps à tenir la main de gamins qui, quatre mois plus tôt, n'étaient encore que des étudiants.

La première semaine touchait à son terme. Il n'avait pas facturé une seule heure, mais dès lundi cela changerait. Il trouva un taxi et se dirigea vers le Mercer Hotel, dans SoHo. On circulait au ralenti, donc il ouvrit sa serviette et en tira l'enveloppe FedEx expédiée d'une maison de courtage de Pittsburgh. Le mot manuscrit de Joey disait ceci : « Voilà le rapport. Pas trop sûr de savoir ce qu'il faut en retenir. Envoie-moi un mot. »

Kyle jugeait impossible que Bennie puisse passer au crible l'avalanche du courrier quotidien, entrant et sortant, chez Scully & Pershing – mille cinq cents avocats laborieux produisant une masse de paperasse, comme c'était leur rôle. La salle du courrier était plus vaste que le bureau de poste d'une petite ville. Joey et lui avaient décidé de jouer la sécurité, en utilisant le courrier papier et le service de distribution garantie sous vingt-quatre heures.

Le rapport avait été préparé par une société privée de surveillance, à Pittsburgh. Il était long de huit pages et coûtait 2 000 dollars. Il avait pour sujet Elaine Keenan, âgée maintenant de vingt-trois ans, et qui habitait actuellement dans un appartement à Scranton, Pennsylvanie, avec une autre jeune femme. Les deux premières pages traitaient de sa famille, de son éducation, de l'historique des emplois qu'elle avait occupés. Elle n'avait suivi son cursus à Duquesne qu'un an, et une rapide vérification de sa date de naissance confirmait qu'à l'époque de cet épisode, elle n'avait pas tout à fait dix-huit ans. Après Duquesne, elle avait plus ou moins suivi des cours dans deux établissements de la région d'Érié et de Scranton, mais n'avait pas encore terminé sa licence. Au semestre du printemps précédent, elle avait suivi des cours à l'université de Scranton. Elle était inscrite sur les listes électorales comme électeur démocrate, et elle avait collé deux autocollants de campagne sur le pare-chocs arrière de sa Nissan modèle 2004, qui était immatriculée à son nom. Selon les dossiers accessibles, elle ne possédait pas de biens immobiliers, pas d'armes à feu et pas de titres déposés dans des banques à l'étranger. Elle avait connu deux incidents judiciaires très secondaires, concernant tous deux des infractions pour conduite d'un mineur en état d'ivresse, et réglés l'un et l'autre de façon expéditive par les tribunaux. Le second accroc avait nécessité une aide psychosociologique pour consommation d'alcool et de drogue. Son avocate était donc une femme, juriste locale, une nommée Michelin Chiz, que tout le monde appelait Mike. C'était un élément à noter, car Elaine travaillait à temps partiel dans les bureaux du cabinet juridique Michelin Chiz & Associates. Mme Mike Chiz avait une réputation d'avocate plutôt féroce, spécialisée dans les divorces, forcément dans le camp des épouses, et toujours prête à castrer les maris volages.

Son métier principal, Elaine l'exerçait à la municipalité de Scranton, en tant que directrice adjointe du service des parcs et espaces récréatifs. Salaire annuel : 24 000 dollars. Elle était employée là-bas depuis presque deux ans. Avant cela, elle avait erré d'un boulot à temps partiel à un autre.

Sa vie privée n'était pas claire. Sa colocataire avait vingt-huit ans, elle travaillait à l'hôpital, et elle suivait aussi des cours à l'université de la ville, n'avait jamais été mariée, et n'avait pas de casier judiciaire. On avait placé Elaine en observation grosso modo trente-six heures. Après son travail, le premier jour, elle avait rejoint sa colocataire sur le parking à proximité d'un bar fréquenté par un petit monde de marginaux. En se retrouvant, les deux jeunes femmes s'étaient brièvement tenues par la main avant d'entrer dans l'établissement. Elaine avait pris un soda light, rien de plus fort. Elle fumait de fines cigarettes au papier brun. Elles se montraient affectueuses l'une envers l'autre et, bon, l'évidence avait fini par s'imposer.

Scranton avait un asile pour femmes, le Haven, qui se présentait comme un refuge et un centre de ressources pour les victimes de sévices conjugaux et d'agression sexuelle. C'était une structure à but non lucratif, financée par des sources privées, avec un personnel de bénévoles, pour la plupart d'anciennes victimes déclarées de sévices divers.

Elaine Keenan figurait dans la lettre d'information mensuelle du Haven comme « conseillère psychosociologique ». Une employée de la société de surveillance lui avait téléphoné depuis une cabine téléphonique dans le centre de Scranton, en prétendant avoir été victime d'un viol, et en expliquant qu'elle avait besoin de quelqu'un à qui parler. Elle avait peur de se rendre sur place, pour toutes sortes de raisons. Une femme à Haven lui avait conseillé d'appeler Elaine. Elles s'étaient parlé presque une demi-heure et, au cours de la conversation, Elaine avait admis avoir été elle aussi victime d'un viol, et les violeurs (il n'y en avait pas eu qu'un) n'avaient jamais été traduits en justice. Elle était très désireuse de lui venir en aide, et elles s'étaient mises d'accord pour se rencontrer le lendemain, au bureau de Haven. La conversation avait été enregistrée dans son intégralité et, bien entendu, le lendemain, aucun rendez-vous n'avait eu lieu.

« Toujours victime », se dit Kyle en maugréant tout seul à l'arrière du taxi. La nuit où il avait eu un rapport sexuel avec elle, environ un mois avant le prétendu viol, il était dans son lit, profondément endormi, et elle s'était faufilée sous les draps, toute nue, pour s'offrir en vitesse ce qu'elle voulait.

Le taxi arrivait au Mercer. Il rangea le rapport dans la poche intérieure de sa serviette, paya le chauffeur et pénétra dans l'hôtel. Bennie était dans une chambre au quatrième étage, l'air toujours aussi motivé, et apparemment sur les lieux depuis plusieurs heures. L'humeur n'était pas à la plaisanterie.

– Alors, comment c'était, cette première semaine ? lui demanda-t-il.

– Super. Pas mal de réunions d'accueil et d'orientation. J'ai été affecté au contentieux, lui répondit-il, comme s'il y avait de quoi être fier.

Il avait déjà engrangé un succès.

– Très bonne nouvelle. Excellent. Une première incursion dans l'affaire Trylon ?

– Non, nous n'avons encore touché à aucune affaire véritable. On commence le travail lundi. Cette semaine, c'était juste un tour de chauffe.

– Bien sûr. Ils vous ont donné un ordinateur ?

– Oui.

– Quel genre ?
– Je suis certain que vous le savez déjà.
– Non, je ne sais pas. La technologie change tous les six mois. J'aimerais le voir.
– Je ne l'ai pas apporté.
– La prochaine fois, apportez-le.
– J'y penserai.
– Et le téléphone ? Un Blackberry ?
– Un truc dans ce style.
– J'aimerais le voir.
– Je ne l'ai pas apporté.
– Mais le cabinet exige que vous l'ayez sur vous en permanence, pas vrai ?
– C'est vrai.
– Alors pourquoi ne l'avez-vous pas sur vous ?
– Pour la même raison que je n'ai pas apporté l'ordinateur. Parce que vous voulez les voir, et vous ne les verrez pas tant que je ne serai pas prêt. Pour le moment, ils ne présentent pour vous aucun intérêt, et donc la seule raison pour laquelle vous les voulez, c'est pour vous assurer que leur confidentialité n'est pas compromise, n'est-ce pas, Bennie ? Et moi, dès que je vous aurai livré un élément quelconque, j'aurai enfreint la loi, j'aurai violé l'éthique de la profession, et vous me tiendrez. Je ne suis pas stupide, Bennie. On va avancer lentement, là.
– Il y a de nombreux mois déjà, nous sommes parvenus à un accord. Avez-vous oublié ? Vous avez déjà accepté d'enfreindre la loi, de violer les règles éthiques, de faire tout ce que je veux que vous fassiez. Vous allez me trouver ces informations et me les rapporter. Et si je veux quoi que ce soit qui provienne du cabinet, c'est votre travail de me le procurer. Maintenant, je veux ce téléphone et je veux cet ordinateur.

– Non. Pas encore.

Bennie s'approcha de la fenêtre. Après un long silence, il changea de sujet.

– Baxter Tate est en cure de désintox, vous le saviez ?

– Oui.

– Il en a pour un petit moment, cette fois.

– C'est ce que j'ai entendu dire. Peut-être qu'il ne va plus toucher à rien et se bouger un peu.

Bennie se retourna et se rapprocha de lui, tout près.

– Kyle, il faut que je vous rappelle qui commande, ici. Si vous ne suivez pas mes ordres, alors je vous dispenserai un petit rappel. Pour l'heure, je songe sérieusement à diffuser la première moitié de cette vidéo. L'étaler sur Internet, informer tous ceux que cela pourrait intéresser, s'amuser un peu avec.

Kyle haussa les épaules.

– On ne voit qu'une bande d'étudiants bourrés.

– Exact, et ça ne casse pas trois pattes à un canard. Mais vous voulez vraiment qu'elle circule, que le monde entier la voie ? Que penseraient vos nouveaux collègues de Scully & Pershing ?

– Ils penseraient sans doute que je me suis conduit comme n'importe quel étudiant un peu crétin, tout comme eux au même âge.

– Nous verrons ça. (Bennie prit un mince dossier sur la crédence, l'ouvrit et en sortit une feuille de papier où figurait un visage.) Vous connaissez ce type ? lui demanda-t-il, et Kyle y jeta un œil, puis secoua la tête. Non. Un homme, de type européen, la trentaine, costume-cravate – bref, tenue sérieuse, en tout cas pour la partie visible. Il s'appelle Gavin Meade, travaille chez Scully & Pershing depuis quatre ans, au contentieux, l'un des trente collaborateurs qui triment sur l'affaire Trylon contre Bartin. Dans l'ordre naturel des choses, vous auriez sans doute dû faire sa connaissance d'ici quelques semaines, mais M. Meade est sur le point d'être viré.

Kyle tenait cette feuille en main, il regardait le beau visage de Gavin Meade, en s'interrogeant sur le péché qu'il avait pu commettre.

– Il semblerait qu'il ait eu un petit souci par le passé, lui aussi, commenta Bennie, en se délectant de son rôle d'exécuteur. Il paraîtrait aussi qu'il aimait bien se montrer un peu brutal avec les filles. Enfin, sans aller jusqu'au viol, lui.

– Je n'ai violé personne et vous le savez.

– Peut-être pas.

– Vous avez une autre vidéo, Bennie ? Vous êtes retourné ramper dans le caniveau chercher une autre existence que vous pourriez écraser ?

– Nan, pas de vidéo. Juste quelques déclarations sous serment. M. Meade ne viole pas les femmes. Il se contente de les frapper. À l'université, il y a dix ans, il avait une petite amie qui a écopé de quelques bleus. Une nuit, il l'a envoyée à l'hôpital. La police a fini par être conviée, et pour M. Meade, la pelote a commencé à se dérouler. Il a été arrêté, emprisonné, officiellement accusé, et il s'est retrouvé menacé d'un procès. Ensuite, il y a eu un règlement amiable, de l'argent a changé de mains, la fille ne voulait pas entendre parler d'une procédure, et tout a été abandonné. Meade s'en est tiré, mais maintenant ça figure dans son dossier. Pas de problème, il a menti, et tout s'est arrêté là. Mais voilà, quand il s'est présenté à la faculté de droit du Michigan, il a menti dans son formulaire de candidature. Et quand il a dû se soumettre à une petite vérification de ses antécédents, chez Scully & Pershing, il a encore menti. Licenciement automatique.

– Je suis tellement content pour vous, Bennie. Je sais tout ce que ces petites histoires signifient pour vous. S'en prendre à ce type. Lui ruiner l'existence. Bravo, joli.

– Tout le monde a des secrets, Kyle. Je peux ruiner l'existence de n'importe qui.

– Quel homme !

Là-dessus, il claqua la porte et quitta l'hôtel.

À midi, le samedi, trois autocars spécialement affrétés s'arrêtèrent devant l'immeuble des bureaux de Scully & Pershing, puis sortirent de New York. Ils emmenaient la totalité des cent trois membres de la promotion des collaborateurs de première année. À bord de chaque autocar, on avait installé un bar complet et quantité d'amuse-gueule, et tout le monde se mit à boire, vite et sec. Trois heures plus tard, ils arrivèrent dans un yacht-club des Hamptons. La première réception se tint sous une tente non loin de Montauk Beach. Le dîner fut servi sous une autre tente, dans le parc de l'hôtel. La seconde et dernière réception eut lieu dans la demeure d'un des descendants de Scully. Un groupe de reggae jouait près de la piscine.

Cette « retraite » était destinée à briser la glace et à ce que les nouvelles recrues se réjouissent d'avoir rejoint l'entreprise. Nombre d'associés du cabinet étaient là, et ils se saoulèrent autant que les collaborateurs. La nuit fut longue, et la matinée pas très plaisante. Après un brunch servi très tôt, avec des litres de café, ils s'installèrent dans une petite salle de bal pour écouter leurs aînés, des hommes sages et avisés, leur livrer les secrets d'une carrière réussie. Plusieurs associés retirés des affaires, des personnages légendaires dans l'histoire de Scully & Pershing, leur racontèrent quelques faits d'armes, lancèrent quelques bonnes blagues et leur proposèrent leurs conseils. La parole était libre et on pouvait poser toutes les questions qu'on voulait.

Après le départ des vieux caciques, ce fut un tout autre comité d'accueil qui vint occuper le devant de la scène et continua de leur raconter toutes sortes d'histoires. Un homme (noir), une femme (blanche), un Hispanique, un Coréen – tous des associés – évoquèrent l'engagement du cabinet vis-à-vis des valeurs de tolérance, d'égalité des droits et ainsi de suite.

Plus tard le même jour, ils dégustèrent des crevettes et des huîtres sur une plage privée, après quoi on remonta dans les autocars pour rejoindre Manhattan. Ils arrivèrent après la tombée de la nuit, et les jeunes avocats quelque peu fourbus regagnèrent leur domicile, pour une courte nuit.

Pour eux, le concept d'épuisement serait bientôt redéfini du tout au tout.

16.

Tout espoir de mener un travail un tant soit peu sérieux fut vite anéanti un lundi matin, dès 7 h 30, quand la totalité des douze nouveaux collaborateurs du département contentieux fut envoyée dans les abîmes de la documentation. Dès sa première année de droit, Kyle avait entendu des histoires horrifiantes au sujet de jeunes collaborateurs brillants et passionnés que l'on conduisait dans un sous-sol lugubre pour les enchaîner à un bureau et leur imposer la lecture d'une montagne de documents imprimés serré. Et il avait beau savoir que sa première année comporterait une bonne dose de ce genre de punition, il n'y était tout simplement pas préparé. Avec Dale, qui de jour en jour avait de plus en plus belle allure, mais sans manifester le moindre signe de personnalité, ils furent affectés à une affaire concernant un client qui se faisait étriper dans la presse financière.

Leur nouveau chef pour la journée, une collaboratrice senior, une certaine Karleen, les appela dans son bureau et leur expliqua le topo. Pour ces prochains jours, ils allaient éplucher des documents essentiels, en facturant au moins huit heures par jour à raison de 300 dollars l'heure. Ce serait leur tarif, jusqu'à ce que les résultats du cabinet soient connus, en novembre, après quoi leur taux horaire sauterait à 400 dollars, à supposer qu'ils franchissent ce premier cap.

On ne fit aucune brève allusion à ce qui se passerait s'ils ne franchissaient pas ce premier seuil-test. L'année précédente, les associés de Scully & Pershing affichaient un pourcentage de réussite de quatre-vingt-douze pour cent, et on partait simplement du principe que tout le monde avait été reçu.

Huit heures, c'était le minimum, du moins pour le moment et, avec la pause du déjeuner et du café, on totalisait à peu près dix heures par jour. On ne commençait pas plus tard que huit heures, et personne ne songerait à quitter le bureau avant dix-neuf heures.

Au cas où ils seraient curieux de le savoir, l'an dernier, Karleen avait facturé deux mille quatre cents heures. Elle avait intégré le cabinet depuis cinq ans et se comportait comme si elle devait rester là à perpétuité. Une future associée. Il jeta un œil dans son bureau cossu, et remarqua un diplôme de la faculté de droit de Columbia. Il y avait une photo de la jeune Karleen à cheval, mais aucune avec un mari, un boy-friend ou des enfants.

Elle leur expliqua qu'il y avait une chance pour qu'un associé ait besoin de l'aide de Kyle ou de Dale sur un dossier à préparer en urgence, donc ils devaient se tenir prêts. La documentation n'avait certes rien de prestigieux, mais c'était le filet de sécurité de tous les nouveaux collaborateurs.

– Vous pouvez toujours vous présenter à la documentation et trouver du travail à facturer, leur précisa-t-elle. Huit heures au minimum, mais il n'y a pas de maximum.

Comme c'est charmant, songea-t-il. Si, pour une raison ou une autre, dix heures de travail par jour ne suffisaient pas, la porte de la documentation était toujours grande ouverte pour vous permettre d'en faire encore davantage.

Leur première affaire concernait un client au nom légèrement ridicule – Foncier Sérénité –, ridicule aux yeux de Kyle, mais il tint sa langue, tandis que Karleen leur débitait les aspects les plus saillants du dossier. Depuis 2001, avec l'arrivée aux affaires d'une nouvelle administration, qui avait créé toute une série de mécanismes de contrôle fédéral moins interventionnistes, Sérénité et d'autres énormes sociétés de prêt immobilier avaient lancé une politique agressive de chasse à la clientèle. Ils avaient mené des campagnes de publicité intensives, surtout via Internet, et convaincu des millions d'Américains des classes populaires et des classes moyennes qu'ils pouvaient se permettre d'acheter des maisons qu'ils n'avaient en réalité pas les moyens de s'offrir. L'appât, c'était le bon vieux prêt à taux variable et, entre les mains d'escrocs comme Sérénité, il devenait variable dans des proportions que l'on n'aurait jamais pu imaginer auparavant. Sérénité avait aspiré cette clientèle dans le système en simplifiant la paperasse et en prélevant de jolies commissions en amont, avant de revendre ces prêts pourris à des marchés secondaires. Quand le secteur de l'immobilier en surchauffe avait fini par s'effondrer, la compagnie n'était plus détentrice de toutes ces créances, la valeur des biens avait chuté et les saisies s'étaient vite multipliées de manière endémique.

Dans son résumé du dossier, Karleen usait d'un langage bien plus policé, mais Kyle savait depuis un certain temps déjà que le cabinet représentait Sérénité. Il avait lu une dizaine d'articles sur le krach du crédit immobilier et vu souvent le nom de Scully & Pershing mentionné, toujours en tant que défenseur de Sérénité dans son dernier fiasco.

Et maintenant, c'était aux avocats de tenter de remettre de l'ordre dans cette pagaille. Sérénité avait essuyé un feu roulant de procédures juridiques, mais la pire de toutes était une action en recours collectif impliquant trente-cinq mille de ses anciens clients emprunteurs. La plainte avait été déposée à New York, un an plus tôt.

Karleen les conduisit dans une longue pièce en forme de salle de donjon, sans fenêtre, au sol bétonné, sous un éclairage médiocre, avec de jolies piles de boîtes blanches en carton et les mots « Foncier Sérénité » imprimés sur le dos. C'était la montagne dont Kyle avait tant entendu parler. Ces boîtes, comme elle le leur avait expliqué, contenaient les dossiers de la totalité des trente-cinq mille plaignants. Il fallait éplucher chaque dossier.

– Vous n'êtes pas tout seuls, les rassura-t-elle avec un rire faux, alors que Kyle et Dale étaient tous deux sur le point de démissionner. Sur cette affaire, nous avons d'autres collaborateurs et même des auxiliaires juridiques. (Elle ouvrit une boîte, en sortit un dossier d'environ trois centimètres d'épaisseur, et résuma brièvement ce que l'équipe du contentieux recherchait.) Un jour, à l'audience, leur expliqua-t-elle avec gravité, il sera indispensable que nos avocats soient en mesure de dire au juge que nous avons examiné tous les documents liés à cette affaire.

Kyle en déduisit qu'il était capital pour le cabinet d'avoir des clients qui paient un travail aussi inutile au prix fort. Il fut subitement pris de vertige à l'idée que d'ici quelques minutes à peine, il allait pointer et se mettre à facturer son temps 300 dollars l'heure. Il était loin de les valoir. Il n'était même pas encore avocat.

Karleen les laissa là, elle sortit de la pièce en quatrième vitesse, ses talons claquant sur le béton peint. Il posa un regard vide sur ces boîtes, puis sur Dale, qui avait l'air aussi abasourdi que lui. « On plaisante, là », fit-il. Mais Dale était déterminée à prouver ses capacités, donc elle attrapa une boîte, la lâcha sur la table, et en sortit énergiquement quelques fichiers. Il se rendit à l'autre bout de la pièce, aussi loin d'elle que possible, et dénicha d'autres dossiers.

Il en ouvrit un et consulta sa montre – il était 7 h 50. Les avocats, chez Scully, facturaient au dixième d'heure. Le dixième d'une heure, c'est six minutes. Deux dixièmes, cela fait douze minutes, et ainsi de suite. Une heure six, cela équivaut à une heure et trente-six minutes. Devait-il remonter sa montre de deux minutes, à 7 h 48, pour entamer sa première minute facturable d'avocat ? Ou devait-il se tourner les pouces, boire une gorgée de café et attendre 7 h 54, avant d'entamer cette première minute facturable d'avocat ? Ça tombait sous le sens. On était à Wall Street, où tout était mené avec agressivité. Dans le doute, facturez agressivement. Sinon, le prochain, derrière vous, ne se gênera pas, et ensuite vous ne le rattraperez plus jamais.

Pour lire le dossier jusqu'au dernier mot, il lui fallut une heure. Une heure deux, pour être exact, et subitement il n'eut aucun scrupule à facturer une heure deux à Sérénité, ou 360 dollars pour son étude. Il n'y a pas si longtemps, disons quatre-vingt-dix minutes plus tôt, il avait eu du mal à croire qu'il valait 300 dollars l'heure. Mais maintenant, il était converti. Sérénité lui devait cet argent, parce que c'était leur gestion corrompue qui leur avait valu de se faire attaquer en justice. Il fallait bien que quelqu'un déblaie les décombres. Il allait facturer cette compagnie, agressivement, par esprit de revanche. Au bout de la table, Dale travaillait avec diligence, sans se laisser distraire.

À un certain point, vers le milieu du troisième dossier, il fit une pause assez longue pour méditer sur tout cela. Alors que la pendule tournait toujours, il se demanda où se trouvait la salle Trylon-Bartin. Où étaient les documents confidentiels, et comment étaient-ils protégés ? Dans quel genre de coffre étaient-ils entreposés ? Ce donjon n'avait pas l'air sécurisé, mais qui irait dépenser de l'argent pour protéger des dossiers de crédits immobiliers en souffrance ? Si Sérénité avait du linge sale à cacher, il y avait gros à parier pour qu'il ne soit pas enfoui là où l'on risquait de le découvrir.

Il pensa aussi à sa vie. Ici, dans la troisième heure de sa carrière professionnelle, il s'interrogeait déjà sur sa santé mentale. Quelle espèce d'homme pouvait descendre s'asseoir ici et se plonger dans ces pages dépourvues de sens pendant des heures et des jours sans devenir cinglé ? Qu'attendait-il de son existence de collaborateur de première année ? Serait-ce mieux dans un autre cabinet ?

Dale s'absenta dix minutes, avant de revenir. Sans doute une pause-pipi. Il paria qu'elle avait laissé tourner le compteur.

Le déjeuner se déroulait dans la cafétéria, au quarante-troisième étage. On leur avait beaucoup vanté la qualité supérieure de la cuisine. Les conseils de grands chefs, les ingrédients les plus frais, une carte éblouissante composée de plats légers, et ainsi de suite. Ils étaient libres de sortir de l'immeuble et d'aller au restaurant, mais peu de collaborateurs osaient le faire. La politique de l'entreprise était bien connue et amplement diffusée, mais il existait quantité de règles non écrites : l'une d'elles voulait que les novices prennent leur repas dans la maison, sauf si l'on avait l'occasion de facturer un vrai déjeuner à un client. La plupart des associés fréquentaient la cafétéria, eux aussi. Il était important pour eux de se montrer parmi leurs subalternes, de faire l'éloge de cette cuisine merveilleuse et, surtout, de manger en trente minutes, un exemple d'efficacité. La décoration était art déco et joliment pensée, mais l'ambiance rappelait encore trop la cantine d'une prison.

Il y avait une pendule à chaque mur, et on pouvait presque entendre leur tic-tac.

Kyle et Dale se joignirent à Tim Reynolds, à une petite table près d'une baie vitrée, avec une vue spectaculaire sur d'autres immeubles de grande hauteur. Tim avait l'air sous le choc – les yeux vitreux, le regard ahuri, la voix éteinte. Ils échangèrent quelques récits d'épouvante sur la documentation et se mirent à plaisanter sur leurs premiers pas dans la profession juridique. La nourriture était bonne, mais ce n'était pas le sujet du déjeuner. Ce repas n'était qu'un prétexte pour oublier la paperasse.

Mais cela ne dura pas longtemps. Ils s'entendirent pour se retrouver après le travail, autour d'un verre (enfin un signe de vie, de la part de Dale), puis ils regagnèrent leurs donjons respectifs. Deux heures plus tard, l'esprit vagabond, en un éclair, il repensa aux temps glorieux de Yale, quand il était encore le rédacteur en chef de cette revue prestigieuse et dirigeait depuis son bureau des dizaines d'autres étudiants tous plus brillants les uns que les autres. Ses longues heures de travail débouchaient sur du concret, une revue importante, publiée huit fois par an, et qui touchait un vaste lectorat d'avocats, de juges et de chercheurs. Son nom figurait en tête de l'ours, en sa qualité de rédacteur en chef. Peu d'étudiants pouvaient revendiquer l'honneur d'un tel titre. Pendant un an, il avait été le Patron.

Comment avait-il pu déchoir aussi vite et aussi brutalement ?

Cela fait partie de l'entraînement, se répétait-il sans arrêt. La formation de base.

Mais quel gâchis ! Sérénité, ses actionnaires, ses créanciers, et probablement les contribuables américains en seraient quittes pour payer ces honoraires juridiques, des heures d'honoraires accumulées en partie grâce aux efforts sans conviction d'un Kyle McAvoy, qui, après avoir étudié neuf de ces trente-cinq mille dossiers, était convaincu qu'on devrait mettre le client de son cabinet sous les verrous. Le président, les directeurs, le conseil d'administration – tous autant qu'ils étaient. On ne peut pas incarcérer une entreprise, mais il faudrait faire une exception, à l'encontre de tous les employés qui avaient un jour travaillé pour Foncier Sérénité.

Que penserait John McAvoy, s'il voyait son fils ? À cette pensée, Kyle eut un rire et un frisson. Il essuierait une bordée d'injures, à la fois drôles et cruelles et, à la minute, il aurait encaissé le tout sans riposter. En cet instant, son père était soit à son bureau, occupé à conseiller un client sur l'issue d'un litige, soit dans une salle d'audience à se bagarrer avec un autre avocat. Il n'empêchait, il travaillait avec de véritables personnes, avait des conversations réelles, et sa vie était tout sauf creuse.

Dale était assise à quinze mètres de là, dos à lui. Pour ce qu'il en voyait, c'était un joli dos, mince et curviligne. À cette seconde, il ne pouvait rien voir d'autre, mais il avait déjà examiné le reste – les jambes fines, la taille étroite, pas beaucoup de poitrine, mais enfin, on ne peut pas tout avoir. Qu'arriverait-il, se demanda-t-il, (1) si posément, au cours des jours et des semaines à venir, il la draguait, (2) s'il parvenait à ses fins, et (3) s'il s'arrangeait pour qu'ils se fassent prendre ? Il se ferait éjecter du cabinet, ce qui, à cette minute, lui paraissait une excellente idée. Qu'en dirait Bennie ? Un licenciement sec, imposé par les circonstances ? Tout jeune homme a le droit de jouer les coureurs. Vous vous faisiez pincer, et alors ? Au moins, si vous preniez la porte, le motif en valait la peine.

Bennie allait perdre son espion. Son espion allait se faire sacquer sans être radié du barreau.

Intéressant.

Évidemment, avec sa chance habituelle, on lui présenterait sans aucun doute une autre vidéo, cette fois avec Dale et lui, et Bennie la tripatouillerait de ses mains sales et, après, qui sait ?

Il ruminait toutes ces noires pensées à 300 dollars l'heure. Il n'avait pas l'idée de couper le compteur, parce qu'il avait envie de saigner Foncier Sérénité.

Il avait appris que Dale avait décroché un doctorat de mathématiques à vingt-cinq ans, au MIT, rien que ça, et qu'elle avait enseigné cinq ans avant de conclure que les salles de cours l'ennuyaient. Elle avait étudié le droit à Cornell. Pourquoi avait-elle cru pouvoir passer de la salle de classe à la salle d'audience, ce n'était pas clair, du moins pas pour lui. Pour l'heure, une salle pleine d'étudiants en géométrie s'échinant sur le tracé de leurs figures lui paraissait une promenade de santé. Elle avait trente ans, ne s'était jamais mariée, et il s'était à peine attelé à la tâche consistant à démêler sa personnalité à la fois compliquée et réservée.

Il se leva pour sortir faire quelques pas, histoire d'aider le sang à circuler dans son cerveau abruti de fatigue.

– Tu veux un café ? demanda-t-il à la jeune femme.

– Non, merci, lui dit-elle, mais elle réussit à lui sourire.

Deux tasses de café ne suffirent guère à lui stimuler l'esprit et, en fin d'après-midi, il craignit d'éventuelles lésions cérébrales irréversibles. Par sécurité, ils décidèrent, Dale et lui, d'attendre dix-neuf heures avant de lever le camp. Ils partirent ensemble, prirent l'ascenseur, descendirent sans un mot, tous deux pensant à la même chose – en partant si tôt, ils violaient une autre règle non écrite. Mais ils chassèrent cette pensée et marchèrent quatre rues, jusqu'à un pub irlandais où Tim Reynolds avait retenu un box – il avait déjà presque vidé sa première pinte. Il était avec Everett, un première année sorti de l'université de New York, que l'on avait affecté à la section immobilier. Après avoir pris place et s'être présentés, ils sortirent leur CabPhone. Les quatre appareils étaient posés sur la table, à peu près comme autant de pistolets chargés.

Dale commanda un gin martini et Kyle un Perrier, puis, quand la serveuse se fut éclipsée, Tim s'étonna :

– Tu ne bois pas ?

– Non. J'ai dû laisser tomber à la fac.

C'était sa réplique habituelle, et il savait toutes les questions qu'elle allait susciter.

– Tu as dû laisser tomber ?

– Ouais. Je buvais trop, et j'ai laissé tomber.

– Désintox, Alcooliques Anonymes, et tout et tout ? demanda Everett.

– Non. J'ai consulté un conseiller psychosociologique, et il m'a convaincu que mon alcoolisme irait forcément en empirant. J'ai arrêté d'un coup et je n'ai jamais regretté.

– Impressionnant, fit Tim, en vidant sa pinte de bière.

– Je ne bois pas non plus, avoua Dale. Mais avec une journée comme aujourd'hui, je me mets à boire.

De la part de quelqu'un d'aussi totalement dénué de sens de l'humour, cette déclaration était très drôle. Après avoir bien ri, ils revinrent sur le film des événements de leur première journée. Tim avait facturé 8,6 heures en lisant l'historique législatif d'une vieille loi new-yorkaise visant à décourager les procédures d'action en recours collectif. Everett en avait facturé neuf à lire des baux. Mais ce furent Kyle et Dale qui remportèrent le morceau avec leurs descriptions du donjon et de ses trente-cinq mille dossiers.

Quand leurs boissons arrivèrent, ils burent à Foncier Sérénité et aux quatre cent mille saisies immobilières qui relevaient de la responsabilité de la société. Ils burent à Tabor, qui avait juré de rester à son bureau jusqu'à minuit. Ils burent à Scully & Pershing et à ses merveilleux salaires de début de carrière. À la moitié de son gin martini, l'alcool était monté au cerveau ramolli de Dale et elle se mit à glousser. Quand elle en commanda un deuxième, Kyle s'excusa et rentra chez lui à pied.

À 17 h 30, le mardi, il bouclait sa deuxième journée au donjon, et rédigeait mentalement une lettre de démission. Il serait trop heureux de dire à Bennie d'aller se faire voir, et il serait trop heureux d'affronter Elaine et ses allégations de viol, à Pittsburgh. Tout vaudrait mieux que ce qu'il endurait.

Il avait survécu à cette journée en se répétant continuellement ce mantra : « Mais ils me paient 200 000 dollars par an. »

Pourtant, à 17 h 30, il se moquait bien de son salaire. Son CabPhone émit un bip, c'était un mail, de Doug Peckham, et il le lut : « Kyle, besoin d'aide. Mon bureau. Tout de suite si possible. »

Il oublia sa lettre de démission, se leva d'un bond, et se rua vers la porte. En filant devant Dale, il lui dit :

– Faut que je fonce voir Doug Peckham, un associé du contentieux. Il a un dossier.

Si cela paraissait cruel, tant pis. Si c'était de la vantardise, il s'en moquait. Elle eut l'air choqué, blessé, mais il la planta là, toute seule dans son donjon de Foncier Sérénité. Il dévala deux étages et, quand il franchit la porte du bureau de Peckham, il était tout essoufflé. L'associé était au téléphone, debout, il ne tenait pas en place et, d'un geste, il lui désigna un élégant fauteuil en cuir devant son bureau. Quand il raccrocha sur ces mots – « Tu es un crétin, Slade, un vrai crétin » –, il regarda Kyle, se força à sourire, et fit :

– Alors, comment ça se passe, jusqu'à maintenant ?

– La doc.

Il n'y avait rien à ajouter à cela.

– Désolé, mais nous avons tous dû subir le même calvaire. Écoutez, j'ai besoin d'un coup de main, là. Vous êtes partant ?

Il se laissa retomber violemment dans son fauteuil et se balança, oscillant d'avant en arrière sans quitter Kyle des yeux.

– Partant pour n'importe quoi. Là, je vous cirerais même vos chaussures.

– Elles sont déjà cirées. J'ai une affaire, dans le District sud de New York, une grosse affaire. Nous défendons Barx, les labos, dans une action en recours collectif intentée par des types qui ont pris leurs pilules contre la bestiole qui leur ramonait les artères, et ils ont fini par en claquer. Grosse affaire, compliquée, embrouillée, délicate, qui implique plusieurs États. Nous comparaissons devant le juge Cafferty jeudi matin. Vous le connaissez ?

Je suis ici depuis deux jours, faillit bredouiller Kyle. Je ne connais personne.

– Non.

– Cafferty Caféine. Il souffre d'un déséquilibre hormonal qui le tient éveillé jour et nuit et, quand il n'est pas sous médocs, il appelle les avocats au téléphone et leur crie dessus parce que les affaires avancent trop lentement. Quand il est sous médocs, il beugle aussi, mais il jure un peu moins. On appelle son registre des procédures le Registre Loco, parce qu'il fait bouger les choses. Un bon juge, mais un véritable casse-pieds. Quoi qu'il en soit, cette affaire a traîné, et maintenant il menace de la renvoyer devant une autre juridiction.

Kyle griffonnait des notes aussi vite que possible. À la première pause dans cette présentation, il dit :

– La bestiole qui leur ramone les artères ?

– C'est une image. En réalité, c'est un médicament qui dissout ce qui obstrue les principaux vaisseaux sanguins, y compris les ventricules gauche et droit. D'un point de vue médical, c'est compliqué et il ne faut pas vous en préoccuper. Nous avons deux associés diplômés en médecine qui traitent cet aspect du dossier. Quatre associés au total, et dix collaborateurs. Je suis l'avocat principal.

Il dit cela sur un ton beaucoup trop suffisant. Puis soudain il se leva et s'approcha de la fenêtre, d'un pas lourd, pour un rapide coup d'œil sur la ville. Sa chemise blanche empesée était trop grande et parvenait assez bien à dissimuler son buste en forme de poire.

En l'occurrence, le topo de Bennie avait mis dans le mille. Le premier mariage de Peckham s'était brisé treize mois après qu'il eut intégré Scully & Pershing, alors jeune recrue de Yale. Sa femme actuelle était avocate et associée d'un cabinet situé plus loin dans la même rue. Elle avait aussi des horaires à rallonge. Et ils avaient deux enfants en bas âge. Leur appartement de l'Upper West Side était évalué à 3,5 millions de dollars, et ils possédaient leur maison dans les Hamptons, comme de juste. L'an dernier, Doug avait gagné 1,3 million de dollars, son épouse, 1,2 million. Il était considéré comme un avocat de premier ordre dont la spécialité était la défense des gros cabinets pharmaceutiques, même s'il allait rarement jusqu'au procès. Six ans plus tôt, il avait perdu un procès à l'issue d'une affaire majeure impliquant un antalgique qui poussait les patients au suicide – telle avait été du moins l'opinion du jury. Scully & Pershing l'avait envoyé dans une station thermale en Italie, pour y suivre une cure de deux semaines.

– Cafferty veut se débarrasser de cette affaire, fit-il, en étirant son dos douloureux. Nous, bien sûr, nous l'en empêcherons. Mais, sincèrement, je préférerais un transfert devant une autre juridiction. Il y a quatre possibilités : Duval County, en Floride ; le centre de Memphis ; le comté de Fillmore, un comté rural dans le Nebraska ; ou Des Plaines, dans l'Iowa. Votre mission, si vous l'acceptez, serait de mener des recherches sur ces quatre juridictions. (Il se laissa de nouveau choir dans son siège et se remit à se balancer.) J'ai besoin de savoir quelle est la tendance des jurys, là-bas. Quels verdicts rendent-ils ? Comment s'en tirent les grosses entreprises, dans ces coins-là ? Maintenant, il existe aussi plusieurs structures de recherches sur les orientations des jurys, qui vendent leurs données, et nous sommes adhérents à toutes, mais leurs résultats ne sont pas toujours très fidèles à la réalité. Beaucoup de chiffres, mais pas tant d'infos utiles. Il faut creuser, creuser. Il faut appeler des avocats aux quatre endroits et remuer la boue. Vous en êtes, Kyle ?

Comme s'il avait le choix.

– Bien sûr. Ça me paraît formidable.

– Je ne dirais pas que c'est formidable. Il me faut tout ça jeudi matin à 7 h 30. Vous vous êtes déjà fait une nuit blanche, ici ?

– Non. Je ne suis là que depuis…

– C'est juste, c'est juste. Bon, mettez-vous au travail. Sous forme de mémo, mais sans falbalas. On se retrouve ici, jeudi, à 7 h 30, avec deux autres collaborateurs. Vous aurez dix minutes pour présenter votre résumé. Rien d'autre ?

– Pas pour le moment.

– Je serai ici ce soir jusqu'à dix heures, donc si vous avez besoin de quoi que ce soit, vous m'envoyez un mot.

– Merci, et merci de m'avoir sorti de la docu.

– Quel gâchis.

Kyle sortait en vitesse de la pièce quand le téléphone sonna, sur le bureau. Il se rendit tout droit au cube, attrapa son ordinateur et fonça à la bibliothèque principale, une salle immense, au trente-neuvième étage. Il y avait au moins quatre autres bibliothèques plus petites réparties dans le bâtiment, mais il lui restait à les découvrir.

Il ne se souvenait pas d'avoir été si emballé par une recherche. C'était une véritable affaire, avec des échéances, un juge colérique et des décisions stratégiques en suspens. Le mémo qu'il allait préparer serait lu par de vrais avocats qui s'appuieraient dessus au plus fort de la bataille.

Il se sentait presque désolé pour les pauvres novices qu'il avait laissés derrière lui à la docu. Mais il ne tarderait pas à y retourner, ça, il ne l'ignorait pas non plus. Il oublia de dîner, jusqu'à presque dix heures, quand il avala un sandwich du distributeur, tout en lisant des documents ayant trait à sa recherche sur ces jurys. Faute d'avoir un sac de couchage sous la main, il quitta la bibliothèque à minuit – il y avait au moins vingt collaborateurs qui travaillaient encore – et un taxi le reconduisit à son appartement. Il dormit quatre heures, puis refit le trajet de trente minutes à pied jusqu'à Broad Street en seulement vingt-deux minutes. Il n'y avait pas de danger qu'il prenne du poids. La salle de sport privée du cabinet, au quarantième étage, n'était qu'une vaste plaisanterie, parce qu'elle demeurait éternellement vide. Quelques secrétaires l'utilisaient à l'heure du déjeuner, mais aucun avocat ne risquait d'y faire de vieux os.

Son compteur commença de tourner à cinq heures. À neuf heures, il appelait des avocats à la cour, des avocats de la défense à Duval County, en Floride, et autour de Jacksonville. Il avait relevé une longue liste d'affaires déjà plaidées, et il avait prévu de parler à tous les avocats qu'il pourrait avoir au téléphone.

Plus il passait d'appels, plus la liste s'allongeait. Des avocats en Floride, à Memphis et dans l'ouest du Tennessee, à Lincoln et Omaha, et des dizaines dans la région de Chicago. Il découvrit d'autres affaires et d'autres procès, et appela d'autres avocats. Il remonta la filière de tous les procès qui avaient touché Barx au cours de ces vingt dernières années et compara leurs verdicts.

Il ne reçut aucunes nouvelles de Doug Peckham, pas de SMS ou d'e-mail sur son CabPhone en permanence posé sur la table à côté de son bloc-notes. Il était ravi qu'on lui laisse à ce point la bride sur le cou, qu'on lui permette d'agir à sa guise. Dale lui envoya un e-mail, pour savoir s'ils déjeunaient ensemble. Il la retrouva à la cafétéria pour une salade vite expédiée, à treize heures. Elle était toujours emprisonnée dans son caveau de Sérénité, mais heureusement on lui avait envoyé trois autres débutants pour l'aider dans ce travail de soutier. Ils songeaient tous les trois à tout plaquer. Elle avait l'air sincèrement ravie que l'on ait confié à l'une de ses connaissances un vrai travail.

– Garde-moi quelques dossiers Sérénité, la rassura-t-il quand ils sortirent de la cafétéria. Je serai de retour demain.

Le mercredi soir, il abandonna la bibliothèque à minuit, après avoir facturé dix-huit heures à Barx.

Six la veille. Il en ajouta deux le jeudi matin tôt, en peaufinant son mémo de quinze pages et en répétant sa présentation de dix minutes à Peckham et l'équipe des collaborateurs seniors. À 7 h 30 précises, il approcha de la porte de l'associé, et constata qu'elle était fermée.

– Il m'attend à 7 h 30, dit-il poliment à la secrétaire.

– Je vais le tenir informé, fit-elle sans esquisser un geste vers le téléphone.

Cinq minutes s'écoulèrent, pendant lesquelles il s'efforça de maîtriser ses nerfs et de paraître calme. Il avait l'estomac noué, et son col était moite de transpiration. Pourquoi ? ne cessait-il de se demander. Ce n'est qu'une courte présentation devant un auditoire favorablement disposé. Nous faisons partie de la même équipe, non ? Dix minutes, un quart d'heure. Il pouvait entendre des voix, dans le bureau de Peckham. Enfin, l'un des collaborateurs ouvrit la porte, et il entra.

Peckham parut surpris de le voir.

– Oh, oui, Kyle, j'avais oublié, fit-il, avec un claquement de doigts, le sourcil froncé. J'aurais dû vous envoyer un e-mail. L'audience a été reportée. Ça vous libère. Gardez le mémo. Je pourrais en avoir besoin par la suite.

Il en resta bouche bée, et lança un regard autour de lui. Les deux collaborateurs étaient blottis devant une petite table de travail, jonchée de papiers. Et deux autres étaient assis près du bureau. Ces quatre-là n'avaient pas l'air de s'amuser.

Une fausse échéance.

Évidemment, il avait entendu parler de cette petite manœuvre. L'infortuné collaborateur que l'on passe à la moulinette pour le forcer à produire un mémo ou un rapport inutile, et assorti d'un délai, mais qui ne servira jamais à rien. Le client, lui, sera néanmoins facturé, et il paiera. Même si cette recherche est inutile, elle est au moins profitable.

Il avait entendu parler de ces fausses échéances, il n'avait pas vu venir le coup.

– Euh, bien sûr, pas de problème, fit-il, battant en retraite.

– Merci, ajouta Peckham, en feuilletant un autre document. À plus tard.

– Bien sûr.

Il était à la porte quand le même Peckham lui demanda :

– Dites-moi, Kyle, quel serait le meilleur endroit pour juger l'affaire Barx ?

– Le Nebraska, Fillmore County, répondit-il avec empressement.

Deux des collaborateurs rirent bruyamment, et les deux autres s'amusèrent fort.

– Le Nebraska ? Personne ne plaide dans le Nebraska, lâcha l'un d'eux.

– Merci, Kyle, dit Peckham, avec condescendance. Joli travail. Et débarrassez-moi le plancher, je vous prie.

Pour 200 000 dollars par an, plus les primes, le boulot aurait naturellement ses moments d'humiliation. Tu es payé pour ça, se répéta-t-il en montant lentement l'escalier. Ne te laisse pas démonter. Sois dur. Ça arrive à tout le monde.

De retour au donjon, il réussit à sourire. Quand Dale lui demanda : « Ça s'est passé comment ? », il répondit : « C'est difficile à dire. » Au fond de la salle, deux collaborateurs potassaient leurs dossiers de prêts immobiliers. Il leur adressa un signe de tête, puis il s'installa près de Dale, disposa son stylo, son bloc et son CabPhone. Il ouvrit une boîte, en sortit un dossier, et réintégra le monde de Foncier Sérénité. Il était en territoire connu, et il s'y sentait bizarrement en sécurité. Ici, on ne lui ferait aucun mal, on ne l'humilierait pas. Une longue carrière de documentaliste serait sans aucun doute terne et monotone, mais elle se révélerait aussi bien moins périlleuse que celle d'un avocat au contentieux.

17.

Quand il quitta le bureau, tard le vendredi après-midi, il considérait sa première semaine comme une réussite, pitoyable, certes, mais une réussite quand même. Il avait facturé trente heures à Sérénité et vingt-six à Barx, et si tout ce temps précieux ne signifierait au bout du compte pas grand-chose pour ces deux clients, il n'était pas payé pour se soucier de ce genre de détails. Il était là pour une chose, et une seule : facturer. S'il maintenait ce rythme et engrangeait ne serait-ce que cinquante heures par semaine, il atteindrait le seuil des deux mille cinq cents annuelles, un chiffre élevé pour un débutant de première année, qui attirerait l'attention de ses supérieurs.

Pour la semaine, Tabor le tueur avait facturé cinquante heures. Dale, quarante-quatre. Tim Reynolds, quarante-trois.

Il était sidérant de constater à quel point ils couraient déjà après la pendule, au terme de cinq jours de travail seulement.

Il rentra chez lui à pied, se changea, enfila un jean, se fourra un téléphone dans chaque poche, et se dirigea vers le stade de base-ball. Les Mets jouaient à domicile contre les Pirates, qui avaient déjà l'assurance de perdre cette saison. Avec dix-sept matches à jouer et deux matches d'avance sur les Phillies, les Mets occupaient la première place et, dans cette dernière ligne droite, ils allaient une fois de plus devoir surmonter leur peur de gagner.

Kyle avait payé en espèces deux billets vendus par un intermédiaire que lui avait recommandé un auxiliaire juridique du cabinet. En chemin pour le Shea Stadium, il repéra son suiveur du jour en même temps que celui-ci le repéra.

Sa place était située quinze rangs derrière le banc des joueurs, à hauteur de la troisième base. C'était une chaude soirée, les Mets étaient premiers au classement, le stade était bondé. Il avait minuté son entrée à la perfection et s'assit au moment du premier lancer, en début de première manche. À sa droite, il avait un jeune garçon qui mangeait sa glace en tenant dans sa main un gant de base-ball. À sa gauche, un vrai fan, avec sa casquette des Mets, son maillot des Mets, ses protège-poignets bleu et orange aux couleurs des Mets, et même des lunettes bizarroïdes des Mets. Sous la casquette et derrière les lunettes, c'était Joey Bernardo, qui avait passé toute sa vie à Pittsburgh et qui détestait les Mets presque autant qu'il haïssait les Phillies.

– Surtout, tu ne me reconnais pas, lui souffla Kyle, sans détacher les yeux du terrain.

– Ne t'inquiète pas. Pour le moment, je peux pas t'encadrer. Et je déteste les Mets presque autant que je te hais.

– Merci. Sympa, les lunettes, j'aime.

– Je peux les retirer ? J'y vois que dalle.

– Non.

Ils se parlaient du coin de la bouche, juste assez fort pour s'entendre. À chaque lancer, le stade prenait feu, et il y avait peu de chance pour qu'on surprenne leurs propos.

Joey but une gorgée de son gobelet de bière.

– Ils te suivent vraiment ?

– Ah, oui. Tous les jours, partout.

– Ils savent que tu sais ?

– Je ne crois pas.

– Mais pourquoi ?

– Procédure d'espionnage de base.

– Bien sûr.

– Pour eux, l'information, c'est capital. Plus ils observent et plus ils écoutent, plus ils en savent sur moi. S'ils savent ce que je mange, ce que je bois, ce que je porte, ce que je regarde, ce que j'écoute, avec qui je parle et je traîne et où j'aime bien faire mes courses, là où j'aime bien me réfugier et où j'aime bien m'échapper, ensuite, le cas échéant, ils seront en mesure de se servir de tout ça à leur avantage, un jour. À toi comme à moi, ça nous paraît sans intérêt, mais pas à ces gens-là.

Joey absorba tout cela avec une gorgée de bière.

Une balle alla rebondir sur le mur côté champ gauche, marquant un point, et le stade était debout. Kyle et Joey se comportèrent comme les autres supporters. Quand l'ambiance se fut apaisée, il continua :

– Par exemple, j'ai trouvé ce merveilleux petit magasin dans le centre de New York qui vend toutes sortes de gadgets d'espionnage. Appareils photo minuscules, micros cachés, systèmes d'écoute téléphonique et des machins high-tech dont l'armée s'est débarrassée. Il est géré par deux désaxés qui prétendent être d'anciens de la CIA, mais enfin, les gens qui sont réellement des anciens de la CIA ne vont pas le crier sur les toits. J'ai trouvé la boutique en ligne, depuis mon bureau, pas à l'appartement, et j'y suis allé deux fois, quand j'ai pu semer mon suiveur. Il se pourrait que j'aie besoin des machins qu'ils vendent, un jour ou l'autre, mais si ces gros bras savaient que j'ai découvert cet endroit, cela les intéresserait, vraiment.

– C'est trop dément.

Devant Joey, une dame se retourna et lui adressa un regard curieux. Ils ne se parlèrent plus pendant tout le reste de la première manche.

– Et à propos du rapport sur Elaine ? finit par lui chuchoter Joey.

– Ça m'inquiète.

– Et ensuite ?

– Je pense que tu devrais aller la voir.

– Pas question.

– C'est facile. Tu tombes sur elle comme si de rien n'était et tu vois ce qui se passe.

– Sûr ! Je vais prendre ma voiture jusqu'à Scranton, une ville où je n'ai pas souvenir de m'être une seule fois rendu ces dix dernières années, je me débrouille pour la trouver, la reconnaître, et après, quoi ? Une petite conversation amicale à propos des derniers moments que nous avons passés ensemble ? Rigoler un bon coup en repensant au bon vieux temps ? Enfin, quoi, Kyle, elle m'a accusé de viol.

– Chhhhut, fit celui-ci entre ses dents.

Le mot « viol » resta comme en suspens dans l'air moite, mais sans faire réagir personne.

– Désolé, murmura Joey et, pendant un bon moment, ils se contentèrent de suivre le match.

Après un coup litigieux, une dispute féroce éclata à la première base et la totalité des cinquante mille spectateurs avait son avis sur la question. Au milieu de ce vacarme, Kyle insista :

– Ce serait une rencontre intéressante. De voir comment elle va réagir. Est-ce qu'elle va te parler ? Est-elle amère, en colère, prête à se venger ? Tu l'abordes en toute franchise, tu lui avoues que cet épisode t'a perturbé depuis toujours, que tu veux en parler. Histoire de voir si elle accepte de te rencontrer devant un verre et pour une conservation un peu sérieuse. Tu ne vas rien admettre du tout, tu veux juste savoir ce qu'elle ressent. Peut-être histoire de réussir à tourner la page, enfin. Qu'est-ce que tu as à perdre ?

– Et si elle me reconnaît, et si elle sort un pistolet, et pan !

– Je prendrai soin de Blair.

Kyle parvint à lui sortir cette réplique avec un grand sourire, et pourtant, l'idée de passer une heure de plus avec la copine de Joey n'avait rien de réjouissant.

– Merci. Elle est enceinte, tu sais. Merci de m'avoir posé la question.

– Pourquoi est-elle enceinte ?

– Réaction biologique de base. Mais ça nous a tous les deux surpris.

– Félicitations, papa.

– Se marier, c'est une chose, mais je ne suis pas trop convaincu par le côté paternité.

– Je croyais que sa carrière marchait à fond.

– Ouais. Moi aussi. Elle m'a dit qu'elle prenait la pilule, mais bon, je n'en sais rien.

Ce n'était pas un sujet que Kyle avait envie d'explorer. Plus ils se parlaient, plus leur conversation semblait couler de source, ce qui n'était pas prudent du tout.

– Je vais aux toilettes, dit-il à son ami.

– Rapporte-moi une bière.

– Non. Je ne te connais pas, tu as oublié ?

– Allez, Kyle. Tu crois qu'ici quelqu'un te surveille ?

– Avec des jumelles. Ils sont au moins deux. Ils m'ont suivi jusqu'ici, ils ont sans doute acheté des billets à un vendeur à la sauvette, devant les portes, et maintenant ils me surveillent.

– Mais pourquoi ?

– Surveillance de base, Joey. Je suis un atout de grande valeur, mais en même temps, ils ne me font aucune confiance. Tu devrais lire des romans d'espionnage.

– C'est ça, ton problème. Trop de fiction.

Entre deux manches, Kyle prit son temps. Il se rendit aux toilettes des messieurs, puis s'acheta un soda light et des cacahuètes. De retour à sa place, il engagea la conversation avec le gamin assis à sa droite, un fidèle supporter des Mets qui connaissait chaque joueur et toutes ses statistiques personnelles. Son père était dans la publicité, et Kyle fit semblant de s'intéresser à la carrière du papa. Il décortiqua des cacahuètes, éparpilla les coquilles à ses pieds et, pendant un long moment, fit tout simplement mine d'ignorer Joey.

Ce dernier, toujours à moitié aveugle à cause de ses lunettes Mets trop grandes, souffrait en silence. Après quatre manches, les Pirates avaient quatre points de retard, et il était prêt à s'en aller. Kyle finit par se tourner et se mit à étudier le panneau d'affichage, au centre du terrain.

– Des nouvelles de Baxter ? dit-il sans remuer les mâchoires.

– Aucune. Je crois qu'ils l'ont enfermé dans une grotte.

– Cette sensation-là, je connais. J'ai passé toute ma semaine enfermé dans un donjon.

– Je n'ai pas envie d'entendre ça. Avec les sommes qu'ils te paient, ne viens pas te plaindre.

– D'accord, d'accord. Ils savent qu'il est en désintox, et ils savent sans doute où il est, dit Kyle tandis qu'on récupérait une longue balle aérienne sur la piste d'avertissement.

– Ils ?

– Les gros bras. Leur chef m'a raconté la semaine dernière qu'il était en désintox.

– Tu le vois tous les combien, ce gars-là ?

– Je le vois trop souvent.

– Tu lui as déjà transmis des informations secrètes ?

– Nan. Je ne me suis pas compromis.

Joey but une gorgée de bière, avala lentement et, en gardant son grand gobelet devant la bouche, il demanda :

– S'ils savent pour Baxter, ils me tiennent à l'œil, moi aussi ?

– C'est possible. Joue la sécurité. Varie tes déplacements. Sois prudent avec toute ta correspondance.

– Ah ouais, c'est vraiment super.

– Mon appartement est rempli de micros et de caméras. Ils entrent et ils sortent comme ça leur chante. Je n'ai pas de système d'alarme, je n'en veux pas, mais quand ils passent, je le sais. Tout ce que je fais, dans mon appartement, risque d'être vu et enregistré. Mais ils ne savent pas que je sais, donc je ne leur livre rien d'important.

– Donc tu aurais trouvé le moyen de te montrer plus malin que ces agents qui sont des professionnels du renseignement ?

– Je crois.

Un autre long silence dans la conversation, pendant que les Pirates changeaient encore de lanceurs.

– Et au bout du compte, la fin de partie, elle va ressembler à quoi, Kyle ?

– Je n'ai pas encore réfléchi à une fin de partie. Je procède par petites étapes, en sécurité. Ensuite, nous prendrons contact avec la fille et nous verrons l'étendue des dégâts.

– À mon avis, ça sera assez méchant.

– Voyons toujours.

Il plongea la main dans sa poche qui s'était mise à vibrer et, d'un geste sec, il en sortit son CabPhone. Il fit défiler la liste, trouva le message, et faillit lâcher un juron.

– Qu'est-ce que c'est ? s'enquit Joey, en s'efforçant de ne pas regarder l'écran du téléphone.

– C'est un associé. Il a un dossier pour moi. Il veut me voir au bureau demain matin à sept heures.

– Demain, c'est samedi, Kyle.

– Au bureau, c'est un jour comme un autre.

– Ils sont dingues, ces types, ou quoi ?

– Non, juste rapaces.

Au terme de la septième manche, Kyle quitta son siège en douce et se dirigea vers les portes de sortie. Joey resta jusqu'à la huitième, et finit par s'en aller, lui aussi, alors que ses Pirates bien-aimés perdaient leur quatre-vingt-dixième match.

Les samedis et les dimanches, le jean était autorisé. Le fait qu'il y ait un code vestimentaire pour le week-end, si relax soit-il, en disait long sur le métier du droit des affaires à Wall Street.

Et qu'est-ce qui les attirait tous ici, d'ailleurs ?

Kyle avait donc enfilé un jean, comme Dale, qui avait une allure superbe dans le sien, moulant. Tim Reynolds portait un pantalon kaki au pli impeccable. La réalité palpable de ce moment, dans cette petite salle de conférences du trente-quatrième étage, à sept heures, le deuxième samedi de leurs carrières naissantes, les laissait tous les trois sidérés. Ils avaient rejoint des collaborateurs plus anciens, quatre jeunes messieurs que Kyle n'avait pas encore eu le plaisir de rencontrer ou même de voir au cours de leurs deux premières semaines de travail. On fit quelques présentations sommaires, mais c'était vraiment pour la forme.

L'associé qui avait convoqué la réunion était introuvable. Il s'appelait Tobias Roland – derrière son dos, on l'appelait Toby –, et de toutes les rumeurs les plus fumantes que Kyle avait pu entendre jusque-là, les pires concernaient ce Toby. Les anecdotes sur cet associé ne manquaient pas, et elles étaient en général tout sauf flatteuses. Licencié de Yale, fac de droit à Columbia, un gamin pauvre d'un quartier chaud, animé d'une énorme volonté de revanche sociale. Brillant, impitoyable, cet intrigant avait été nommé associé au bout de cinq ans seulement, surtout parce qu'il travaillait plus dur que tous ces autres drogués du travail et ne s'accordait jamais un instant de détente. Sa conception des loisirs, c'était un rendez-vous galant de dix minutes sur le canapé de son bureau. Il terrorisait la plupart des secrétaires, qui étaient trop effrayées pour se plaindre ou l'attaquer. Certaines, toutefois, le trouvaient assez sexy pour accepter de rapides ébats à la sauvette. Pour s'amuser, il réprimandait les jeunes collaborateurs, souvent en les accablant d'injures dans le langage le plus grossier, et pour les fautes les plus vénielles. Et il intimidait ses pairs, les autres associés, parce qu'il était plus intelligent et toujours mieux préparé qu'eux. À quarante-quatre ans, il était l'avocat le plus productif du cabinet (celui qui facturait le plus) et, en huit années, il n'avait pas perdu un procès. Toby était demandé par les juristes de quantité de grandes entreprises. Un an auparavant, Kyle avait lu et découpé un article dans *Fortune* ne tarissant pas d'éloges sur « l'avocat le plus recherché » de Scully & Pershing.

Quand Toby vous réquisitionnait, vous vous précipitiez, mais non sans une certaine appréhension.

À sa place, ce matin-là, il avait délégué un collaborateur senior, un certain Bronson qui, comme il le leur expliqua sans le moindre signe d'enthousiasme, remplaçait M. Roland, mais celui-ci n'était pas loin, juste au bout du couloir, occupé à travailler sur un autre aspect de la procédure en question. Il risquait de faire une apparition, d'une minute à l'autre, et cette perspective suffisait à tenir tout le monde en éveil.

Leur client était une major pétrolière sur le point d'être attaquée en justice par une société hollandaise au sujet de réserves à l'attribution litigieuse, dans le golfe du Mexique. Le dépôt de la plainte aurait sans doute lieu à La Nouvelle-Orléans, mais maître Roland avait décidé d'intenter lui-même une procédure à titre préventif devant un tribunal de New York. Son plan consistait à effectuer le dépôt de plainte dès lundi matin à la première heure. C'était une embuscade, une tactique audacieuse qui pouvait se retourner contre son auteur, le type de manœuvre risquée pour lequel Toby était réputé.

Après avoir écouté quelques minutes une présentation de procès en des termes évoquant le débarquement de Normandie, Kyle comprit que son samedi et son dimanche étaient foutus et qu'il allait devoir les consacrer à effectuer des recherches sur des questions juridictionnelles, dans la bibliothèque. Il jeta un œil à son CabPhone, fit défiler ses e-mails et quelque chose attira son attention. À 7 h 30, un samedi matin, le cabinet envoyait un e-mail à tous les avocats pour annoncer la démission de Gavin Meade, ce collaborateur du contentieux, en poste depuis quatre ans. Pas de détails. Pas de commentaires. Rien qu'une sortie, en silence et en vitesse.

Tout le monde a des secrets, lui avait dit Bennie. Comment avait-il procédé ? Peut-être un paquet anonyme, expédié par la poste à un responsable du service des ressources humaines. Déclarations sous serment, casier judiciaire, tout le tremblement. Pauvre Meade, alors qu'il turbinait dans le métier à 400 000 dollars annuels, voilà subitement son crime qui le rattrape, dix années plus tard, et il reçoit une convocation à huis clos.

Bronson leur débitait encore son laïus sur la roue du chariot, avec ses rayons orientés vers le bas, vers les sept collaborateurs qui triment sous ses ordres, et d'autres rayons orientés vers le haut, vers M. Roland et les autres associés du contentieux. Au centre, à hauteur du moyeu, lui, Bronson, réglerait le trafic entre les grosses pointures et les bleus. Il allait organiser le travail, superviser les recherches et traiter la correspondance avec les associés. Tout transiterait par son bureau.

Le facteur temps était capital. Une seule indiscrétion, et le cabinet hollandais et ses avocats pourraient leur jouer toutes sortes de mauvais tours. Les approvisionnements en pétrole des États-Unis étaient en jeu, et peut-être même la civilisation occidentale.

Et les voilà partis pour la bibliothèque.

18.

Après une série de coups de fil de plus en plus tendus, on parvint finalement à un accord. Le docteur Boone et oncle Wally avaient acquiescé, non sans lui maintenir un fil à la patte. Baxter sortirait plus tôt, mais il passerait trois nuits dans un centre de réadaptation, à Reno, avant son « retour » dans le monde réel. Cent cinq jours après son arrivée ivre mort, avec un taux d'alcoolémie de 0,28, et des traces non négligeables de cocaïne dans l'organisme, Baxter avait franchi le portail, à bord d'une voiture, en laissant derrière lui le cocon protecteur de Washoe Retreat. Il était blanc comme neige, irréprochable, délesté de quelques kilos, et non seulement il avait rompu avec l'alcool et avec la drogue, mais il avait aussi cessé de fumer. Il était mince, bronzé, la tête claire et croyait fermement avoir dominé ses démons et pouvoir vivre à compter de ce jour une existence sans alcool. Grâce aux préceptes du docteur Boone et des autres conseillers psychosociologiques, il était armé pour se battre. Il avait confessé ses péchés et avait capitulé devant un pouvoir supérieur, quel que soit ce pouvoir et qui que soit son détenteur. À vingt-cinq ans, il entamait une nouvelle existence, et il était à la fois fier et inquiet, voire effrayé. À mesure que les kilomètres défilaient, il se sentait de plus en plus mal. Sa confiance fondait rapidement.

Il avait échoué tant de fois, et de tant de façons. C'était même une tradition familiale. Était-ce inscrit dans son ADN ?

Un infirmier avait pris le volant, il le conduisait de la clinique des Nightingale Mountains à Reno, deux heures de trajet, au cours desquelles ils se dirent peu de choses. En approchant de la ville, ils dépassèrent un panneau publicitaire bien racoleur pour une bière importée, dans sa bouteille verte et glacée. La jeune femme aux formes suggestives qui tenait cette bouteille aurait pu inciter n'importe quel homme à faire à peu près n'importe quoi. Baxter fut encore plus saisi de peur. Cette peur le consumait, et des gouttes de sueur coulaient sur son front. Il avait envie de faire demi-tour, de rentrer à la clinique en courant, car là-bas il n'y avait ni alcool ni tentations. Mais il se tut.

Hope Village était un quartier déshérité de Reno – des immeubles à l'abandon, des casinos à deux sous et des bars. C'était le domaine de frère Manny, le fondateur, le pasteur et le chef de Hope Village. Quand Baxter posa le pied sur le trottoir brûlant, il était là, il l'attendait, au bord de la chaussée, devant la porte de l'église. Il lui empoigna la main et la lui serra avec brutalité.

– Monsieur Tate, puis-je vous appeler Baxter ?

– Bien sûr, fit-il, en raidissant l'échine face à cet assaut physique.

– Je suis frère Manny, répondit l'autre, en posant son épais bras gauche autour de l'épaule de Baxter, un geste qui venait compléter cet accueil assez rugueux. Bienvenue à Hope Village.

Il devait avoir la cinquantaine, hispanique, la peau couleur de bronze, le cheveu gris tiré en arrière en un catogan long jusqu'à la taille, des yeux chaleureux, un grand sourire édenté, une petite cicatrice à côté de la narine gauche et une autre, plus longue, à la joue droite. Le visage était agrémenté d'un bouc soyeux et blanc taillé et bichonné depuis de nombreuses années.

– Encore un autre rescapé de Washoe Retreat, poursuivit-il d'une voix profonde et mélodieuse. Comment va le bon docteur Boone, là-bas ?

– Super, fit Baxter. (Il avait le nez de frère Manny à moins de quinze centimètres du sien. Manifestement, le contact rapproché ne le gênait pas, mais Baxter, lui, cela le mettait mal à l'aise.) Il vous transmet son meilleur souvenir.

– Un homme droit. Venez, je vais vous faire visiter. Nous ne vous avons chez nous que trois soirs, si j'ai bien compris.

– C'est exact.

Ils marchèrent, à pas lents. Frère Manny gardait toujours le bras autour des épaules de Baxter. C'était un homme imposant, le torse puissant, vêtu d'une salopette et d'une chemise en lin blanc – les deux derniers boutons étaient défaits – avec un long pan sorti qui lui flottait dans le dos. Des sandales, pas de chaussettes.

L'église avait jadis appartenu à une riche congrégation blanche qui avait fui vers les banlieues résidentielles. Tout en se pliant à ce tour du propriétaire d'un pas traînant, Baxter eut aussi droit à l'historique des lieux. Manny Lucera avait trouvé la voie du Seigneur lors de son second séjour en prison – pour un vol à main armée dont le butin était destiné à ses achats de drogues, pour sa consommation personnelle – et, au cours de sa période de mise en liberté conditionnelle, le Saint-Esprit l'avait conduit à Reno, où il avait entamé son ministère. Il y avait dix-sept ans de cela, et le Seigneur l'avait amplement comblé de ses bienfaits. L'église s'était agrandie et elle comprenait maintenant un refuge pour les sans-abri, dans son sous-sol, une soupe populaire où l'on servait à manger à tout individu qui s'y présentait, un centre d'accueil pour les femmes et les enfants qui cherchaient à échapper à des hommes brutaux, sans compter un projet d'orphelinat. Les vieux bâtiments d'à côté avaient été rachetés et rénovés. Le complexe regorgeait de monde – employés, bénévoles, gens de la rue – et, dès qu'ils voyaient frère Manny, tous s'inclinaient presque avec déférence.

Ils s'installèrent à une table de pique-nique, à l'ombre, et burent une citronnade en boîte.

– C'est quoi, ta drogue, à toi ? lui lança Manny.

– La coke, la gnôle, mais je n'ai jamais rien refusé, admit-il.

Au bout de quinze semaines passées à mettre son âme à nu devant des gens qui savaient déjà tout, il n'hésitait plus à dire la vérité.

– Pendant combien de temps ?

– J'ai commencé lentement, j'avais à peu près quatorze ans. J'ai forcé l'allure en vieillissant. Maintenant, j'ai vingt-cinq ans, donc ça fait onze en tout.

– Tu es d'où ?

– Pittsburgh, à l'origine.

– Milieu ?

– Privilégié.

Frère Manny formulait les questions et intégrait les réponses avec une telle facilité qu'au bout d'un quart d'heure en sa présence, Baxter avait le sentiment qu'il aurait pu causer des heures et tout lui raconter.

– Première désintox ?

– La seconde.

– J'ai touché à toutes les drogues que tu peux imaginer, et à certaines dont tu n'as jamais entendu parler, pendant vingt ans. J'ai acheté, vendu, trafiqué et fabriqué de la drogue. Je me suis pris quatre fois des coups de couteau, je me suis fait tirer dessus trois fois, et je me suis tapé deux séjours en prison, toujours à cause de la drogue. J'ai perdu ma première femme et mes deux enfants, à cause de la drogue et de l'alcool. J'ai perdu toute chance de recevoir une instruction. J'ai perdu huit années en prison. J'ai presque gâché ma vie. Je sais tout des accoutumances et des dépendances, parce que je suis passé par là. Je suis conseiller psychosociologique assermenté sur les questions de drogue et d'alcool, et je travaille tous les jours avec des gens qui sont accros. Tu es accro ?

– Oui.

– Dieu te bénisse, mon frère. Connais-tu le Christ ?

– J'imagine. Ma mère m'emmenait à l'église tous les ans, à Noël.

Frère Manny sourit, puis il se trémoussa lentement de son large derrière vers l'extrémité de la table.

– Que je te montre ta chambre. Ce n'est pas le Ritz, mais ça ira.

Le refuge des sans-abri était une vaste salle en sous-sol, divisée en deux par une cloison temporaire – les femmes d'un côté, les hommes de l'autre. C'était un espace d'un seul tenant, avec des rangées de lits de camp des surplus de l'armée de terre, bien alignés.

– La plupart des gens qui sont ici travaillent, dans la journée. Ce ne sont pas des clochards ou des bons à rien, lui expliqua encore frère Manny. Vers six heures, ils vont se mettre à rappliquer. Voici ta chambre.

Près des douches, il y avait deux chambres individuelles dotées de lits de camp plus confortables et de ventilateurs portatifs. Frère Manny ouvrit la porte de l'une d'elles.

– Tu peux prendre celle-ci. C'est celle d'un surveillant. Pour avoir droit à une chambre individuelle, tu dois te charger d'un petit boulot, donc tu vas aider à la préparation du dîner, et ensuite, plus tard, quand tout le monde sera bordé, tu nous aideras pour la surveillance.

Il avait prononcé ces phrases sans appel, de manière à décourager et à exclure toute forme de protestation.

Baxter sentit son monde basculer. Il avait commencé la journée dans l'enceinte douillette d'un ranch de désintox quatre étoiles, et avec la pensée vertigineuse qu'il allait définitivement quitter ces lieux. Et maintenant, il était dans le sous-sol surchauffé d'une vieille église, un foyer de cinquante-deux âmes parmi les plus démunies d'Amérique, et il devrait vivre ces trois prochains jours à leur contact. Et leur cuisiner leurs repas et les séparer en cas de bagarre.

Baxter Tate, la dynastie Tate, de Pittsburgh. Des banquiers, du sang bleu, des gens qui habitaient dans des manoirs qu'ils s'étaient transmis d'une génération malheureuse à une autre, des êtres fiers et arrogants qui épousaient des membres d'autres clans similaires au leur, appauvrissant ainsi sans cesse un peu plus leur patrimoine génétique.

Comment avait-il pu en arriver là, dans sa jeune existence ?

D'un point de vue juridique, il pouvait partir quand il voulait. Prendre la porte, trouver un taxi, ne jamais revenir en arrière. Il n'y avait pas d'ordonnance d'un tribunal l'assignant à résidence ici. Oncle Wally serait peut-être déçu, mais si Baxter quittait ces lieux, ses ennuis s'arrêteraient là.

– Est-ce que ça va ? s'enquit frère Manny.

– Non.

C'était revigorant, d'être honnête.

– Fais une sieste. Tu es pâle.

Il fut incapable de dormir, à cause de la chaleur. Au bout d'une heure, il sortit en douce et se retrouva à rôder dans le centre de Reno. Il avait déjeuné tard dans un bistro – son premier hamburger et ses premières frites depuis des mois. Il avait de l'argent pour se payer une chambre d'hôtel pendant un jour ou deux et, tandis qu'il sillonnait les rues, d'un trottoir à l'autre, ce plan lui hantait l'esprit. Il passa et repassa devant les casinos. Il n'avait jamais été joueur, mais sauf erreur, tous les casinos étaient aussi pourvus d'un bar, non ? Bien sûr, les bars lui étaient interdits, mais il n'arrivait pas à digérer l'idée de retourner à Hope Village, du moins pas tout de suite.

À la table de black-jack, il sortit cinq billets de 20 dollars, se procura plusieurs jetons de couleur verte, et joua une partie à 5 dollars, juste quelques minutes. Une serveuse le croisa d'un pas rapide, lui demanda ce qu'il voulait boire.

– Une bouteille d'eau, fit-il, sans hésiter, puis il se congratula mentalement.

Le seul autre joueur de la table était un cow-boy, avec le chapeau noir et la panoplie complète, et une bouteille de bière posée devant lui. Il but son eau, joua ses levées et glissa de temps à autre un regard sur cette bouteille de bière. Elle avait l'air si inoffensive. Si belle.

Quand le donneur l'eut délesté de tous ses jetons, il quitta la table et flâna au parterre du casino. C'était un endroit lamentable, peu fréquenté, et par des gens qui n'avaient rien à faire là, venus jouer un argent qu'ils ne pouvaient se permettre de perdre. Il longea un bar spécial sportifs, avec des écrans plats extra-larges repassant de vieux matches de football. Les scores prévisionnels du week-end étaient affichés, à l'intention des parieurs. Le bar était vide. Il s'installa sur un tabouret et commanda de l'eau.

Que dirait le docteur Boone de tout cela ? Six heures à peine après son « retour », il était déjà assis à un bar. Relax, docteur Boone. C'est juste de l'eau. Si je suis capable de résister à cette envie pressante, ici, dans une zone à risque maximal, alors la prochaine fois, ce sera du gâteau. Il but son eau à petites gorgées, en lançant de temps à autre un regard vers les rangées de bouteilles d'alcool. Pourquoi y en avait-il autant, et de formes et de tailles si différentes ? Autant de sortes différentes d'alcools ? Une rangée entière était occupée par des vodkas parfumées, ces breuvages délicieux qu'il avait bus à pleins tonneaux, du temps où il était un ivrogne.

Dieu merci, cette époque-là était révolue.

Plus loin, quelque part dans la salle, une sirène mugit et des cloches tintèrent à toute volée. Un joueur chanceux venait de toucher le jackpot sur une machine à sous, et ce vacarme était là pour rappeler à tout le monde à quel point il était facile de gagner. Le barman lui remplit un verre de bière pression, et le lui flanqua brutalement sous le nez.

– Cadeau ! proclama-t-il. Le Super Jackpot des Aboyeuses !

Les Aboyeuses, le nom de guerre des machines à sous.

Boissons gratuites pour tous les clients du bar – en l'occurrence lui et personne d'autre. Il faillit dire : « Hé, mon pote, retire-moi ça. Je ne bois plus. » Mais le barman était parti, et puis il aurait eu l'air bête. Combien de non-buveurs entrent en catimini dans un casino à trois heures de l'après-midi ?

Le verre était givré, la bière glacée. Elle était de couleur plus sombre que les autres, et il étudia le levier de la pression. Nevada Pale Ale. Une qu'il n'avait encore jamais goûtée. Il avait la bouche sèche, il but donc un peu d'eau. Depuis cent cinq jours, le docteur Boone et les autres pros de Washoe Retreat lui avaient bourré le crâne pour lui faire croire qu'un seul verre suffirait à le faire replonger. Il avait regardé, écouté d'autres patients, des hôtes, comme ils les appelaient, luttant pour se désintoxiquer et faisant le récit de leurs échecs à répétition. Ne vous bercez pas d'illusions, c'était leur avertissement, leur leitmotiv, vous serez incapable de vous en tenir à un seul verre. L'abstinence totale est indispensable.

Peut-être bien, oui.

De petites bulles d'eau se formèrent autour du verre, puis elles coulèrent sur la serviette en papier sur laquelle il était posé.

Il avait vingt-cinq ans, et il n'avait jamais vraiment cru, même à la minute la plus intense et la plus pure qu'il ait connue à Washoe, qu'il vivrait jusqu'à la fin de ses jours sans plus jamais toucher à un verre. Quelque part au fond de son âme, il savait qu'il trouverait en lui la force de prendre un verre, peut-être même deux, puis de s'arrêter pour la soirée avant que la situation ne lui échappe. S'il prévoyait de boire, pourquoi ne pas commencer tout de suite ? La dernière fois, il s'était torturé quatorze jours, avant de craquer. Pendant deux semaines, il avait menti, à lui-même et surtout à ses amis, sur son amour d'une vie sobre, et il avait vécu chacune de ces minutes en mourant d'envie de boire un verre. Pourquoi s'infliger à nouveau ce supplice ?

La bière réchauffait.

Il entendit les voix de ses conseillers psychosociologiques. Il se souvenait encore des larmes et des confessions des autres hôtes. Il se revoyait déclamer le cantique de l'homme sobre : « Je suis un alcoolique, faible et impuissant, et j'ai besoin de la force d'un être supérieur. »

Eh oui, ils étaient faibles, ces autres paumés, là-bas, à Washoe Retreat. Mais pas lui, pas Baxter. Il pouvait bien encaisser quelques verres, parce qu'il était plus fort. En aucune circonstance, raisonnait-il encore, il ne succomberait à la séduction et à l'horreur de la cocaïne. Et il ne céderait pas non plus aux alcools. Juste une petite bière, à l'occasion, et il irait même peut-être jusqu'à sérieusement envisager un verre de vin.

Pas de quoi fouetter un chat.

Malgré tout, il n'arrivait pas à tendre la main et à toucher ce verre. Ce verre, qui était à quarante centimètres de lui, tout à fait à sa portée, dressé là comme un crotale enroulé sur lui-même, prêt à tuer. Mais c'était aussi une menace somptueuse, qui émettait un sifflement agréable. Et ainsi de suite, dans un va-et-vient mental ininterrompu. Le mal contre le bien.

– Il faut vous créer de nouveaux amis, lui avait rabâché le docteur Boone. Et vous ne pourrez pas fréquenter vos anciens repaires. Trouvez-vous de nouveaux endroits, de nouveaux amis, de nouveaux défis, un autre lieu où vivre.

Alors, que dites-vous de ça, docteur Boone ? Assis ici pour la toute première fois dans un casino de seconde zone dont il ne parvenait même pas à se rappeler le nom, à Reno ? Encore jamais venu par ici ? Ha-ha.

Il avait les deux mains libres et, au bout d'un moment, il se rendit compte que la droite tremblotait légèrement. Et que sa respiration se faisait plus laborieuse et plus lourde.

– Est-ce que ça va, mon pote ? lui demanda le barman en passant.

Oui, non. En guise de réponse, il eut un vague hochement de tête, mais fut incapable de parler. Il avait les yeux rivés sur le verre de bière. Où était-il ? Que faisait-il ? Six heures après être sorti de désintox, il était dans un bar à en découdre avec lui-même pour savoir s'il devait prendre un verre. Il avait déjà échoué. Il n'y avait qu'à voir où il était.

Il approcha la main gauche, toucha le verre, puis le fit glisser lentement vers lui. Quand il ne fut plus qu'à quinze centimètres, il l'immobilisa. Il pouvait sentir les effluves de l'orge et du houblon. Le verre était encore froid, enfin, assez froid, en tout cas.

La guerre du bien contre le mal revêtit une nouvelle forme : le choix, à cet instant, c'était soit s'enfuir, soit rester. Il réussit presque à s'écarter du bar, pour courir vers la sortie en slalomant entre les machines à sous. Presque. Bizarrement, ce fut Keefe qui l'aida à prendre sa décision. Keefe était son meilleur ami, à Washoe, et Keefe était issu d'une famille fortunée qui lui payait sa troisième cure. Les deux premières avaient capoté à la minute où il s'était laissé convaincre qu'un petit joint serait inoffensif.

Il se chuchota ces mots : « Si je bois cette bière, là, maintenant, et si les choses tournent mal, je pourrai toujours rentrer à Washoe et comme ça, au bout de deux échecs, je serai convaincu qu'une abstinence totale est indispensable. Exactement comme Keefe. Mais pour l'instant, cette bière, j'en ai vraiment envie. » Des deux mains, il le saisit, le leva lentement, le verre se rapprocha, il le renifla. Quand le rebord dur et froid vint au contact de ses lèvres, il sourit. La première gorgée de Nevada Pale Ale fut le nectar le plus magnifique qu'il ait jamais goûté. Il la savoura, les yeux clos, le visage serein.

Derrière son épaule droite, quelqu'un beugla.

– Te voilà, Baxter !

Il faillit s'étrangler et laisser tomber le verre. Il se retourna d'un bond et c'était frère Manny, qui fondait sur lui à grands pas, visiblement mécontent.

– Qu'est-ce que tu fabriques ? lui lança-t-il, en abattant une main pesante sur l'épaule du jeune homme, comme s'il était prêt à lui décocher un coup de poing.

Baxter n'en savait trop rien, de ce qu'il fabriquait. Il buvait une bière, une bière qui lui était franchement interdite, mais sur le moment, il était tellement horrifié qu'il fut incapable de dire un mot. Frère Manny lui retira délicatement le verre des mains et le fit glisser sur le bar, à l'écart, plus loin.

– Débarrasse-moi de ça, grogna-t-il au barman, puis il s'assit sur le tabouret voisin et se rapprocha lentement, de sorte que le nez de Manny se retrouva une fois encore à quinze centimètres du sien. Écoute-moi, fiston, fit-il d'une voix feutrée. Je ne peux pas te forcer à quitter cet endroit, là, tout de suite. La décision t'appartient. Mais si tu veux que je t'aide, alors dis-le. Je te sortirai d'ici, je te ramènerai dans mon église, je te ferai un café, et on se racontera quelques histoires.

Les épaules de Baxter se voûtèrent, son menton s'affaissa. La bière attaquait encore ses papilles gustatives.

– Ce pourrait être la décision la plus importante de ta vie, ajouta frère Manny. Là, maintenant, à cette minute. De rester ou de t'en aller. Si tu restes, dans cinq ans, tu seras mort. Si tu veux partir, alors dis-le, et on partira ensemble.

Baxter ferma les yeux.

– Je me sens si faible.

– Ah oui ? Moi pas du tout. Laisse-moi te sortir d'ici.

– S'il vous plaît.

Frère Manny le souleva quasiment du tabouret, puis il posa son bras puissant autour de ses épaules. Ils passèrent lentement devant les machines à sous et les cylindres immobiles des tables de roulette, et ils étaient presque arrivés à la porte d'entrée quand frère Manny s'aperçut que Baxter pleurait. Ces larmes le firent sourire. Avant d'entamer sa remontée, un accro doit toucher le fond.

Le bureau du pasteur était une vaste pièce encombrée, juste à côté du sanctuaire. La secrétaire, l'épouse de frère Manny, leur apporta une cafetière d'un breuvage noir et fort et deux mugs dépareillés.

Baxter était assis, enfoncé dans un canapé en cuir, et but plusieurs gorgées, à toute vitesse, comme si, avec ça, il allait pouvoir effacer le goût de la bière. Les larmes avaient cessé, pour le moment.

Frère Manny s'assit tout près, dans un fauteuil à bascule et, tout en parlant, il se balançait doucement d'avant en arrière.

– En Californie, j'ai fait de la prison, commença-t-il. À ma deuxième incarcération, je faisais partie d'un gang, et on a commis des actes encore plus graves à l'intérieur de la prison que tous ceux qu'on avait pu commettre dehors, dans la rue. Un jour, j'ai été imprudent, je me suis écarté de mon territoire, et le gang rival m'a sauté dessus. Je me suis réveillé à l'hôpital de la prison, avec des os cassés, des estafilades et le reste. Fracture du crâne. Une douleur terrible. Je me souviens d'avoir pensé que la mort serait la bienvenue. J'étais tellement écœuré de vivre, écœuré de mon existence, écœuré de l'individu misérable que j'étais devenu. Je savais que si je survivais et que si j'obtenais un jour de nouveau une libération conditionnelle, je retournerais dans la rue, à rejouer au même petit jeu. Dans le coin où j'ai grandi, soit tu finis en prison, soit tu meurs jeune. Ça te paraît très différent de l'éducation que tu as reçue, hein, Baxter ?

Il haussa les épaules.

– À bien des égards, oui, c'est très différent, et à bien d'autres, non. Ma vie se limitait à ma propre personne, tout comme la tienne. J'adorais toutes les choses nocives, tout comme toi. Le plaisir, l'égoïsme, l'orgueil… c'était ma vie, et c'était aussi la tienne, je suppose.

– Oh, oui.

– Ce n'est que péché, et tout cela conduit à la même fin… le malheur, la douleur, la destruction, la ruine, et ensuite, la mort. C'est vers elle que tu te diriges, fiston, et tu sembles pressé d'y arriver.

Baxter opina, mais à peine.

– Et alors, qu'est-ce qui s'est passé ?

– J'ai eu de la chance et j'ai vécu. Et peu de temps après, j'ai rencontré un détenu, un criminel de carrière qui ne serait jamais éligible pour une conditionnelle, et c'était l'homme le plus gentil, le plus doux, le plus heureux auquel j'aie jamais adressé la parole. Il n'avait pas de soucis, chaque journée était magnifique, la vie était superbe, et c'était un homme qui vivait depuis quinze ans en quartier de très haute sécurité. Par l'intermédiaire d'un aumônier de la prison, il avait découvert l'évangile du Christ, et il était devenu croyant. Il disait qu'il priait pour moi, comme il priait pour un tas d'autres mauvais garçons de la prison. Un soir, il m'a convié à une étude de la Bible, et j'ai écouté les autres détenus raconter leurs histoires et prier Dieu, implorer son pardon, son amour, sa force et sa promesse de salut éternel. Imagine, une bande de criminels endurcis, enfermés dans une prison pourrie, qui chantent des cantiques à la gloire de leur Seigneur. Un truc assez puissant, et j'avais besoin de ça. J'avais besoin de pardon, parce que mon passé n'était que péchés. J'avais besoin de paix, je haïssais tout le monde. J'avais besoin de force, parce que tout au fond de moi je savais à quel point j'étais faible. J'avais besoin de bonheur, parce que j'avais été malheureux si longtemps. Donc nous avons prié tous ensemble, moi et ces mauvais garçons qui étaient comme de petits agneaux, et j'ai confessé à Dieu que j'étais un pécheur, et que je voulais accéder au salut par l'intermédiaire de Jésus-Christ. D'un instant à l'autre, ma vie a changé, Baxter, un changement si bouleversant que je n'arrive toujours pas à y croire. Le Saint-Esprit est entré dans mon âme, et l'ancien Manny Lucera est mort. Un nouveau Manny est né, à qui l'on a pardonné son passé et qui s'est assuré un accès à l'éternité.

– Et la drogue ?

– Oubliée. La puissance du Saint-Esprit est bien plus grande que celle du désir humain. Je l'ai vu mille fois, avec des tox qui ont tout essayé pour arrêter… clinique de désintox, établissements publics, psys et docteurs, médocs de substitution chers et chic. Quand tu es accro, face à l'alcool et à la drogue, tu es impuissant. La force te vient d'ailleurs. Pour moi, elle vient de la puissance du Saint-Esprit.

– Je ne me sens pas très fort, pour le moment.

– Et tu ne l'es pas. Regarde-toi. De Washoe Retreat à un bar minable dans un casino à moitié désaffecté, et le tout en quelques heures. Ça pourrait bien constituer un record, Baxter.

– Je ne voulais pas y entrer, dans ce bar.

– Bien sûr que non. Mais tu y es entré.

– Pourquoi ?

Sa voix s'enrouait, elle s'effaçait.

– Parce que tu n'as jamais dit non.

Une larme roula sur la joue de Baxter, et il l'essuya du dos de la main.

– Je ne veux pas retourner à Los Angeles.

– Tu n'en es pas capable, fiston.

– Vous pouvez m'aider ? Je ne me sens pas très solide, d'accord ? Je veux dire, j'ai vraiment la frousse.

– Prions ensemble, Baxter.

– Je vais essayer.

19.

Six mois après que le litige Trylon-Bartin eut été rendu public par le dépôt de la plainte, le champ de bataille était nettement délimité et les troupes déployées. Les deux camps avaient déposé des requêtes solennelles destinées à leur assurer un avantage déterminant, mais jusqu'alors, aucun des deux n'avait pu engranger de gain décisif. Il y avait eu des escarmouches sur les échéances, les calendriers, les questions, la communication des pièces avant l'audience, qui aurait le droit de voir quels documents, et quand.

Avec des cohortes d'avocats travaillant par vagues synchronisées, l'affaire progressait laborieusement. On était encore loin de l'ouverture du procès, mais il est vrai qu'il était beaucoup trop tôt. Avec un volume de facturation mensuel de 5,5 millions de dollars pour Trylon, pourquoi pousser la procédure vers sa conclusion ?

Dans le camp d'en face, Bartin Dynamics déboursait tout autant pour aligner une défense vigoureuse et dorée sur tranches, coordonnée par les avocats de Agee, Poe & Epps, dans une confrontation à couteaux tirés. Le cabinet APE avait affecté quarante avocats au dossier et, comme Scully, leurs équipes comptaient tellement de troupes de réserve sur le banc de touche qu'ils pouvaient eux aussi faire entrer une cohorte supplémentaire sur le terrain, dès que c'était nécessaire.

Jusqu'à présent, la question la plus controversée n'était pas faite pour surprendre les deux équipes de juristes. Quand le mariage forcé de Trylon et Bartin était allé à vau-l'eau, quand leur partenariat bancal s'était rompu, il en était résulté une foire d'empoigne autour des documents. Tout au long de leur collaboration, le projet du B-10 HyperSonic Bomber avait généré des centaines de milliers, peut-être même des millions de ces documents. Les chercheurs employés par Trylon s'étaient emparés de tous ceux sur lesquels ils avaient pu mettre la main. Ceux de Bartin avaient agi de même. Des éléments logiciels avaient été acheminés et réacheminés, et une partie avait été détruite. Des milliers de fichiers sécurisés avaient disparu. On avait charrié et caché des caisses entières de documents. Et au milieu de cette mêlée générale, chacune des deux entreprises avait accusé l'autre de mensonge, d'espionnage et de vol caractérisé. Quand les choses s'étaient un peu tassées, aucune des deux ne savait exactement ce que possédait l'autre.

En raison de la nature extrêmement sensible de ces recherches, le Pentagone avait observé avec horreur le comportement scandaleux des deux parties. Le ministère de la Défense et plusieurs services de renseignements avaient exercé de fortes pressions sur Trylon et Bartin pour qu'ils lavent leur linge sale en privé, ce qui se révéla finalement au-dessus de leurs forces. L'affrontement était maintenant sous le contrôle des avocats et des tribunaux.

L'une des tâches essentielles de maître Wilson Rush et de son équipe de Scully & Pershing consistait à rassembler, à indexer, à copier et à stocker toutes les pièces écrites en la possession de Trylon. On avait loué un entrepôt à Wilmington, en Caroline du Nord, à moins de deux kilomètres des laboratoires d'essai où s'était menée la plus grosse partie des recherches sur le B-10. Après la signature du bail, l'endroit avait été complètement rénové, pour être mis à l'épreuve des flammes, du vent et des inondations. On avait condamné toutes les fenêtres, avec des cloisons en parpaing épaisses de quinze centimètres. Une société de surveillance de Washington avait équipé les lieux de vingt caméras en circuit fermé. Les quatre grandes portes étaient sécurisées par des dispositifs d'alarme à infrarouge et des détecteurs de métaux. Très en amont de la livraison du premier document, des vigiles avaient assuré la sécurité dans l'entrepôt vide.

Les pièces étaient enfin arrivées, dans un semi-remorque anonyme, escorté par des gardes armés. Des dizaines de livraisons s'étaient étalées sur une période de deux semaines, à partir de la mi-septembre. L'entrepôt, surnommé Fort Rush, s'animait de plus en plus, au rythme des tonnes de papiers soigneusement empilées dans leurs boîtes en carton blanc en attente d'être organisées selon un système de classement que seuls comprendraient les avocats de New York.

Le bail avait été signé par Scully & Pershing. Tous les contrats étaient signés par Wilson Rush – les contrats des travaux de rénovation, avec les sociétés de surveillance, pour les transports de documents, pour tout. Une fois les pièces enfermées dans leur hangar, elles étaient étiquetées STA – Support de travail avocats – et, en conséquence, leur divulgation à la partie adverse était soumise à un ensemble de règles strictes.

Maître Rush avait sélectionné dix collaborateurs de son équipe du contentieux, dix parmi les plus brillants et les plus fiables. Ces pauvres diables furent dépêchés à Wilmington et introduits dans Fort Rush, ce long hangar aveugle aux sols de béton luisants où régnait une odeur âcre de produits industriels. Au centre s'érigeait une montagne de cartons. De part et d'autre, sur les côtés, des rangées de tables pliantes, nues, et, derrière ces tables, dix gros photocopieurs d'allure redoutable, avec leurs câbles et leurs fils courant en tous sens. Ces photocopieurs étaient évidemment des machines couleur dernier modèle capables de numériser, de trier et même d'agrafer.

Très loin des bureaux de New York, les collaborateurs étaient tous en jean et en chaussures de jogging, et ils avaient reçu la promesse de primes majorées et autres avantages en nature. Mais rien ne viendrait les dédommager de ce travail sinistre consistant à photocopier et à numériser des millions de documents. Et à Wilmington, en plus ! Ils étaient presque tous mariés, avec femmes et enfants à la maison, même si, sur les dix, quatre avaient déjà traversé l'épreuve du divorce. Et il était très vraisemblable que Fort Rush provoque encore d'autres difficultés conjugales.

Ils entamèrent cette besogne rébarbative sous la direction de maître Rush en personne. Chaque document était copié deux fois, en une fraction de seconde, et instantanément numérisé dans la bibliothèque virtuelle du cabinet. D'ici quelques semaines, quand cette tâche serait achevée, cette bibliothèque serait accessible au moyen d'un code protégé et, une fois à l'intérieur, un avocat pourrait localiser un document en l'espace de quelques secondes. Les spécialistes en informatique du cabinet avaient conçu ces archives eux-mêmes et ils étaient suprêmement convaincus de leur inviolabilité.

Afin de permettre aux collaborateurs de s'imprégner de toute la gravité de leur travail en apparence dénué d'intérêt, maître Rush resta sur place trois jours et prit part au déballage, au tri, à la numérisation, à la photocopie et au remballage. Après son départ, deux autres associés du contentieux restèrent sur place pour superviser la copie des pièces. D'ordinaire, un travail aussi terre à terre était confié en sous-traitance à une société spécialisée, et supervisé par le personnel administratif du contentieux, mais avec ces pièces-ci, c'était beaucoup trop risqué. Il fallait qu'elles soient manipulées par les avocats eux-mêmes, seuls capables d'en évaluer toute l'importance. Ces vrais avocats qui maniaient le photocopieur touchaient en moyenne un salaire de 400 000 dollars annuels, et ils étaient presque tous titulaires d'au moins un diplôme d'une des grandes universités de la côte est, celles de la prestigieuse Ivy League. À aucun moment, au cours de leurs cursus de licence ou au-delà, ils n'auraient pu s'imaginer devoir un jour faire tourner la photocopieuse, mais au bout de quatre ou cinq années chez Scully & Pershing, ils ne s'étonnaient plus de rien, ou presque.

La rotation débuta au bout de la première semaine. Huit jours dans cet entrepôt, ensuite quatre jours à New York, et retour à Wilmington.

Les affectations étaient échelonnées dans le temps, et ce furent au total une quinzaine de collaborateurs que l'on finit par solliciter. Ils avaient tous interdiction de discuter de tout ce qui touchait à Fort Rush avec quiconque, à New York. La sécurité et la confidentialité étaient primordiales.

La première tranche réclama six semaines. Deux millions deux cent mille documents furent copiés, indexés et ajoutés à la bibliothèque. Les collaborateurs étaient libérés de Fort Rush et raccompagnés à New York à bord d'un avion spécialement affrété.

Bennie savait exactement où se situait cet entrepôt et il avait aussi une idée générale de son dispositif de protection, mais il ne portait à ces aspects qu'un intérêt de pure forme. Ce qu'il voulait, naturellement, c'était un accès à la bibliothèque numérique, accès que seul son espion serait apte à lui fournir.

20.

Moyennant 1 000 dollars supplémentaires, le cabinet d'investigations de Pittsburgh surveilla Elaine Keenan suffisamment longtemps pour reconstituer son emploi du temps quotidien. En règle générale, elle déjeunait avec quelques collègues dans une sandwicherie non loin du complexe de gestion des parcs et espaces de loisir de la municipalité où elle travaillait.

Si rencontre fortuite il y avait, il faudrait qu'elle soit plausible, et Joey se sentait incapable de lui faire avaler l'idée d'une rencontre fortuite dans le bar pour lesbiennes qu'elles fréquentaient à l'occasion, sa colocataire et elle. Et il n'était d'ailleurs pas sûr d'arriver à lui faire avaler une rencontre de hasard, quelle qu'elle soit. Hormis leurs séances de sexe épisodiques, cinq ans et demi plus tôt, il n'avait jamais vraiment fait sa connaissance. Elle n'était qu'une groupie de la fraternité Bêta parmi tant d'autres, et il s'était efforcé de les oublier. Toutes.

Le cabinet d'investigations leur procura trois photos en couleurs. Les ayant étudiées pendant des heures, il n'était même pas convaincu d'avoir jamais rencontré cette fille. En revanche, Kyle, qui les avait examinées en détail, affirmait se souvenir très distinctement d'elle.

Désormais âgée de vingt-trois ans, elle avait teint ses cheveux noirs coupés très court en rouge acajou. Elle n'avait pas de maquillage, pas de rouge à lèvres, mais arborait deux tatouages assortis sur les avant-bras. Si elle cherchait un tant soit peu à se rendre séduisante, cela ne se voyait guère. Quelque part derrière cette façade, on percevait encore une fille plutôt mignonne, mais qui n'accordait visiblement plus aucune importance au sex-appeal.

La gorge serrée, Joey maudit Kyle encore une fois et entra dans la sandwicherie. Il se glissa derrière elle dans la file d'attente et, au bout de deux ou trois minutes, alors que la queue avançait lentement, il se débrouilla pour la bousculer. « Désolé », fit-il rapidement avec un grand sourire faux.

Elle lui rendit son sourire, mais sans rien répondre. Il se rapprocha d'un pas et lui dit :

– Hé, vous étiez à Duquesne, il y a de ça quelques années, non ?

Ses deux collègues se retournèrent, le temps d'un rapide coup d'œil, mais sans s'intéresser davantage à lui.

– Pas longtemps, lui dit-elle, en l'observant attentivement, en quête d'un indice.

Il claqua des doigts, comme s'il essayait de se remémorer la chose.

– Elaine ? Exact ? Je n'arrive pas à me souvenir de votre nom de famille.

– C'est exact, en effet. Qui êtes-vous ?

– Joey Bernardo. J'étais de la fraternité Bêta.

Une expression horrifiée s'empara du visage de la jeune femme, et elle regarda par terre. L'espace d'un instant, elle demeura figée, incapable de parler, apparemment prête à éclater. Puis elle avança d'un pas traînant, pour garder son rang dans la file. Elle tourna le dos à cet homme qui l'avait jadis violée, un homme qui non seulement s'en était tiré à bon compte, avec ce crime impuni, mais que l'on avait innocenté. Il l'observa du coin de l'œil, et il se sentit mal à l'aise, pour plusieurs raisons. D'abord, elle avait manifestement peur de lui, mais puisqu'elle se considérait comme la victime et lui comme le violeur, cela n'avait rien de surprenant. Il était aussi très gênant de se retrouver si près de quelqu'un avec qui il avait eu un jour des relations sexuelles, même si tout cela paraissait aujourd'hui bien accidentel et bien anecdotique.

Elle se retourna à moitié vers lui et siffla :

– Qu'est-ce que tu fais ici ?

– Je suis venu déjeuner, comme toi.

– Tu veux t'en aller, s'il te plaît ?

Sa voix était à peine audible, mais l'une de ses collègues le dévisagea elle aussi et lança un regard furibond à Joey.

– Non. Je veux juste prendre un sandwich.

Ils passèrent commande, sans échanger un mot de plus, et se rendirent au comptoir de retrait des commandes. Elle se dépêcha de rejoindre une table à l'écart et déjeuna en vitesse avec ses deux amies. Il mangea seul, à une petite table près de la porte d'entrée. Son mot était déjà prêt. « Elaine, j'aimerais te parler de ce qui s'est passé. Appelle-moi s'il te plaît sur mon portable au 412-866-0940. Je serai à Scranton jusqu'à demain neuf heures. Joey Bernardo. » Il rapporta son plateau au comptoir, puis se dirigea vers la table d'Elaine, lui remit le message sans ouvrir la bouche, et disparut.

Deux heures plus tard, elle l'appelait.

À dix-sept heures précises, comme convenu entre eux, il retournait à la sandwicherie. Il la trouva assise à la même table que celle où elle avait déjeuné, mais au lieu d'être assise avec deux amies, elle était accompagnée de son avocate. Après des présentations glaciales, il s'assit en face d'elles, la gorge nouée, et avec une forte envie d'infliger quelques sévices corporels à Kyle McAvoy. Et d'ailleurs, pourquoi il n'était pas là, Kyle ? C'était lui, l'avocat.

Celle d'Elaine était une femme séduisante, entre deux âges. Chez elle, tout était noir – le tailleur-pantalon, le lourd collier de perles de corail, les bottines, le fard à paupières et, pire que tout, l'humeur. Cette femme l'attaqua bille en tête. La carte de visite que Joey avait en main, et à laquelle il jeta un coup d'œil, la présentait comme étant Michelin « Mike » Chiz, avocate et conseillère juridique. Elle commença sur un ton très direct :

– La première question que je vous poserai, monsieur Bernardo, sera celle-ci : que faites-vous ici ?

– Vous avez combien de questions ? lui répliqua-t-il de son plus bel air de petit malin.

Son pseudo-défenseur et bientôt codéfendeur, un certain Kyle McAvoy, lui avait certifié que cette rencontre hasardeuse avec Elaine Keenan ne lui ferait courir aucun danger. Si elle avait voulu lui intenter une action juridique, quelle qu'en soit la nature, elle aurait pu l'engager depuis longtemps. Il s'était écoulé cinq ans et demi.

– Eh bien, monsieur Bernardo, puis-je vous appeler Joey ?

Les chances pour qu'elle lui permette de l'appeler Mike étant à peu près nulles, il lui répondit que non, et sans ménagement.

– Très bien, monsieur Bernardo, j'aurai juste quelques questions. Depuis un certain temps, je représente Mlle Keenan ici présente. En fait, elle travaille pour moi à temps partiel, dans mes bureaux, c'est une bonne auxiliaire juridique, et je connais bien son histoire. Alors, que faites-vous ici ?

– Premièrement, je n'ai absolument aucune obligation de vous expliquer quoi que ce soit. Rien du tout. Mais je vais tâcher de me montrer poli, au moins ces soixante prochaines secondes. Je travaille pour un cabinet de courtage de Pittsburgh et nous avons quelques clients à Scranton. Je suis venu ici pour rencontrer ces clients. Vers midi, ce jour, j'ai eu faim. J'ai choisi ce restaurant quatre étoiles au pif, je suis entré, j'ai vu Mlle Keenan, ici même, je lui ai dit bonjour, et elle a piqué sa crise, moi je voulais bavarder, et maintenant je dois écouter les questions de son avocate. Et pourquoi as-tu besoin d'une avocate, au juste, Elaine ?

– Tu m'as violée, Joey, bredouilla-t-elle. Toi, Baxter Tate, et peut-être Kyle McAvoy.

Le temps qu'elle achève sa phrase, elle avait les yeux humides. La respiration était oppressée, presque haletante, comme si elle allait lui bondir dessus d'une seconde à l'autre.

– Peut-être que oui, peut-être que non. Tu n'as jamais eu un discours très clair, là-dessus.

– Pourquoi vouliez-vous parler à ma cliente ? insista maître Chiz.

– Parce qu'il y a eu un malentendu, et je voulais m'excuser de ce malentendu. C'est tout. Elle a crié au viol, et ensuite nous ne l'avons plus jamais revue. La police a enquêté, elle n'a rien trouvé parce qu'il ne s'est rien passé et, à ce moment-là, Elaine avait déjà disparu.

– Vous m'avez violée, Joey, et tu le sais.

– Il n'y a pas eu viol, Elaine. Nous avons eu des rapports sexuels… toi et moi, Baxter et toi, toi et presque tous les autres garçons de la fraternité Bêta… mais dans l'ensemble, il y avait consentement mutuel.

Elaine ferma les yeux et se mit à trembler comme si son corps était parcouru d'un frisson glacé.

– Pourquoi lui faut-il une avocate ?

Il adressait cette question à maître Chiz.

– Elle a énormément souffert.

– Je ne sais pas jusqu'à quel point elle a souffert, madame Chiz, mais ce que je sais, c'est qu'à l'époque où elle était à Duquesne, elle a très peu souffert. Elle était trop occupée à faire la fête pour avoir le temps de souffrir. Pas mal d'alcool, de drogue et de sexe, et il y a quantité de garçons et de filles qui seraient parfaitement capables de lui rafraîchir la mémoire. Vous feriez mieux d'apprendre à connaître votre cliente, avant de mener des actions en justice bidons. Il y a pas mal de trucs pas clairs, derrière tout ça.

– Ferme-la ! éructa Elaine avec hargne.

– Vous voulez vous excuser ? remarqua l'avocate.

– Oui. Elaine, je veux te présenter mes excuses pour ce malentendu, quel que soit le malentendu, d'ailleurs. Et je crois que tu devrais t'excuser de nous accuser d'une chose qui ne s'est jamais produite. Et à cette minute, je voudrais m'excuser même d'être ici. (Et là-dessus, il se leva d'un bond.) Ce n'était pas une bonne idée. Salut.

Il sortit rapidement de l'établissement, se rendit à sa voiture, sans trop se presser, et quitta Scranton. Sur la route du retour vers Pittsburgh, quand il ne maudissait pas Kyle McAvoy, il réentendait sa voix à elle, sans relâche. « Tu m'as violée, Joey. » Des paroles douloureuses, qui ne laissaient subsister aucun doute. Elle ne savait peut-être pas précisément ce qui s'était passé dans leur appartement, cinq ans et demi plus tôt. Il se trouve que désormais elle était sûre de son fait, c'était certain.

Il n'avait violé personne. Ce qui avait commencé comme une séance de sexe pleinement consentie, et sur sa suggestion à elle, s'était transformé en quelque chose de très différent, tout au moins dans la tête d'Elaine.

Si une fille est consentante, peut-elle changer d'avis en cours de route ? Ou si elle consent à faire l'amour, et si elle tombe dans les vapes pendant, comment peut-elle ensuite prétendre avoir changé d'avis ? Questions difficiles, et avec lesquelles il se débattit tout en conduisant.

« Tu m'as violée, Joey. »

En soi, cette seule accusation suffit à jeter le trouble dans son esprit et, pour la première fois, il se posa des questions. Avaient-ils profité d'elle, Baxter et lui ?

Quatre jours plus tard, Kyle s'arrêtait à la salle du courrier, chez Scully & Pershing, et récupérait une lettre de Joey. C'était un résumé détaillé de la rencontre, où rien n'était omis, ni les sandwiches qu'ils avaient choisis, ni la description de la couleur de cheveux de la jeune femme, ni les tatouages assortis. Après l'exposé des faits, il lui donnait son avis :

Elaine est définitivement convaincue d'avoir été violée par plusieurs d'entre nous, Joey et Baxter et « peut-être » Kyle. Elle est faible, fragile, émotionnellement instable, hantée par cette histoire, mais en même temps elle affiche son statut de victime avec une certaine morgue. Elle a choisi la bonne avocate, une nana coriace qui croit en elle et qui n'hésiterait pas à nous causer des ennuis juridiques si elle réussissait à dégotter la moindre preuve. Elle a le doigt sur la détente. Si cette petite vidéo est à moitié aussi dommageable que tu le dis, alors tiens-la hors de leur portée, par tous les moyens humainement possibles. Elaine et son avocate sont deux cobras en pétard, enroulés comme deux ressorts, et prêts à frapper.

Il achevait ainsi : *Je ne sais pas trop ce que sera ma prochaine manœuvre, mais je préférerais ne plus devoir m'approcher d'Elaine. Je n'apprécie pas de me faire traiter de violeur. Tout ce petit épisode était en soi suffisamment perturbant, et en plus, pour quitter Pittsburgh, j'ai dû mentir à Blair. J'ai deux billets pour le match Steelers-Giants le 26 octobre. Dois-je t'appeler pour te communiquer ces nouvelles, que tes gros bras soient aussitôt tenus au courant ? Je crois vraiment que nous devrions aller à ce match et discuter sérieusement de nos prochaines initiatives. Ton fidèle serviteur, Joey.*

Kyle lut cette lettre et ce compte rendu dans la bibliothèque principale, en se cachant derrière des rayonnages de vieux recueils juridiques. Cette missive confirmait ses pires craintes, mais il n'avait guère le temps de s'y attarder. Il déchira posément les feuilles en mille morceaux, puis les jeta dans une corbeille en sortant de la bibliothèque. Détruire immédiatement toute correspondance écrite, telles étaient les instructions qu'il donnait à son ami.

L'hôtel le plus proche de son appartement était le Chelsea Garden, à un quart d'heure à pied. À onze heures ce soir-là, il alla traîner sur la Septième Avenue, pour un repérage. S'il n'avait pas été si épuisé, il aurait pu profiter de cette soirée d'automne un peu fraîche, avec ces feuilles balayées sur le trottoir et la moitié de la ville encore éveillée et qui s'apprêtait à sortir quelque part. Mais il était engourdi de fatigue et incapable de penser à plus d'une chose à la fois (et c'était même souvent déjà trop).

Bennie était dans une suite du troisième étage, où il l'attendait depuis deux heures, parce que son « agent » n'avait pas pu s'éclipser du bureau plus tôt. Mais cela lui était égal. La place de son agent était dans ces bureaux, et plus il y passait de temps, plus vite Wright pourrait avancer dans sa besogne.

Malgré cela, il l'accueillit sur un ton désagréable.

– Vous avez deux heures de retard.

– Attaquez-moi en justice.

Kyle s'allongea sur le lit. C'était leur quatrième rendez-vous à New York depuis qu'il y avait emménagé, et il n'avait encore rien remis à Bennie de ce qu'il n'était pas censé posséder. Son éthique personnelle était donc encore intacte. Aucune loi n'avait été violée.

Alors pourquoi se sentait-il à ce point dans la peau d'un traître ?

Bennie tapota un grand panneau d'affichage blanc monté sur un chevalet.

– Puis-je avoir votre attention, je vous prie. Cela ne prendra pas longtemps. J'ai du café, si vous voulez.

Kyle n'était pas d'humeur à céder d'un pouce. Il se leva, se versa un café dans une tasse en carton, et s'assit sur le rebord du lit.

– Allez-y.

– Voici l'équipe Trylon telle qu'elle a été montée. À sa tête, nous avons Wilson Rush, avec huit associés du contentieux sous ses ordres… Mason, Bradley, Weems, Cochran, Green, Abbott, Etheridge et Wittenberg. Combien en avez-vous rencontrés ?

Kyle étudia les huit cases, avec les noms griffonnés à l'intérieur, et réfléchit une seconde.

– Wilson Rush s'est adressé à nous lors de la semaine de réception de la nouvelle promotion, mais je ne l'ai plus revu depuis. J'ai rédigé un mémo pour Abbott sur une affaire de titres, je l'ai rencontré brièvement, et un jour j'ai déjeuné dans la cafétéria avec Wittenberg. J'ai croisé Bradley, Weems, peut-être Etheridge, mais je ne peux pas dire que je les ai rencontrés. C'est un gros cabinet.

Kyle était encore sidéré de tous ces visages inconnus qu'il apercevait tous les jours dans les couloirs et les ascenseurs, la cafétéria, les bibliothèques et les coins café. Il essayait de se montrer sociable et d'au moins dire bonjour, mais la pendule n'arrêtait pas de tourner, et il était beaucoup plus important de facturer.

Son associé superviseur, c'était Doug Peckham, et il était soulagé de ne pas voir son nom inscrit à ce tableau.

Il y avait ensuite une série de cases plus petites, au-dessous des associés. Bennie tapota de l'index à côté de ces cases-là.

– Nous avons ici seize collaborateurs seniors, et sous leurs ordres seize autres, plus jeunes. Leurs noms figurent dans ce classeur, là-bas. Vous allez devoir les mémoriser.

– Bien sûr, Bennie.

Il jeta un coup d'œil au classeur, épais de cinq centimètres. Les trois derniers étaient noirs et plus gros. Ensuite, il étudia les noms inscrits au tableau.

– Avec combien de collaborateurs avez-vous travaillé ?

– Cinq, six, peut-être sept, lui répondit-il, sans trop faire d'efforts d'exactitude.

Comment Bennie saurait-il avec qui il travaillait ? Et il n'avait même pas envie de se poser la question de savoir comment il connaissait les noms des quarante et un avocats affectés à l'affaire Trylon. Quelques-uns de ces noms devaient figurer dans le dossier de procédure, mais uniquement les pointures. De combien de sources disposait-il ? Wright désigna une autre case, plus petite.

– C'est une collaboratrice senior, elle s'appelle Sherry Abney. Vous l'avez rencontrée ?

– Non.

– Une étoile montante, en ascension rapide vers le statut d'associé. Deux diplômes de Harvard et un stage au sein d'une juridiction fédérale. Elle travaille sous l'autorité de Mason, un autre associé, en charge de la communication des pièces. Elle a sous ses ordres un collaborateur de deuxième année, un certain Jack McDougle. McDougle a un problème côté cocaïne. Personne au cabinet n'en sait rien, mais il est sur le point de se faire arrêter, donc tout le monde va être bientôt au courant. Son départ ne va pas traîner.

Kyle fixa cette case du regard, avec le nom de McDougle inscrit à l'intérieur, et il avait tellement de questions en tête qu'il ne savait par quel bout prendre le problème. Comment Bennie était-il informé de cela ?

– Et vous voulez que je prenne sa place ?

– Je veux que vous fassiez de la lèche à Sherry Abney. Suivez-la de près, arrangez-vous pour la connaître. Elle a trente ans, célibataire, mais fiancée à un banquier d'affaires de la Chase qui travaille autant d'heures qu'elle, donc ils n'ont guère le temps de s'amuser. Pas encore de date prévue pour le mariage, du moins rien qui ait été annoncé. Elle aime jouer au squash, quand elle en a le temps et, comme vous le savez, le cabinet a aménagé deux courts au quarantième étage, à côté de la salle de sport. Vous jouez au squash ?

– J'imagine qu'à partir de cette minute, je joue au squash, oui. (Il avait eu plusieurs fois l'occasion de frapper la balle, à Yale.) Je ne sais pas trop quand je vais trouver le temps.

– Vous trouverez. Il se pourrait fort bien qu'elle soit votre porte d'entrée dans l'équipe Trylon.

L'équipe Trylon… Pour sa part, il prévoyait d'éviter Trylon et son escouade de juristes avec toute la diligence possible.

– On a un petit problème, ici, Bennie, fit-il. Joli travail, mais l'aspect le plus évident vous a échappé. Pas un fantassin de première année ne peut toucher à cette affaire, ni de près ni de loin. Pour deux raisons. La première, nous sommes des ignorants… il y a cinq mois, nous étions encore en fac de droit… et, deuxièmement, les gros malins de Trylon ont probablement prié leurs avocats de tenir les novices à l'écart du dossier. Ce sont des choses qui arrivent, vous savez. Tous nos clients ne sont pas assez stupides pour payer 300 dollars l'heure une bande de gamins rien que pour les avoir dans les pattes. Alors, Bennie, quel est votre plan B ?

– Cela exige de la patience, Kyle. Et du sens politique. Vous commencez en abordant l'affaire

Trylon par la bande, en fréquentant les collaborateurs des années supérieures, en léchant le cul de ceux qu'il faut, et il n'est pas impossible qu'on bénéficie d'un coup de chance.

Kyle n'avait pas fini d'aborder le cas McDougle. Il était déterminé à poursuivre sur ce point-là, quand subitement un autre homme fit son apparition depuis le salon contigu à la chambre. Il fut tellement stupéfait qu'il faillit en lâcher sa tasse de café encore à moitié pleine.

– Voici Nigel, reprit Bennie. Il va se pencher quelques minutes sur la question des systèmes informatiques.

Nigel vint se camper face à lui, et lui tendit la main.

– Enchanté, dit-il d'un ton très anglais, à la fois enjoué et chantant.

Puis il s'approcha du trépied et y installa son propre panneau d'affichage.

Ce petit salon était une pièce carrée de trois mètres soixante de côté. Kyle jeta un œil à l'intérieur, par la porte à double battant restée ouverte. Nigel était resté caché là, et il avait écouté toute leur conversation.

– Scully & Pershing se sert d'un système de gestion des procédures intitulé Jury Box, commença-t-il aussitôt.

Tous ses mouvements étaient rapides et précis. Anglais, mais avec un accent étrange. La quarantaine. Un petit mètre quatre-vingts, dans les soixante-quinze kilos. Le cheveu court et noir, à moitié grisonnant. Les yeux marron. Aucun signe caractéristique, à part les pommettes légèrement saillantes. Les lèvres fines. Pas de lunettes.

– Que vous ont-ils communiqué au sujet du fonctionnement de leur Jury Box ? voulut-il savoir.

– Les bases. Je m'en suis servi à plusieurs occasions.

Kyle était encore ébranlé par l'apparition inattendue de l'Anglais.

– C'est un système d'assistance procédurale ordinaire. Toutes les communications de pièces sont numérisées dans une bibliothèque virtuelle accessible à l'ensemble des avocats qui travaillent sur l'affaire. Récupération rapide des pièces. Recherche ultrarapide des mots-clefs, des phrases, de la terminologie correcte, enfin, vraiment tout. Vous suivez ?

– Oui.

– C'est relativement sécurisé, des normes relativement courantes de nos jours. Et, comme tous les cabinets juridiques intelligents, Scully a aussi recours à un système plus protégé, réservé aux dossiers et aux affaires sensibles. Ce système a un nom : Barrister. Vous êtes au courant, pour celui-là ?

– Non.

– Ne me surprend pas. Ils ne s'en vantent pas. Cela fonctionne à peu près comme Jury Box, mais c'est bien plus difficile d'accès, bien plus difficile à pénétrer de force. Ouvrez grand vos oreilles, là-dessus.

Il opina, comme s'il allait faire précisément ce qu'on lui demandait. Depuis février, depuis cette soirée épouvantable où ils lui avaient tendu leur embuscade après un match de basket-ball du championnat cadet dans les rues froides de New Haven, il n'avait revu que Bennie Wright. Sans savoir qui il était vraiment. Il avait supposé, sans réellement y réfléchir, qu'étant son « gestionnaire », Bennie serait aussi le seul visage de cette opération. Il existait d'autres visages, c'était évident. Et en particulier des duettistes qui passaient leur temps, nuit et jour, à arpenter les rues et à le suivre, et qui avaient commis assez d'erreurs pour qu'il n'ait désormais aucun mal à les repérer. Mais il ne lui était jamais venu à l'esprit qu'on lui présenterait encore un autre individu avec un nom bidon, et qui travaillait dans le cadre de cette opération.

Et pourquoi le lui avait-on présenté ? Wright était certainement capable de traiter lui-même la petite présentation de Nigel.

– Ensuite, vous avez le dossier Trylon, poursuivit Nigel de sa voix flûtée. Une tout autre affaire, je vous préviens. Bien plus compliquée et bien plus sécurisée. Un déploiement de logiciels complètement différent. Des lignes de code sans doute écrites exprès pour cette procédure. Les documents sont sous clef à l'intérieur d'un hangar, au sud de New York, avec des types armés d'un Uzi à chaque porte. Mais nous avons réalisé quelques progrès.

Il s'interrompit, une pause assez longue pour lui permettre un rapide petit sourire approbateur à Bennie.

N'est-ce pas, qu'on est futés ?

– Nous savons que le programme porte le nom de code Sonic, en référence au B-10 HyperSonic. Pas très créatif, si vous voulez mon avis, mais enfin, la création, ça n'a jamais été leur fort, hein ? Ha, ha. Sonic n'est pas accessible depuis le joli petit portable qu'ils vous ont distribué à vous, les bleus, le premier jour, non monsieur. Aucun portable ne peut aller fouiner à l'intérieur de Sonic.

D'un bond, Nigel passa de l'autre côté du chevalet.

– Il existe au dix-huitième étage de votre immeuble une salle secrète fortement protégée, notez bien, avec toute une série d'ordinateurs, des stations de travail, des trucs vraiment à la pointe, et c'est là que vous trouverez Sonic. Les codes changent toutes les semaines. Les mots de passe tous les jours, parfois même deux fois par jour. Avant d'ouvrir une session, il faut posséder le bon identifiant, et si vous ouvrez une session en oubliant ensuite de la fermer, ils vous mettront à l'index et vous montreront même peut-être la porte.

Montrez-moi la porte, faillit-il lui rétorquer.

– Sonic est probablement une version dérivée de Barrister, donc il vous incombe de maîtriser Barrister, dès que vous en aurez l'opportunité.

J'ai hâte, faillit-il rétorquer.

Lentement, avec le stress et la fatigue, il s'imprégna de l'idée qu'il était en train de franchir la limite, et pas de la manière qu'il avait envisagée. Son cauchemar, c'était de sortir de Scully & Pershing avec des secrets qu'il n'était pas censé détenir et, comme Judas, de les livrer à Bennie Wright pour trente deniers d'argent. Mais là, il était en train de recevoir des informations secrètes d'une source extérieure au cabinet. Il n'avait encore rien dérobé, mais il n'était pas censé connaître l'existence de Sonic et de cette salle dissimulée au dix-huitième étage. Ce n'était peut-être pas un crime et peut-être pas non plus une violation des règles éthiques, mais cela ne lui semblait pas tout à fait légal non plus.

– Cela suffira pour aujourd'hui, fit Bennie. Vous m'avez l'air épuisé. Accordez-vous un peu de repos.

– Oh, merci.

De retour sur la Septième Avenue, il jeta un coup d'œil à sa montre. Il était presque minuit.

21.

À cinq heures du matin, son heure habituelle désormais, la sonnerie du réveil se déclencha à plein volume et il dut taper deux fois dessus du plat de la main avant qu'il ne s'éteigne. Il se dépêcha de prendre sa douche et de se raser et, un quart d'heure plus tard, il était sur le trottoir, dans une tenue chic et branchée, car il avait certes les moyens de s'acheter de beaux vêtements. Sa vie était vite devenue un joli gâchis, un mélange d'angoisse et de fatigue, mais il avait beau entamer chaque journée dans l'incertitude, il n'en était pas moins fermement décidé à préserver les apparences. Il s'acheta un café, un bagel et un numéro du *Times* chez son traiteur préféré, ouvert la nuit, puis il attrapa un taxi au coin de la Vingt-quatrième Rue et de la Septième Avenue. Dix minutes plus tard, il avait fini son petit déjeuner, parcouru le journal et englouti la moitié de son café. À six heures, pile dans les temps, il entra dans l'immeuble du cabinet par la porte de Broad Street. Quel que soit l'horaire, lors de ce trajet en ascenseur, il n'était jamais seul. À l'intérieur de cette cabine qui montait avec un chuintement et quelques secousses discrètes, il y avait en général deux ou trois collaborateurs à l'œil chassieux, le visage creusé, tous en manque de sommeil, évitant tous de croiser le regard du voisin et qui tous se posaient les mêmes questions.

Qu'est-ce qui m'a pris de choisir la fac de droit ?

Combien de temps vais-je tenir dans cette broyeuse ?

Quel est l'imbécile qui a conçu une manière pareille d'exercer le métier juridique ?

Il était rare qu'ils échangent un seul mot, car il n'y avait rien à dire. Comme des prisonniers en route pour la potence, ils choisissaient plutôt le soliloque intérieur, manière de remettre les choses en perspective.

Une fois arrivé dans leur cube, il ne fut pas surpris d'y découvrir un des jeunes juristes. Des quatre, Tim Reynolds avait été le premier à se glisser discrètement dans un sac de couchage – un sac tout neuf, un modèle spécial acheté chez Eddie Bauer, avec isolation thermique, qu'il prétendait posséder depuis des années et avoir emporté un peu partout avec lui à travers les États-Unis. Mais il sentait bel et bien le neuf. Tim – sans souliers, sans cravate, sans chemise ni veste, et vêtu d'un vieux T-shirt – était à moitié recroquevillé sous son petit bureau, à l'intérieur de son cocon, et il dormait comme une souche. Du bout de sa chaussure, Kyle lui donna une série de petits coups dans les pieds, le réveilla, et commença par une réflexion agréable.

– Tu as l'air d'un déchet.

– Bonjour, fit Tim, en se redressant tant que bien que mal et en tendant le bras pour récupérer ses chaussures. Quelle heure est-il ?

– Pas loin de six heures. À quelle heure t'es-tu endormi ?

– Je ne me souviens pas. Après deux heures. (Il enfila sa chemise en vitesse, comme s'il redoutait d'une seconde à l'autre l'arrivée d'un associé qui allait lui infliger un avertissement.) J'ai un mémo à remettre à Toby Roland à sept heures et je n'ai aucune idée de ce que je vais écrire.

– Continue de facturer, lui répliqua-t-il sans la moindre nuance de sympathie, tout en ouvrant sa serviette, d'où il sortit son portable.

Tim finit de s'habiller et se saisit d'un dossier.

– Je serai dans la bibliothèque, dit-il, et il avait déjà l'air d'une épave.

– N'oublie pas de te brosser les dents, lui conseilla-t-il.

Une fois Reynolds parti, il alla sur Internet, entra dans un site intitulé QuickFace.com. Il existait plusieurs sites de ce genre, qui permettaient aux fins limiers amateurs de créer des portraits-robots, et il les avait tous comparés. QuickFace était de loin le plus détaillé et le plus fidèle. Si vous choisissiez les yeux correctement, la moitié du travail d'identification était faite. Le site proposait plus de deux cents types d'yeux différents – toutes les ethnies, toutes les couleurs, toutes les origines et toutes les variantes. Il les passa rapidement en revue, isola la paire la plus ressemblante, et composa son visage. Le nez, fin et pointu. Les sourcils, peu fournis et un peu allongés vers les tempes. Les lèvres, très minces. Les pommettes, plus hautes et plus larges. Le menton, peu prononcé, sans être effacé non plus, et pas de fossette. Les oreilles, ovales et collées au crâne. Après avoir ajouté les cheveux, il revint aux yeux, essaya une autre paire, puis une autre. Les oreilles étaient trop hautes, donc il les descendit. Il sculpta son visage et le retoucha, continua jusqu'à

6 h 30 – une demi-heure non facturée, gâchée, à moins qu'il ne choisisse de gonfler un peu ses heures de la journée – et, quand l'assemblage de Nigel lui parut convenir et facile à identifier, même à quinze mètres de distance, il l'imprima et se précipita à la bibliothèque, en emportant un épais dossier avec lui, parce que personne n'entrait à la bibliothèque sans être chargé d'un épais dossier. Son emplacement personnel se situait dans une impasse, dans un coin sombre, au dernier des trois niveaux, un endroit isolé où l'on rangeait des tomes épais d'annotations que personne ne consultait plus depuis des décennies. Dans le deuxième rayonnage en partant du bas, il souleva trois livres et en retira une enveloppe kraft sans en-tête, au format lettre. Il l'ouvrit et en sortit trois autres portraits-robots – une version splendide de son ennemi juré, Bennie, et deux autres des duettistes qui le suivaient à la trace dans New York. À sa connaissance, il ne les avait jamais approchés à moins de quinze mètres, et n'avait jamais croisé leur regard, mais il les avait vus tous les deux à plusieurs reprises, et il était convaincu que son œuvre d'art constituait au moins un point de départ acceptable. L'addition du visage redoutable de Nigel ne faisait rien pour rendre cette galerie de portraits plus séduisante.

Il cacha l'enveloppe et retourna au cube, où Tabor le tueur était occupé à ses bruyants préparatifs habituels du début de journée. La question de savoir lequel d'entre eux aurait la carrière la plus prometteuse avait été tranchée depuis des semaines. Tabor était le caïd, la star, le futur associé par la voie rapide, et tous les autres n'avaient qu'à se ranger. Il avait prouvé ses talents en facturant vingt et une heures en un seul jour. Il avait démontré ses capacités en facturant plus le premier mois que tous les autres novices du contentieux, même si Kyle n'était que quatre heures derrière. Il se portait volontaire pour des dossiers et travaillait ses contacts à la cafétéria comme un vieux politicien, un as du clientélisme.

– J'ai pioncé dans la bibliothèque, la nuit dernière, dit-il à Kyle dès qu'il le vit.

– Bonjour, Tabor.

– La moquette de la bibliothèque principale est plus mince que celle de la bibliothèque du vingt-troisième étage, tu savais ça, Kyle ? Je préfère franchement dormir au vingt-troisième, mais il y a plus de bruit. Laquelle tu préfères ?

– On est tous en train de craquer, Tabor.

– Oui, c'est pas faux.

– Tim a passé la nuit dans son sac de couchage.

– Pourquoi ? Ils ont fini par s'entendre, Mlle Dale et lui ?

– Je suis pas au courant. Je l'ai réveillé il y a une heure.

– Alors tu es rentré chez toi ? Tu as dormi dans ton lit ?

– Ah, oui.

– Eh bien, moi, j'ai deux dossiers à boucler pour midi, tous deux extrêmement importants et urgents, et je ne peux pas me payer le luxe de dormir.

– Tu es le meilleur, Tabor. Vas-y, Superman.

Et là-dessus, Tabor fila.

Ponctuelle, Dale Armstrong arriva à sept heures, son horaire habituel, et même si elle avait l'air encore un peu ensommeillé, elle était apprêtée, comme toujours. À l'évidence, elle dépensait le plus gros de son généreux salaire en vêtements de créateurs, et Kyle, ainsi que Tim et Tabor, attendaient avec impatience de découvrir son look du jour.

– Tu es superbe, aujourd'hui, lui dit-il avec un sourire.

– Merci.

– Prada ?

– Dolce & Gabbana.

– Démentes, les chaussures. Manolo Blahnik ?

– Jimmy Choo.

– Cinq cents dollars ?

– Ça, c'est la question qu'on ne pose pas.

En l'admirant ainsi de jour en jour, il avait vite appris les noms des grands prêtres de la mode féminine. C'était l'un des rares sujets dont elle daignait discuter. Au bout de six semaines de partage de cet espace du cube, il en savait toujours très peu sur elle. Quand elle parlait, ce qui ne lui arrivait pas très souvent, c'était toujours pour évoquer les affaires du cabinet et la vie misérable d'une jeune collaboratrice de première année. S'il y avait un boy-friend quelque part, elle n'en avait encore jamais fait mention. Deux fois, elle avait baissé la garde et accepté de sortir prendre un verre après le bureau, mais d'ordinaire elle refusait. Et si tous les novices râlaient ouvertement contre les horaires et la pression, Dale Armstrong semblait souffrir de cette tension encore plus que tous les autres.

– Que fais-tu pour le déjeuner ? lui demanda-t-il.

– Je n'ai pas encore pris mon petit déjeuner, lui répliqua- t-elle froidement, et elle se retira dans le compartiment du cube qui lui était réservé.

22.

Dans le refuge, on rallumait la lumière tous les matins à six heures. Presque tous les sans-abri se réveillaient et entamaient leurs préparatifs de la journée. Le règlement ne les autorisait pas à rester là au-delà de huit heures. Nombre d'entre eux avaient un emploi, mais ceux qui n'en avaient pas étaient supposés arpenter les rues à la recherche d'un boulot. Frère Manny et son équipe se débrouillaient fort bien pour placer leurs « amis », même si le travail en question était souvent un temps partiel payé au salaire minimum.

Le petit déjeuner était servi au premier, dans la salle de l'association, où des bénévoles s'activaient à l'intérieur de la petite cuisine, préparaient des œufs, des toasts, du porridge et des céréales. Et le tout était servi avec le sourire, un « bonjour » chaleureux à la cantonade, et une rapide prière d'action de grâces une fois que tout le monde était assis. Frère Manny, lève-tard notoire, préférait déléguer à d'autres les tâches matinales du complexe. Tout ce mois-ci, la cuisine avait été organisée et supervisée par Baxter Tate, un jeune homme souriant qui, au cours de sa vie antérieure, n'avait jamais fait bouillir une casserole d'eau. Il battait les œufs par dizaines, grillait des tranches de pain blanc, confectionnait le porridge – du vrai, pas de l'instantané – et s'occupait aussi du réapprovisionnement des stocks, de la vaisselle, et c'était même souvent lui, Baxter Tate, qui disait la prière. Il encourageait les autres bénévoles, il avait un mot gentil pour chacun, et connaissait le nom de la plupart des sans-abri qu'il servait très obligeamment. Après les avoir nourris, il les faisait monter dans trois vieux minibus de l'église, en conduisait un lui-même, et les déposait à leur travail, dans Reno. Et puis il repassait les chercher tard en fin d'après-midi.

Le groupe des Alcooliques Anonymes se réunissait trois fois par semaine, à Hope Village – les lundi et jeudi soir et à midi le mercredi. Baxter ne manquait jamais une réunion. Il était reçu avec chaleur par ses camarades alcooliques, et s'émerveillait en silence devant la composition de ces groupes. Toutes les ethnies, tous les âges, des hommes et des femmes, des professions libérales et des sans-abri, des riches et des pauvres. L'alcoolisme traçait sa route large, irrégulière, en dents de scie, à travers chaque classe, chaque segment de la société. Il y avait là de vieux ivrognes confiants qui se vantaient d'être restés sobres depuis des décennies, et d'autres, des nouveaux, comme lui, qui admettaient volontiers être encore tenaillés par la peur. Toutefois, les vétérans étaient là pour les réconforter. Baxter avait fait de sa vie un fouillis, mais comparée à celle de certains autres, son histoire était une promenade de santé. Leurs histoires étaient poignantes, souvent choquantes, surtout celles des anciens taulards.

Durant sa troisième réunion des AA, avec frère Manny qui le surveillait dans son dos, il vint se présenter devant le groupe, s'éclaircit la voix, et déclara :

– Je m'appelle Baxter Tate, et je suis un alcoolique de Pittsburgh.

Après avoir prononcé ces premiers mots, il essuya les larmes de ses joues et écouta les applaudissements.

Suivant le principe des Douze Étapes vers la guérison, il dressa la liste de tous les gens auxquels il avait fait du mal, puis il expliqua comment il comptait faire amende honorable. Ce n'était pas une longue liste, et elle restait fortement centrée sur sa famille. En revanche, il ne mourait pas d'impatience de rentrer à Pittsburgh. Il avait parlé à l'oncle Wally. La famille savait qu'il ne touchait plus à une goutte d'alcool, et c'était tout ce qui importait.

Au bout d'un mois, il commença à s'agiter. Il n'était pas ravi à l'idée de quitter la sécurité de Hope Village, mais il savait que l'heure était venue. Frère Manny l'encouragea à se décider. Il était trop jeune et trop intelligent, trop talentueux pour passer sa vie dans un refuge pour sans-abri. « Dieu a de grands projets pour toi, lui assura frère Manny. Fie-toi simplement à lui et ils te seront révélés. »

Le vendredi soir, comme ils allaient apparemment pouvoir s'échapper à une heure décente, Tim Reynolds et les autres organisèrent aussitôt une soirée arrosée et sortirent du bâtiment en vitesse. Ce samedi serait l'une de leurs rares journées de congé. Aucun membre du groupe du contentieux de Scully & Pershing ne se montrerait au bureau le lendemain, car c'était le jour du pique-nique familial annuel dans Central Park. C'est pourquoi leur vendredi soir était libre pour une sérieuse séance d'alcoolisation.

Kyle refusa, tout comme Dale. Vers dix-neuf heures, alors qu'ils bouclaient les derniers détails d'une semaine interminable, et sans personne d'autre dans les parages, elle se pencha à la cloison de toile qui séparait leurs boxes étroits :

– Et si on allait dîner ?

– Super idée, fit-il sans hésitation. Tu pensais à un endroit en particulier ?

– Chez moi. On pourra se détendre, discuter, n'importe. Chinois, ça te va ?

– J'adore.

Ce dernier mot, « n'importe », se répercuta dans son cerveau embrouillé. Dale avait trente ans, célibataire, attirante, apparemment hétéro, une jolie jeune dame seule dans la grande ville. Il fallait bien, à un moment ou à un autre, qu'elle pense sexe, même si, pour sa part, il y pensait tellement peu que cela le déprimait.

Était-elle en train de le draguer ? L'idée avait de quoi l'étonner. Dale se montrait si timide et si réservée qu'il était difficile de l'imaginer faisant des avances à qui que ce soit.

– Pourquoi tu ne prends pas quelques plats chinois sur ton chemin ?

– Super idée.

Elle habitait seule dans Greenwich Village, au quatrième étage d'un immeuble sans ascenseur. Ils discutèrent des divers restaurants qui servaient des plats à emporter dans le quartier, puis quittèrent le bureau ensemble. Une heure plus tard, il montait les marches de son immeuble avec un sac de riz sauté aux crevettes et au poulet, et frappait à sa porte. Elle lui ouvrit, avec un sourire, et l'accueillit chez elle. Deux pièces, une cuisine américaine et une chambre. C'était petit mais joliment décoré, dans une tonalité minimaliste avec du cuir, du chrome, et des photos noir et blanc au mur. Elle aussi était vêtue au plus juste, suivant ce même précepte du minimalisme : « Le moins est un plus. » Sa jupe en coton blanc était extrêmement courte et révélait encore un peu plus ses jambes fines, que Kyle et les autres vautours avaient tant admirées. Ses chaussures étaient à talons courts, ouvertes devant, sans lanières, en cuir rouge, une paire de poule de luxe. Il y jeta un œil.

– Jimmy Choo ?

– Prada.

Le pull en coton noir était moulant, sans soutien-gorge dessous. Pour la première fois depuis de bien trop longues semaines, il ressentit le frisson de l'excitation sexuelle.

– Joli endroit, dit-il, en regardant une photographie.

– Quatre mille par mois, tu n'as pas du mal à y croire ?

Elle ouvrit le frigo, à peu près de la taille d'un gros ordinateur de bureau. Elle en sortit une bouteille de vin blanc.

– Non, je n'ai aucun mal à y croire. C'est New York. Mais personne ne nous a imposé de venir ici.

Elle tenait en main la bouteille de chardonnay.

– Je suis désolée, mais je n'ai pas de Perrier. C'est soit du vin, soit de l'eau.

– Je prendrai un peu de vin, fit-il, avec juste une infime hésitation.

Et il décida sur-le-champ qu'il n'allait pas se tourmenter en pesant le pour et le contre pour savoir s'il devait ou non prendre un verre, après cinq ans et demi d'une existence sans une goutte d'alcool. Il n'avait jamais suivi de cure, jamais été contraint à la désintox, ne s'était jamais considéré comme un alcoolique. Il avait simplement cessé de boire parce qu'il buvait trop, mais là, en cet instant, il avait envie d'un verre de vin.

Ils dînèrent à une petite table carrée, leurs genoux se touchant presque. Même chez elle et complètement détendue, Dale la mathématicienne n'engageait pas facilement la conversation. Il était incapable de l'imaginer dans une salle de cours devant cinquante étudiants. Et il se la représentait encore moins dans une salle d'audience, devant un jury.

– Mettons-nous d'accord pour éviter de parler boulot, lui proposa-t-il, en prenant les devants.

Il but sa quatrième gorgée de vin.

– Accordé, mais avant, il y a quand même une rumeur énorme qui circule.

– Vas-y.

– Tu as entendu parler de la scission ?

– Non.

– Il y a donc cette rumeur, je l'ai entendue deux fois, aujourd'hui. Apparemment, Toby Roland et quatre autres associés, tous au contentieux, sont sur le point de s'en aller, pour créer leur propre cabinet. Ils risqueraient d'emmener jusqu'à vingt collaborateurs avec eux.

– Pourquoi ?

– Un différend sur les honoraires. Comme d'habitude.

Les cabinets juridiques étaient réputés pour éclater, imploser, fusionner et se recomposer dans toutes les directions. Le fait que quelques associés mécontents veuillent créer leur propre boutique n'était pas une surprise, que ce soit au sein de Scully ou de n'importe quelle autre structure.

– Cela signifie-t-il davantage de travail pour nous, ceux qui restent ?

– J'y compte bien.

– Tu as déjà rencontré Toby ?

– Oui. Et j'espère que cette rumeur est fondée.

– Qui est le pire des connards que tu as croisés, jusqu'à présent ?

Elle but une gorgée de vin et réfléchit à sa question.

– C'est une question difficile. Tellement de candidats.

– Trop. Parlons d'autre chose.

Il réussit à changer de sujet, pour amener la conversation sur elle. Son milieu, son éducation, son enfance, sa famille, la faculté. Elle ne s'était jamais mariée. Une idylle cuisante la blessait encore. Après un premier verre de vin, elle s'en servit un autre, et l'alcool la détendit. Il remarqua qu'elle ne mangeait presque rien. Lui, en revanche, il dévorait tout ce qu'il avait sous les yeux. Ensuite, elle renversa les rôles et il lui parla de Duquesne et de Yale. Au détour d'une phrase, il leur arrivait de mentionner le cabinet, ce qui avait pour effet de les replonger dans le bain.

Quand il n'y eut plus ni plat ni vin, elle proposa :

– On regarde un film ?

– Super idée, approuva-t-il.

Pendant qu'elle fouillait dans ses DVD, il jeta un rapide regard à sa montre. 10 h 20. Ces six derniers jours, il avait aligné deux nuits au bureau – il possédait lui aussi son sac de couchage, désormais – et il avait dormi en moyenne quatre heures par nuit. Il était physiquement et mentalement épuisé, et les deux verres et demi du vin tout à fait délicieux qu'il venait de consommer achevaient d'imbiber le peu de cervelle qui lui restait.

– Mélo, action, comédie ? lui lança-t-elle en inspectant ce qui semblait être une collection très complète.

Elle était à genoux, sa jupe lui masquant à peine le derrière. Il s'allongea sur le canapé, parce que l'allure des deux fauteuils ne lui disait rien.

– N'importe quoi, sauf un film de filles.

– Pourquoi pas *Beetlejuice* ?

– Parfait.

Elle inséra le disque, puis envoya balader ses chaussures, attrapa une couette et rejoignit Kyle dans le canapé. Elle se cala, se tortilla, se pelotonna et tira la couette sur eux deux, et quand elle eut enfin choisi sa position, il y avait déjà pas mal de promiscuité entre eux. Puis ils se touchèrent. Il huma ses cheveux et songea que c'était très facile, tout ça.

– Le cabinet n'a pas une règle contre ce genre de chose ? fit-il.

– On regarde juste un film.

Et ils le regardèrent. Réchauffés par la couette, le vin et leurs deux corps, ils regardèrent ce film – dix minutes, au total. Plus tard, ils furent incapables de déterminer qui s'était endormi le premier. Dale se réveilla longtemps après la fin du DVD. Elle étala la couette sur lui, puis alla se mettre au lit. Le samedi matin, à 9 h 30, il se réveilla dans un appartement vide. Il tomba sur un mot lui signalant qu'elle était au coin de la rue, dans un café, à lire les journaux, donc s'il avait un petit creux, il pouvait descendre faire un saut.

Ils prirent le métro ensemble jusqu'à Central Park, où ils arrivèrent autour de midi. Le département contentieux du cabinet organisait un pique-nique familial le troisième samedi du mois d'octobre, près du hangar à bateaux. Un tournoi de softball constituait le principal événement, mais il y avait aussi des parties de croquet, de bocce, de lancer de fer à cheval et des jeux pour les enfants. Un traiteur grillait des travers de porc et des poulets au barbecue. Un groupe de rap faisait du tapage. Et il y avait toute une rangée de tonnelets de Heineken bien frappée.

Le pique-nique était destiné à promouvoir des relations de camaraderie et à prouver que le cabinet croyait bel et bien aux vertus du divertissement. La participation était obligatoire. Aucun téléphone n'était autorisé. Pour la plupart des collaborateurs, pourtant, cette heure-là aurait été mieux employée à dormir. Enfin, au moins, ils ne couraient pas le danger de se faire entraîner dans une autre nuit au bureau. Seuls Noël, le Nouvel An, Thanksgiving, Rosh ha-Shana et Yom Kippour offraient le même degré de protection.

Il faisait beau, le temps était parfait, et les avocats exténués s'affranchirent de leur fatigue et ne tardèrent pas à jouer avec énergie et à boire avec non moins d'énergie. Kyle et Dale, soucieux d'éviter le moindre risque de commérages, se séparèrent assez vite pour se perdre chacun dans la foule.

En l'espace de quelques minutes, il apprit la nouvelle concernant Jack McDougle, ce collaborateur de seconde année, un ancien de Duke University, que l'on avait arrêté la nuit précédente. La brigade des stupéfiants avait enfoncé la porte de son appartement dans SoHo et découvert une quantité substantielle de cocaïne dans une cache. Il était encore en prison et il y resterait sans doute tout le week-end jusqu'à ce que l'on puisse organiser sa mise en liberté sous caution, lundi. Le cabinet tirait quelques ficelles pour le sortir de cellule, mais l'engagement de l'entreprise à son égard s'arrêterait là. Face à un tel comportement, Scully & Pershing adoptait une ligne dure. Dans l'attente de sa mise en accusation, McDougle serait mis à pied. Si ces ragots se vérifiaient, d'ici quelques semaines, il se retrouverait au chômage.

Kyle se figea et songea à Bennie. Sa prédiction glaçante était devenue réalité.

Le contentieux comptait vingt-huit associés et cent trente collaborateurs. Les deux tiers étaient mariés, et le barbecue ne manquait pas de jeunes enfants bien habillés qui couraient en tous sens. Le tournoi de softball débuta avec maître Wilson Rush, senior entre les seniors, annonçant les tableaux des joueurs et les règles, et qu'il ferait office de juge-arbitre. Plusieurs avocats eurent le cran de le siffler, mais enfin, par cette belle journée, tout était permis. Kyle avait décidé de jouer – la participation était optionnelle – et il se retrouva enrôlé dans une équipe de bric et de broc avec deux autres qu'il connaissait déjà et sept qu'il n'avait encore jamais vus. Leur coach était un associé du nom de Cecil Abbott (de l'équipe Trylon), coiffé d'une casquette de l'équipe de base-ball des Yankees assortie d'un maillot Derek Jeter, le batteur vedette des mêmes Yankees, mais il fut assez vite évident que le coach Abbott n'avait jamais couru ne serait-ce que jusqu'à la première base une seule fois de sa vie. Une Heineken frappée en main, il composa un effectif qui n'aurait même pas pu battre une banale équipe de T-ball, mais bon, quelle importance ? Kyle, de loin le meilleur athlète du groupe, se retrouva coincé en joueur de champ droit. Au centre, c'était Sherry Abney, la collaboratrice de cinquième année que Bennie Wright avait pistée comme la possible voie d'accès de Kyle dans l'affaire Trylon-Bartin. Alors qu'ils se préparaient à frapper dans la première manche, il se présenta à elle et engagea la conversation. Elle était visiblement troublée par l'arrestation de McDougle. Ils travaillaient ensemble depuis deux ans. Elle ignorait complètement qu'il avait un problème de drogue.

On était fortement encouragé à nouer de nouvelles relations et, après que l'équipe du coach Abbott eut finalement dû son salut, dans la quatrième manche, à la règle du repêchage applicable au second en fonction de l'écart avec l'équipe de tête, Kyle s'immergea dans la petite foule et salua tous les visages inconnus qu'il croisait. Beaucoup de noms lui étaient familiers. Après tout, depuis six semaines, il avait étudié leurs curriculum vitæ. Un associé éminent, Birch Mason, également vêtu d'une tenue aux couleurs des Yankees et déjà à moitié ivre à deux heures de l'après-midi, l'empoigna comme un vieil ami et lui présenta sa femme et ses enfants, tous deux adolescents. Doug Peckham le prit sous son aile pour lui faire rencontrer quelques associés. Les conversations étaient toutes identiques – où avez-vous fait vos études, comment ça se passe jusqu'à maintenant, je parie que vous vous faites du souci pour vos résultats à l'examen du barreau, après la première année de cabinet, la vie s'arrange, et ainsi de suite.

Et puis ceci : « McDougle, c'est pas stupéfiant ? »

Le tournoi se solda sur une double élimination, et son équipe se distingua en devenant la première à perdre deux matches. Il retrouva Dale en pleine partie de bocce et ils se dirigèrent vers l'une des tentes abritant le buffet. Avec leurs assiettes de barbecue et des bouteilles d'eau, ils rejoignirent Tabor et sa compagne assez dénuée de charme à une table ombragée, sous un arbre. Tabor faisait partie d'une équipe invaincue, comme de juste, et il avait marqué plus de points que tous les autres joueurs de son équipe. Un travail urgent l'attendait au bureau et il prévoyait d'y retourner dès le lendemain matin à six heures.

Tu réussis partout, avait envie de dire Kyle. Tu gagnes tout. Pourquoi ne prennent-ils pas l'initiative de te nommer associé senior ?

Tard dans l'après-midi, avec le soleil déclinant derrière les immeubles d'habitation qui surplombaient Central Park, il s'éloigna de la fête et trouva un tertre et un banc, sous un chêne. Des feuilles dorées tombaient tout autour de lui. Il suivit le match à distance, écouta les joyeux éclats de voix, huma les dernières odeurs de viande grillée. En faisant vraiment un effort, il pourrait presque se convaincre d'être partie prenante de cette fête, d'être un avocat parmi tous ces juristes prospères qui s'accordaient une petite pause dans leurs existences si trépidantes.

Mais la réalité n'était jamais très loin. S'il avait de la chance, il allait commettre contre le cabinet un crime atroce, sans se faire prendre. Mais si la chance tournait, alors un jour, lors d'un pique-nique familial, ils parleraient de lui de la même manière qu'ils parlaient de McDougle.

23.

Le dimanche matin, tandis que la plupart des avocats soignaient leur gueule de bois, il se leva tôt, la tête claire, avec un grand café, des baskets, et cinq heures devant lui sans rien d'autre à faire que d'arpenter New York. Le CabPhone était dans sa poche, mais il ne sonnerait pas, car ce dimanche d'après pique-nique était aussi un jour de congé. Quelques tueurs et autres stakhanovistes se rendraient au bureau, mais presque tous les avocats de la maison savoureraient l'une des dernières belles journées d'automne, sans facturer une seule heure.

Il prit vers le sud, traversa le Village avant d'entrer dans TriBeCa, puis obliqua vers l'est et la frénésie de Chinatown. À SoHo, il réussit à trouver une place au bar, chez Balthazar, un restaurant très en vogue, réplique d'un bistro parisien, dont tous les guides faisaient grand cas. Il commanda un plat d'œufs Bénédicte accompagné de sa sauce tomate, et la faune turbulente qui fréquentait l'endroit l'amusa au plus haut point. Après son petit déjeuner, il déboucha sur le pont de Brooklyn, grimpa jusqu'à la passerelle-promenade, et traversa l'East River vers Brooklyn. Il lui fallut quarante minutes, et quarante de plus pour revenir à Manhattan, et là il rejoignit Broadway par le quartier de la mode, celui des théâtres, Times Square et Columbus Circle.

Le brunch était à 11 h 30, dans un appartement de l'Upper West Side, propriété de Doug et Shelly Peckham. C'était un immeuble ancien de la Soixante-troisième Rue, à deux rues de Central Park et, en montant par l'ascenseur mal aéré, il se surprit à penser au sujet favori de la plupart des New-Yorkais à leurs heures perdues, et même parfois en travaillant. Il pensa immobilier. À quarante et un ans, en qualité d'associé gérant, Doug Peckham avait gagné 1,3 million de dollars l'année précédente. Ses revenus n'avaient rien d'officieux. Comme presque tous les mégacabinets, Scully & Pershing publiait ses chiffres. Peckham pouvait espérer gagner au moins autant d'un bout à l'autre de sa carrière, et donc se permettre de s'offrir un bel endroit. Mais avec 1,3 million de dollars annuels à New York, il ne jouait pas non plus dans la cour des grands. Loin de là. Les poids lourds, c'étaient les banquiers d'affaires, les as des *hedge funds*, les chefs d'entreprises high-tech et les dirigeants de groupes qui pesaient des milliards et pouvaient lâcher comme un rien 20 millions pour un appartement en centre ville. Et, naturellement, ils possédaient tous leur maison de week-end dans les Hamptons pour l'été et une autre à Palm Beach pour les week-ends d'hiver.

Les Peckham possédaient en effet une maison à East Hampton. Kyle espérait qu'au moins Shelly et ses enfants profitaient de cette maison d'été, car il avait la quasi-certitude que Doug ne pouvait en faire autant. Il passait presque tous ses samedis et même ses dimanches au bureau.

Shelly le reçut en l'embrassant, il était un vieil ami maintenant, et elle lui fit visiter leur intérieur, un espace accueillant et sans prétention. Doug était en jean, sans chaussettes, pas rasé, et il servait des bloody mary à ses invités. Quatre autres collaborateurs étaient déjà arrivés, tous placés sous la supervision de Doug Peckham. Ce brunch était encore une manière pour lui et le cabinet d'arrondir les angles et de présenter Scully comme un endroit finalement très humain. Le but de cette petite réunion, c'était de se parler. Doug voulait les entendre évoquer leurs problèmes et leurs préoccupations, leurs idées et leurs projets, leurs impressions et leurs objectifs. Il voulait aussi boucler ce brunch à temps pour suivre le match des Giants contre les quarante-neuvièmes du classement et boire une bière. Coup d'envoi à treize heures.

Shelly s'était mise elle-même aux fourneaux, et Doug l'aida en se chargeant du service et du vin. Au bout d'une heure de bavardages oiseux autour des mêmes procédures judiciaires ennuyeuses sur lesquelles ils avaient trimé comme des brutes toute la semaine, place aux Giants. Kyle, seul collaborateur de première année autour de la table, participa moins à la conversation. Au milieu du repas, il anticipait déjà son trajet pour rejoindre le centre. Après le dessert, ils migrèrent au salon, où un petit feu créait une atmosphère douillette, et Peckham manipula la télécommande de son écran plat haute définition. S'efforçant d'animer la petite réception, Kyle se présenta comme un supporter acharné des quarante-neuvièmes du classement et affirma détester les Giants, ce qui suffit à lui attirer quelques quolibets. À la fin du premier quart temps, deux collaborateurs, des anciens, s'étaient déjà endormis.

Doug piqua un somme, lui aussi, et, à la mi-temps, Kyle, un peu gêné aux entournures, s'arrangea pour s'éclipser et retrouver la rue.

À cinq heures, le lundi matin, il était au bureau, prêt à attaquer une nouvelle longue semaine.

Les Giants jouaient leur match suivant à Pittsburgh, et deux heures avant le coup d'envoi, Kyle et Joey Bernardo s'installaient dans leurs sièges, à hauteur de la ligne des quarante yards, et tâchaient de se réchauffer. Un front froid avait chassé l'automne et une brume glaciale planait au-dessus du nouveau stade. Peu importait. Supporters inébranlables des Steelers de Pittsburgh, ils avaient grelotté pendant plus d'un match, au Three Rivers Stadium, le vieux stade, rasé depuis lors. Ils se réjouissaient de ce froid. C'était un vrai temps de football.

Fort heureusement, Blair s'intéressait peu au football américain. Enceinte de cinq mois, elle avait pris énormément de poids, et n'abordait pas sa maternité au mieux. Quant à Joey, désormais, la perspective du mariage le décontenançait un peu – d'une certaine manière, il se sentait pris au piège. Kyle n'avait pas d'avis utile sur la question. Si elle n'avait pas été enceinte, il aurait conseillé à son ami de fuir. Enfin, on ne peut pas abandonner une fiancée enceinte, n'est-ce pas ? Cela ne serait tout bonnement pas correct. Mais bon, ces réalités-là le dépassaient un peu.

La foule s'installait, les équipes s'échauffaient, et lui, il était prêt à discuter.

– Parle doucement, et raconte-moi Elaine Keenan, fit-il.

Joey avait une flasque remplie de vodka, son antigel. Il en but une gorgée, grimaça comme si elle avait un goût épouvantable, et lui répondit :

– Rien que des complications.

Leur seul échange concernant Elaine s'était limité au compte rendu écrit de leur rencontre à Scranton. Kyle avait besoin de tous les détails, pour élaborer leur plan.

– C'est une jeune femme aigrie, poursuivit son ami. Mais elle est loin d'être aussi mauvaise que son avocate.

– Commence par le commencement, et raconte-moi tout.

Encore une gorgée, un claquement sonore des lèvres, un coup d'œil autour de lui, pour s'assurer que personne ne se formalisait de cette petite privauté, et Joey se lança dans une reconstitution lente et détaillée de son déplacement à Scranton. Kyle l'interrompait avec ses questions, ce qui n'empêchait pas la progression du récit. Juste avant le tirage au sort entre les deux équipes, devant un stade bourré à craquer, une ambiance électrique, Joey acheva son rapport sur un avertissement.

– Si elles trouvent la plus petite ouverture, elles vont nous attaquer sans pitié. Ne leur laisse pas une seule ouverture. Enterrons ce petit épisode, point à la ligne.

Ils regardèrent le match un moment, et ne parlèrent plus que de football. Lors d'un arrêt de jeu, Joey lui demanda :

– Alors, c'est quoi, notre plan ?

– Tu peux venir à New York, le week-end prochain ? Les Steelers contre les Jets. Quatre heures, dimanche, au Meadowlands. J'aurai des billets.

– Oh, mon vieux, j'en sais rien.

Le problème, c'était Blair, et aussi l'argent. Joey gagnait un coquet salaire assorti de commissions, mais il n'était pas près de s'enrichir. Il avait maintenant un bébé en route et un mariage en vue, ou vice versa, ils n'avaient pas encore décidé. Un jour, Blair voulait repousser le mariage jusqu'après la naissance, le temps de retrouver sa silhouette. Le lendemain, elle voulait avancer la cérémonie pour que l'enfant ne naisse pas hors mariage. Joey restait le cul entre deux chaises, en s'accrochant du bout des ongles, et il était perdant sur les deux tableaux. Il ne pouvait pas se permettre de passer trop de temps à suivre des matches de football.

– Pourquoi veux-tu me faire venir à New York ?

– Je veux que tu essaies de prendre une photo de Bennie.

– Et pourquoi veux-tu une photo de ce type ? Ces gens sont dangereux, exact ?

– Ah, oui. Danger mortel.

– Alors pourquoi se frotter à eux ?

– Je veux découvrir qui ils sont.

Joey secoua la tête et regarda au loin, vers le tableau d'affichage, puis il but une gorgée de vodka et se pencha tout près de son copain.

– Je crois que tu devrais les laisser tranquilles. Fais ce qu'ils te demandent de faire, joue leur jeu, ne te fais pas prendre, enterre-moi cette foutue vidéo et ce sera la belle vie.

– Peut-être. Tu peux venir à New York ?

– Je ne sais pas. Va falloir que je réfléchisse.

– C'est très important. S'il te plaît.

– Mon vieux, comment comptes-tu prendre une photo de ce type, ce Bennie ? C'est un agent, un professionnel, exact ?

– Quelque chose dans ce goût-là.

– Tu es avocat, je suis courtier en Bourse. On n'y connaît rien, et on pourrait facilement se créer des ennuis.

– Oui, on pourrait.

Kyle sortit un petit paquet de la poche de sa volumineuse parka noir et or aux couleurs des Steelers.

– Prends ça, dit-il, en tenant le paquet assez bas pour que personne ne puisse le voir.

Joey s'en saisit et le fourra dans une poche de sa parka.

– Qu'est-ce que c'est ?

– Une caméra vidéo.

– Ça ne ressemble pas à une caméra vidéo.

– C'est une caméra vidéo, mais pas le genre que tu risques de voir dans une vitrine.

Les Steelers marquèrent sur une longue passe, la première tentative du match, et la foule fêta l'événement pendant cinq bonnes minutes. Durant l'arrêt de jeu qui suivit, il continua :

– Elle n'est pas beaucoup plus grosse qu'un stylo à plume. Elle tient dans la poche de ta chemise ou de ta veste, et tu la relies par un fil très fin à un interrupteur à commande tactile, que tu gardes dans ta main gauche. Tu peux discuter avec quelqu'un et filmer la conversation sans que l'autre s'en aperçoive.

– Donc je m'approche de Bennie, qui est probablement lourdement armé, et qui a plusieurs autres copains armés à proximité, je me présente et je lui demande de sourire.

– Non. Il y a un meilleur moyen. Mais cette semaine il faut que tu t'entraînes.

– Ça porte un nom, ce machin ?

– Tout est dans la notice… les spécifications, les instructions. Potasse-moi ça cette semaine et apprends à t'en servir. Si tout se déroule à la perfection, tu auras environ trois secondes pour filmer Bennie Wright.

– Et si tout ne se déroule pas à la perfection ?

– Je viendrai à ton secours.

– Génial. (Il but une longue gorgée de sa flasque, visiblement sur les nerfs.) Donc, Kyle, admettons qu'on chope Bennie en vidéo. Comment vas-tu l'identifier, toi ?

– Je n'y ai pas encore réfléchi.

– Il y a beaucoup de choses auxquelles tu n'as pas encore réfléchi.

– Je t'envoie un e-mail, mardi, pour te dire que j'ai des billets, la manœuvre habituelle. Tu en es, Joey, mon vieux pote ?

– Je ne sais pas. Je crois que tu es dingue, et que tu me rends dingue.

– Allons. Il faut bien que tu t'amuses un peu, tant que tu peux encore.

Kyle bossait ferme, dans la bibliothèque principale, quand le CabPhone vibra doucement. Il était quatre heures, le jeudi après-midi. L'e-mail était signalé comme prioritaire, ordonnant aux collaborateurs de première année de se rassembler immédiatement dans la mezzanine du quarante-quatrième étage, le plus grand espace de réunion de Scully & Pershing. Le message ne signifiait qu'une seule chose – les résultats de l'examen du barreau venaient de tomber. Et sa convocation signifiait qu'il était reçu.

Depuis des semaines, ils avaient livré une vraie course contre la montre et subi la pression souvent insoutenable que leur imposait l'adaptation à la vie d'un grand cabinet, et l'examen du barreau qui pesait au-dessus d'eux comme un nuage noir n'avait fait qu'ajouter à leur supplice. Ils y pensaient sans cesse mais en parlaient rarement, car l'examen proprement dit était derrière eux, et sa seule évocation ne faisait qu'élever le degré de tension. Mais ça les réveillait la nuit, alors qu'ils avaient un besoin impérieux de dormir. Ça les poursuivait à table, et cela pouvait instantanément vous gâcher un repas. L'examen du barreau. Et s'ils étaient recalés ?

D'un cabinet à l'autre, le rituel variait, mais S & P avait une façon assez plaisante d'annoncer les résultats. On réunissait les heureux élus et on improvisait une petite fête. Même si c'était censé être une surprise, dès la deuxième semaine de septembre, tous les nouveaux collaborateurs étaient au courant de la manœuvre. Le côté cruel de ces festivités, c'est que les malchanceux en étaient exclus, tout simplement. Ils n'avaient plus qu'à s'éclipser, sortir de l'immeuble en catimini pour errer dans les rues tout le reste de la journée.

Il monta les escaliers et sillonna les couloirs, il cherchait ses amis. Il y eut des tope-là, des cris de joie, des gens qui couraient dans des chaussures pas du tout prévues pour ça. Il trouva Dale et la serra dans ses bras, et ils avancèrent ensemble, d'un pas rapide, jusqu'à la mezzanine. La foule des invités était déjà surexcitée, quand M. Howard Meezer, l'administrateur senior du cabinet, rejoignit l'estrade.

– Mes félicitations. Nous allons fêter cela. On ne facture plus une seule heure aujourd'hui.

Les bouchons de champagne ne tardèrent pas à voler. Les barmans étaient très affairés, et les serveurs commencèrent à circuler avec de délicieux *antipasti*. Il régnait une atmosphère d'euphorie, à la limite de l'étourdissement, car le cauchemar s'achevait et ils étaient maintenant avocats, à titre définitif.

Il partagea le plaisir d'une coupe de champagne avec Dale et quelques autres, quand la conversation glissa vers leurs collègues moins heureux.

– Quelqu'un a vu Garwood ?

Ils cherchèrent Garwood dans la foule, mais il demeurait invisible et on en conclut donc assez vite qu'il figurait sur l'autre liste.

Tim Reynolds s'approcha d'eux avec un sourire mauvais, un verre dans une main et une sortie papier dans l'autre.

– Tabor est recalé, leur annonça-t-il fièrement. Vous y croyez ? Un de moins côté Harvard.

Kyle n'était pas si content. Bien sûr, Tabor était détestable et opportuniste, mais c'était un camarade de cube, et rater l'examen du barreau, il allait y laisser sa peau. Et puis ce n'était pas un méchant garçon.

L'information se propagea. Le nombre des trépassés se précisait. En tout, on comptait huit recalés sur cent trois, un taux de réussite de quatre-vingt-douze pour cent, un excellent chiffre toutes promotions confondues, même dans un cabinet aussi prestigieux. Une fois de plus, la vérité s'imposait, ils étaient les étoiles les plus brillantes du firmament, et désormais promis à de bien plus grandes réussites encore.

Ils se saoulèrent autant qu'il était possible, puis des véhicules privés affrétés par la maison les raccompagnèrent chez eux. Kyle n'avait bu que deux verres et regagna Chelsea à pied. En chemin, il appela son père pour lui annoncer la merveilleuse nouvelle.

24.

Son rendez-vous à midi le vendredi avec Doug Peckham lui avait été présenté comme un déjeuner de travail destiné à revoir certaines communications de pièces, mais quand il arriva avec dix minutes d'avance, l'associé lui dit : « Fêtons ça ! » Ils sortirent de l'immeuble et s'engouffrèrent dans une limousine Lincoln, l'une de ces innombrables voitures noires qui sillonnent New York et permettent aux professionnels du droit et de la finance d'éviter les taxis jaunes. Le cabinet tenait une flotte de ces voitures noires à disposition.

– Jamais été au Eleven Madison Park ? lui demanda Doug.

– Non. Je ne sors pas trop, ces temps-ci, Doug. Je suis un collaborateur de première année et généralement je suis même trop fatigué pour avaler quoi que ce soit, ou je n'ai pas le temps, ou alors j'oublie, tout simplement.

– Ah tiens, on se plaint, comme ça ?

– Bien sûr que non.

– Mes félicitations pour votre réussite à l'examen du barreau.

– Merci.

– Cet endroit va vous plaire. Superbe cuisine, salle à manger magnifique. On va s'offrir un déjeuner à rallonge, et même un peu de vin. Et je sais déjà à quel client imputer l'addition.

Kyle opina. Au bout de deux mois dans le circuit, l'idée d'imputer des frais abusifs aux clients le mettait toujours mal à l'aise. De gonfler le dossier. De surfacturer. De pousser les frais. Il avait envie de demander ce qu'on allait imputer au client, au juste. Uniquement le déjeuner, ce qui était déjà prévu, ou le client se verrait-il aussi facturer deux heures de son temps et deux de celui de Peckham ? Mais il ne posa pas la question.

Le restaurant était aménagé dans l'ancien hall d'entrée du Metropolitan Life Building, avec vue sur Madison Square Park. Le décor était résolument moderne, avec de hauts plafonds et de larges fenêtres. Comme de juste, Doug fit valoir ses relations avec le chef, le maître d'hôtel et le sommelier, et il ne fut pas étonné qu'on les installe à une table de choix, donnant sur le parc.

– Débarrassons-nous déjà de votre évaluation, commença Doug, en cassant un gressin d'un coup sec, expédiant une petite gerbe de miettes sur la nappe d'une blancheur immaculée.

– Mon évaluation ?

– Oui, en tant qu'associé superviseur, et après les épreuves de l'examen du barreau, c'est mon travail de vous évaluer. À l'évidence, si vous aviez été recalé, vous ne seriez pas là, et je n'aurais rien d'agréable à vous dire. Nous nous arrêterions sans doute devant un de ces marchands ambulants, on se choisirait une kielbasa, vous savez, ces saucisses polonaises bien grasses, on marcherait un peu et on aurait une conversation désagréable. Mais vous êtes reçu, je vais donc être agréable.

– Je vous remercie.

Un garçon leur tendit les menus, tandis qu'on leur servait de l'eau. Doug mastiqua énergiquement un deuxième gressin, et d'autres miettes voletèrent au-dessus de la table.

– Votre facturation se situe nettement au-dessus de la moyenne. En fait, le total est très impressionnant.

– Merci.

Guère surprenant qu'une évaluation chez Scully & Pershing commence par les montants que l'intéressé avait pu cumuler.

– Je n'ai eu que des commentaires positifs de la part des autres associés et des collaborateurs seniors.

– Que boirez-vous, messieurs ? Souhaitez-vous un apéritif ? leur demanda le serveur.

– Nous commanderons du vin pour accompagner nos plats, répliqua Doug, à la limite de l'impolitesse, et le serveur disparut.

– Et pourtant, vous semblez quelquefois manquer d'engagement, comme si vous n'étiez pas pleinement présent. Juste ?

Kyle secoua la tête et réfléchit à sa réponse. Doug s'exprimait sans détour, alors pourquoi ne pas montrer la même franchise ?

– Je vis, je mange et je dors au cabinet, comme tous les autres collaborateurs de première année, parce que c'est le modèle d'entreprise qu'un type a inventé il y a de ça des années. De la même manière que les internes en médecine doivent aligner vingt heures par jour pour faire leurs preuves. Dieu merci, nous ne traitons pas des malades. Je ne vois pas ce que je pourrais faire de plus pour vous prouver mon degré d'engagement.

– Bonne remarque, reconnut Doug, subitement bien plus soucieux du menu. (Le serveur leur tournait autour, il attendait.) Vous avez choisi ? reprit-il. Je meurs de faim.

Kyle n'avait pas même consulté la carte, et il était encore piqué au vif par cette critique sur son manque d'engagement.

– Oui, bien sûr, dit-il.

Tout avait l'air délicieux. Ils passèrent commande, le serveur approuva, et le sommelier fit son apparition. Au cours de la discussion qui s'ensuivit, Doug mentionna une « première bouteille » et une « seconde bouteille ».

La première était un bourgogne blanc.

– Vous allez adorer. L'un de mes préférés.

– J'en suis convaincu.

– Des problèmes, des motifs de plainte ? lui demanda l'autre, comme s'il cochait des rubriques dans la liste de son rapport d'évaluation.

Avec un sens parfait de l'à-propos, le CabPhone de Kyle vibra.

– C'est amusant que vous m'en parliez, ironisa ce dernier en sortant l'appareil de la poche de sa veste pour jeter un œil à l'e-mail qu'il venait de recevoir. C'est Karleen Sanborn, elle a besoin de quelques heures de manutention dans ce bazar de Foncier Sérénité. Que dois-je lui répondre ?

– Que vous déjeunez avec moi.

Kyle tapa la réponse, envoya l'e-mail.

– Je ne peux pas l'éteindre, ce truc ?

– Mais si.

On vint leur présenter le vin. Doug le goûta et leva les yeux au ciel, puis on les servit tous deux.

Kyle continua :

– Mon motif de plainte, c'est ce foutu téléphone. C'est devenu ma vie. Il y a une quinzaine d'années, les collaborateurs n'avaient pas de téléphones portables, de smartphones et de CabPhones, et donc…

– Et on travaillait tout aussi dur, l'interrompit Peckham avec un geste définitif. Cessez de vous plaindre. Endurcissez-vous.

De son autre main, il leva son verre de vin pour en admirer la robe. Enfin, il en but une gorgée, puis il hocha la tête, en signe d'approbation.

– Eh bien, mon seul motif de plainte, c'est ce téléphone.

– D'accord. Rien d'autre ?

Encore une case cochée.

– Non, juste les plaintes habituelles sur les abus que subit un collaborateur. Ce n'est pas la première fois que vous entendez ça, et vous n'avez aucune envie de m'entendre en rajouter là-dessus, surtout pas maintenant.

– Vous avez raison, Kyle. Aucune envie. Écoutez, nous, du côté des associés, nous savons fort bien ce qu'il en est. Nous ne sommes pas indifférents. Nous avons survécu à tout ça, et aujourd'hui nous en récoltons les fruits. C'est un modèle d'entreprise exécrable, parce qu'il rend tout le monde malheureux. Vous croyez que j'ai envie de sortir de mon lit tous les matins à cinq heures pour passer douze heures démentielles au bureau et qu'à la fin de l'année nous puissions nous partager les bénéfices et nous placer au sommet des classements ? L'an dernier, les associés d'APE ont gagné en moyenne 1,4 million de dollars. Nous stagnions à 1,3 million, et tout le monde a paniqué. Il faut réduire les dépenses ! Il faut facturer plus ! Il faut embaucher davantage de collaborateurs et les bétonner de boulot, parce que nous sommes les plus puissants ! C'est de la folie. Personne ne lève jamais le pied, personne ne dit jamais : « Hé, vous savez, je peux très bien vivre avec 1 million par an et consacrer plus de temps à mes enfants, ou plus de temps pour aller à la plage. » Non, monsieur. Il faut qu'on soit numéro 1.

– Je vivrais volontiers avec 1 million par an.

– Vous y arriverez. Évaluation terminée.

– Une question en vitesse.

– Feu.

– Il y a une collaboratrice de première année, mignonne, et je suis de plus en plus attaché à elle. Ça pose un gros problème ?

– Strictement interdit. Mignonne à ce point ?

– Chaque jour de plus en plus mignonne.

– Son nom.

– Désolé.

– Vous allez faire la chose au bureau ?

– Je n'en suis pas encore arrivé là. Cela dit, ce ne sont pas les sacs de couchage qui manquent.

Doug respira à fond et se pencha en avant, les coudes plantés sur la table.

– Le sexe, dans ce cabinet, ça n'arrête pas. Enfin, écoutez, c'est la vie de bureau, quoi. Vous collez cinq mille hommes et femmes ensemble, et ce sont des choses qui arrivent. La règle non écrite est la suivante : on ne baise pas avec les employés. Les secrétaires, les auxiliaires juridiques, le personnel administratif, les clercs, tous ceux que l'on juge inférieurs à nous, quel que soit leur statut. Nous les appelons les « non-avocats ». Pour ce qui est de vos collègues collaborateurs, ou de votre partenaire, en l'occurrence, personne ne s'en soucie, tant que vous ne vous faites pas prendre.

– J'ai entendu quelques histoires assez salées.

– Elles sont probablement vraies. On a vu des carrières ruinées. L'an dernier, deux associés, tous deux déjà mariés, se sont lancés dans une liaison torride, ils se sont fait prendre, et on les a mis à la porte. À ce jour, ils sont toujours sur le marché du travail.

– Enfin, allez, quoi, pour deux collaborateurs célibataires…

– Ne vous faites pas prendre, c'est tout.

Les entrées arrivèrent et on mit le sexe de côté. Kyle avait pris une tourte au fromage et aux poireaux. Doug avait visé un peu plus lourd, avec une salade de homard du Maine au fenouil et aux cratelles. McAvoy but moins de vin et davantage d'eau. Peckham était fermement décidé à siffler la première bouteille et à se faire ouvrir la seconde.

– On va assister à quelques remaniements, lui confia-t-il entre deux bouchées. Je suis certain que vous avez dû en entendre parler.

Il opina, la bouche pleine.

– C'est imminent. Cinq de nos associés du contentieux nous quittent en emmenant avec eux un groupe de collaborateurs et quelques clients. Toby Roland a pris la tête de cette mutinerie, et ce n'est pas joli-joli.

– Combien de collaborateurs ?

– En date de ce matin, vingt-six. C'est la mêlée générale. On leur agite des sommes d'argent sous le nez, on leur force la main, personne ne sait combien partiront, au bout du compte, mais ça va créer un vide dans le service du contentieux. Ce n'est pas la mort non plus.

– Comment comblerons-nous le trou ?

– Nous allons sans doute prendre le contrôle d'un autre cabinet. On ne vous a pas appris ça, à la fac ?

Cela les fit tous les deux rire, et ils se concentrèrent un petit moment sur le contenu de leur assiette.

– Notre charge de travail va-t-elle augmenter d'autant ? s'enquit-il, entre deux bouchées.

Peckham haussa les épaules, une manière de répondre par l'affirmative.

– Peut-être. Il est trop tôt pour le dire. Ils embarquent avec eux quelques gros clients, et de grosses procédures. En réalité, c'est très exactement ce qui motive leur départ.

– Trylon, c'est un client que nous perdons ?

– Trylon est un vieux client, et qui reste fermement sous la garde rapprochée de maître Wilson Rush. Que savez-vous de Trylon ?

Il le scrutait du regard, comme s'ils venaient de pénétrer en territoire interdit.

– Seulement ce que j'en ai lu dans les journaux et les magazines. Vous avez déjà travaillé pour eux ?

– Bien sûr. À plusieurs occasions.

Kyle décida d'insister un peu. Un garçon leur retira leurs assiettes. Un autre vint leur servir du vin.

– Ce litige avec Bartin, il s'agit de quoi, au juste ? Le *Wall Street Journal* explique que le dossier de procédure est sous scellés, tant l'affaire est sensible.

– Secrets militaires. D'énormes sommes d'argent engagées. Le Pentagone a ses grosses pattes un peu partout dans cette affaire. Le ministère de la Défense s'est démené pour empêcher les deux groupes d'en venir aux mains, mais ça n'a pas empêché l'affaire d'éclater au grand jour. Il y a une masse de technologies en jeu, sans parler de quelques centaines de milliards de dollars.

– Vous travaillez sur ce dossier ?

– Non. J'ai passé la main. Toute cette affaire mobilise une sacrée équipe.

Du pain frais arriva, qui leur permit de se nettoyer le palais. Ils avaient vidé leur première bouteille, et Peckham en commanda une seconde. Kyle eut la prudence de se ménager.

– Parmi tous les associés et les collaborateurs qui s'en vont, reprit-il, combien travaillent sur la procédure Bartin ?

– Je ne sais pas. Pourquoi cela vous intéresse-t-il tant ?

– Parce que je ne veux pas travailler là-dessus.

– Pourquoi ?

– Trylon est un sous-traitant de la défense véreux, qui est connu depuis longtemps pour fabriquer des produits médiocres, pour entuber le gouvernement et le contribuable, pour répandre des armes infectes un peu partout dans le monde, tuer des innocents, promouvoir la guerre et soutenir de sales petits dictateurs, le tout dans le seul but d'augmenter son résultat net et d'avoir des chiffres à montrer à ses actionnaires.

– Autre chose ?

– Plein d'autres choses.

– Vous n'aimez pas Trylon ?

– Non.

– Le groupe est un client extrêmement précieux.

– Bon. Que d'autres travaillent pour eux, s'ils le veulent.

– Les collaborateurs ne sont pas autorisés à choisir leurs clients.

– Je sais. Je vous fais simplement part de mon opinion.

– Eh bien, gardez-la pour vous, d'accord ? Avec ce style de langage, vous allez vous créer une réputation détestable.

– Ne vous inquiétez pas. J'accomplirai le travail que l'on me confiera. Mais puisque vous êtes mon associé superviseur, rendez-moi ce service : je vous demande de m'affecter à d'autres dossiers.

– Je verrai ce que je peux faire, mais c'est maître Rush qui prend les décisions finales.

Le second vin était un pinot noir d'Afrique du Sud, qui eut lui aussi pour effet de faire lever les yeux au ciel à Peckham. Leurs plats – une épaule de porc braisée et une côte de bœuf – arrivèrent dans la foulée, et ils s'attaquèrent enfin sérieusement à leur déjeuner.

– Vous savez qu'à présent votre taux horaire passe à 400 dollars l'heure, lui apprit Doug, en parlant la bouche pleine.

– Et vous, vous êtes toujours à 800 ?

– Oui.

Il n'était pas sûr d'avoir le cran de facturer à un client, quelle que soit la taille de sa société, 400 dollars l'heure pour son travail de jeune juriste dépourvu d'expérience. Enfin, il n'avait pas le choix.

– À propos de facturation, reprit Peckham. Pour le mois d'octobre, j'aurais besoin que vous estimiez mes heures dans le dossier Ontario Bank. J'ai été très pris et j'ai perdu le fil.

Kyle réussit à continuer de mâcher un petit morceau de porc braisé, mais il faillit s'étouffer. Venait-il de lui demander une « estimation de ses heures » ? Il avait bien entendu, et c'était une nouveauté. Ni lors de leur semaine d'accueil ni dans leurs manuels, il n'avait été question d'« estimer » les heures. Tout le contraire. Ils avaient été formés pour traiter la facturation comme l'aspect le plus important de leur profession. Vous prenez un dossier, vous vérifiez la montre. Vous passez un coup de fil, vous notez sa durée. Vous assistez à une réunion, vous décomptez les minutes. Chaque heure devait être comptabilisée, et la facturation s'établissait sur-le-champ. Elle ne devait souffrir d'aucun retard, et elle se devait d'être précise.

– Et comment estime-t-on les heures ? demanda-t-il prudemment.

– Vous regardez le dossier. Vous vérifiez vos heures facturées. Puis vous regardez mon travail, et vous estimez le temps que j'y ai moi-même passé pour le mois d'octobre. Pas de quoi en faire un plat.

À 800 dollars l'heure, il y avait plutôt de quoi en faire un plat.

– Et pas de sous-estimation, le prévint-il, en regardant tournoyer son vin dans son verre à pied.

Bien sûr que non. Tant qu'à faire une estimation, tirons-la vers le haut.

– C'est une pratique courante ?

Incrédule, Doug s'étrangla de rire et avala un gros morceau de bœuf. Ne sois pas stupide, mon garçon. Cela se pratique tout le temps.

– Et puisqu'on parle d'Ontario Bank, ajouta-t-il, des fibres de viande visibles entre les dents, vous leur facturerez ce déjeuner.

– Je m'apprêtais à payer par chèque, dit Kyle, une bien piètre tentative de faire de l'humour.

– Pas du tout. Je vais débiter ça sur une carte et vous facturerez la banque. Mais je parle de notre temps. Deux heures pour vous, désormais à 400 dollars, et deux pour moi. La banque a enregistré des bénéfices records, l'an dernier.

Voilà qui était plaisant à entendre. Il lui en faudrait, de solides profits, à cette banque, pour maintenir ses relations avec Scully & Pershing. 2 400 dollars pour un déjeuner, et cela sans compter le repas, le vin ou le pourboire.

– Et maintenant que vous avez été reçu à l'examen du barreau, reprit Peckham sur une autre bouchée de bœuf, vous avez le droit d'emprunter les limousines noires et de facturer vos dîners au client. La règle s'applique comme suit : si vous travaillez jusqu'à huit heures du soir, vous appelez une voiture. Je vous donnerai un numéro et un code, et vous veillerez bien à ce que le client soit facturé pour la voiture. Et si vous le décidez, vous pouvez aller au restaurant, sans dépenser plus de 100 dollars pour vous-même, et là aussi, vous facturez le client.

– Vous n'êtes pas sérieux, j'imagine.

– Pourquoi ?

– Parce que je suis déjà au bureau un soir sur deux jusqu'à huit heures, mais si quelqu'un me paie mon dîner, alors c'est sûr que je vais rester absolument tous les soirs jusqu'à huit heures.

– Bien vu, mon garçon.

– Ça paraît un peu fort, non ?

– Quoi ?

– De facturer au client des dîners, des déjeuners et des voitures qui coûtent si cher.

Un fond de pinot qui tournoie dans son verre ballon, un regard songeur sur ce nectar écarlate, une longue gorgée.

– Kyle, mon garçon, considérez la chose sous cet angle. Notre plus gros client, c'est BXL, le septième groupe mondial, un chiffre d'affaires de 200 milliards de dollars. Des hommes d'affaires très intelligents, qui ont un budget pour tout. Ils vivent à travers leurs budgets. Ce sont des fanatiques du budget. L'an dernier, leur budget de frais juridiques représentait un pour cent du chiffre total de leurs ventes, soit environ 2 milliards. Cette somme ne nous est pas entièrement destinée, mais nous en avons touché notre part. Devinez ce qui arrive s'ils ne dépensent pas toute l'enveloppe qu'ils ont budgétée, et si leurs frais juridiques se révèlent inférieurs ? Leurs juristes maison passent nos factures au crible, et si nos chiffres sont trop bas, ils nous appellent et font un scandale. Qu'est-ce qui nous prend ? Nous sommes leurs avocats ou pas ? Est-ce que par hasard nous ne les protégerions pas comme il convient ? Le fait est qu'ils s'attendent à ce qu'on dépense cet argent. Si nous ne l'encaissons pas, ça fiche leur budget par terre, ils se font du mouron, et ils risquent même peut-être de se mettre à chercher un autre cabinet, qui se donnera davantage de mal pour les facturer. Vous me suivez ?

Oui, Kyle suivait. Tout cela commençait à se tenir. Ces repas coûteux étaient un outil indispensable, non seulement pour maintenir en forme les avocats affamés, mais aussi pour équilibrer correctement le bilan financier de leurs clients. Maintenant, cela lui semblait presque une mesure de prudence.

– Oui, fit-il et, pour la première fois, le vin lui réchauffait le cerveau, il le détendait.

Doug ouvrit grand les bras et regarda autour de lui.

– Et regardez où nous sommes, Kyle. Wall Street. Le summum absolu de la réussite, en Amérique. Nous sommes ici, nous sommes au sommet, nous sommes intelligents, costauds et talentueux, et nous touchons des charretées d'argent qui suffisent à le prouver. Tout cela, c'est notre dû, Kyle, ne l'oubliez pas. Nos clients nous paient parce qu'ils ont besoin de nous et parce que nous offrons le meilleur conseil juridique que l'on puisse se payer. N'oubliez jamais ça.

John McAvoy déjeunait tous les jours à la même table, dans un vieux café de Queen Street, à York, et, dès l'âge de dix ans, Kyle s'était mis à traîner au bureau paternel, et il adorait déjeuner avec lui. Le café proposait une assiette de légumes qui changeait tous les jours et ne coûtait pas grand-chose, servie avec des petits pains et du thé glacé maison, sans sucre. Ce café attirait les avocats, les banquiers et les juges, mais également des mécanos et des maçons. Les rumeurs allaient bon train et les blagues fusaient. Les avocats plaisantaient tout le temps : « Alors, qui paie la note ? », et ils se vantaient de coller à leurs clients fortunés une note de 3,99 dollars.

Kyle doutait que son père ait même jamais songé, ne serait-ce que fugitivement, à facturer son déjeuner à un client.

Doug insista pour commander un dessert. Deux heures après être entrés dans ce restaurant, ils en franchirent la porte d'un pas lourd et s'engouffrèrent dans la limousine noire. Ils profitèrent du trajet d'une quinzaine de minutes jusqu'au bureau pour s'assoupir.

25.

Pour la première fois en neuf mois, Kyle contacta Bennie Wright et lui proposa un rendez-vous. Tous les rendez-vous précédents avaient été suscités par le « gestionnaire », pas par le « contact ». Il ne lui fournit pas de motif, mais ce n'était pas nécessaire. On partait du principe qu'il devait avoir enfin une information valable à lui transmettre. Il était presque six heures du soir, en ce vendredi, et il travaillait dans la bibliothèque principale, au trente-neuvième étage. Par e-mail, Bennie suggéra l'hôtel 60 Thompson, dans SoHo, et il acquiesça. Il acquiesçait toujours parce qu'il n'était pas autorisé à manifester son désaccord ou à proposer un autre lieu de rendez-vous. Cela n'avait aucune importance. Il n'avait pas l'intention de s'y montrer, pas ce vendredi soir. Joey n'était pas encore arrivé à New York.

Quatre heures plus tard, terré dans le caveau de Foncier Sérénité, à parcourir stupidement des dossiers de saisie – désormais au tarif de 400 dollars l'heure –, il envoya à Bennie un nouvel e-mail avec la triste nouvelle qu'il n'était pas près de quitter le bureau. Une nuit blanche s'annonçait peut-être.

Certes, il haïssait ce travail, il avait ce caveau en horreur, et il avait du mal à croire qu'il soit encore au bureau si tard un vendredi soir, mais l'image de Bennie Wright attendant impatiemment dans sa chambre d'hôtel un rendez-vous qui n'aurait pas lieu parce que son contact restait cloîtré au bureau avait plutôt de quoi l'amuser. Le gestionnaire n'oserait tout de même pas se plaindre que son contact soit submergé de travail.

Il proposa un autre rendez-vous le samedi en fin d'après-midi, et Wright mordit à l'hameçon. En l'espace de quelques minutes, il lui envoya ses instructions par e-mail : 19 heures, samedi, chambre 42, Wooster Hotel, à SoHo. Jusqu'à présent, on avait eu recours à un hôtel différent pour chaque rencontre.

En se servant d'un téléphone fixe, Kyle appela Joey à son nouveau numéro de portable et lui transmit ses instructions détaillées. Son vol de Pittsburgh arriverait à LaGuardia à 14 h 30 samedi après-midi. Il se rendrait au Mercer Hotel en taxi, prendrait sa chambre et tuerait le temps tandis que son ami exercerait son métier de juriste tout le samedi après-midi. Il flânerait dans les rues, entrerait dans des bars par la porte côté rue et en ressortirait par l'arrière, fouinerait chez des libraires, multiplierait les sauts de puce en taxi et, quand il serait certain de ne pas avoir été suivi, il débarquerait au Wooster Hotel et patienterait un peu dans le hall de la réception. Il avait en poche une copie du portrait-robot de Bennie Wright que son ami avait peaufiné depuis des semaines. Joey l'avait étudié des heures et il était convaincu de pouvoir reconnaître le personnage n'importe où. Mais cette fois, Kyle McAvoy voulait avoir Bennie en cliché numérique en couleurs.

À 7 h 30, le jeune avocat entra dans le hall de réception et prit l'ascenseur pour le quatrième étage. Nouveauté, Bennie avait choisi une petite chambre, pas une suite. Kyle lança son trench-coat et sa serviette sur le lit, jeta un coup d'œil à la salle de bains.

– Juste histoire de voir s'il n'y a pas Nigel, ou une autre surprise dans ce genre, hein, tant qu'on y est ? fit-il en appuyant sur l'interrupteur.

– Cette fois, il n'y a que moi, lui assura l'autre. (Il avait l'air détendu, assis dans un fauteuil tapissé de velours.) Vous êtes reçu à l'examen. Félicitations.

– Merci.

Son inspection terminée, Kyle s'assit au bord du lit. Son inspection n'avait révélé aucune autre présence que celle de son gestionnaire, mais il n'avait pas non plus trouvé de bagages ou de nécessaire de rasage, rien qui indique que l'autre resterait dans cette chambre après son départ.

– Vous accumulez les heures sup, nota Wright, une manière d'échanger encore quelques menus propos.

– Je suis avocat à part entière, maintenant, alors évidemment, on attend de moi que je travaille encore plus.

Il photographia la chemise du regard – bleue, en coton léger, unie, sans bouton de col, sans cravate. Le pantalon, marron foncé, en laine, au pli impeccable. La veste était manifestement dans le placard qui jouxtait la salle de bains, et il se maudit de ne pas l'avoir remarquée. Chaussettes foncées, sans couleur bien distincte. Souliers noirs éraflés, assez moches.

— Donc, voilà mon scoop, reprit-il. Cinq associés du contentieux se dissocient du cabinet. Abraham,

DeVere, Hanrahan, Roland et Bradley. Ils créent leur propre boutique en lui chipant trois clients au passage. Au dernier décompte, vingt-six collaborateurs montent dans le bateau avec eux. Parmi les associés, Bradley est le seul qui travaille sur l'affaire Trylon-Bartin. Toutefois, sept collaborateurs au moins étaient affectés à ce dossier.

– Je suis convaincu que vous m'avez rédigé une note là-dessus.

Il sortit une feuille simple pliée en trois, et la lui remit. C'était une liste concoctée à la hâte, les noms de tous les avocats de Scully & Pershing qui s'en allaient. Il savait que son gestionnaire voudrait cela par écrit, une pièce à conserver comme preuve de sa trahison. Voilà. Il avait finalement sauté le pas. Il venait de transmettre des informations secrètes du cabinet, et il n'y avait plus moyen de revenir en arrière.

Sauf que la teneur de ces informations variait d'heure en heure, et personne n'avait l'air de savoir précisément qui projetait de partir. Kyle avait pris quelques libertés avec les noms, surtout ceux des collaborateurs. Et ces informations n'avaient rien d'extrêmement confidentiel. Le *New York Lawyer*, le quotidien de la profession, avait déjà publié deux courts articles sur cette scission imminente au sein du département contentieux de Scully & Pershing. Au regard des changements incessants au sein d'un cabinet juridique, ce n'étaient pas non plus des nouvelles dignes de faire les gros titres. Et puis, Bennie en savait déjà autant que Kyle. Et ce dernier savait qu'il savait.

La note ne donnait aucun détail sur les affaires de tel ou tel client. En réalité, elle ne mentionnait aucun client nommément. Et elle avait beau paraître rédigée à la hâte, en réalité, Kyle y avait passé du temps pour s'assurer de n'avoir enfreint aucune règle éthique.

Wright déplia la feuille et l'étudia attentivement. Kyle l'observa un moment.

– J'aurais besoin d'aller aux toilettes, lui dit-il enfin.

– Par ici, fit l'autre, en pointant l'endroit du doigt sans relever les yeux.

En entrant dans la salle de bains, il passa devant le placard à la porte entrouverte, et il y avait là une veste sport bleu marine et un trench gris foncé, tous deux de qualité médiocre.

– Je ne suis pas certain que cela signifie grand-chose, dit Kyle à son retour dans la chambre. Ils ont les juristes maison de Trylon sur le dos, et ceux-là ont une préférence pour les collaborateurs plus expérimentés. Ceux qui s'en vont seront sans doute remplacés par des gens de troisième ou quatrième année. Je suis encore loin du compte.

– Qui va prendre la place de Bradley ?

– Aucune idée. Il y a pas mal de bruits qui circulent.

– Vous avez fait la connaissance de Sherry Abney ?

– Oui, nous avons joué au softball ensemble, le jour du pique-nique dans Central Park. On s'est tout de suite bien entendus, mais elle n'est pas responsable du choix des collaborateurs affectés au dossier. Cette décision revient à maître Wilson Rush.

– Patience, Kyle, patience. Le bon renseignement demande de l'investissement et des relations entretenues sur le long terme. Vous y arriverez.

– Je suis sûr que j'y arriverai, surtout si vous continuez de faire chuter les collaborateurs qui se trouvent sur mon chemin. Comment vous êtes-vous débarrassé de McDougle ? Vous avez introduit de la drogue dans son appartement ?

– Allons, Kyle. Ce jeune homme avait un grave problème de cocaïne.

– Il n'avait pas besoin de votre charmant coup de pouce.

– Il est sur le chemin de la guérison.

– Espèce d'enfoiré ! Il est sur le chemin de la prison.

– Il revendait de la coke, Kyle. Une menace pour la société.

– Qu'est-ce que vous en avez à fiche, de la société ?

Il se leva et commença à rassembler ses affaires.

– Faut que je file. Mon vieux copain Joey Bernardo est venu de Pittsburgh pour le match des Jets demain.

– Comme c'est sympa, fit Bennie, en se levant à son tour.

Il connaissait par cœur les numéros de vol de Joey, aller et retour, et il savait dans quelle tribune du stade et de quelles places ils suivraient le match du lendemain.

– Vous vous souvenez de Joey ? Le deuxième, sur votre petite vidéo ?

– Ce n'est pas ma vidéo, Kyle. Ce n'est pas moi qui vous ai filmés. Je me suis contenté de mettre la main dessus.

– Mais vous ne pouviez pas la laisser où elle était, hein ? À plus.

Il claqua la porte derrière lui et gagna en vitesse le bout du palier. Il dévala les quatre étages au pas de course et déboucha dans le hall d'accueil, non loin des ascenseurs. Il croisa le regard de Joey, puis se rendit tout droit aux toilettes, à l'angle du couloir. Il y avait là trois urinoirs, sur la droite. Il se campa devant celui du milieu, attendit environ dix secondes, et fut rejoint par son copain, à l'urinoir de gauche. Il n'y avait personne d'autre dans les toilettes.

– Chemise bleu ciel, veste sport bleu marine, le tout sous un trench gris foncé. Des lunettes de lecture à monture noire, il les met, il les retire, il ne les aura sans doute pas sur le nez quand il descendra. Aucune trace d'attaché-case, de chapeau, de parapluie ou rien d'autre. Il devrait être seul. Il ne reste pas cette nuit, donc je m'attends à ce qu'il sorte dans peu de temps. Bonne chance.

Il tira sur la poignée de la chasse d'eau, quitta la salle et l'hôtel. Joey laissa s'écouler deux minutes, puis retourna dans le hall, où il attrapa un journal dans un fauteuil et s'assit. La veille, il s'était fait couper ses cheveux bruns, une coupe courte, et on les lui avait presque entièrement teints en gris. Il portait de fausses lunettes à l'épaisse monture noire. La caméra, à peine plus grosse qu'un stylo jetable, mais quasiment impossible à différencier d'un vrai, était glissée dans la poche de sa veste en velours marron, à côté d'une pochette rouge.

Un agent de sécurité de l'hôtel en élégant costume noir le surveillait de près, mais sa curiosité tenait davantage à la relative inactivité qui régnait dans ce hall qu'à de la véritable suspicion. Une demi-heure plus tôt, il avait expliqué à cet agent qu'il attendait un ami qui était dans les étages. Deux employés, derrière la réception, vaquaient à leurs occupations, tête baissée, sans rien voir, mais sans que grand-chose leur échappe non plus.

Dix minutes s'écoulèrent, et puis quinze. Chaque fois que la porte d'un ascenseur s'ouvrait, il se contractait, mais d'un rien. Il gardait son journal pas trop haut, à hauteur des genoux, de manière à donner l'impression de lire, tout en dégageant le champ de la caméra sur sa cible.

Un carillon, la porte de l'ascenseur de gauche coulissa, et Bennie était là, tout seul, dans un long trench-coat gris. Le portrait-robot était d'une remarquable fidélité – le crâne chauve et lisse, quelques mèches de cheveux noirs plaqués par du gel autour des oreilles, un nez long, étroit, la mâchoire carrée, le sourcil épais au-dessus d'une paire d'yeux foncés. Joey déglutit, la gorge serrée, garda la tête baissée, et appuya sur le bouton « marche » de sa main gauche. Bennie s'avança de huit pas, droit vers lui, pour prendre le corridor au sol de marbre, en direction de la sortie, et disparut. Joey fit légèrement pivoter son torse, afin que l'objectif de la caméra puisse le suivre, puis il l'éteignit, respira à fond, et s'absorba dans son journal. Chaque fois qu'une porte d'ascenseur s'ouvrait, il levait les yeux et, au bout de dix longues minutes, il feignit de s'agacer du retard de son ami qui restait dans les étages et sortit de l'hôtel d'un pas énergique. Personne ne lui emboîta le pas.

Il s'immergea dans le capharnaüm nocturne du bas de Manhattan un samedi soir, flânant sans but dans la foule dense des piétons, faisant un peu de lèche-vitrine, s'esquivant ici ou là, à l'intérieur d'un magasin de disques ou d'un café. Il était convaincu d'avoir déjà semé son suiveur deux heures plus tôt, mais il ne voulait courir aucun risque. Il pressait le pas à chaque coin d'immeuble et coupait par des ruelles étroites. Chez un bouquiniste qu'il avait repéré en fin d'après-midi, il s'enferma aux toilettes, qui étaient minuscules, et se lava les cheveux avec un produit de rinçage qui fit disparaître presque toute la teinture grise. Le peu qui refusa de partir était masqué par sa casquette des Steelers. Il laissa tomber les fausses lunettes dans la poubelle. L'enregistreur vidéo était rangé au fond de sa poche de poitrine, côté droit.

Un Kyle très nerveux l'attendait au bar du Gotham Bar and Grill, sur la Douzième Rue. Il buvait un verre de vin blanc à petites gorgées en échangeant à l'occasion quelques propos avec le barman. Ils avaient réservé une table pour neuf heures.

Le scénario catastrophe, le seul qui aurait pu faire foirer l'opération, ce serait que Wright ait reconnu Joey à la réception du Wooster Hotel. Il n'empêche, il subsistait quand même un risque. Bennie savait que Bernardo était en ville, mais sous son déguisement, il ne le reconnaîtrait pas, et il ne s'attendrait pas à le croiser aux abords de l'hôtel. Sachant que depuis deux mois il n'avait rien tenté qui soit de nature à éveiller ses soupçons, et que l'on était un samedi soir, Kyle avait misé sur le fait que Bennie aurait allégé son dispositif, en plaçant dans la rue une équipe réduite au strict minimum.

Joey arriva pile à neuf heures. Ses cheveux avaient presque retrouvé leur couleur naturelle. Quand il franchit la porte du restaurant, Kyle fut incapable d'y discerner la moindre trace de gris. Il s'était arrangé pour troquer sa veste en velours marron assez usagée contre une autre, plus stylée. Son sourire était éloquent.

– Je l'ai eu, annonça-t-il en prenant un tabouret et en réfléchissant déjà au choix d'une boisson.

– Et donc ? dit Kyle à voix basse, tout en surveillant la porte, guettant le moindre signal suspect.

– Une double Absolut sur glace, lança son copain au barman. (Puis il s'adressa à Kyle, en baissant la voix à son tour.) Je crois que je l'ai chopé. Il m'aura fait poireauter en tout précisément seize minutes, il a pris l'ascenseur, et je l'ai filmé pendant au moins cinq secondes avant qu'il ne passe devant moi.

– Il t'a regardé ?

– Je ne sais pas. Je lisais le journal. Aucun échange de regards, souviens-toi. Mais à aucun moment il n'a ralenti le pas.

– Pas eu de mal à le reconnaître ?

– Non. Ton portrait-robot était formidable.

Ils burent, cela les occupa quelques instants, et Kyle continua de surveiller la porte d'entrée et toute la portion de trottoir qu'il pouvait apercevoir depuis son tabouret, sans trop craindre de se faire remarquer. Le maître d'hôtel vint les chercher et les conduisit à leur table, dans le fond de la salle. Après qu'on leur eut tendu la carte, Joey lui remit la caméra.

– Quand pourra-t-on voir le résultat ? lui demanda-t-il.

– Dans quelques jours. Je vais me servir d'un ordinateur au bureau.

– Ne m'envoie pas la vidéo par e-mail, fit Joey.

– Ne t'inquiète pas. Je vais la dupliquer et je te l'enverrai par courrier postal.

– Et maintenant ?

– Bon travail, mon pote. Maintenant, on va s'offrir un bon dîner, avec du vin, car comme tu l'auras compris…

– Je suis fier de toi.

– Et demain, on ira voir les Steelers embrocher les Jets.

Ils trinquèrent et savourèrent leur triomphe.

Bennie hurla sur ses trois agents de terrain, qui avaient perdu la trace de Bernardo peu après son arrivée à New York. Ils l'avaient perdu une première fois dans l'après-midi, il venait de prendre sa chambre au Mercer et il était ressorti dans la rue. Ils l'avaient retrouvé au Village, avant la tombée de la nuit, puis de nouveau perdu. Et à présent, il dînait avec Kyle au Gotham Bar and Grill, mais ça, il ne fallait pas être grand clerc pour l'avoir deviné, c'était exactement là qu'il était censé se trouver, et nulle part ailleurs. Ses sbires lui avaient juré que tous ses faits et gestes prouvaient qu'il se savait suivi. Il avait délibérément essayé de les semer.

– Et il s'est sacrément bien débrouillé, hein? hurla Bennie.

Deux matchs de football d'affilée, un à Pittsburgh, et maintenant un autre à New York. Et encore des échanges d'e-mails entre ces deux oiseaux-là. Joey était le seul ami de la faculté avec lequel Kyle gardait un contact régulier. Ils étaient là, les signaux d'alarme. Il se tramait quelque chose.

Il décida de renforcer la surveillance sur M. Joey Bernardo.

Et ils tenaient aussi Baxter Tate et sa remarquable transformation à l'œil.

26.

À 4 h 30, le lundi matin, au trente-troisième étage, Kyle sortit de l'ascenseur en vitesse, seul, et se dirigea vers son cube. Comme d'habitude, la lumière était restée allumée, les portes étaient ouvertes, le café réchauffait, quelqu'un était au travail. Les réceptionnistes, les secrétaires et les employés de bureau n'étaient pas attendus avant neuf heures, mais il est vrai que leur semaine de travail se limitait à quarante heures. Les associés en affichaient soixante-dix en moyenne. Il n'était pas exceptionnel qu'un collaborateur atteigne quelquefois la centaine.

– Bonjour, monsieur McAvoy.

C'était Alfredo, l'un des vigiles en civil, qui arpentait les couloirs aux horaires les plus improbables.

– Bonjour, Alfredo, fit-il en roulant son trench en boule avant de le lancer dans un coin, à côté de son sac de couchage.

– Alors, les Jets ?

– Je préfère ne pas en parler.

Douze heures auparavant, les Jets avaient étrillé les Steelers par trois tentatives d'écart, sous une pluie battante.

– Bonne journée, lança Alfredo, l'air joyeux, en s'éloignant, car manifestement sa journée à lui commençait d'autant mieux que son équipe avait massacré les Steelers et, surtout, parce qu'il avait trouvé le bon interlocuteur pour lourdement appuyer là où ça faisait mal. Ces supporters de New York, maugréa Kyle en déverrouillant son tiroir et en sortant son ordinateur. En attendant que la machine démarre, il vérifia autour de lui, et s'assura d'être seul. Dale refusait de pointer avant six heures. Tim Reynolds détestait le matin et préférait arriver vers huit heures et prolonger sa journée jusqu'à minuit. Pauvre Tabor. Le tueur avait échoué à l'examen et depuis, on ne l'avait plus revu. Le vendredi précédent, le lendemain de la publication des résultats, il s'était mis en congé de maladie et, à l'évidence, il était resté malade tout le week-end. Mais il n'avait pas le temps de s'inquiéter de Tabor. Ce dernier s'inquiéterait bien assez tout seul.

Opérant en vitesse, il inséra le minuscule raccord de la caméra vidéo, avec sa prise en T, dans un adaptateur, qu'il brancha dans le port de son ordinateur. Il attendit quelques secondes, cliqua deux fois, et dès que l'image apparut à l'écran, il s'immobilisa : les couleurs de l'image étaient parfaites, la porte de l'ascenseur s'ouvrit sur Bennie, qui attendait patiemment qu'elle coulisse complètement, puis s'avançait du pas régulier et confiant d'un homme qui n'a aucune raison d'avoir peur, de se presser, quatre pas sur le sol de marbre, ensuite, un long regard vers Joey, mais sans le reconnaître, encore cinq pas et il disparaissait de l'image. Écran vide. Rembobinage, deuxième visionnage, puis un autre encore, de plus en plus au ralenti. Après le quatrième pas, quand Bennie posait un regard détaché sur Joey, Kyle interrompit le défilement et examina son visage. Le plan était net, le meilleur de la vidéo. Il cliqua sur « impression » et en tira rapidement cinq exemplaires.

Il tenait son homme, du moins sur image. Que pensez-vous de cette petite vidéo-là, monsieur Wright ? Figurez-vous que vous n'êtes pas le seul à savoir vous amuser avec des caméras cachées. Il alla récupérer ses cinq tirages sur l'imprimante installée près du bureau de Sandra. On était censé consigner toutes les tâches d'impression et les facturer au client, mais si quelques pages devaient servir à un usage personnel, la secrétaire ne posait pas de questions. Il fixa le visage de son persécuteur, son maître chanteur, ce petit pourri, ce fils de pute qui avait pour l'instant la haute main sur son existence.

Il remercia Joey de ce superbe travail. Un maître du camouflage, trop rusé pour les limiers lancés à ses trousses, et un brillant cameraman.

Il entendit une voix non loin de là, rangea son portable, cacha le raccord et monta les six étages qui le séparaient de la bibliothèque principale. Là, perdu au milieu des rayonnages sur plusieurs niveaux, il ajouta quatre des tirages à sa chemise secrète. Le cinquième, il l'enverrait par la poste à Joey, avec un mot de félicitations.

Depuis une galerie située en contre-haut à l'étage supérieur, il contempla la salle centrale de la bibliothèque. Des rangées de tables et des compartiments de consultation, des piles de volumes disséminés autour de dossiers urgents. Il compta huit collaborateurs plongés dans leur besogne, perdus dans leurs recherches de rapports et de requêtes restées en souffrance depuis trop longtemps. 4 h 30 du matin, un lundi de début novembre. Quelle façon de débuter une semaine.

Il ne savait pas quelle serait l'étape suivante de son plan. Il n'était même pas certain qu'il y ait une étape suivante. Mais pour le moment, il était content de respirer, de savourer une mince victoire, et de se dire qu'il existait une issue.

Ce lundi, quelques minutes à peine après l'ouverture des marchés, Joey discutait avec un client qui voulait larguer quelques titres pétroliers quand son deuxième téléphone fixe sonna sur son bureau. Il avait l'habitude de mener plus d'une conversation téléphonique de front, mais quand le second correspondant s'écria « Salut, Joey, c'est Baxter. Comment ça va ? », il se débarrassa de son client.

– Où es-tu ?

Baxter avait quitté Pittsburgh trois ans plus tôt, après leur diplôme à Duquesne, et depuis il était rarement revenu. Néanmoins, chaque fois qu'il repassait, il battait le rappel de sa vieille bande, de ceux qui ne pouvaient pas l'éviter, et tout ce petit monde se lançait dans une beuverie effrénée qui leur flinguait un week-end entier. Plus il s'éternisait à Los Angeles, à la poursuite de sa carrière d'acteur, plus il se montrait insupportable chaque fois qu'il rentrait au bercail.

– Ici, à Pittsburgh. Plus un gramme de poudre, plus une goutte d'alcool depuis cent soixante jours.

– C'est génial, Baxter. Merveilleux. Je savais que tu étais en désintox.

– Oui, encore l'oncle Wally. Béni soit-il. Tu as le temps de déjeuner en vitesse ? Il faut que je te parle d'un truc.

Ils n'avaient jamais déjeuné ensemble, du moins depuis l'université. Le déjeuner, pour Baxter, c'était encore trop civilisé. Quand il retrouvait ses amis, c'était toujours dans un bar, avec une longue nuit devant eux.

– Bien sûr. Qu'est-ce qu'il y a ?

– Pas grand-chose. Juste envie de te dire un petit bonjour. Prends-toi un sandwich et retrouve-moi à Point State Park. J'ai envie de m'asseoir dehors et de regarder passer les bateaux.

– Bien sûr, Baxter.

Comme cette visite était évidemment planifiée, cela éveilla ses soupçons.

– À midi, c'est bon ?

– À tout à l'heure, alors.

À midi, Baxter arriva sans rien d'autre qu'une bouteille d'eau. Il avait minci et portait une salopette, un pull bleu marine passé et une paire de bottes militaires noires à lacets, le tout provenant de la boutique de fripes située au-dessus du refuge pour sans-abri de frère Manny. Oubliés les jeans couture, les vestes Armani et les mocassins en crocodile. Enterré, l'ancien Baxter.

Ils s'étreignirent et s'échangèrent une bordée d'insultes, puis trouvèrent un banc libre près de l'endroit où les deux rivières, l'Allegheny et la Monongahela, se rejoignent. Une grande fontaine crachait son jet d'eau derrière eux.

– Tu ne vas rien manger, remarqua Joey.

– Pas faim. Vas-y, toi.

Bernardo posa de côté son sandwich acheté chez le traiteur et examina les bottes militaires.

– Tu as revu Kyle ? s'enquit Baxter et, pendant quelques minutes, ils échangèrent des nouvelles récentes sur lui, Alan Strock et quelques autres de la fraternité Bêta.

Baxter s'exprimait d'une voix très douce, avec une élocution très lente, le regard tourné vers la jonction des deux rivières, comme s'il remuait la langue tout en ayant l'esprit ailleurs. Quand Joey prit la parole à son tour, Baxter écoutait, mais ne semblait pas vraiment l'entendre.

– Tu m'as l'air bien détaché, lui dit Joey, toujours aussi abrupt.

– C'est juste que ça fait bizarre d'être de retour ici, tu sais. En plus, c'est si différent, maintenant que je ne bois plus. J'étais un alcoolique, Joey, un alcoolique enragé, un alcoolique plein pot, et maintenant que j'ai arrêté de boire et que je me suis purgé de tout le poison que j'avais dans le sang, je regarde les choses autrement. Je ne boirai plus jamais, Joey.

– Si tu le dis.

– Je ne suis plus le Baxter Tate que tu as connu.

– Tant mieux pour toi, mais l'ancien n'était pas un si mauvais bougre.

– L'ancien Baxter était un être égoïste, pédant, un égocentrique, un porc et un soûlard, et tu le sais.

– Exact.

– Il serait mort dans les cinq ans.

Une vieille péniche progressait sur la rivière à une allure d'escargot, et ils la suivirent quelques minutes du regard. Joey déballa lentement son pain de seigle dinde, et l'entama.

– Je m'achemine vers ma guérison, j'y travaille, lui annonça posément son ami. Tu connais la méthode des Alcooliques Anonymes ?

– Plus ou moins. J'ai un oncle, il a réussi son sevrage, il y a quelques années, et il est resté actif chez les AA. C'est une super association.

– Mon conseiller psychosociologique est un ancien taulard, on l'appelle frère Manny, un petit nom affectueux. Il m'a retrouvé dans un bar de Reno, six heures après ma sortie de la clinique de désintox.

– Ça, c'était l'ancien Baxter.

– En effet. Il m'a accompagné dans les Douze Étapes du processus de guérison. Sous sa direction, j'ai dressé une liste de tous ceux à qui j'ai fait du mal, dans ma vie. Tu parles d'un truc, vraiment de quoi te fiche la frousse. J'ai dû m'asseoir à une table et penser à tous les gens à qui j'avais fait du mal parce que j'étais ivre.

– Et je suis sur la liste ?

– Non, tu n'as pas été retenu. Désolé.

– Zut.

– C'est surtout des membres de ma famille. Ils sont sur ma liste, et je serais sans doute sur la leur s'ils voulaient prendre la vie un peu plus au sérieux. Maintenant que j'ai rédigé cette liste, l'étape suivante sera de faire amende honorable. De quoi te fiche encore plus la frousse. Avant d'aller en prison, frère Manny, il battait sa première femme. Elle a divorcé, et des années plus tard, après s'être libéré de l'alcool, il a retrouvé sa trace, et il est allé lui avouer ses regrets. Grâce à lui, elle garde une cicatrice au-dessus de la lèvre et, quand elle a finalement accepté de le revoir, il l'a suppliée de lui pardonner. Elle n'arrêtait pas de lui montrer cette cicatrice. Elle pleurait, il pleurait, ça paraît épouvantable, non ?

– Oui.

– J'ai agressé une fille, un jour. Elle figure sur ma liste.

Le pain de seigle dinde se coinça à mi-œsophage. Joey continua de mâcher, mais la bouchée refusait de descendre.

– Pas possible.

– Elaine Keenan, tu te souviens d'elle ? Elle prétendait que nous l'avions violée, pendant une fête, dans notre appart.

– Comment pourrais-je l'oublier ?

– Est-ce qu'il t'arrive de repenser à elle, Joey ? Elle est allée voir la police. Elle nous a flanqué une trouille bleue à tous. On a failli engager des avocats. J'ai fait de mon mieux pour l'oublier, et j'y suis presque arrivé. Mais maintenant que je suis sevré et que j'ai la tête claire, je me rappelle un peu mieux les choses. Nous avons profité de cette fille, mon vieux.

Joey posa son sandwich.

– Tu n'as peut-être pas la mémoire aussi affûtée que tu crois. Ce dont je me souviens, c'est d'une fille déchaînée, une fêtarde qui adorait boire et sniffer de la coke, mais ce qu'elle aimait par-dessus tout, c'était baiser dans tous les sens. On n'a profité de personne. En tout cas, pas moi. Si tu veux transformer ta version de cette histoire, alors vas-y, mais ne va pas me compromettre.

– Elle est tombée dans les vapes. Je suis passé le premier et pendant que je couchais avec elle, je me suis rendu compte qu'elle avait tourné de l'œil. Ensuite, je me souviens que tu t'es approché du canapé et tu as posé une question, du genre « Elle est réveillée ? ». Ça ne te rappelle rien, Joey ?

– Non.

Certaines parties de ce récit lui étaient familières, mais il n'était plus sûr de rien. Il s'était donné tellement de mal pour oublier cet épisode, jusqu'à ce que la réalité revienne brutalement le happer, quand Kyle lui avait décrit ces images.

– Elle a prétendu qu'on l'avait violée. Elle n'avait peut-être pas tort.

– Sûrement pas, Baxter. Laisse-moi te rafraîchir la mémoire. Toi et moi, on avait couché avec elle la nuit précédente. Manifestement, ça lui avait plu, parce que le soir en question, quand on est retombés sur elle, elle nous a dit « Allons-y ». Au moment de rejoindre l'appartement, elle était consentante.

Un autre long silence, durant lequel ils s'efforcèrent l'un et l'autre d'en déduire la suite logique.

– Tu comptes avoir une petite conversation avec Elaine ? lui demanda Joey.

– Peut-être. Il faut que je fasse quelque chose, mon vieux. Je ne me sens pas très clair avec cette histoire.

– Allons, Baxter, on était tous totalement bourrés. Toute cette nuit s'est déroulée dans un brouillard.

– Ah, les merveilles de l'alcool. On fait des choses dont on ne se souvient pas. On cause du mal aux autres à cause de notre égoïsme. Mais quand on finit par dessaouler, on devrait au moins se sentir obligé de s'excuser.

– S'excuser ? Laisse-moi te raconter une histoire en vitesse, frère Baxter. Je suis tombé sur Elaine, il y a de ça quelques semaines. Elle vit à Scranton. Je passais par là pour mes affaires, je l'ai aperçue dans une sandwicherie, à l'heure du déjeuner. J'ai essayé de me montrer aimable, elle a piqué sa crise, elle m'a traité de violeur. Je lui ai suggéré de la retrouver quelques heures plus tard pour une tasse de café, en toute politesse. Elle s'est pointée avec son avocate, une bonne femme vraiment pas commode qui pense que tous les hommes sont des ordures. Alors imaginons que tu ailles à Scranton, que tu la trouves, et que tu lui racontes que tu es désolé parce que en fin de compte il y a de bonnes chances pour qu'elle dise la vérité, et que tu as envie de te sentir plus en paix avec toi-même parce que maintenant tu es sevré et que tu as ce désir d'être un petit alcoolique bien sous tous rapports. Tu sais ce qui va se passer, Baxter ? Inculpations, arrestations, procès, procédures, prison... la totale. Et pas seulement pour toi, frère Baxter, mais pour certains de tes amis aussi.

Un bref silence, il reprit son souffle. Il avait repoussé Baxter dans les cordes, il était temps de l'achever.

– Son avocate m'a expliqué qu'en Pennsylvanie la loi fixe la prescription dans les affaires de viol à douze ans, donc ce délai n'a pas encore expiré. On en est encore loin. Tu vas l'approcher avec tes excuses à la noix et pétries de bons sentiments, et là, tu vas comprendre à quoi ça mène, un viol, une fois qu'ils t'auront bouclé.

Il se leva d'un bond, traversa la promenade en planches et alla cracher dans l'eau de la double rivière. Il revint vers le banc, mais sans s'asseoir. Baxter n'avait pas bougé, mais il secouait la tête.

– Du sexe, elle en voulait, Baxter, et nous, on était trop heureux de la satisfaire. Tu accordes à tout cela une importance démesurée.

– Il faut que je lui parle.

– Bon sang, non ! Tu ne t'approcheras pas d'elle avant qu'on ait eu une longue discussion... toi, moi, Kyle et Alan. Dur à avaler, hein ?

– Il faut que je parle à Kyle. Il a plus de bon sens que nous.

– Oui, en effet, mais il a une charge de travail écrasante. Un stress terrible.

Joey eut peine à imaginer une rencontre entre les deux. Kyle, obnubilé par la vidéo, et Baxter, avec sa nouvelle mémoire sidérante, lui confirmant la réalité de la scène dans les moindres détails. Ce serait un désastre.

– Je vais aller à New York.

– Ne fais pas ça.

– Pourquoi pas ? Ça me plairait de revoir Kyle.

– D'accord, mais si tu lui parles, alors tu dois aussi parler à Alan. Avant que tu n'ailles t'embourber à Scranton et foutre nos vies en l'air, on prend le temps d'en discuter tous ensemble un bon moment. Je te préviens, Baxter, cette fille veut notre scalp et son avocate est armée pour.

Un autre temps de silence dans la conversation. Il finit par s'asseoir et flanqua une bonne tape sur le genou de son copain. Deux anciens frangins de la fraternité, et qui se vouaient encore une certaine affection.

– Tu ne peux pas faire ça, Baxter, insista-t-il en puisant en lui toute la force de conviction dont il était capable.

À cet instant, il songeait surtout à sauver sa peau. Comment allait-il annoncer la chose à Blair, enceinte de cinq mois ? « Coucou, mon cœur, je viens de recevoir un coup de fil. Apparemment, ils veulent me voir, au poste, une histoire d'accusation de viol. Ça pourrait être sérieux. Je serai peut-être pas rentré pour le dîner. Quelqu'un m'a prévenu que des journalistes attendaient devant le commissariat. Regarde un peu sur Channel 4. À plus. Gros baisers. »

– Je ne suis pas sûr de ce qui est arrivé, Joey, lui avoua Baxter, avec une douceur et une lenteur inégalées. Mais je sais que je lui ai causé du tort.

– Mon oncle, l'alcoolique, quand il est passé par les AA, il a dressé une liste, lui aussi. Il avait volé un fusil à mon père, et il a économisé de l'argent jusqu'à ce qu'il puisse lui en racheter un autre. Il le lui a rapporté à la maison, un soir, grosse surprise, grande scène. Mais si ma mémoire est bonne, toi, l'alcoolique qui t'imposes cette méthode en Douze Étapes, tu ne peux pas faire amende honorable si, par la même occasion, tu fais du tort aux autres. Ce n'est pas vrai ?

– C'est juste.

– Alors la voilà ta réponse. Si tu l'approches et si tu lui demandes pardon, son avocate et elle, ça va les rendre dingues, et elles vont m'embringuer, moi, Kyle probablement, et Alan aussi. Tu ne peux pas faire ça, parce que ça va nous nuire à tous.

– Si tu n'as rien fait de mal, tu n'as pas à t'inquiéter. Moi, je me confronte à mes actes, et ce que j'ai fait, c'était mal.

– C'est de la folie, Baxter. Écoute, tu es désintoxiqué, tu es sevré, tu es tout plein de ton évangile, tant mieux pour toi. Je suis très fier de toi. L'avenir a l'air radieux, et pourtant, tu as envie de tout envoyer balader et de risquer vingt ans de prison. Allons ! C'est de la démence.

– Alors qu'est-ce que je devrais faire ?

– Va te recoller à Reno ou quelque part très loin et oublie tout ça. Va mener une belle existence là-bas. Et laisse-nous tranquille. Voilà.

Deux policiers passèrent devant eux, en riant, et il resta les yeux rivés aux menottes accrochées à leur ceinturon.

– Tu ne peux pas te lancer là-dedans, Baxter. Prends ton temps. Le temps de prier. Parle à ton pasteur.

– Je lui ai déjà parlé.

– Et que t'a-t-il conseillé ?

– Il m'a conseillé d'être prudent.

– Un garçon intelligent. Écoute, pour l'instant, tu es dans une situation transitoire. Tout est instable, incertain. Tu t'es sorti de Los Angeles, tu t'es désintoxiqué, désalcoolisé. Rien que du très bon, tout ça. Encore une fois, je suis fier de toi. Mais ce serait une erreur de se précipiter et de commettre une imbécillité.

– Marchons, proposa son ami, et il se leva, lourdement. (Ils flânèrent le long de la rivière, sans dire grand-chose, en regardant les bateaux.) J'ai vraiment envie de voir Kyle, dit-il finalement.

27.

Depuis quatre mois et demi que Kyle McAvoy habitait dans ce petit appartement sinistre, il était parvenu à s'éviter tout visiteur. Dale lui avait posé la question à peu près cinq fois, avant de laisser tomber. Il lui avait décrit l'endroit comme un taudis, à peine meublé, avec de l'eau tiède uniquement, des parasites, et mal isolé. Il lui avait affirmé qu'il cherchait quelque chose de beaucoup plus sympa, mais quel collaborateur de première année avait le temps de se chercher un appartement ? La vérité, c'était qu'il avait envie de garder son taudis, précisément pour cette raison – cela lui permettait de tenir les invités à l'écart et, ce faisant, de s'éviter le risque de voir leurs conversations écoutées et enregistrées. Il n'avait pas essayé de repérer les micros et autres dispositifs électroniques d'écoute dont son appartement devait être truffé, mais il savait qu'ils étaient là. Il suspectait la présence de caméras, qui ne devaient pas cesser de l'observer et, depuis qu'il les avait endormis en leur laissant croire que cette surveillance lui échappait, il enchaînait machinalement des gestes quotidiens qui le faisaient passer pour un ermite. Des intrus entraient et sortaient de chez lui, à son insu, au moins une fois par semaine, mais lui, il ne recevait jamais personne.

Dale se satisfaisait de le retrouver chez elle. Elle avait peur des puces. Si tu savais, songeait-il. Dans mon appartement, j'héberge toutes les puces connues du monde de l'action secrète.

Ils avaient fini par réussir à coucher ensemble sans s'écrouler de sommeil d'entrée de jeu. Mais ils sombraient tous les deux, juste après. Ils avaient violé la politique du cabinet, à quatre reprises au moins, et ne prévoyaient pas de s'arrêter là.

Quand Baxter l'appela et lui demanda s'il pouvait débarquer quelques jours chez lui, Kyle avait déjà tout un chapelet de mensonges moyennement convaincants sous la main. Joey lui avait lancé un message de détresse en se servant de son téléphone fixe, au bureau, et en téléphonant sur la ligne de Kyle au cabinet, juste après avoir dit au revoir à Baxter. « Il faut qu'on fasse quelque chose », lui avait répété Joey, jusqu'à ce que Kyle lui ordonne de la boucler.

Imaginer Baxter flemmardant dans son appartement et lui reparlant en long, en large et en travers de l'épisode Elaine, *c'était au-dessus de ses forces*. Il voyait d'ici Bennie, avec ses techniciens, agrippé à ses oreillettes, écoutant son vieux copain lui prêcher la nécessité de se confronter au passé, d'admettre tout et ainsi de suite. Si l'épisode Elaine déclenchait un retour de flamme à Pittsburgh, il y serait impliqué d'une manière ou d'une autre, et Wright risquerait de perdre son influence sur lui, à New York.

– Désolé, Bax, fit-il joyeusement dans son téléphone portable. Je n'ai qu'une seule chambre, si on peut appeler ça une chambre, et ma cousine dort dans le canapé depuis des mois. Elle est venue à New York chercher du travail et, enfin, je dois t'avouer que chez moi, c'est un peu encombré.

Baxter descendit au SoHo Grand. Ils se retrouvèrent devant une pizza, tard le soir, dans un bistro ouvert toute la nuit sur Bleeker Street, au milieu de Greenwich Village. Kyle avait choisi cet endroit parce qu'il y était déjà allé une fois et, comme toujours, il avait retenu l'utilité de l'adresse pour une occasion future. Une seule porte d'entrée et de sortie, une grande vitrine face au trottoir, beaucoup de bruit, et le tout trop petit pour qu'un de ses suiveurs puisse y entrer sans se faire remarquer. Il arriva à 9 h 45, avec un quart d'heure d'avance, pour être sûr de pouvoir choisir un box et d'être assis face à la porte. Il fit semblant d'être très absorbé dans la lecture d'un épais document, l'image du collaborateur infatigable toujours dédié à son travail.

Baxter portait la même salopette, le même pull et les mêmes bottes militaires que Joey lui avait décrits. Ils commandèrent des boissons sans alcool, et Kyle commença :

– J'ai discuté avec Joey. Félicitations pour ta désintox. Tu m'as l'air en forme.

– Merci. J'ai beaucoup pensé à toi ces derniers mois. Tu t'es arrêté de boire en deuxième année, non ?

– Exact.

– Je ne me souviens pas pourquoi.

– Un conseiller psychosocio m'a prévenu que mon alcoolisme ne pourrait qu'empirer. Je n'avais pas de problème grave, mais c'était effectivement prévisible. Donc j'ai lâché. Je n'ai plus touché une goutte jusqu'à ces dernières semaines, en buvant un peu de vin. Jusqu'ici, ça va. Si ça m'inquiète, j'arrêterai de nouveau.

– Quand ils m'ont interné, j'avais trois ulcères avec hémorragie. J'ai pensé au suicide, mais je n'avais pas réellement envie de sauter le pas, pour une seule et unique raison… la vodka et la cocaïne m'auraient manqué. J'étais une épave.

Ils commandèrent une pizza et reparlèrent un long moment du passé, celui de Baxter surtout. Il lui déballa le récit de ses trois années à Los Angeles, épisode après épisode, sa tentative de percer dans le monde du cinéma, les soirées, le circuit de la drogue, les jeunes filles sublimes venues de toutes les petites villes d'Amérique, faisant tout ce qui était physiquement possible pour qu'on leur accorde une chance ou pour épouser un homme riche. Il l'écouta attentivement tout en gardant un œil sur la porte et la vitrine. Rien.

Ils évoquèrent leurs vieux amis, le nouveau job de Kyle, la nouvelle vie de Baxter. Au bout d'une heure, une fois la pizza avalée, ils en vinrent à des affaires plus pressantes.

– J'imagine que Joey t'a parlé d'Elaine, dit Baxter.

– Bien sûr. Ce n'est pas une bonne idée. Je connais le droit, et pas toi. Tu t'avances dans des sables mouvants et tu pourrais tous nous entraîner.

– Mais tu n'as rien fait. Qu'est-ce que tu crains ?

– Voici un scénario possible, lui expliqua-t-il, en se penchant plus près, impatient de lui dévoiler le film des événements auquel il avait réfléchi des heures durant. Tu vas voir Elaine, tu es en quête d'une certaine forme de rédemption, de pardon, enfin, peu importe, que tu crois pouvoir trouver auprès d'elle. Tu présentes tes excuses à un être que tu as blessé, un jour. Il se peut qu'elle te tende la joue gauche et qu'elle accepte tes excuses, vous vous embrassez gentiment, et vous vous dites au revoir. Ce qui n'arrivera probablement jamais. Il est beaucoup plus vraisemblable qu'elle choisisse de ne pas adopter une attitude chrétienne, qu'elle n'en ait rien à battre de cette histoire de joue gauche, et qu'elle décide, avec le conseil d'une avocate assez vicieuse, qu'en réalité, ce qu'elle veut, c'est qu'on lui rende justice. Elle veut sa vengeance. Elle a crié au viol, un jour, et personne ne l'a écoutée. Toi, avec les meilleures intentions du monde, et avec tes excuses maladroites, tu vas lui offrir sa vengeance sur un plateau. Aujourd'hui, elle est persuadée d'avoir été violée, et ça lui plaît d'être une victime. Son avocate exerce une forte pression, et la pelote se dévide, et vite. Il y a un procureur à Pittsburgh qui, ce n'est pas une surprise, aime voir sa binette en première page. Comme tous les procureurs, il est fatigué du tout-venant, les fusillades entre gangs, les crimes de rue quotidiens. Subitement, il a une chance de s'en prendre à quatre garçons de Duquesne, et l'un des quatre se trouve être un membre de la famille Tate. Et d'un coup, il n'a pas seulement un spécimen rare, il en a quatre ! À ce stade, c'est déjà les gros titres, conférences de presse et interviews. Lui, il deviendra un héros, et nous, nous serons les criminels. Bien entendu, nous aurons droit à un procès, mais ce ne sera pas avant un an, une année d'enfer absolument terrifiante. Tu ne peux pas faire ça, Baxter. Tu vas nuire à trop de gens.

– Et si je lui propose de l'argent ? Un accord, entre deux parties seulement, elle et moi ?

– Cela pourrait marcher. Je suis certain que son avocate et elle seraient enchantées d'avoir ce style de discussion. Mais proposer de l'argent, cela prouve ta culpabilité, c'est une forme d'aveu. Je ne connais pas Elaine, et toi non plus, mais au vu de sa rencontre avec Joey, on peut affirmer sans risque qu'elle n'est pas très stable. On ne peut pas prédire sa réaction. C'est trop dangereux.

– Je ne serai pas en paix avec moi-même tant que je ne lui aurai pas parlé, Kyle. J'ai le sentiment de lui avoir causé du tort, d'une manière ou d'une autre.

– J'ai pigé. Dans le manuel des Alcooliques Anonymes, ça paraît formidable, mais dès que cela concerne des individus bien réels, c'est une autre histoire. Il faut que tu oublies ça et que tu surmontes.

– Je ne suis pas sûr de pouvoir.

– Là, Baxter, il y a une part d'égoïsme. Tu souhaites faire un geste grâce auquel tu te sentiras mieux, crois-tu. Bien, tant mieux pour toi. Mais, et nous, là-dedans ? Ta vie gagnera en plénitude, et la nôtre pourrait être anéantie. Tu te trompes du tout au tout. Laisse cette fille tranquille.

– Je peux m'excuser auprès d'Elaine sans admettre avoir commis un crime. Je vais juste lui dire que j'ai eu tort et que je veux lui demander pardon.

– Son avocate n'est pas stupide, et son avocate sera présente avec un enregistreur, et sans doute un caméscope.

Kyle but une gorgée de soda sans sucre et, en un éclair, il revit des images de la première vidéo. Si Baxter la visionnait, maintenant, il se verrait avec Joey, il verrait Elaine, immobile, et il en serait écrasé de culpabilité.

– Je dois essayer.

– Non, tu ne dois pas, rectifia-t-il, en haussant le ton pour la première fois. (Il était surpris d'être confronté à tant d'entêtement.) Tu n'as pas le droit d'anéantir nos vies.

– Je n'anéantis pas ta vie, Kyle. Tu n'as rien fait de mal.

« Elle est réveillée ? » demande Joey. Ces mots résonnent dans la salle d'audience. Les jurés considèrent les défendeurs d'un œil sévère. Il se peut qu'ils éprouvent de la compassion envers Kyle et Alan, car il n'existe aucune preuve qu'ils aient violé cette jeune fille, et qu'ils ne les jugent pas coupables. Il se peut aussi que ce quatuor les dégoûte et qu'ils les envoient tous en prison.

– J'endosserai toute la faute, lui assura Baxter.

– Pourquoi es-tu si déterminé à t'exposer à des ennuis plus graves que tu ne l'imagines ? Ce qui te pend au nez, là, Baxter, c'est la prison. Réveille-toi, mon pote !

– J'endosserai toute la responsabilité, répéta-t-il, jouant les martyrs, à présent. Vous, les gars, vous vous en tirerez.

– Tu ne m'écoutes pas, Baxter. C'est beaucoup plus compliqué que tu ne le penses.

Un haussement d'épaules.

– Ça se peut.

– Écoute-moi, bordel !

– Je t'écoute, Kyle, mais j'écoute aussi le Seigneur.

– Alors là, je ne peux pas rivaliser…

– Et il me conduit vers Elaine. Vers le pardon. Et je crois que je vais l'écouter, et elle me pardonnera, et elle oubliera.

Le ton était ferme, et plein de piété, et Kyle comprit qu'il ne lui restait plus aucun argument à lui opposer.

– Laisse tout ça reposer, pendant un mois. N'agis pas dans la précipitation. Joey, Alan et moi, on doit avoir notre mot à dire.

– Allons-y. Je suis fatigué de rester assis ici.

Ils se baladèrent dans le Village pendant une demi-heure, avant que Kyle, épuisé, ne lui dise finalement bonsoir.

Quand son téléphone portable sonna, trois heures plus tard, il dormait comme une souche. C'était Baxter.

– J'ai parlé à Elaine, lui annonça-t-il fièrement. J'ai trouvé son téléphone, je l'ai appelée, je l'ai réveillée, et nous nous sommes parlé quelques minutes.

– Espèce d'idiot, laissa échapper Kyle.

– En réalité, cela s'est assez bien passé.

– Que lui as-tu dit ?

Il était dans sa salle de bains, à s'asperger le visage d'une main tout en tenant le téléphone de l'autre.

– Je lui ai dit que je ne m'étais jamais senti bien après ce qui s'était passé. Je n'ai rien reconnu, à part certains doutes.

Dieu merci, c'était déjà ça.

– Qu'est-ce qu'elle a répondu ?

– Elle m'a remercié d'avoir appelé, ensuite elle a pleuré, et elle m'a expliqué que personne ne l'avait jamais crue. Elle a toujours le sentiment d'avoir été violée. Elle a toujours su que Joey et moi avions abusé d'elle, avec Alan et toi, à trois mètres de là, occupés à regarder.

– Ce n'est pas vrai.

– On se rencontre dans deux jours, pour déjeuner, rien que nous deux, à Scranton.

– Ne fais pas ça, Baxter, je t'en prie, ne fais pas ça. Tu le regretteras toute ta vie.

– Je sais ce que je fais, Kyle. Je n'ai prié que pour ce moment, pendant des heures, et je me fie à Dieu, il va me permettre de surmonter cette épreuve. Elle m'a promis de ne pas en parler à son avocate. Il faut avoir la foi.

– Elle travaille pour son avocate, à temps partiel, te l'a- t-elle dit, Baxter ? Non, elle ne t'a rien dit. Tu vas te jeter dans un piège, et ta vie sera finie.

– Ma vie commence à peine, mon vieux. La foi, Kyle, la foi. Bonne nuit.

Il y eut un déclic sec. La communication était coupée.

Le lendemain matin, Baxter s'envolait pour Pittsburgh, récupérait sa voiture – une Porsche, qu'il avait l'intention de revendre – au parc de stationnement longue durée, et prenait une chambre dans un motel près de l'aéroport. Ses relevés de carte de crédit indiquaient qu'il avait passé deux nuits dans un motel, qu'il avait conservé la chambre et n'avait jamais rendu les clefs. Les relevés de ses communications à partir de son téléphone portable comptaient de nombreux appels reçus et autres textos de Joey Bernardo et Kyle McAvoy, mais aucun coup de fil passé en retour. Il avait eu deux longues conversations avec frère Manny à Reno, et quelques autres, très brèves, avec ses parents et son frère, à Pittsburgh. Il n'y avait pas eu d'appels d'Elaine Keenan.

Le dernier jour de sa vie, il quitta Pittsburgh avant le lever du soleil, prit la direction de Scranton, un trajet de quatre cent quatre-vingts kilomètres qu'il couvrirait en à peu près cinq heures. À en croire les relevés de sa carte de crédit, il s'arrêta pour prendre de l'essence dans une station Shell près de l'intersection de l'Interstate 79 et de l'Interstate 80, à environ quatre-vingt-dix minutes au nord de Pittsburgh. Ensuite, il se dirigea vers l'est, par l'Interstate 80, et roula deux heures, jusqu'au terme de son voyage. Près de la petite ville de Snow Shoe, il s'arrêta sur une aire de repos et se rendit aux toilettes messieurs. Il était à peu près 10 h 40, un vendredi de la mi-novembre. Il y avait peu de trafic, et il n'y avait que quelques véhicules sur l'aire de repos.

M. Dwight Nowoski, un retraité de Dayton en route pour le Vermont avec son épouse, qui était déjà dans les toilettes des dames, découvrit Baxter peu après qu'on l'eut abattu, d'un coup de pistolet dans la tête. Il était encore en vie, mais ne tarda pas à rendre l'âme. M. Nowoski le trouva sur le sol, près des urinoirs, la fermeture Éclair de son jean baissée, le sol couvert de sang et d'urine. Le jeune homme avait le souffle court, il geignait, les membres agités de soubresauts, comme un chevreuil heurté par une voiture. Quand M. Nowoski était entré dans les toilettes, quand il était tombé sur cette scène horrible, il n'y avait personne d'autre.

À l'évidence, le meurtrier avait suivi Baxter dans les toilettes, jeté un œil alentour pour s'assurer qu'ils étaient seuls, puis avait placé le canon d'un 9 mm, un Beretta, d'après le laboratoire, à la base du crâne de sa victime, et tiré, une seule fois. Un silencieux avait étouffé la détonation. L'aire de repos n'était pas équipée de caméras de surveillance.

La police de l'État de Pennsylvanie ferma l'aire de repos et boucla tout le périmètre. Six voyageurs, dont M. et Mme Nowoski, furent longuement interrogés sur la scène du crime. Un monsieur se souvint d'un camion de location Penske de couleur jaune qui était arrivé sur les lieux et en était reparti, mais il n'avait aucune idée du temps qu'il était resté sur place. Le groupe de voyageurs estimait que quatre ou cinq autres véhicules avaient quitté l'aire de repos après la découverte du corps, mais avant l'arrivée de la police. Personne ne se souvenait d'avoir vu Baxter entrer aux toilettes, ou le meurtrier le suivre à l'intérieur. Une dame de Rhode Island se rappelait avoir remarqué un individu debout près de la porte des toilettes des hommes quand elle était entrée chez les dames et, à la réflexion, elle avait fini par admettre qu'il pouvait fort bien être là pour faire le guet. Il n'entrait pas, et il ne sortait pas non plus. Peu importait, car il était parti depuis longtemps, et la description qu'elle en donna était limitée : un homme à la peau blanche, entre trente et trente-cinq ans, mesurant au moins un mètre soixante-dix, mais pas plus d'un mètre quatre-vingt-dix, vêtu d'une veste sombre qui était peut-être du cuir, du lin, de la laine, du coton, ou autre. Outre les rapports du laboratoire et de l'autopsie, cette seule description constituait toute l'étendue des preuves matérielles.

Ni son portefeuille ni son argent ni sa montre n'avaient été volés. La police avait inventorié le contenu de ses poches et rien trouvé d'autre que quelques pièces de monnaie, ses clefs de voiture et un tube de baume à lèvres. Le labo rapporterait par la suite qu'il n'y avait pas de trace d'alcool ou de substances illicites dans son organisme, sur ses vêtements ou dans sa voiture.

Le médecin légiste avait bien noté un degré de lésions hépatiques tout à fait inusité pour un jeune homme de vingt-cinq ans.

Le vol fut immédiatement exclu, pour des raisons évidentes – on n'avait rien pris, à moins que la victime n'ait eu sur elle des objets de valeur dont personne n'ait rien su. Mais pourquoi un voleur armé aurait-il laissé sur place 513 dollars en espèces et huit cartes de crédit ? Un voleur n'aurait-il pas envisagé de dérober aussi la Porsche, tant qu'il en avait l'occasion ? Il n'y avait aucune preuve que ce crime ait un rapport quelconque avec une histoire sexuelle. Il pouvait s'agir d'un règlement de comptes lié à la drogue, mais cela restait peu vraisemblable. En général, ces meurtres-là n'étaient pas exécutés avec une telle minutie.

Une fois écartés le sexe, le vol et la drogue, les enquêteurs commencèrent à être perplexes. Ils regardèrent le corps disparaître à l'arrière d'une ambulance, pour être reconduit à Pittsburgh, et ils comprirent qu'ils étaient confrontés à un problème. Devant le caractère apparemment aveugle de cet acte, avec ce coup de feu silencieux et ce repli sans bavure, ils en conclurent, du moins sur les lieux du crime, qu'ils avaient affaire à des professionnels.

L'annonce d'une fin si étrange et si brutale, et d'un membre d'une famille aussi éminente, raviva quelque peu une journée de nouvelles bien ternes, à Pittsburgh. Les équipes de télévision filèrent vers la propriété des Tate, à Shadyside, et furent reçus par le seul personnel d'une société de surveillance. Depuis des générations, la famille Tate avait opposé un « sans commentaire » à toute requête médiatique et ils n'agirent pas différemment pour cette tragédie. Un avocat de la famille publia un communiqué laconique et invita à la prière, à la considération et au respect de la vie privée. Une fois de plus, l'oncle Wally se chargea de tout et donna ses instructions.

Kyle était dans son cube, à bavarder avec Dale de leurs projets pour la soirée, quand il reçut l'appel de Joey. Il était presque dix-sept heures, ce vendredi. Il avait mangé une pizza avec Baxter tard le mardi soir, puis il avait discuté avec lui, quelques heures plus tard, mais ne lui avait plus reparlé depuis. Tout ce qu'ils pouvaient dire, Joey et lui, c'était que Baxter avait disparu, ou du moins qu'il n'avait pas répondu à leurs appels téléphoniques.

– Que se passe-t-il ? demanda Dale en le voyant sous le choc.

Mais Kyle demeura sans réaction. Il garda le téléphone contre son oreille et s'éloigna, au bout du couloir, dépassa le bureau d'accueil, en écoutant Joey lui livrer tous les détails que reprenaient maintenant les chaînes de télévision. Il le perdit dans l'ascenseur et, une fois à l'extérieur de l'immeuble, il le rappela, pour entendre la suite. Les trottoirs de Broad Street étaient noirs de monde, c'était toute la foule des fins d'après-midi. Il avança dans le flot, d'un pas lourd, sans veste pour se protéger du froid, sans la moindre idée de l'endroit où il pourrait aller.

– Ce sont eux qui l'ont tué, dit-il finalement à Joey.

– Qui ça ?

– Je pense que tu le sais.

28.

– Un enterrement dure deux heures, lui dit Doug Peckham en lui lançant un regard noir.

– L'enterrement est à Pittsburgh. Je dois prendre un avion, aller et retour. C'était un camarade de ma fraternité. Je suis l'un des porteurs du cercueil. Je vais devoir rester aux côtés de la famille. Allez, Doug.

– J'en ai fait, des enterrements !

– Pour un camarade avec qui vous aviez partagé votre chambre, un garçon de vingt-cinq ans, abattu d'une balle dans la tête ?

– J'ai bien saisi tout ça, mais deux jours ?

– Oui. Appelez ça des vacances. Appelez ça du temps personnel. On n'a pas droit à trois ou quatre journées pour soi, dans l'année ?

– Si, bien sûr, ça figure quelque part dans le manuel, mais personne ne les prend.

– Eh bien, moi, je les prends. Virez-moi, j'en ai rien à foutre.

Un profond soupir, de part et d'autre du bureau et, sur un ton plus calme, Doug accepta.

– D'accord, d'accord. Quand a lieu l'enterrement ?

– À deux heures, mercredi après-midi.

– Alors partez demain en fin d'après-midi, et retrouvez-moi ici jeudi matin à 5 h 30. Il faut que je vous dise, Kyle, cet endroit devient une poudrière. Cette scission de Toby Roland s'envenime, elle prend de l'ampleur, et ceux d'entre nous qui resteront vont en subir les conséquences.

– C'était mon copain de chambrée.

– Et je suis désolé.

– Oh, je vous remercie.

Doug balaya cette dernière repartie d'un revers de main, attrapa une épaisse chemise et la fit glisser en travers du bureau.

– Pouvez-vous lire ceci, dans l'avion ?

C'était formulé comme une question, mais c'était un ordre qui ne souffrait aucune discussion.

Il prit la chemise en question et contracta la mâchoire, pour s'éviter de lui répliquer : « Bien sûr, Doug, je vais y jeter un œil dans l'avion, et je vais y fourrer mon nez pendant la veillée mortuaire, et je vais analyser ce foutu truc durant le service funéraire, et je mettrai de l'ordre dans mes réflexions à l'inhumation, tandis qu'on descendra Baxter dans la fosse, et ensuite, pendant le vol du retour vers LaGuardia, je vais encore le feuilleter, et à chaque minute où je penserai même vaguement à ce dossier, je vais facturer, ou facturer le double, ou même le triple, au pauvre client qui a commis l'erreur de sélectionner cet atelier de misère multiservices pour ses besoins juridiques. »

– Est-ce que ça va ?

– Non.

– Écoutez, je suis désolé. Je ne sais pas quoi ajouter.

– Il n'y a rien à ajouter.

– Une idée de qui a pu lui tirer dessus ?

En déplaçant le poids de son corps, Doug essaya d'alimenter un peu la conversation. Il feignait – mal – de s'intéresser à ce qui s'était passé.

– Non.

Si seulement tu savais, songea Kyle.

– Je suis désolé, répéta l'autre, et ses efforts pour manifester un quelconque intérêt n'allaient pas plus loin.

Kyle se dirigea vers la porte, mais s'arrêta en entendant ces mots :

– Je vous ai demandé d'estimer mes heures pour le dossier Ontario Bank, n'est-ce pas ? Au déjeuner, vous vous souvenez ? J'ai besoin de ces heures.

« Estime tes heures à la con toi-même », mourait-il d'envie de lui rétorquer ou, mieux encore : « Tiens-toi à jour tout seul, comme tout le monde. »

– C'est presque terminé, lui dit-il, et il réussit à franchir la porte sans se faire davantage malmener.

L'inhumation de Baxter Farnsworth Tate eut lieu par une journée humide et couverte, sur la concession de la famille au Homewood Cemetery, dans le centre de Pittsburgh. Elle eut lieu après un service épiscopal guindé qui se déroula dans les règles, fermé au public et surtout fermé aux médias. Baxter laissait un frère, qui assista à ce service, et une sœur, qui n'y assista pas. Au cours du week-end, ce frère déploya des efforts héroïques pour transformer ces funérailles en « célébration » de la vie de Baxter, une idée qui tomba à plat quand on constata qu'il y avait en fin de compte si peu de choses à célébrer. Le frère s'en remit au pasteur, qui les guida dans les rituels ordinaires de la mémoire, en souvenir d'un être que lui, l'homme de Dieu, n'avait jamais rencontré. Ollie Guice, un membre de la fraternité Bêta originaire de Cleveland, qui avait vécu avec Baxter deux de leurs années à Duquesne, s'empêtra dans un éloge funèbre qui suscita quelques sourires. Des huit membres de leur promotion, sept étaient présents. Il y avait aussi une respectable délégation du vieux Pittsburgh – des amis d'enfance et ceux dont la présence était requise parce qu'ils appartenaient à la haute société. Il y avait enfin des copains oubliés depuis longtemps, anciens élèves du pensionnat chic, sans être non plus luxueux, où les Tate avaient envoyé Baxter à l'âge de quatorze ans.

À l'insu de Kyle et des autres, Elaine avait tenté d'entrer dans l'église, mais en avait été empêchée parce que son nom ne figurait pas sur la liste des invités.

Personne, à Hollywood, ne se déplaça. Pas un employé de son agence artistique de troisième zone, à Los Angeles, n'envoya de fleurs. Une ancienne colocataire envoya au pasteur un bref éloge, par e-mail, dans lequel elle insistait pour qu'il soit lu par un membre de l'assistance. Elle était « sur le plateau » et ne pouvait s'échapper. Son éloge funèbre, qui faisait référence à Bouddha et au Tibet, ne fut pas bien reçu à Pittsburgh. Le pasteur le jeta, sans en toucher un mot à la famille.

À force d'argumenter, frère Manny réussit à s'introduire dans l'église, mais seulement après que Joey Bernardo eut convaincu la famille en évoquant les propos très admiratifs que Baxter avait tenus sur son pasteur de Reno. La famille et les autres parents ou amis du défunt toisèrent frère Manny d'un œil suspicieux. Il portait son uniforme blanc habituel – une salopette blanche délavée et la chemise aux pans flottants –, ceint d'un vêtement qui devait sans doute être une sorte de robe mais qui ressemblait davantage à un drap de lit. Sa seule concession à la solennité des circonstances était un béret en cuir noir qui coiffait ses cascades de boucles grises et lui donnait une vague ressemblance avec un Che Guevara vieillissant. Il pleura durant tout le service, versant plus de larmes que le reste de cet aréopage à l'esprit étroit et à la mine stoïque.

Kyle ne versa pas de larmes, même si une telle vie gâchée l'attristait profondément. Debout près du cercueil en chêne dont il ne détachait pas son regard, il était incapable de s'attarder sur les bons moments qu'ils avaient vécus ensemble. Il était aussi dévoré par un débat intérieur atroce, se demandant comment il aurait dû agir. En particulier, aurait-il dû lui parler de la vidéo, de Bennie et de ses sbires, de tout ? S'il l'avait fait, Baxter aurait-il mesuré le danger et se serait-il conduit autrement ? Peut-être. Peut-être pas. Dans son zèle à faire table rase de son passé, s'il avait su qu'on l'avait en réalité filmé en train d'abuser d'Elaine, cela aurait pu le rendre dingue. Il aurait pu passer aux aveux sous serment et envoyer tout le monde balader. C'était impossible à prédire, parce que Baxter ne pensait pas de manière rationnelle. Et il était désormais impossible d'anticiper quoi que ce soit, parce que Kyle n'avait pas su mesurer l'étendue du danger.

Enfin, maintenant, il mesurait, évidemment.

Il y avait là une centaine de parents et amis du défunt en rangs serrés autour de la tombe, tous massés les uns contre les autres pour entendre les dernières paroles du pasteur. Quelques gouttes d'une pluie froide précipitèrent les choses. Une tente pourpre abritait la bière, et la famille était assise tout près. Kyle regarda au loin, vers les rangées de pierres tombales où ces vieilles fortunes étaient inhumées et, au-delà, le portail de pierre de l'entrée du cimetière. De l'autre côté de l'entrée, on apercevait une troupe de journalistes agglutinée, qui attendaient comme des vautours pour saisir au vol ce qui mériterait une parution. Ils se tenaient sur le qui-vive avec leurs caméras, leurs éclairages, leurs micros, la police et la sécurité les avaient maintenus à l'écart de l'église, mais ils avaient suivi la procession, comme des gamins une parade, et ils étaient prêts à tout pour voler un plan du cercueil ou de la mère s'effondrant au moment de dire adieu à son fils. Quelque part au milieu d'eux, il devait y avoir au moins l'un des nervis de Bennie Wright, et peut-être même deux ou trois. Il se demanda s'ils s'étaient munis d'une caméra, non pas pour cadrer sur le cercueil, mais pour filmer ceux des amis de Baxter qui s'étaient donné la peine de se déplacer. Une information inutile, en réalité, mais enfin, il y en avait tant, chez eux, de ces actes qui ne revêtaient aucun sens.

Ils savaient tout de même s'y prendre, pour tuer. Il y avait peu de doute là-dessus. Jusqu'à présent, la police de l'État n'avait rien à déclarer et, plus les jours passaient, plus il devenait évident que leur silence n'était pas nécessairement un choix de leur part. Il n'y avait tout simplement pas un indice. Un contrat sans bavure, une balle silencieuse, une fuite rapide, et aucun mobile.

Frère Manny sanglotait bruyamment, en lisière de la tente, ce qui suffisait à ébranler tout le monde. Le pasteur manqua un verset, puis continua d'ânonner.

Kyle demeurait le regard fixé sur cette horde, là-bas, trop éloignée pour qu'il puisse reconnaître le moindre visage. Il savait qu'ils étaient là, à surveiller, à attendre, attentifs à ses gestes et à ceux de Joey et d'Alan Strock, venu en voiture depuis sa fac de médecine de l'université d'État de l'Ohio. Les quatre camarades de résidence universitaire n'étaient désormais plus que trois.

Les propos du pasteur touchaient à leur fin, et on put entendre quelques sanglots. Ensuite, la foule commença de s'écarter de la tente pourpre, de refluer lentement, de s'éloigner de la fosse. L'inhumation terminée, les parents de Baxter et son frère s'en furent sans perdre de temps. Kyle et Joey restèrent en arrière et, l'espace d'un instant, se tinrent à proximité de la pierre tombale d'un autre défunt du clan Tate.

– Ce sera notre dernière conversation avant un bout de temps, fit Joey à voix basse, mais le ton était ferme. Tu n'as pas de bonnes fréquentations, Kyle. Laisse-moi en dehors de tout ça.

Kyle regarda le cône de terre fraîchement retournée dont on allait recouvrir la tombe de Baxter.

Joey poursuivit, en remuant à peine les lèvres, comme s'il y avait des micros tout près.

– Tu ne comptes pas sur moi, d'accord ? J'ai largement de quoi m'occuper, ici. J'ai une vie, un mariage, et un bébé en vue. Terminé, tes crétineries de jeux d'espions. Tu continues de jouer, si tu veux, mais sans moi.

– D'accord, Joey.

– Plus d'e-mails, plus de colis, plus de coups de téléphone. Plus de déplacements à New York. Je ne peux pas t'empêcher de rappliquer à Pittsburgh, mais si tu viens en visite ici, ne m'appelle pas. L'un de nous sera le prochain sur la liste, Kyle, et ce ne sera pas toi. Pour eux, tu es trop précieux. Tu es celui dont ils ont besoin. Alors, dès notre prochaine erreur, devine qui va prendre une balle.

– Ce n'est pas nous qui avons causé sa mort.

– Tu en es sûr ?

– Non.

– Ces types sont là pour une raison, et cette raison, c'est toi.

– Merci, Joey.

– Il n'y a pas de quoi. Maintenant, je m'en vais. Tiens-moi en dehors de tout ça, Kyle, s'il te plaît. Et débrouille-toi pour que personne ne voie cette vidéo. Salut.

Kyle lui laissa prendre de l'avance, puis il le suivit.

29.

À 6 h 30, le jeudi matin, il entrait dans le bureau de Doug Peckham, et reprenait son service. L'associé se tenait devant sa table de travail qui ressemblait, comme toujours, à une décharge.

– Comment était l'enterrement ? lui demanda-t-il sans lever les yeux du document qu'il avait en main.

– C'était un enterrement. (Il lui tendit une feuille de papier.) Voici une estimation de vos heures dans le dossier Ontario Bank.

Doug le lui arracha, le parcourut, désapprouva.

– Trente heures seulement ?

– Au maximum.

– Vous êtes loin du compte. Doublez-moi ce total et tablons sur soixante.

Kyle haussa les épaules. Table sur ce que tu veux. C'est toi l'associé. Si le client était capable de payer 24 000 dollars pour un travail qui n'avait pas été effectué, alors le client était certainement capable de payer 24 000 dollars de plus.

– Nous avons une audience au tribunal fédéral à neuf heures. Nous partirons d'ici à 8 h 30. Terminez-moi le mémo sur la Réglementation 10 et soyez là à huit heures.

Qu'un collaborateur du contentieux puisse s'approcher d'une salle d'audience dès sa première année, c'était sans précédent, et, pour Kyle, d'un coup, une journée très grise s'éclairait singulièrement. À sa connaissance, des douze membres de sa promotion, aucun n'avait encore été envoyé au feu. Il se dépêcha de regagner son cube et de relever ses e-mails quand Tabor fit son apparition avec un grand café et l'œil hagard. Depuis son échec à l'examen, il était lentement parvenu à se ressaisir et, s'il en avait d'abord conçu une certaine honte, son impudence habituelle avait repris le dessus.

– Désolé pour ton ami, fit-il, en jetant son pardessus et son attaché-case.

– Merci.

Tabor resta debout, but bruyamment une gorgée de café, visiblement désireux de parler.

– Tu as rencontré H. W. Prewitt, l'associé du contentieux, deux étages au-dessus ?

– Non, lui répondit Kyle, toujours occupé à taper sur son clavier.

– Il doit avoir la cinquantaine, un grand Texan. Harvey Wayne. Dans son dos, ils l'appellent W. Tu saisis ? W., du Texas. Comme l'autre W…

– Je saisis.

– Ils l'appellent aussi Texas Filiforme parce qu'il pèse à peu près deux cents kilos. Mauvais comme la gale. Il a fréquenté un institut universitaire de premier cycle du Texas, puis l'université A & M du Texas, et puis la fac de droit du Texas, et il déteste tous les anciens de Harvard. Il m'a harcelé, il m'est tombé dessus il y a deux jours et il m'a confié une mission que n'importe quelle secrétaire à mi-temps aurait pu régler. J'ai passé six heures mardi soir à retrier d'épais classeurs remplis de pièces, pour une grosse déposition, qui a eu lieu hier. Je les ai entièrement désossés, et puis je les ai remis dans l'ordre que souhaitait W. Il y en avait douze, de ces classeurs, deux cents pages chacun, une tonne de paperasse. À neuf heures hier matin, je les ai tous fourrés sur un chariot, j'ai poussé le chariot en quatrième vitesse vers la salle de réunion où une centaine d'avocats se réunissaient pour cette déposition, et qu'est-ce qu'il m'a fait, W. ?

– Oui, quoi ?

– Il y a cette porte qui donne sur une autre salle de réunion, et elle refuse de rester fermée, elle n'arrête pas de battre, alors W., ce gros lard, il me dit d'empiler les classeurs sur le sol et de m'en servir pour caler la porte. Je fais ce qu'il me demande et, en quittant la salle, je l'entends lancer un truc du genre : « Ces garçons de Harvard, ils font les meilleurs auxiliaires juridiques. »

– Combien de cafés tu as bu ?

– Deuxième tasse.

– J'en suis à ma première, et il faut vraiment que je gratte ce mémo.

– Désolé. Écoute, tu as vu Dale ?

– Non. Je suis parti mardi après-midi pour l'enterrement qui avait lieu hier. Il se passe quelque chose ?

– Elle s'est fait embarquer dans une corvée, un truc atroce, mardi soir, et je crois qu'elle n'a pas dormi du tout. On ferait mieux d'avoir l'œil sur elle.

– Sans faute.

À 8 h 30, il quitta le bureau avec Doug Peckham et un associé senior, un certain Noel Bard. Ils se rendirent à pied, en marchant vite, à un garage situé quelques rues plus loin et, quand l'employé arrêta devant eux la Jaguar dernier modèle de Bard, Peckham s'adressa à Kyle.

– Vous prenez le volant. Nous allons à Foley Square.

Il eut envie de protester, mais s'en abstint. Bard et Peckham montèrent à l'arrière, le laissant, lui, le chauffeur, seul à l'avant.

– Je ne suis pas trop sûr du meilleur chemin, admit-il, avec un éclair de frayeur à l'idée de ce qui se passerait s'il se perdait et si ces deux grosses pointures, derrière lui, arrivaient en retard au tribunal.

– Restez sur Broad Street, jusqu'à ce qu'elle devienne Nassau Street. Vous la prenez tout du long, jusqu'à Foley Square, lui expliqua Bard, comme s'il effectuait le trajet tous les jours. Et faites attention. Ce petit bijou est tout neuf et m'a coûté cent plaques. Elle est à ma femme.

Il ne se rappelait pas avoir jamais été aussi tendu au volant. Il finit par trouver le système de réglage du rétroviseur et s'inséra dans le trafic, avec des coups d'œil nerveux dans toutes les directions. Pour aggraver les choses, Peckham avait envie de causer.

– Kyle, deux ou trois noms, là, rien que des collaborateurs de première année. Darren Bartkowski ?

Sans croiser son regard dans le rétro, il attendit avant de répondre :

– Oui ?

– Vous le connaissez ?

– Bien sûr. Au contentieux, je connais tous les collaborateurs de première année.

– Et vous en dites quoi ? Vous avez travaillé avec lui ? Bon, mauvais, racontez-moi, Kyle. Comment l'évalueriez-vous ?

– Euh, bon, le type est sympa, je l'ai connu à Yale.

– Son boulot, Kyle, son boulot ?

– Je n'ai pas encore travaillé avec lui.

– On dit que c'est un cossard. Se défile avec les associés, en retard sur ses missions, laxiste côté facturation.

Je me demande s'il lui fait estimer ses heures, à lui aussi, songea-t-il, mais il resta concentré sur les taxis jaunes qui le dépassaient en fonçant comme des flèches, et se rabattit brusquement, violant toutes les règles possibles et imaginables du code de la route.

– Vous avez entendu dire que c'était un cossard ?

– Oui, reconnut-il, à contrecœur.

C'était la vérité.

Bard décida d'apporter sa contribution à cette descente en flammes du pauvre Bartkowski.

– Jusqu'à présent, de toute votre promotion, c'est lui qui a facturé le moins d'heures.

Déblatérer sur les collègues, au cabinet, c'était un véritable sport, et les associés étaient aussi venimeux que les collaborateurs. Un collaborateur qui rognait sur les frais ou qui esquivait les missions était étiqueté comme un cossard, étiquette qui lui restait collée à la peau en permanence. La plupart de ces flemmards s'en moquaient. Ils travaillaient moins, touchaient le même salaire, et ne couraient quasiment aucun risque de se faire virer, à moins qu'ils ne volent un client ou qu'on ne les pince à cause d'un scandale sexuel. Leurs primes étaient maigres, mais qui a besoin d'une prime quand la paie est confortable ? Les cossards de carrière pouvaient se la couler douce pendant six ou sept ans, avant que le cabinet ne les informe qu'ils ne deviendraient jamais associés et ne leur montre la porte.

– Et Jeff Tabor ? s'enquit Doug.

– Je le connais bien. Vraiment pas un flemmard.

– Il a la réputation d'être un tueur.

– Oui, et c'est exact. Il a l'esprit de compétition, mais ce n'est pas un acharné non plus.

– Vous l'aimez bien ?

– Oui. Tabor est un type bien. Futé comme pas possible.

– Manifestement pas assez futé. Il a raté l'examen du barreau.

Il ne commenta pas, et aucun commentaire n'était nécessaire, car un taxi jaune déboîta devant eux, coupa la route de la Jaguar et força Kyle à sauter sur les freins et à cogner en même temps sur le klaxon. Un poing jaillit de la fenêtre du conducteur, puis un majeur pointé, rageur, et Kyle écopa de son premier doigt d'honneur. Calme-toi, se dit-il.

– Faut faire gaffe, avec ces abrutis, lui conseilla Doug.

Un bruissement de documents importants que l'on sortait dans un crépitement de papiers, sur la banquette arrière, et il comprit que l'on passait des pièces en revue.

– On aura le juge Hennessy ou son assesseur ? demanda Doug à Bard.

Kyle était exclu de la conversation, ce qui lui convenait tout aussi bien. Il préférait se concentrer sur la route, devant lui, et il ne voyait aucun intérêt à évaluer les performances de ses collègues.

Au bout de dix minutes de circulation en centre-ville, il était moite, sous son col de chemise, et il avait la respiration oppressée.

– Il y a un parking à l'angle de Nassau et de Chambers, à deux rues du palais de justice, lui expliqua Bard.

Il opina, toujours sur les nerfs. Il repéra le parking, mais il était complet, ce qui provoqua toute une série de jurons sur la banquette arrière.

Peckham prit les choses en main.

– Écoutez, on est pressés. Vous nous déposez juste devant le palais, sur Foley Square, et vous faites le tour du pâté de maisons jusqu'à ce que vous trouviez une place dans la rue.

– Une place dans quelle rue ?

Doug fourrait des papiers dans sa serviette. Soudain, Bard fut occupé au téléphone.

– Cela m'est égal. N'importe laquelle, et si vous ne trouvez pas de place, vous continuez de tourner autour du pâté de maisons. Laissez-nous ici.

Il coupa en direction du trottoir, et un coup de klaxon éclata quelque part derrière eux. Les deux avocats sortirent précipitamment. Peckham eut encore ces mots :

– Continuez de tourner, d'accord ? Vous finirez par trouver.

Bard réussit à interrompre sa conversation assez longtemps pour ajouter :

– Et soyez prudent. C'est celle de ma femme.

Seul, il redémarra en douceur et tâcha de se détendre. Il se dirigea au nord, par Centre Street, franchit quatre rues, puis tourna sur sa gauche dans Leonard et roula vers l'ouest. Le moindre centimètre d'espace libre était encombré de véhicules et de motos. Et dès qu'une place éventuelle se présentait, une profusion stupéfiante de panneaux y interdisait tout stationnement. Il n'avait jamais remarqué autant de panneaux comportant autant de menaces. Il ne passa pas devant un seul parking, mais il croisa bien plusieurs contractuels qui arpentaient les rues, collant des contraventions sur les pare-brise. Après un long pâté de maisons qu'il avala lentement, il tourna à gauche dans Broadway : la circulation y était encore plus dense. Il avança au pas sur six rues, puis tourna encore à gauche dans Chambers. Deux rues plus tard, il était de retour devant le palais de justice, où il était censé faire ses débuts d'avocat à la cour, ne serait-ce qu'en qualité de réserviste.

À gauche dans Centre Street, à gauche dans Leonard Street, à gauche dans Broadway, à gauche dans Chambers Street, et retour au palais. Toujours soucieux de facturation, il nota l'heure. Sa deuxième boucle lui prit dix-sept minutes et, sur le chemin, encore une fois, il ne vit pas une seule place de stationnement. Il revit les mêmes panneaux, les mêmes agents de la circulation, les mêmes clochards, le même dealer de drogue assis sur un banc et qui bossait ferme avec son téléphone portable.

Neuf heures, et au-delà, sans un appel de Peckham, pas même un rapide « Enfin, vous êtes où, bon sang ? ». L'audience était en cours, mais sans Kyle l'avocat. Kyle le chauffeur, en revanche, besognait ferme. Au bout de trois tours, cet itinéraire finit par l'ennuyer et il le prolongea de quelques pâtés de maisons, plus au nord et à l'ouest. Il envisagea de s'arrêter pour un café à emporter, mais se ravisa, par crainte de renverser quelque chose sur l'élégant cuir beige de la Jaguar neuve de la femme de Bard. Il avait trouvé une position confortable, dans ce siège en cuir, et se sentait plus à l'aise au volant. C'était une très belle voiture. Cent mille dollars, et elle les valait, sans aucun doute, jusqu'au dernier centime. Le réservoir était à moitié plein, et cela l'inquiétait. Cette conduite faite d'arrêts et de redémarrages constants sollicitait énormément le moteur d'une aussi grosse cylindrée. L'audience qu'il ratait était importante, requérant nécessairement la présence de nombreux avocats de premier plan, tous désireux de défendre leur point de vue, et les choses pouvaient traîner un long moment. Il fallait se rendre à l'évidence, toutes les places de stationnement autorisé de Manhattan étaient prises et, avec pour instructions claires de « continuer de tourner », il devait s'y résoudre, il n'avait pas d'autre solution que de brûler de l'essence. Il se mit à chercher une station-service. Il ferait le plein, facturerait le client, et marquerait quelques points auprès de Bard.

Une fois le plein fait, il réfléchit à d'autres moyens de marquer des points. Un lavage rapide ? Une vidange minute ? Quand il repassa devant le palais pour la septième ou la huitième fois, un vendeur ambulant qui vendait des bretzels mous le regarda, les bras écartés, et cria quelque chose comme « T'es cinglé, mec ? » Mais Kyle demeurait imperturbable. Il abandonna l'idée du lavage et de la vidange.

Maintenant plus confiant au milieu de cette circulation, il attrapa son téléphone et appela Dale. Elle répondit à la troisième sonnerie, d'une voix chuchotée.

– Je suis à la bibliothèque.

– Est-ce que ça va ?

– Oui.

– Ce n'est pas ce que j'ai entendu dire.

Un silence.

– Je n'ai pas dormi depuis deux nuits. J'ai l'impression d'être en plein délire.

– À t'entendre, ça n'a pas l'air d'aller.

– Où es-tu ?

– À la minute, je suis dans Leonard Street, je conduis la Jaguar neuve de la femme de Noel Bard. À ton avis, je fais quoi ?

– Désolé de te poser la question. C'était comment, l'enterrement ?

– Terrible. Sortons dîner, ce soir. J'ai besoin de quelqu'un avec qui décompresser.

– Ce soir je rentre chez moi, au lit, et dodo.

– Il faut que tu manges. Je vais aller chercher des chinoiseries, on se boira un verre de vin, et ensuite on dort ensemble. Pas de sexe, rien. Ce ne serait pas la première fois.

– On verra. Il faut que je sorte d'ici. À plus.

– Tu vas y arriver.

– Ça m'étonnerait.

À onze heures, il se félicita, car il était maintenant capable de facturer 800 dollars au client rien que pour tourner en voiture. Et puis il rit, se moquant de lui-même. Rédacteur en chef du *Yale Law Journal*, au volant, ici, à décrire des cercles parfaits, à exécuter des arrêts et des démarrages parfaits, à repérer tout ce qui lui filait autour, à éviter les taxis. Ah, la vie d'un avocat de gros calibre à Wall Street.

Si son père pouvait le voir, à cette minute.

L'appel lui parvint à 11 h 40.

– Nous quittons la salle d'audience, lui dit Bard. Qu'avez-vous fait, au bout du compte ?

– Je n'ai pas pu trouver de place de stationnement.

– Où êtes-vous ?

– À deux rues du palais.

– Venez nous prendre là où vous nous avez déposés.

– Volontiers.

Quelques minutes plus tard, il se rangeait le long du trottoir comme un vétéran du volant new-yorkais, et ses deux passagers se laissaient choir sur la banquette arrière. Il démarra.

– On va où ?

– Au bureau.

Ce fut la réponse laconique de Peckham et, pendant plusieurs minutes, personne ne dit un mot. Il s'attendait à essuyer un feu roulant de questions sur ce qu'il avait fabriqué ces dernières heures. « Où étiez-vous, Kyle ? Pourquoi avez-vous manqué l'audience, Kyle ? » Mais non, rien. Tristement, il finit par comprendre que personne n'avait regretté son absence. Histoire de rompre le silence, il demanda :

– Alors, comment s'est déroulée l'audience ?

– Elle ne s'est pas déroulée, fit Peckham.

– Quelle audience ? renchérit Bard.

– Qu'avez-vous fabriqué, depuis neuf heures ? leur demanda-t-il.

– Nous avons attendu que le Très Honorable Theodore Hennessy digère sa gueule de bois et nous honore de sa présence, ironisa Bard.

– Elle est repoussée de deux semaines, conclut Peckham.

Ils sortaient de l'ascenseur, au trente-deuxième étage, quand son téléphone sonna. Un texto de Tabor : « Au cube, grouille-toi. Problème. »

Il l'accueillit à l'entrée de l'escalier.

– C'était comment, le tribunal ?

– Super. Les procès, j'adore. C'est quoi, le problème ?

Ils empruntèrent rapidement le couloir, passèrent devant le secrétariat de Sandra.

– C'est Dale, chuchota Tabor. Elle s'est évanouie, elle s'est écroulée, elle a tourné de l'œil, enfin, quelque chose comme ça.

– Où est-elle ?

– J'ai caché le corps.

Au cube, Dale était paisiblement allongée sur un sac de couchage en partie dissimulé par le bureau de Tabor. Elle avait les yeux ouverts, elle paraissait alerte, mais le visage très pâle.

– Elle s'est levée à cinq heures, mardi matin, et depuis elle n'a plus dormi. Cela fait à peu près cinquante-cinq heures, ce qui pourrait constituer un record.

Kyle s'agenouilla près d'elle, lui prit délicatement le poignet.

– Est-ce que ça va ?

Elle hocha la tête pour dire oui, mais ce n'était guère convaincant.

Tabor le guetteur lança un regard autour de lui, sans cesser de parler.

– Elle veut que personne ne le sache, d'accord ? J'ai dit : « On va appeler l'infirmière. » Elle a dit : « Non. » Qu'est-ce que tu en penses, McAvoy ?

– N'en parle à personne, fit Dale, d'une voix sourde et rauque. Je me suis évanouie, c'est tout. Ça ira.

– Le pouls est bon, lui assura Kyle. Tu peux marcher ?

– Je crois.

– Alors on va se faufiler dehors, tous les trois, comme pour sortir déjeuner en vitesse, proposa-t-il. Je te raccompagne chez toi, et tu vas te reposer. Tabor, appelle une voiture.

Une main sous chaque aisselle, ils la soulevèrent lentement. Elle se maintint debout, respira plusieurs fois à fond.

– Je peux marcher.

– On est juste à côté de toi, dit Kyle.

En quittant l'immeuble, ils croisèrent un ou deux regards curieux – une jeune collaboratrice, menue et bien habillée, à la peau très pâle, bras dessus, bras dessous avec deux de ses collègues, partis pour un déjeuner sur le pouce, cela ne faisait aucun doute, mais personne n'y prêtait attention. Tabor l'aida à monter en voiture, puis retourna au cube pour effacer leurs traces, si nécessaire.

Kyle la porta à moitié jusqu'au troisième étage et dans son appartement, puis l'aida à se déshabiller et la borda. Il lui embrassa le front, éteignit la lumière et ferma la porte.

Pendant des heures, elle ne bougea plus.

Dans le coin salon, il retira sa veste, sa cravate, ses chaussures. Il encombra la petite table de la cuisine avec son ordinateur portable, son CabPhone et un dossier rempli de documents de recherches pour un mémo qu'il avait négligé. Une fois complètement installé, il se sentit les paupières lourdes, de plus en plus lourdes, et il finit par gagner le canapé, pour une courte sieste. Tabor l'appela une heure plus tard, et le réveilla. Il lui assura que Dale dormait bien et qu'après un long repos elle irait mieux.

– Il y a une annonce qui se prépare pour seize heures, lui signala-t-il. De grandes nouveautés concernant la scission. Surveille tes e-mails.

À seize heures exactement, Scully & Pershing envoya un e-mail à tous ses avocats, leur annonçant le départ de six associés et trente et un collaborateurs de la section contentieux. Les noms étaient mentionnés. Ces départs étaient effectifs ce jour, à dix-sept heures. Le communiqué se poursuivait ensuite avec les radotages habituels sur la grandeur du cabinet, affirmant à tout le monde que cette scission n'aurait aucun impact sur la capacité de l'entreprise à satisfaire pleinement les besoins de ses nombreux clients de premier plan.

Il risqua un œil par la porte de la chambre. La patiente respirait tranquillement et n'avait pas changé de position.

Il baissa les lumières dans le coin salon et s'allongea dans le canapé. Oublie ce mémo, oublie de facturer. Ras le bol du cabinet, au moins pour ces quelques instants volés. Combien de fois aurait-il la chance de se relaxer comme cela, un jeudi après-midi ? L'enterrement lui semblait déjà remonter à un mois. Pittsburgh était sur une autre galaxie. Baxter avait disparu, sans être oublié. Il avait besoin de Joey, mais Joey avait disparu, lui aussi.

La vibration du téléphone le réveilla de nouveau. L'e-mail provenait de Doug Peckham : « Kyle : réorganisation majeure au contentieux. On m'a affecté au dossier Trylon. Vous aussi. Bureau de Wilson Rush, sept heures précises demain matin. »

30.

Pour l'associé senior du contentieux, membre du comité administratif du cabinet, le coût du mètre carré n'était pas une préoccupation. Le bureau de Wilson Rush s'étendait sur tout un angle du trente et unième étage, un espace au moins quatre fois plus vaste que tout ce que Kyle McAvoy avait déjà pu voir dans ces murs. À l'évidence, maître Rush aimait les bateaux. Sa table de travail étincelante en chêne massif verni était montée sur quatre gouvernails de vieux voiliers. Derrière, une longue crédence contenait une collection de maquettes très élaborées de clippers et de goélettes. Toutes les gravures représentaient un grand vaisseau en mer. À son entrée, en balayant rapidement les lieux du regard, Kyle s'attendit presque à ce que le sol oscille sous ses pieds et à ce que de l'eau salée vienne les lui éclabousser. Mais la voix de maître Rush lui fit vite oublier le décor.

– Bonjour, Kyle. Par ici.

Cette voix venait d'une longue table de conférence, au fond de la pièce, d'où il vit le grand homme se lever. Tout un groupe s'était déjà rassemblé autour, et on allait s'atteler à de la grosse besogne. Il s'assit à côté de Doug Peckham. On procéda à de rapides présentations. Il y avait neuf autres personnes présentes, sans compter maître Rush et maître Peckham, et Kyle reconnut presque tous ces visages, y compris celui de Sherry Abney, la collaboratrice senior que Bennie suivait comme son ombre. Elle lui sourit, et il lui répondit par un sourire.

Maître Rush, qui présidait en tête de table, procéda à un bref point sur le soulèvement en cours. Deux des associés qui s'étaient mutinés avec Toby Roland et sept des trente et un collaborateurs étaient affectés à l'affaire Trylon-Bartin – « J'y reviendrai plus en profondeur dans une minute » – et il était impératif de remanier immédiatement les effectifs du cabinet, car le client, Trylon, était important et exigeant. C'est pourquoi deux associés, Doug Peckham et une femme, une dénommée Isabelle Gaffney, allaient entrer dans la mêlée, ainsi que huit collaborateurs.

Rush expliqua à quel point ces défections dérangeaient les juristes maison de Trylon et combien il était nécessaire de consolider les troupes, de littéralement lancer davantage d'avocats à l'assaut d'APE et de Bartin Dynamics.

Isabelle, ou « Izzy », telle qu'on la surnommait dans son dos, s'était acquis une certaine notoriété en exigeant un jour de deux collaborateurs qu'ils attendent en salle d'accouchement, alors qu'elle était temporairement sur la touche, occupée à mettre un enfant au monde. Le folklore du cabinet voulait que personne ne l'ait jamais vue sourire. Et elle était loin de sourire quand maître Rush continua d'évoquer ce remaniement, cette réorganisation et la nécessité de manœuvrer adroitement avec ces talents juridiques illimités qu'il avait à sa disposition.

Deux collaborateurs de première année étaient donc appelés en renfort, Kyle McAvoy et un mystérieux jeune homme de Penn University, un dénommé Atwater. Des douze novices du contentieux, Atwater était de loin le plus silencieux et le plus solitaire. Sur ce plan, Dale était bonne seconde, mais elle s'était déjà joliment déridée, du moins à son avis. Il avait de nouveau passé la nuit sur son sofa, seul, pendant qu'elle dormait comme une souche. Il n'avait quasiment pas fermé l'œil. Il avait trop de choses auxquelles penser. Encore sous le choc de son affectation à l'affaire Trylon, il avait marmonné toutes sortes de choses, les yeux fixés au plafond. L'horreur du meurtre de Baxter, les images des funérailles et de l'inhumation, les propos sévères de Joey Bernardo – qui pourrait trouver le sommeil, quand de tels cauchemars vous hantent ?

Tard la veille, il avait rappelé Peckham, et il l'avait sondé, harcelé pour comprendre pourquoi il avait été affecté à un dossier qu'il avait mis tant d'énergie à essayer d'éviter. Peckham ne se montra guère compréhensif et n'était pas d'humeur à discuter. La décision avait été prise par Wilson Rush. Fin de la conversation.

Maître Rush leur exposait maintenant les éléments de base de ce procès, des éléments que McAvoy avait mémorisés des semaines et des mois plus tôt. On fit circuler des classeurs. Cette demi-heure traîna en longueur et il finit par s'étonner qu'un individu aussi ennuyeux et aussi méthodique que Wilson Rush puisse avoir autant de succès dans une salle d'audience. Des communications étaient en cours, et les deux parties s'empoignaient sur toutes sortes de documents. Vingt dépositions au moins étaient annoncées.

Il prit des notes, car tout le monde en prenait, mais il pensait à Bennie Wright. Savait-il déjà qu'il avait atterri à ce poste tant convoité ? Bennie connaissait tous les membres de l'équipe Trylon. Il savait que Sherry Abney supervisait Jack McDougle. Y avait-il un autre espion au sein du cabinet ? Une autre victime de Wright et de son chantage ? Si oui, cette personne surveillait-elle Kyle et informait-elle son « gestionnaire » ?

Chacun de ses rendez-vous avec lui avait beau le révulser, leur prochaine rencontre constituerait le plus grand des défis. Il allait devoir préserver les apparences et engager une conversation plus ou moins civilisée avec l'homme qui était responsable du meurtre de Baxter Tate, et il serait contraint de le faire sans laisser transparaître la moindre trace de suspicion.

– Des questions ? demanda Rush.

Bien sûr, se dit Kyle, tant de questions que vous ne pourriez pas y répondre.

Au bout d'une heure d'informations et de bilan, Sherry Abney conduisit Kyle, Atwater et les six autres collaborateurs dans la pièce secrète du dix-huitième étage. Secrète pour certains, mais Bennie et Nigel, eux, étaient déjà au courant de son existence. Sur le chemin, on leur présenta un non-juriste, un dénommé Gant, spécialiste de la sécurité. Gant les arrêta devant la porte et leur expliqua que c'était le seul accès à cette pièce. Un seul et unique accès pour l'entrée et la sortie, au moyen d'une plaquette en plastique codée, plus petite qu'une carte de crédit et indispensable dans les deux sens.

Chaque avocat se vit remettre une de ces plaquettes, et chacun de leur mouvement, entrant ou sortant, serait enregistré. D'un signe de tête, il désigna le plafond et les informa que des caméras vidéo surveillaient tout.

À l'intérieur, la salle avait des dimensions à peu près similaires à celles du bureau de Wilson Rush. Pas de fenêtres, des murs nus, une moquette terne, olivâtre. Dans cette salle, il n'y avait rien, hormis dix tables carrées avec un gros ordinateur sur chacune d'entre elles.

Sherry Abney se chargea de la présentation.

– Dans cette affaire, on compte désormais quatre millions de documents, et ils sont tous ici, dans notre entrepôt virtuel, commença-t-elle, en tapotant la coque d'un ordinateur avec la fierté d'une mère. Les supports papier réels sont stockés sur un site sécurisé, à Wilmington, mais vous pouvez accéder à tout depuis l'un de ces postes. Le serveur central est enfermé dans une salle voisine de celle-ci. (Elle continua de tapoter sa machine.) Ce sont des ordinateurs assez sophistiqués, fabriqués sur mesure par une compagnie dont vous n'avez jamais entendu parler, et dont vous n'entendrez jamais parler. N'essayez jamais, sous aucun prétexte, de réparer, d'examiner ou de simplement manipuler ce matériel.

» Le logiciel s'appelle Sonic et il est lui aussi profilé sur mesure pour ce dossier. En réalité, c'est simplement une version maison concoctée par nos informaticiens, une variante de Barrister, avec une série d'optimisations ajoutées pour des raisons de sécurité. Les codes d'accès changent toutes les semaines. Le mot de passe, tous les jours, parfois deux fois par jour. À chaque changement, vous recevez un e-mail codé. Si vous entrez le mauvais code ou le mauvais mot de passe, c'est l'enfer sur terre. Sachez que cela peut vous valoir un licenciement.

Elle ponctua son propos d'un long regard circulaire, aussi menaçant que possible, avant de poursuivre :

– Ce système est indépendant et on ne peut y accéder d'aucun autre endroit, que ce soit à l'intérieur ou à l'extérieur du cabinet. Il est hébergé sur serveur. C'est ici le seul lieu, la seule salle où vous serez en mesure d'accéder aux documents, et cette salle est fermée de vingt-deux heures à six heures. Désolée, pas de noctambules ici, mais elle reste ouverte sept jours sur sept.

Sur un signe de sa part, chaque collaborateur prit place devant un ordinateur et reçut un code et un mot de passe. À l'écran, pas une seule indication ne permettait de savoir qui avait fabriqué l'ordinateur ou conçu le logiciel.

Sherry alla d'un avocat à l'autre, en se penchant sur les écrans et en continuant, sur le ton d'un professeur d'université.

– Vous avez un didacticiel complet et, pour aujourd'hui, je vous suggère fortement de vous en imprégner. Consultez l'index. Les documents sont classés en trois groupes de base, avec une centaine de sous-groupes. La catégorie A contient tout le fatras inoffensif que Bartin a déjà reçu… des lettres, des e-mails, des notes internes, la liste est sans fin. La catégorie B comporte des pièces importantes, qui sont déjà communicables, même si nous ne les avons pas encore toutes transmises. La catégorie R, pour « Réservée », contient les pièces les plus importantes, environ un million de documents traitant des recherches technologiques qui sont au cœur de ce petit litige. C'est ultraconfidentiel, classifié, et personne, sauf le juge, ne sait si Bartin en aura jamais connaissance. Maître Rush pense que non. La catégorie R est secrète, confidentielle : Support de travail avocats. Quand vous pénétrez en catégorie R, une trace de votre accès s'enregistre automatiquement dans l'ordinateur central de M. Grant, dans la salle voisine. Des questions ?

Les huit associés restèrent les yeux fixés sur leurs écrans, en pensant tous à la même chose – il y a là-dedans quatre millions de documents, et quelqu'un va devoir les examiner.

– Sonic est stupéfiant, ajouta-t-elle. Une fois que vous le maîtriserez, vous serez en mesure de trouver un document ou une série de documents en quelques secondes. Je serai ici tout le reste de la journée, pour un atelier de prise en main. Plus vite vous aurez appris à circuler dans notre bibliothèque virtuelle, plus vous vous faciliterez la vie.

À 16 h 20, le vendredi après-midi, il reçut un e-mail de Bennie, en ces termes : « Retrouvons-nous ce soir à 21 heures. Précisions à venir. BW. »

Il répondit : « Je ne peux pas. »

Bennie, à son tour : « Demain après-midi, disons 17 heures ou 18 heures ? »

Kyle : « Je ne peux pas. »

Bennie : « Dimanche soir, 22 heures ? »

Kyle : « Je ne peux pas. »

À 7 h 10, le samedi matin, il dormait encore, quand quelqu'un frappa un coup sec à la porte de son appartement.

– Qui est là ? s'exclama-t-il en titubant au milieu de son coin salon encombré.

– Bennie.

– Qu'est-ce que vous voulez ? fit Kyle, à la porte.

– Je vous ai apporté du café.

Il déverrouilla la porte et libéra la chaîne de sécurité, et Bennie entra aussitôt. Il tenait en mains deux grandes tasses de café en carton. Il les posa sur le comptoir et regarda autour de lui.

– Quel trou, lâcha-t-il. Je croyais que vous gagniez un peu d'argent.

– Que voulez-vous ? répliqua-t-il avec brusquerie.

– Je n'apprécie pas qu'on m'ignore, lui rétorqua l'autre avec la même brusquerie, et en se retournant d'un bond, comme prêt à le frapper. (Il avait le visage crispé et les yeux brûlants. Il pointa un index à quelques centimètres du visage de Kyle.) Vous ne m'ignorez pas, compris ? siffla-t-il.

C'était le premier mouvement d'humeur du personnage auquel il était confronté.

– On se calme.

Il l'effleura, leurs épaules se heurtèrent sans délicatesse, puis il se dirigea vers la salle de bains, où il dégotta un T-shirt. À son retour au salon, Bennie retirait les couvercles des gobelets de café.

– Je veux être tenu informé.

L'arme la plus proche était une pauvre lampe de table en céramique qu'il avait dénichée dans un magasin d'occasions. Il lui prit le café des mains, sans le remercier. Il jeta un coup d'œil à la lampe et songea combien il serait agréable de l'abattre sur le crâne chauve de Bennie, comme ce serait merveilleux de les entendre se briser en morceaux, cette lampe et ce crâne, et comme il serait facile de cogner jusqu'à ce que ce petit salopard soit mort, mais saigne encore sur ce tapis à deux sous. Avec les salutations de mon vieux copain Baxter. Il but une gorgée, puis il respira profondément. Les deux hommes étaient toujours debout. Bennie portait son trench-coat gris. Kyle était attifé en boxer-short rouge et T-shirt fripé.

– J'ai été affecté au dossier Trylon hier. Grande nouvelle, hein, ou vous le saviez déjà ?

Les yeux de Bennie ne révélèrent rien. Il but une gorgée.

– Et la salle secrète du dix-huitième étage ? Parlez-m'en un peu.

Il la lui décrivit.

– Et les ordinateurs ?

– Fabricant inconnu. Des modèles de bureau de base, mais censément construits pour le dossier, reliés à un serveur enfermé dans la salle voisine. Beaucoup de mémoire, quantité d'options optimisées. Des caméras vidéo partout et un spécialiste de la sécurité qui surveille tout depuis la salle d'à côté. Si vous voulez mon avis, c'est une impasse. Il n'y a aucun moyen de voler quoi que ce soit.

À quoi Bennie réagit par un grognement et une petite grimace narquoise.

– Nous avons percé des chambres fortes bien plus importantes que celle-là, je vous assure. Tout peut être volé. Laissez-nous nous en occuper. Le logiciel, c'est Sonic ?

– Oui.

– Vous maîtrisez ?

– Pas encore. J'y retourne plus tard ce matin, pour une autre leçon.

– Combien de documents ?

– Plus de quatre millions.

Cela lui inspira le seul sourire de la matinée.

– Et l'accès à cette salle ?

– Ouverte sept jours sur sept, mais fermée de dix heures du soir à six heures du matin. Il n'y a qu'une porte, et au moins trois caméras de surveillance.

– Quelqu'un vous contrôle, à l'entrée ?

– Je ne pense pas. Mais la clef d'accès laisse une trace de chaque entrée et de chaque sortie.

– Laissez-moi voir cette clef.

À contrecœur, il alla chercher la plaquette dans sa chambre et la lui remit. Il l'examina comme un chirurgien, puis la lui restitua.

– Ces prochains jours, je veux que vous vous rendiez dans cette salle aussi souvent que possible, mais sans éveiller les soupçons. Allez-y à des heures différentes, observez tout. On se retrouve à dix heures mardi soir, chambre 1780, à l'hôtel Four Seasons sur la Cinquante-septième Rue. Compris ?

– Bien sûr.

– Pas de mauvaises surprises.

– Oui, chef.

31.

Avec soixante-dix-huit mille avocats dans Manhattan, en choisir un n'aurait pas dû être si compliqué. Il resserra sa liste, effectua encore des recherches, ajouta des noms, et en supprima. Il avait pris cette initiative en secret, peu après son arrivée à New York, et il y avait aussi renoncé à plusieurs reprises. Il n'avait pas été certain de vouloir recourir aux services d'un confrère, mais il voulait connaître le nom d'un bon pénaliste, juste au cas où. Le meurtre de Baxter changeait tout. Il ne cherchait pas seulement une protection. Il entendait aussi obtenir justice.

Roy Benedict était un avocat pénal au sein d'un cabinet de deux cents personnes, dans un immeuble de grande hauteur, une rue plus à l'est par rapport à Scully & Pershing. La localisation de l'avocat de son choix était cruciale, étant donné l'attention dont tous ses déplacements faisaient l'objet. Benedict paraissait à la hauteur de ses exigences dans d'autres domaines également. Avant son droit, à l'université de New York, il avait travaillé pour le FBI et, après son diplôme, il avait exercé six ans ses fonctions au sein du département de la Justice. Il conservait des contacts, de vieux amis, des gens qui, pour lui, se trouvaient maintenant de l'autre côté de la barrière, mais auxquels ils pouvaient encore se fier. Le crime était sa spécialité. Il figurait parmi les cent premiers spécialistes de la criminalité en col blanc de New York – mais pas dans les dix premiers. McAvoy avait besoin d'un conseil fiable, il ne pouvait se permettre d'avoir affaire à un individu à l'ego boursouflé. Le cabinet de Benedict était souvent mentionné comme conseil de la partie adverse dans des procès impliquant Scully & Pershing. La cerise sur le gâteau, c'était sa carrière de joueur de basket-ball à Duquesne, quelque vingt-cinq années plus tôt. Au téléphone, il ne semblait guère avoir le temps de bavarder, et il l'avertit qu'il ne prenait aucun nouveau dossier, mais l'allusion au basket-ball lui ouvrit une porte.

Le rendez-vous était fixé à quatorze heures, le lundi, et il arriva en avance. Il ne put s'empêcher de traverser les locaux de ce cabinet en les comparant au sien. C'était plus petit, on y dépensait moins d'argent dans le seul but d'impressionner les visiteurs avec de l'art abstrait et des meubles de créateurs. Et la réceptionniste n'était pas aussi mignonne.

Dans sa serviette, il avait un dossier sur Roy Benedict – de vieilles données et des photos de Duquesne, des curriculum issus d'annuaires juridiques, des articles de journaux sur deux de ses affaires les plus notoires. Il avait quarante-sept ans, mesurait un mètre quatre-vingt-quinze et paraissait en grande forme, prêt à se lancer dans son prochain match au débotté. Son bureau était encombré, plus petit que celui de bien des associés de Scully, mais joliment aménagé. L'homme était cordial et sincèrement ravi de rencontrer un autre avocat new-yorkais qui avait joué pour l'équipe des Dukes.

Kyle lui précisa qu'il ne jouait plus beaucoup. La conversation sur le basket se prolongeant un peu, il finit par couper court.

– Écoutez, maître Benedict…

– Roy… je vous en prie.

– D'accord, Roy, je ne peux pas rester trop longtemps ici, parce que je suis suivi.

Quelques secondes s'écoulèrent, le temps pour Roy de pleinement mesurer le sens de ces propos.

– Et pourquoi suivrait-on un collaborateur de première année du plus grand cabinet juridique du monde ?

– J'ai des problèmes. C'est compliqué, et je crois qu'il me faut un avocat.

– Je ne m'occupe que de criminalité en col blanc, Kyle, et rien d'autre. Avez-vous déconné dans ce domaine ?

– Pas encore. Mais on exerce des pressions sur moi, pour que je commette toute une série de délits.

Roy fit rebondir son stylo sur le bureau. Il essayait de réfléchir à la manière de procéder.

– J'ai vraiment besoin d'un avocat.

– Ma provision initiale est de 50 000, annonça l'autre, et il observa attentivement sa réaction.

Il savait, à 10 000 dollars près, ce que gagnait son visiteur en tant qu'associé de première année. Son cabinet n'essayait pas de rivaliser avec Scully & Pershing, mais il n'en était pas loin.

– Je ne peux pas débourser une somme pareille. J'ai 5 000 dollars en espèces. (D'un geste sec, il sortit l'enveloppe de sa poche et la jeta sur le bureau.) Accordez-moi un peu de temps, et je réunirai le reste.

– Cette affaire concerne quoi, au juste ?

– Viol, meurtre, vol, écoutes, extorsion, chantage et quelques autres petites choses. Je ne peux vous fournir d'informations détaillées tant que nous n'avons pas conclu un accord.

Roy opina, puis il sourit.

– Quelqu'un vous suit, en ce moment ?

– Oh, oui. Je suis sous surveillance depuis février, depuis Yale.

– Votre vie est-elle en danger ?

Il réfléchit un instant.

– Oui, je crois.

Dans cette atmosphère chargée de questions sans réponses, la curiosité de Roy eut le dessus. Il ouvrit un tiroir et en sortit des documents. Il les parcourut brièvement – trois feuillets agrafés –, ajouta quelques annotations au stylo, puis les fit glisser vers lui.

– C'est une convention de prestations juridiques.

Il la lut sans s'attarder. La provision initiale avait été ramenée à 5 000 dollars. Le taux horaire divisé par deux, de 800 à 400 dollars. Lui qui venait récemment d'accepter l'idée de facturer 400 dollars l'heure, il était maintenant à la place du client qui paierait cette somme. Il signa.

– Merci, dit-il.

Roy prit l'enveloppe et la rangea dans le tiroir.

– Par où commençons-nous ? demanda-t-il.

Kyle se tassa un peu plus dans son siège. Il se sentait soulagé d'un grand poids. Il n'était pas sûr que le cauchemar touche à sa fin ou qu'il ne soit pas en train de s'enfoncer dans un trou encore plus profond, mais le fait d'avoir quelqu'un avec qui parler était déjà plus que réconfortant.

Il ferma les yeux.

– Je ne sais pas. Il y a tellement de questions à aborder.

– Qui vous suit ? Des agents d'une quelconque officine gouvernementale ?

– Non. Des voyous, des privés. Ils sont très bons. Et je n'ai aucune idée de l'endroit d'où ils opèrent.

– Pourquoi ne commenceriez-vous pas par le commencement ?

– D'accord.

Il débuta par Elaine, la soirée, les accusations de viol, l'enquête. Il introduisit Wright et ses gars, son chantage, la vidéo, sa mission sous couverture pour dérober des documents chez Scully & Pershing. Il lui présenta un dossier, étala les photos de Bennie, avec les portraits-robots de Nigel et de deux de ses sbires qui le filaient.

– Bennie Wright, ce n'est qu'un pseudonyme. Ce type a sans doute vingt noms. Il parle avec un léger accent, probablement d'Europe centrale. Juste une supposition.

Roy examina la photo de Wright.

– Y a-t-il un moyen de l'identifier ? reprit Kyle.

– Je ne sais pas, fit le pénaliste. Savez-vous où il est ?

– Ici, à New York. Je l'ai vu samedi, et je le revois demain soir. C'est mon gestionnaire. Je suis son contact.

– Continuez.

Kyle sortit un autre dossier et lui exposa les aspects élémentaires du conflit Trylon-Bartin. Il n'aborda que les faits déjà publiés dans des articles de presse. Même si Roy Benedict était son avocat, lié par son serment de confidentialité, Kyle était avocat, lui aussi, et il avait un client qui en attendait autant de sa part.

– C'est le plus gros contrat de l'histoire du Pentagone, et c'est donc potentiellement la plus grande procédure jamais intentée.

L'autre consacra quelques minutes à parcourir les articles.

– J'en ai entendu parler. Continuez.

Il lui décrivit la surveillance et les écoutes, et Roy oublia momentanément Trylon-Bartin.

– Les écoutes, c'est puni de cinq ans, loi fédérale, lâcha-t-il.

– Les écoutes, ce n'est rien. Et le meurtre ?

– Le meurtre de qui ?

Il lui exposa en vitesse le rôle de Joey, l'arrivée surprise de Baxter et son désir de tendre la main à cette jeune femme. Il lui remit une dizaine de coupures de journaux relatant le meurtre aveugle de Baxter Tate.

– J'ai vu quelque chose là-dessus aux infos, fit Benedict.

– J'étais l'un des porteurs du cercueil, à son enterrement, mercredi dernier.

– Je suis désolé.

– Merci. Les flics n'ont aucun indice. Je suis certain que c'est Bennie qui a ordonné de le supprimer, mais les tueurs se sont volatilisés.

– Pourquoi ce Bennie voudrait-il tuer Baxter Tate ?

Benedict alternait la prise de notes, des coups d'œil sur le cliché de Wright et des coups de sonde dans le dossier, mais surtout, il secouait la tête, à la fois perplexe et incrédule.

– Il n'avait pas le choix. Si Baxter réussissait à se lancer dans ses aveux stupides devant Elaine, ce qui paraissait à peu près certain, alors la suite des événements devenait imprévisible. Je pense qu'à partir de là, cette fille perdait la boule, se remettait à crier au viol, et je me retrouvais traîné en justice, à Pittsburgh, avec Joey et Alan Strock. Ma vie déraillait. Je quittais le cabinet, New York, et Bennie perdait son atout.

– Mais avec la mort de Baxter, cette affaire de viol a du plomb dans l'aile, non ?

– Certes, mais la vidéo est toujours là. Et croyez-moi, on n'a pas envie d'y être mêlé. C'est assez violent.

– Mais cette vidéo ne vous implique pas ?

– Elle m'implique uniquement parce que je me suis conduit en imbécile et en ivrogne. Quand on en vient au chapitre sexe, on ne me voit pas, à aucun moment. Je ne m'en souviens même pas.

– Et vous n'avez aucune idée de la manière dont il s'est procuré cette vidéo ?

– C'est la grande question, celle que je me suis posée toutes les heures, ces neuf derniers mois. Qu'il ait pu en apprendre l'existence, je ne sais trop comment, avant de la voler ou de l'acheter, c'est un truc que je n'arrive pas à comprendre. Je ne sais pas ce qui est le plus terrifiant… la vidéo elle-même ou le fait qu'il ait pu mettre la main dessus.

De nouveau, l'avocat secoua la tête. Il se leva et déplia sa carcasse dégingandée. Il s'étira, sans cesser de secouer la tête.

– Scully a engagé combien de stagiaires, l'an dernier ?

– Environ une centaine.

– Donc Bennie et son groupe se procurent les noms d'une centaine de stagiaires, ils enquêtent sur eux, à la recherche de leur talon d'Achille. Quand ils tombent sur votre nom, dans cette liste, ils fouinent du côté de Pittsburgh et Duquesne. Il est probable qu'ils entendent parler de ce viol, ils ont un contact dans les services de police, se procurent le dossier, et décident de creuser plus profond. L'affaire est classée, donc les flics causent plus qu'ils ne devraient. Une rumeur circulait au sujet d'une vidéo, mais ils avaient toujours été incapables de la dénicher. D'une manière ou d'une autre, ce Bennie met la main dessus.

– D'accord.

– Il a beaucoup d'argent, et beaucoup de personnel.

– Manifestement, alors pour qui travaille-t-il ?

Benedict consulta sa montre, se rembrunit.

– J'ai une réunion à quinze heures. (Il empoigna son téléphone fixe, patienta une seconde.) Annulez-moi le rendez-vous de quinze heures, aboya-t-il. Et qu'on ne me dérange pas. (Il se laissa retomber dans son fauteuil et se massa le menton, le poing fermé.) Je doute qu'il opère pour APE. Je n'arrive pas à croire qu'un cabinet juridique concurrent aille dépenser des montants pareils pour enfreindre autant de lois. C'est inconcevable.

– Et Bartin ?

– Beaucoup plus probable. Des masses d'argent, des masses de mobiles. Je suis sûr que Bartin est persuadé que ces documents leur ont été dérobés, alors pourquoi ne pas les voler à leur tour ?

– Et d'autres suspects ?

– Oh, s'il vous plaît, Kyle. Nous parlons de technologies militaires. Les Chinois et les Russes préfèrent voler ce qu'ils peuvent copier. C'est le jeu. Nous bluffons tout le monde avec nos recherches, et eux, ils se contentent de nous les voler.

– Mais en se servant d'un cabinet juridique ?

– Le cabinet juridique n'est sans doute qu'une pièce du puzzle. Ils ont des espions ailleurs, et il y a d'autres individus comme ce Bennie, qui n'ont pas de nom, pas de domicile, et dix passeports. C'est probablement un ancien pro du renseignement, très bien formé, qui vend ses services des millions de dollars.

– Il a tué Baxter.

Roy eut un geste désabusé.

– Pour ce type-là, tuer n'est pas un problème.

– Super. Juste quand je commençais à respirer un peu mieux.

L'avocat sourit, mais les rides ne s'effacèrent pas de son front.

– Écoutez, laissez-moi quelques jours pour digérer tout ça.

– Il faut agir vite. J'ai maintenant accès à ces documents, et Bennie est beaucoup plus agité.

– Vous le voyez demain soir ?

– Oui. Au Four Seasons, sur la Cinquante-septième. Vous avez envie de vous joindre à la petite sauterie ?

– Merci. Combien de temps durent ces rendez-vous ?

– Dix minutes si j'ai du pot. On s'accroche, ça gueule, et puis je repars en claquant la porte. Je joue les durs, mais en attendant, j'ai une trouille bleue. J'ai besoin d'aide, Roy.

– Vous avez sonné à la bonne porte.

– Merci. Faut que j'y aille. Doofus m'attend.

– Doofus ?

Kyle se leva et tendit la main vers le bureau. Il choisit l'un des portraits-robots, et le plaça sur le dessus de la pile.

– Je vous présente l'Andouille, peut-être le pire de ces traîne-savates qui m'ont suivi comme mon ombre ces neuf derniers mois. Son pote, ici, c'est

Bredouille. C'est un méchant, lui aussi, mais pas aussi méchant que l'Andouille. À force d'avoir l'air de ne m'apercevoir de rien, je suis devenu tellement expert que ces clowns se figurent qu'ils peuvent me suivre en pionçant. Ils commettent beaucoup d'erreurs.

Ils se serrèrent la main, se dirent au revoir et, longtemps après le départ du jeune homme, Benedict demeura immobile à sa fenêtre, s'efforçant encore de s'imprégner de toute cette affaire. Un ancien rédacteur en chef du *Yale Law Journal*, âgé de vingt-cinq ans, traqué dans les rues de New York par un groupe de tueurs, des agents professionnels qui le font chanter pour espionner le cabinet juridique dont il est membre.

Ce scénario le laissait pantois. Il sourit et tout cela lui rappela combien il aimait son métier.

Au milieu de cette scission sanglante entre les avocats du cabinet, il y avait quelques aspects positifs. On aurait besoin de plus d'associés, et vite. Toutes ces places vacantes créeraient des opportunités d'avancement. Et, plus essentiel encore aux yeux des collaborateurs de première année, des bureaux s'étaient libérés. Dès que les mécontents eurent pris la poudre d'escampette, les uns et les autres se livrèrent à leurs petites manœuvres. Au cours du week-end, Tabor avait mis le grappin sur un nouvel espace et, dès le dimanche soir, il avait déménagé son fatras.

Kyle n'avait guère l'esprit à déménager. Il s'était habitué à son petit compartiment, et cela lui plaisait d'avoir Dale près de lui. Dès que cela leur paraissait sans danger, il leur arrivait de se peloter un peu, à l'occasion. Tous les matins, il attendait avec impatience son apparition et d'être informé jusque dans les moindres détails sur sa tenue du jour et son créateur. Discuter fringues avec elle, c'était presque aussi excitant que de les lui retirer.

Quand Sherry Abney fit un saut le lundi en fin d'après-midi et le pria de le suivre, il fut surpris. Ils empruntèrent l'escalier, montèrent d'un étage, au trente-quatrième et, après avoir dépassé une dizaine de portes, elle s'arrêta, entra, et lui annonça :

– Vous êtes chez vous.

C'était une pièce carrée, de quatre mètres sur quatre, avec un bureau au plateau en verre, un fauteuil en cuir, un tapis élégant, et une fenêtre qui donnait au sud et laissait entrer la lumière du soleil. Il resta abasourdi. Pourquoi moi ? avait-il envie de s'écrier. Mais il fit mine d'accepter sans sourciller.

– Avec les compliments de Wilson Rush.

– Joli, dit-il, en allant à la fenêtre.

– Vous partagerez une secrétaire avec Cunningham, qui occupe le bureau voisin. Si vous avez besoin de quoi que ce soit, je suis juste au bout du couloir. Et je serais vous, je m'installerais sans tarder, parce que maître Rush risque de venir faire une rapide inspection.

Son déménagement lui réclama un quart d'heure. Il fit quatre voyages et, lors du dernier, Dale lui portait son ordinateur et son sac de couchage. Elle était sincèrement heureuse pour lui, et lui soumit même quelques idées de déco.

– Dommage que tu n'aies pas de canapé, soupira-t-elle.

– Non, chérie, pas au bureau.

– Alors où et quand ?

– J'en déduis que tu es d'humeur.

– J’ai besoin d’être aimée, ou au moins d’être désirée.

– Et pourquoi pas un dîner, et ensuite un coup vite fait ?

– Et pourquoi pas un long corps à corps, et un dîner vite fait ?

– Ah ben, toi.

À dix-neuf heures, ils sortirent de l’immeuble en catimini, et prirent un taxi pour rejoindre l’appartement de Dale. Il déboutonnait sa chemise, quand son CabPhone sonna – un e-mail envoyé par un associé à une petite dizaine de fantassins. On avait besoin de tout le monde sur le pont, immédiatement, toutes affaires cessantes, une orgie de boulot qui était absolument essentielle à l’avenir du cabinet. Il ignora le message et éteignit la lumière.

32.

Sans autre motivation que le pur entêtement, il décida d'arriver avec quarante-cinq minutes de retard à son rendez-vous de mardi soir au Four Seasons. Il s'attendait à voir Nigel, donc il ne fut pas surpris lorsque l'acolyte de Wright, en l'accueillant à la porte, fit semblant d'être enchanté de le revoir.

– Kyle, mon vieux, quoi de neuf ? s'écria-il d'une voix chantante et avec un sourire faux.

– Ça va super bien. Et votre prénom, c'est ?

– Nigel.

– Ah, oui, j'avais oublié. Et le nom de famille ?

– Désolé, mon vieux.

– Vous avez un nom de famille, ou vous en collectionnez tellement que vous ne vous rappelez plus lequel vous êtes censé utiliser, à la minute présente ?

– Bonsoir, Kyle, intervint alors Bennie, et il se leva en repliant un journal.

– C'est si sympa de vous retrouver, Bennie. (Il posa sa serviette sur le lit, mais ne retira pas son imper.) Alors, qui est à l'initiative de cette réunion ?

– Parlez-nous de la salle du dix-huitième étage, fit Wright, coupant court aux préliminaires.

– Je vous l'ai déjà décrite.

Nigel reprit la parole, sur un ton très direct.

– Dix écrans sur dix tables, exact ?

– Oui.

– Et les unités centrales ?

– Sur les tables, à côté des écrans.

– Les unités centrales, Kyle, hautes et minces, larges et épaisses ? Fournissez-nous des indications, là !

– Plutôt des boîtiers carrés, à la droite de chaque écran.

Sur la commode à côté de la télévision, il y avait un mince portable, à l'écran ouvert. Nigel s'y précipita.

– Jetez un œil à ces ordinateurs. Toutes les formes et toutes les tailles, de marques diverses, en provenance du monde entier. Vous reconnaissez là quelque chose de vaguement similaire ?

Il fit défiler méthodiquement les pages. Sur chacune, on découvrait des photos en couleurs de huit ordinateurs, dix pages en tout, quatre-vingts machines toutes très différentes dans leur conception et leur construction. Kyle s'arrêta sur l'une d'elles qui ressemblait plus à une imprimante jet d'encre couleur qu'à un ordinateur.

– Oui, des machines de forme plutôt carrée, donc, observa Nigel. Combien de disques durs ?

– Aucun.

– Aucun ? Vous en êtes certain ?

– Oui. Ces machines ont été fabriquées sur mesure, pour plus de sécurité. Il n'y a pas de disques durs, pas de ports, aucun moyen de transférer les données.

– Le panneau de commande ? Des interrupteurs, des boutons, des témoins lumineux, rien ?

– Rien. Un boîtier couleur beige, nu.
– Et le serveur ?
– Enfermé dans la pièce voisine. Hors de vue.
– Intéressant. Et les écrans ?
– Des écrans plats LCD standard.
– Jetons un œil, proposa Nigel en ouvrant un autre dossier dans le portable, affichant cette fois tout un assortiment de moniteurs.
– La taille ?
– Quatorze pouces.
– Affichage en millions de pixels, évidemment ?
– Oui. (Il s'arrêta sur la troisième page, qu'il pointa du doigt.) Ce modèle-ci est très proche.
– Excellent, Kyle.
– Et les imprimantes ?
– Aucune.
– Nulle part dans la pièce ? Pas une seule imprimante ?
– Pas une.
Nigel s'interrompit, se gratta le visage, il réfléchissait à tout cela.
– Supposons que vous ayez à travailler sur un rapport ou un mémo. Quand vient le moment de l'imprimer, que se passe-t-il ?
– Vous le notifiez à votre superviseur, qui entre alors dans la salle, le consulte, l'évalue, et ainsi de suite. Si le mémo doit être soumis au tribunal, ou aux avocats de la partie adverse, il est imprimé.
– Où ça ? Je croyais qu'il n'y avait pas d'imprimantes.
– Il y en a une dans la pièce voisine, avec un auxiliaire juridique qui surveille l'impression. Chaque feuille de papier imprimé reçoit un code, avant d'être dupliquée. Il est impossible d'imprimer quoi que ce soit sans laisser de trace.

– Joliment pensé, vraiment.

Là-dessus, il recula subitement d'un pas et s'étira le dos. Wright prit le relais.

– Kyle, combien de fois êtes-vous entré dans cette pièce ?

– Une fois par jour depuis ces cinq derniers jours.

– Et en temps normal, combien de personnes sont présentes ?

– Cela dépend. Dimanche après-midi, je suis resté seul environ une heure. Ce matin, on était cinq ou six.

– Êtes-vous déjà allé là-bas tard le soir, à l'heure de la fermeture de la salle ?

– Non, pas encore.

– Faites-le, compris ? Soyez là-bas à dix heures, un soir.

– Je ne peux pas me permettre d'aller là-bas juste pour traîner, Bennie. Ce n'est pas le petit coin réservé à la pause- détente. La salle est constamment surveillée, avec des caméras qui tournent et le reste. Pour être là-bas, il faut avoir une autre raison que simplement faire le guet.

– Est-ce que quelqu'un note vos allées et venues ?

– Il n'y a pas de vigile à la porte. La clef enregistre chaque entrée et chaque sortie, et je suis sûr que tout est filmé par les caméras en circuit fermé.

– Vous emportez votre sacoche avec vous ?

– Non.

– Les sacoches sont interdites ?

– Non.

– Avez-vous votre veste sur vous ?

– Non. La veste n'est pas obligatoire, dans les bureaux.

Pendant une minute, il y eut un échange de regards entre Wright et Nigel – deux cerveaux cogitant ferme.

– Vous irez sur place demain ? reprit Bennie.

– Cela se peut. Je n'en suis pas certain, pas à la minute où je vous parle. Cela dépend des tâches que l'on me confiera le matin.

– Je veux que vous entriez dans cette salle, demain, en apportant avec vous votre sacoche et en mettant votre veste. Dès que vous vous serez installé, retirez-la. Et gardez la sacoche sous la table.

– Ça, c'est faisable, Kyle ? renchérit aussitôt Nigel.

– Oh, bien sûr. Pourquoi pas ? Rien d'autre ? Et si j'apportais aussi un paquet de tacos, et si je laissais tomber des miettes de cheddar sur le clavier ? On va où, là ?

– Fiez-vous à nous, lui suggéra Nigel, sans brusquerie. Nous savons ce que nous faisons.

– Vous êtes la dernière personne à qui je me fierais.

– Allons, Kyle.

– Écoutez, je suis fatigué. J'aimerais vraiment aller…

– Quels sont vos projets, ces prochains jours ? s'enquit Wright.

– Demain, je travaille, je quitte le bureau vers cinq heures, je prends le train pour Philadelphie, je loue une voiture, et je continue jusqu'à York. Jeudi, je dîne avec mon père pour Thanksgiving. Je serai de retour à New York vendredi en fin d'après-midi, et au bureau tôt samedi matin. Ça vous suffit ?

– On se revoit samedi soir, ordonna Bennie.

– Chez vous ou chez moi ?

– Je vous communiquerai les précisions.

– Joyeux Thanksgiving, jeunes gens, lança-t-il en sortant de la chambre.

Il accrocha à la porte de son nouveau bureau deux imperméables ordinaires, un noir et un autre marron clair. Il portait le noir tous les jours, pour ses allers-retours de chez lui au bureau, ou pour ses allées et venues dans New York. Il se servait du marron plus rarement, uniquement quand il tenait vraiment à ne pas être suivi. Le mercredi, à 14 h 30, il le mit en écharpe sur son bras et descendit au deuxième étage, par l'ascenseur. De là, il prit un monte-charge jusqu'au sous-sol, enfila le trench, et plongea entre les rangées de grosses tuyauteries, de câblages électriques et de gaines de chauffage, jusqu'à rejoindre un escalier en métal. Il échangea quelques mots avec un technicien, avec lequel il avait eu déjà plusieurs fois l'occasion de parler. Il entrevit la lumière du jour, dans une étroite ruelle qui séparait à peine son immeuble de l'édifice voisin, haut de cinquante étages. Dix minutes plus tard, il entrait dans le bureau de Roy Benedict.

Ils avaient brièvement discuté au téléphone, et ce plan le mettait mal à l'aise.

Roy, lui, n'était aucunement mal à l'aise. Il avait étudié le dossier, analysé les faits et les problèmes, mesuré la profondeur de l'impasse dans laquelle se trouvait son client, et il était prêt à agir.

– J'ai un ami au FBI, commença-t-il. Un ami en qui j'ai une totale confiance. Nous avons travaillé ensemble, il y a de cela des années, avant que je ne devienne avocat, et même si nous appartenons désormais à deux mondes que tout oppose, je me fie encore plus à lui. C'est un poids lourd, ici, au bureau du FBI de New York.

Kyle revit en un éclair sa dernière rencontre avec le FBI. Des faux noms, de faux insignes, une longue nuit dans une chambre d'hôtel avec Bennie Wright.

– J'écoute, dit-il, sceptique.

– Je voudrais organiser une réunion avec lui, et tout étaler sur la table. Tout.

– Que va-t-il faire ?

– Des crimes ont été commis. Des actes criminels sont en cours. Et d'autres se préparent. Et il ne s'agit pas de crimes de troisième ordre. À mon avis, il sera aussi abasourdi que moi. Et je pense que le FBI voudra s'en mêler.

– Et donc Bennie va se faire pincer par les fédéraux ?

– Bien sûr. Vous ne voulez pas qu'on le coffre ?

– À perpétuité, si. Mais il dispose d'un vaste réseau, qui opère dans l'ombre.

– Le FBI sait monter des pièges. Il leur arrive de rater leur coup, mais ils ont aussi inscrit quelques très beaux succès à leur palmarès. Je traite avec eux régulièrement. Je sais que ces types sont intelligents. Si je leur parle demain, ils agiront discrètement et poseront les premiers jalons. Quand ils le veulent, ils peuvent lancer une armée entière contre l'adversaire. Et au stade où vous en êtes, c'est une armée qu'il vous faut.

– Merci.

– Pour m'entretenir avec eux, j'ai besoin de votre permission.

– Y a-t-il un risque qu'ils se contentent de jeter un coup d'œil et de laisser filer ?

– Oui, mais j'en doute.

– Quand allez-vous parler à votre ami ?

– Peut-être dès cet après-midi.

Kyle hésita une fraction de seconde.

– Allons-y.

33.

Il était presque minuit, à York, quand il se faufila en silence dans la maison paternelle par la porte de la cuisine, qui n'était pas fermée à clef. Toutes les lumières étaient éteintes. Son père savait qu'il arriverait tard, et John McAvoy ne laissait personne venir troubler sa nuit. Zack, le vieux border colley qui n'avait jamais reçu la visite d'un indésirable, réussit à se lever de son coussin, dans le coin petit déjeuner, pour s'approcher et lui souhaiter la bienvenue. Kyle lui frictionna la tête, trop heureux de le revoir. L'âge et le pedigree exacts de Zack étaient toujours restés mystérieux. C'était le cadeau d'un client, en guise de paiement partiel de ses honoraires, et il aimait dormir des journées entières sous le bureau du patron, fermant l'œil sur toutes sortes de problèmes juridiques. D'ordinaire, l'animal prenait son déjeuner dans la cuisine du cabinet, avec l'une des secrétaires.

D'une détente, Kyle expédia ses mocassins dans un angle de la pièce, se glissa à pas de loup au premier, dans sa chambre et, en quelques minutes, il était sous les couvertures et au pays des rêves.

Moins de cinq heures plus tard, John flanquait quasiment un coup de pied dans sa porte et le réveillait d'une voix tonnante :

– En route, grosse nouille. Tu auras tout le temps de dormir, quand tu seras mort.

Dans un tiroir, il trouva un vieil ensemble de sous-vêtements thermiques et une paire de chaussettes en laine et, du placard, il sortit sa tenue de chasse rangée au milieu d'une collection de vêtements poussiéreux qui dataient du lycée. Sans femme dans la maison, la poussière, les toiles d'araignée et les vieux vêtements s'entassaient. Ses bottes étaient précisément là où il les avait laissées un an plus tôt, au dernier Thanksgiving.

John était à la cuisine, en train de fourbir ses armes de guerre. Trois fusils à lunette étaient couchés sur la table, à côté de plusieurs boîtes de munitions. Kyle, qui avait appris l'art et les règles de la chasse dès l'enfance, savait que son père avait méticuleusement nettoyé les armes, la veille au soir.

– Bonjour, lui dit-il. Tu es prêt ?

– Oui. Où est le café ?

– Dans la Thermos. Tu es arrivé quand ?

– Il y a quelques heures à peine.

– Bah, tu es jeune. En route.

Ils chargèrent le matériel dans le pick-up Ford dernier modèle, quatre roues motrices, le moyen de transport préféré de John, dans York et aux alentours. Un quart d'heure après avoir rampé hors de son lit, Kyle roulait dans l'obscurité d'une froide matinée de Thanksgiving, en buvant quelques gorgées de café noir et en grignotant une barre de muesli. La ville fut bientôt derrière eux. Les routes se firent plus étroites.

John en était à sa première cigarette, un filet de fumée s'échappant par la fente de la fenêtre entrouverte, côté conducteur. En général, le matin, il était peu loquace. Cet homme qui vivait dans une petite ville, au milieu d'un cabinet juridique grouillant d'activité, avec ses sonneries de téléphone et ses secrétaires qui s'agitaient en tous sens, avait besoin de cette solitude de l'aube.

Kyle avait beau être encore endormi, il fut d'une certaine manière ébahi, saisi par ces grands espaces, ces routes désertes, et par le grand air. Quel était l'attrait de la grande ville, au juste ? Ils s'arrêtèrent devant un portail. Il alla l'ouvrir et son père le franchit, puis ils continuèrent de s'enfoncer dans les collines. Le soleil ne se montrait toujours pas.

– Alors, comment se passent tes amours ? fit Kyle, tentant d'amorcer la conversation.

Son père avait évoqué une nouvelle petite amie, du sérieux.

– Ça va, ça vient. C'est elle qui nous reçoit à dîner, ce soir.

– Et elle s'appelle ?

– Zoé.

– Zoé ?

– Zoé. C'est grec.

– Elle est grecque ?

– Sa mère est grecque. Son père est un anglo quelque chose. C'est une métisse, comme nous tous.

– Elle est mignonne ?

John expédia sa cendre par la fenêtre.

– Tu te figures que je sortirais avec elle si elle n'était pas mignonne ?

– Oh oui. Je me souviens encore de Rhoda. Quel cageot.

– Rhoda était sexe. Seulement, tu n'étais pas sensible à sa beauté.

Le pick-up s'engagea sur une portion de route caillouteuse, et ils furent ballottés dans la cabine bringuebalante.

– D'où est-elle, Zoé ?

– De Reading. Pourquoi toutes ces questions ?

– Elle a quel âge ?

– Quarante-neuf, et elle est sexe.

– Tu vas l'épouser ?

– Je ne sais pas. On en a parlé.

La route se transforma encore, le revêtement caillouteux laissa place à de la terre. John se rangea en bordure du champ et éteignit les phares.

– Sur quelle propriété sommes-nous ? lui demanda Kyle à voix basse, tandis qu'ils rassemblaient leurs fusils.

– Elle a longtemps appartenu à la famille de l'ex-mari de Zoé. Elle l'a obtenue suite à son divorce. Quatre-vingts hectares, remplis de cerfs.

– Allez ?

– C'est vrai. Le tout parfaitement légal et déclaré.

– Et c'est toi qui as géré le divorce ?

– Il y a cinq ans. Mais nous ne sortons ensemble que depuis l'an dernier. Ou alors peut-être bien l'année d'avant, en réalité, je ne me souviens pas.

– Nous allons chasser dans la propriété de Zoé ?

– Oui, mais elle s'en fiche.

Ah, l'exercice du droit dans une petite ville, songea-t-il. Pendant vingt minutes, ils crapahutèrent le long des bois, sans échanger un mot. Ils s'arrêtèrent sous un orme, juste à l'instant où, devant eux, le premier rayon de lumière zébrait le vallon.

– La semaine dernière, Bill Henry a tiré un huit cors, juste derrière cette crête, fit John, en pointant le doigt. Il y a de grands mâles, par ici. Si Bill Henry est capable d'en débusquer un, n'importe qui peut en faire autant.

On avait construit dans cet orme un mirador d'affût, à sept mètres de hauteur, auquel on accédait par une échelle branlante.

– Toi, tu prends ce mirador, lui ordonna son père. Je serai à cent mètres, par là-bas, dans un autre. Rien que des mâles, d'accord ?

– Pigé.

– Ton permis de chasse est à jour ?

– Je ne crois pas.

– Pas grave. Lester est toujours garde-chasse. J'ai évité la prison à son fils, le mois dernier. Un défoncé, son fils. À la méthadone. (John s'éloigna, s'enfonça dans l'obscurité.) Et maintenant, tu arrêtes de roupiller.

Kyle cala le fusil en bandoulière et grimpa à l'échelle. Le mirador était une étroite plate-forme faite de planches et de traverses de cinq centimètres par dix de section, arrimées au tronc de l'orme et, comme tous les miradors d'affût, on l'avait construit sans beaucoup se soucier du confort. Il se tortilla d'un côté, puis de l'autre, et finit par se poster le derrière sur les planches, le dos contre l'écorce, les pieds dans le vide. Il montait sur ces miradors depuis l'âge de cinq ans, et il avait appris à demeurer totalement immobile. Quelques feuilles bruissaient sous une brise légère. Le soleil se levait vite. Le cerf allait bientôt sortir du bois, sans bruit, pour gagner le bord du champ et se mettre en quête de fétuque et de maïs.

Le fusil était un Remington 30.06, un cadeau qu'il avait reçu pour son quatorzième anniversaire. Il le bloqua fermement contre sa poitrine et piqua un petit somme.

Le crépitement sec d'un coup de feu le réveilla en sursaut, et il fit pivoter son arme, prêt à tirer. Il jeta un œil à sa montre – un petit somme de quarante minutes. Sur sa gauche, dans la direction de son père, il vit sautiller plusieurs queues blanches qui prenaient rapidement la fuite. Dix minutes passèrent, sans nouvelles de John. Ayant manifestement manqué son premier coup, il n'était pas redescendu de son mirador.

Une heure s'écoula, sans une cible en vue, et Kyle luttait pour rester éveillé.

Thanksgiving. Officiellement, les bureaux de Scully & Pershing étaient fermés, mais il savait que quelques tueurs étaient restés là-bas, en tenue relax, jean et boots, pour facturer à tout- va. Ainsi que quelques associés, rivés à leur travail, tous accablés d'échéances pressantes. Il secoua la tête.

Il entendit des bruits se rapprocher, les pas de quelqu'un qui ne se souciait guère d'être silencieux. John fut vite au pied de l'orme.

– Allons-y. Il y a un ruisseau juste derrière ce champ, un de leurs points d'eau préférés.

Il descendit prudemment et, quand il eut posé le pied sur le sol, son père le questionna :

– Tu l'as vu, ce mâle ?

– Nan.

– Je ne comprends pas comment tu as pu le louper. Il a détalé sous ton nez.

– Celui que tu as tiré ?

– Ouais, au moins un dix cors.

– Autrement dit, tu l'as loupé, toi aussi.

Ils retournèrent au pick-up et se jetèrent sur leur thermos. Assis sur le hayon rabattu, ils burent un café corsé dans des gobelets en carton et finirent leurs barres de céréales.

– Papa, je n'ai plus envie de chasser. Il faut qu'on se parle.

Au début, son père l'écouta calmement, puis il alluma une cigarette. Kyle exposa laborieusement son histoire de viol et d'enquête, et craignait une réaction emportée, une série de questions aussi incisives que pénibles sur les raisons qui l'avaient empêché d'en parler à son père. Mais John l'écouta avec attention, sans un mot, comme s'il était déjà au courant de cette histoire et attendait des aveux.

Le premier éclair de colère survint avec l'entrée en scène de Bennie.

– Ils t'ont fait chanter, s'indigna-t-il, et puis il alluma sa deuxième cigarette. Le fils de pute.

– Écoute-moi, et c'est tout, d'accord ? le supplia-t-il, et il enchaîna aussitôt.

Ce fut un déluge d'informations détaillées et, à plusieurs reprises, il leva la main pour empêcher son père de l'interrompre. Au bout d'un petit moment, John redevint stoïque, assimilant toute cette histoire avec une expression d'incrédulité, mais sans rien dire. La vidéo, Joey, Baxter, le meurtre, Trylon et Bartin, la salle secrète du dix-huitième étage. Les rendez-vous avec Wright, Nigel, ce plan pour dérober ces documents et les transmettre à l'ennemi. Et, enfin, le recours, Roy Benedict, et l'entrée en scène du FBI.

Il s'excusa plusieurs fois de ne pas s'être davantage fié à son père. Il reconnut ses erreurs, trop nombreuses pour qu'il puisse toutes les lui énumérer. Il mit son âme à nu et, quand il eut terminé, après ce qui lui avait paru des heures, le soleil était haut dans le ciel, il n'y avait plus de café depuis longtemps, et on avait complètement oublié le cerf.

– Je crois que j'ai besoin d'aide, avoua-t-il.

– Tu aurais besoin d'un bon coup de pied au cul, pour ne m'avoir rien dit.

– Oui, c'est vrai.

– Nom de Dieu, fiston. Quelle panade.

– Je n'avais pas le choix. J'étais terrorisé par cette vidéo, et l'idée d'une nouvelle enquête pour viol, c'était trop. Si tu l'avais vue, cette vidéo, tu comprendrais.

Ils laissèrent les fusils dans le Ford et partirent faire une longue marche en suivant un étroit sentier, à travers les bois.

Pour la préparation du festin rituel de Thanksgiving, la dinde, sa farce et toute sa garniture, ils s'en étaient remis à un traiteur qui vendait le plat tout prêt à ceux qui préféraient ne pas se donner cette peine. Pendant que John dressait la table du déjeuner dans la salle à manger, Kyle alla chercher sa mère.

Patty lui ouvrit sa porte avec le sourire et le serra longuement contre elle. Elle était levée, elle avait pris ses médicaments, et ils semblaient exercer leur effet. Elle lui fit les honneurs de son appartement, elle était impatiente de lui montrer ses derniers chefs-d'œuvre. Il finit par la conduire vers la porte, direction l'escalier et sa voiture de location, et ils traversèrent York, un petit trajet qu'ils aimaient bien, tous les deux. Elle avait mis du rouge à lèvres, s'était maquillée, elle avait choisi une jolie robe orange dont il gardait le souvenir depuis ses années d'adolescence, et elle avait les cheveux propres, à peu près coiffés, et presque blancs. Elle n'arrêtait pas de bavarder, de lui donner des nouvelles de gens du coin qu'elle connaissait depuis des années, sautant d'un sujet à un autre, un discours décousu qui, en d'autres circonstances, aurait pu être drôle.

Il était soulagé. Il y avait toujours un risque qu'elle ne prenne pas les bons médicaments et qu'elle ait perdu la boule. Ses parents se saluèrent avec un baiser poli et, malgré l'adversité, la petite famille se livra à ses échanges rituels d'indiscrétions autour des deux sœurs jumelles de Kyle, qui n'étaient plus revenues à York depuis plus d'un an, ni l'une ni l'autre. L'une vivait à Santa Monica, l'autre à Portland. Elles appelèrent toutes les deux et on se les passa au téléphone. Au salon, la télévision était allumée – un match de football attendait d'être regardé. À table, il servit trois verres de vin, même si sa mère refusait d'y toucher.

– Tu bois du vin, ces temps-ci, observa son père, en déposant la petite dinde sur la table.

– Très peu, se défendit Kyle.

Aux petits soins avec elle, les deux hommes servirent Patty et déployaient de gros efforts pour qu'elle se sente à l'aise. Elle continua de papoter toute seule, il était question de son art et de divers épisodes de la vie à York, qui remontaient tous à plusieurs années. Elle réussit tout de même à poser de rares questions à son fils, sur sa carrière, à New York, et il lui présenta son existence sous un jour enviable. La tension des événements new-yorkais était palpable, mais elle ne remarqua rien. Elle ne mangeait quasiment rien non plus, mais son fils et son ancien mari dévorèrent leur déjeuner, aussi vite que possible. Après la tourte aux noix de pécan et le café, elle leur annonça qu'elle avait envie de rentrer chez elle, travailler. Elle était fatiguée, souligna-t-elle et, sans perdre une minute, il la fit monter en voiture, pour le trajet du retour, dix minutes montre en main.

Les matchs de football se succédèrent dans un brouillard. Kyle, sur le sofa, et John, dans un profond fauteuil à dossier réglable, suivaient l'action entre deux sommes, et parlaient peu. L'atmosphère était chargée de non-dits, de questions suspendues, de plans dont il aurait fallu discuter. Le père avait envie de sermonner son fils et de hurler, mais le fils était trop vulnérable, trop dépendant pour le moment.

– Sortons marcher, proposa ce dernier à la nuit presque tombée.

– Marcher où ?

– Le tour du pâté de maisons. J'ai besoin de causer.

– On ne peut pas causer ici ?

– Allons marcher.

Ils s'emmitouflèrent et attachèrent la laisse de Zack. Ils étaient sur le trottoir quand il s'excusa auprès de son père.

– Je suis désolé, mais les conversations importantes entre quatre murs, je n'aime pas.

John alluma encore une cigarette, avec l'aisance du fumeur chevronné, sans s'interrompre d'un pas.

– J'ai presque peur de te demander pourquoi.

– À cause des puces, des micros, des sales petits crétins qui écoutent mes conversations.

– Tirons déjà ça au clair. Tu penses que ces voyous ont pu mettre ma maison sur écoute ?

Ils marchaient sans se presser dans une rue où Kyle avait aimé traîner, enfant. Il connaissait le propriétaire de chaque maison, du moins les propriétaires de l'époque, et chacune de ces maisons avait son histoire. Il en désigna une de la tête.

– Qu'est-ce qui est arrivé à M. Polk ?

– Mort, enfin. Il a vécu dans une chaise roulante pendant presque cinquante ans. Quelle tristesse. Ce n'est pas le moment de se complaire dans la nostalgie, vu ? Revenons à ma question.

– Non, je ne crois pas que ta maison soit sur écoute, et ton bureau non plus, mais il y a un risque. Ces types sont des as de la surveillance et leur budget est illimité. La pose de micros, c'est simple. Tu peux me demander, je suis devenu un spécialiste. Je pourrais te fabriquer un appareil d'écoute maison en une demi-heure, juste avec quelques composants achetés dans un magasin d'électronique, du genre RadioShack.

– Et comment as-tu acquis toutes ces connaissances ?

– Dans des bouquins. Des manuels. Il y a une super librairie de livres d'espionnage dans Manhattan, et j'y passe de temps en temps, quand je réussis à semer mon suiveur.

– C'est invraisemblable, Kyle. Si je ne savais pas tout ce que je sais, je dirais que tu es fêlé. Tu me fais l'effet d'un schizophrène, comme certains de mes clients.

– Je ne suis pas encore cinglé, mais j'ai appris à jouer la sécurité et à n'avoir de conversations importantes qu'à l'extérieur.

– Ton appartement est sur écoute ?

– Ah ça, oui. J'ai repéré au moins trois dispositifs d'écoute cachés sur les lieux. Le premier dans la conduite de la climatisation, au-dessus du canapé du salon. Un autre est dissimulé dans le mur de la chambre, juste au-dessus de la commode, et le troisième dans la cuisine, à l'intérieur d'un habillage de porte. Je ne peux pas vraiment les examiner de près, parce que ce sont trois caméras minuscules, qui me surveillent en permanence quand je suis dans l'appartement, c'est-à-dire pas très souvent. J'ai réussi à les localiser en faisant semblant de m'atteler à je ne sais quelle corvée banale, nettoyer les bouches d'aération, laver les carreaux, récurer les sols. Cet endroit est un trou à rats, mais ça reste assez propre.

– Et ton téléphone ?

– J'ai toujours mon vieux portable de la fac de droit, qui est également sur écoute. C'est pour ça que je ne l'ai pas changé. Je sais qu'ils interceptent les appels, et donc je leur lâche suffisamment de conneries bien inoffensives pour les satisfaire. J'ai installé une ligne fixe, et je suis sûr qu'elle est aussi sur écoute. Enfin, je n'ai pas pu l'inspecter de près, pas sous l'œil des caméras. Je m'en sers juste pour les appels ordinaires… commander une pizza, m'engueuler avec mon proprio, appeler un service de voiture avec chauffeur. (Il sortit son CabPhone et y jeta un coup d'œil.) Ça, c'est celui que m'a remis le cabinet, le premier jour. Je suis à peu près certain qu'il n'est pas piégé.

– La question qui se pose, c'est de savoir pourquoi tu l'as aussi en poche le jour de Thanksgiving ?

– Par habitude. Il est éteint. Pour les trucs importants, je me sers du poste fixe de mon bureau. S'ils réussissaient à poser des micros sur ces postes-là, alors j'imagine qu'on serait réellement foutus.

– Oh, tu es foutu, aucun doute là-dessus. Tu aurais dû venir m'en parler il y a de ça des mois.

– Je sais. Il y a un tas de choses que j'aurais dû faire autrement, mais je n'ai pas eu le temps, je n'avais aucun recul. J'avais peur. J'ai toujours peur.

Zack s'arrêta devant une bouche d'incendie. John avait besoin d'une autre cigarette. Le vent s'était levé, des feuilles s'envolèrent et se posèrent autour d'eux. Il faisait nuit, et ils avaient encore ce dîner chez Zoé.

Ils achevèrent le tour du pâté de maisons et parlèrent de l'avenir.

34.

Les collaborateurs qui avaient osé dételer en profitant brièvement de ce jour férié firent un retour en force, le samedi matin. Cette journée d'absence avait quelque chose de rafraîchissant, même si la tension des trajets bouclés à une allure frénétique les laissait encore plus épuisés. Et ce temps libre était également synonyme d'absence de facturation.

Kyle pointa à huit heures précises, à son entrée dans la salle secrète du dix-huitième étage, et s'installa à l'une des tables de travail. Quatre autres membres de l'équipe Trylon étaient déjà là, perdus dans le monde virtuel d'une recherche sans fin. Il hocha la tête dans leur direction, deux ou trois fois, mais personne ne réagit. Il portait un jean et une veste sport en laine, et il débarquait avec sa sacoche noire de chez Bally, épaisse de vingt centimètres, et déjà râpée. Il l'avait achetée sur la Cinquième Avenue, une semaine avant les journées d'accueil et d'orientation, lors de son arrivée au cabinet. Ici, toutes les serviettes se devaient d'être noires.

Il la posa par terre, à côté de lui, la glissa à moitié sous la table, juste à l'aplomb de l'ordinateur au boîtier beige qui avait tant retenu l'attention de

Nigel. Il en sortit un bloc grand format, un dossier et son poste de travail eut vite un air crédible. Au bout de quelques minutes, il retira sa veste, la pendit au dossier de sa chaise, et remonta ses manches. À partir de cette minute, Trylon versait à Scully 400 dollars de plus chaque heure.

Un rapide regard dans la salle autour de lui ne lui révéla aucune autre serviette, ni aucune autre veste ou manteau ; on les laissait généralement en bas, dans les bureaux. Il se plongea dans le monde futuriste du bombardier B-10 HyperSonic et de ses concepteurs, et les heures traînèrent en longueur.

Le seul aspect positif de cette salle secrète, c'était l'interdiction des téléphones portables. Au bout de quelques heures, il eut besoin d'une pause, et il avait envie de relever ses messages. Surtout, il attendait des nouvelles de Dale qui, par une si belle matinée, ne s'était pas donné la peine de se montrer. Il se rendit à son bureau, ferma la porte, ce qui constituait une violation mineure du règlement de la maison, et l'appela de son portable personnel. Avec le CabPhone si honni, chaque collaborateur conservait aussi son téléphone personnel, en guise de refuge.

– Oui, répondit-elle.

– Où es-tu ?

– Je suis toujours à Providence.

– Tu rentres à New York ?

– Je ne suis pas sûre.

– Dois-je te rappeler, jeune dame, que c'est la troisième journée consécutive durant laquelle tu n'as pas facturé une seule heure ?

– J'en déduis que tu es au bureau.

– Oui, et j'accumule des heures, avec tous les autres fantassins de première année. Tout le monde est là, sauf toi.

– Vire-moi. Fais-moi un procès. Je m'en moque.

– Avec une attitude pareille, tu ne deviendras jamais associée.

– Oh, vraiment, c'est promis ?

– Je pensais qu'on aurait pu sortir dîner ensemble, ce soir. Il y a un nouveau resto dans l'East Village. Frank Bruni vient de leur attribuer deux étoiles, dans le *Times*.

– Tu me proposes de sortir avec toi ?

– S'il te plaît. Comme on travaille dans un cabinet qui prône la parité, on pourra partager l'addition.

– Tu sais tellement me courtiser, toi.

– Pour te courtiser, je pourrai, après.

– Alors c'est ça que tu veux, en réalité.

– Toujours.

– Je rentre à sept heures. Je t'appelle à ce moment-là.

Il estampa Trylon de douze heures, puis appela une berline pour le trajet jusqu'au restaurant. La salle comptait vingt tables, cuisine turque à la carte, et aucune exigence vestimentaire, malgré une préférence pour le jean. Après l'article du critique du *Times* et ses deux étoiles, l'endroit était bondé. S'il avait obtenu une table, c'était uniquement grâce à une annulation.

Dale était au bar, l'air presque serein, trempant les lèvres dans un ballon de blanc. Ils s'embrassèrent, un petit baiser sur chaque joue, puis se serrèrent l'un contre l'autre et se mirent à parler de leur Thanksgiving comme s'ils venaient de partir un mois au bord de la mer. Son père et sa mère enseignaient tous deux les maths à Providence College et, même si c'étaient deux êtres merveilleux, ils menaient une vie assez ennuyeuse. Le don des mathématiques avait rapidement conduit Dale au doctorat, mais elle n'avait pas tardé à redouter de finir comme ses parents. Le droit l'attirait. Le droit, tel qu'il est dépeint dans les films et à la télévision, comme une source inépuisable d'émotions fortes. Le droit, pierre angulaire de la démocratie et ligne de front de tant de conflits sociaux. En faculté de droit, elle avait excellé, reçu des offres des cabinets les plus prestigieux, et voilà que maintenant, au bout de trois mois d'exercice, les mathématiques lui manquaient déjà cruellement.

Plus tard, à leur table, et trempant encore ses lèvres dans son verre de vin, elle lui avoua la nouvelle, sans détour.

– J'ai eu un entretien d'embauche, pour un emploi, ce matin.

– Je croyais que tu avais déjà un emploi.

– Oui, mais ça craint. Il y a un cabinet juridique, à Providence, dans le centre-ville, un vieil immeuble magnifique. J'avais eu un boulot là-bas, un été, quand j'étais à l'université, je m'occupais des photocopies et du café, je me chargeais de toutes les petites courses quotidiennes. Une vingtaine d'avocats, une moitié de femmes, un cabinet généraliste, mais assez sélectif. Je leur ai parlé, nous avions convenu d'un entretien, ce samedi matin.

– Mais tu as une situation de collaborateur très convoitée, auprès du plus grand cabinet du monde. Que peux-tu désirer de plus ?

– Une vie. La même chose que ce que tu recherches, toi aussi.

– Moi, je n'ai qu'une envie, devenir associé, pouvoir dormir jusqu'à cinq heures du matin tous les jours, jusqu'à ma mort, à cinquante ans. Voilà de quoi j'ai envie.

– Regarde autour de toi. Ils sont très peu à rester plus de trois ans. Les plus intelligents s'en vont au bout de deux. Seuls les dingues y font une carrière.

– Alors tu pars ?

– Je ne suis pas taillée pour ça. Je croyais être assez solide, mais ce sera sans moi.

Le serveur prit leurs commandes et leur servit encore un peu de vin. Ils étaient assis côte à côte, dans un demi-box étroit, avec vue sur le restaurant. Il avait glissé sa main entre les genoux de Dale, sous la table.

– Quand pars-tu ?

– Dès que je peux. Je les ai pratiquement suppliés de me proposer un poste, ce matin. Si je ne le décroche pas, je continuerai de frapper aux portes. Scully, c'est de la folie, Kyle, je rends mon tablier.

– Félicitations. Tu vas faire des envieux dans toute la promotion.

– Et toi, alors ?

– Je n'en ai aucune idée. Nous venons à peine d'arriver. Nous sommes encore sous le choc, mais ça se tassera. C'est un camp d'entraînement, et nous sommes encore tout endoloris de nos premières plaies et de nos premières bosses.

– Les plaies et les bosses, pour moi, c'est terminé. Je me suis déjà évanouie une fois. Cela ne m'arrivera plus. Je lève le pied, à cinquante heures par semaine, et je les mets au défi de me dire quoi que ce soit.

– Fonce, fillette, fonce.

On leur apporta une assiette d'olives et de fromage de chèvre, et ils picorèrent.

– York, c'était comment ?

– Rien de changé. J'ai déjeuné avec ma vraie mère et j'ai dîné avec la prochaine, une petite partie de chasse au cerf, mais sans rien tirer, et quelques longues conversations avec mon papa.

– À propos de quoi ?

– Les sujets habituels. La vie. Le futur.

Nigel était présent, pour le deuxième rendez-vous d'affilée, et il avait entamé certains préparatifs bien avant l'arrivée de Kyle dans cette suite d'hôtel. Sur un petit bureau, le second de Wright avait installé un ordinateur qui paraissait très similaire à ceux du dix-huitième étage. À côté, on avait branché un écran identique à celui qu'il avait eu devant les yeux pendant douze heures, la veille.

– Sommes-nous à peu près dans le vrai, là, Kyle ? lui demanda Nigel de sa voix chantante, en lui montrant fièrement sa copie conforme de leur poste de travail. Je vous en prie, asseyez-vous.

Il prit place au bureau. Bennie et Nigel épièrent chacun de ses gestes.

– Cela me semble très similaire.

– Ce n'est que la partie matériel, Kyle, comme vous le voyez. Pas essentiel, mais nous essayons juste de mettre le doigt sur le nom du fabricant. Seul le logiciel compte, nous le savons bien. Alors, sommes-nous à côté de la plaque ?

Ni l'écran ni l'unité centrale ne portaient de signes distinctifs, de noms, d'indication du modèle ou de la marque. Ces deux composants informatiques étaient aussi neutres et anonymes que ceux dont ils se voulaient la réplique.

– C'est très proche.

– Regardez bien, mon vieux, et tâchez de repérer une différence, insista l'autre.

Il se tenait à sa hauteur, debout, penché sur l'écran, le regard fixe.

– L'unité centrale est un peu plus foncée, presque grise, et elle mesure seize pouces de large par vingt de haut.

– Vous l'avez mesurée ?

– Évidemment. Je me suis servi d'un bloc grand format, de quinze pouces de long.

– Drôlement futé, s'exclama-t-il, et il semblait sur le point de le serrer dans ses bras. (Bennie ne put réprimer un sourire.) Ce doit être un Fargo, conclut Nigel.

– Un quoi ?

– Fargo, un fabricant d'ordinateurs spécialisés, à San Diego, très présent dans le parc informatique fédéral et les appareillages militaires, des tonnes de contrats pour la CIA, de grosses machines robustes, dotées de plus de dispositifs de sécurité et de gadgets que vous ne pourriez l'imaginer. Ça, je peux vous l'assurer. Vous n'en verrez jamais un seul dans une galerie marchande, non monsieur. Et Fargo appartient à Denne, un groupe client de qui vous savez. C'est notre cher et vieux Scully qui assure leur protection juridique, moyennant 1 000 dollars l'heure.

Tout en jacassant, il appuya sur une touche du clavier. L'écran s'alluma sur une page d'accueil comme Kyle n'en avait jamais vu auparavant. Rien de comparable avec celles de Microsoft ou d'Apple.

– Alors, Kyle, dites-moi un peu à quoi ressemble la page d'accueil. Quelque chose de vaguement similaire à ça ?

– Non, on en est loin. La page d'accueil affiche une icône du didacticiel, mais c'est tout… pas d'autres icônes, pas de messagerie, pas de barres de menu, pas d'options de format, rien que l'index des documents. Vous allumez l'ordinateur, vous saisissez les codes d'accès et les mots de passe, ensuite vous attendez dix secondes et abracadabra, vous êtes dans la bibliothèque. Pas de profils système, pas de feuilles de spécifications techniques, pas de page d'accueil.

– Passionnant, murmura Nigel, sans quitter l'écran des yeux. Et l'index, Kyle ?

– L'index, c'est un vrai casse-tête. Il commence par de vastes sections de documents, puis il se décompose en sous-catégories et en sous-groupes, en sous-ceci et en sous-cela. Retrouver la série de pièces que vous cherchez demande forcément un peu de travail.

Nigel recula d'un pas et s'étira. Bennie s'approcha.

– Supposons que vous vouliez localiser les contenus de recherches relatifs aux moteurs aérobies du B-10 et aux différents types de carburant à l'hydrogène qui ont été testés. Comment y accéderiez-vous ?

– Je l'ignore. Je ne suis pas encore allé fouiner de ce côté. Je n'ai rien lu sur les moteurs aérobies.

Il leur disait la vérité, mais il décida d'en profiter pour mettre un frein à leurs exigences. Avec plus de quatre millions de documents en jeu, il pouvait aisément prétendre ne pas avoir repéré tout ce qui éveillait leur curiosité.

– Mais ces contenus, vous pourriez nous les trouver ?

– Je pourrais les isoler, et vite, une fois que je saurais de quel côté chercher. Le programme Sonic est assez rapide, mais il y a une tonne de papier à consulter.

Wright avait des gestes vifs, une élocution un peu plus pressante que d'habitude. Quant à Nigel, toutes ces informations lui donnaient le vertige. Ses progrès suscitaient une agitation manifeste.

– Vous étiez dans cette salle, hier ? voulut encore savoir Bennie.

– Oui, toute la journée.

– Avec une sacoche et une veste ?

– Oui, avec les deux, sans problème. Un collègue est déjà venu avec sa sacoche. Personne ne les fouille.

– Quand y retournerez-vous ?

– L'équipe se réunit le matin, et il y a de bonnes chances pour que l'on me confie une nouvelle recherche. Lundi ou mardi, c'est sûr.

– Revoyons-nous mardi soir.

– J'en meurs d'envie.

35.

Maintenant qu'il était officiellement devenu membre de l'équipe Trylon, il avait l'honneur d'entamer chaque semaine, à sept heures le lundi matin, par une conférence au tableau noir dans une immense salle de réunion qu'il n'avait encore jamais vue. Après trois mois dans cet immeuble, il s'étonnait encore de ces lieux de réunion, de ces galeries, de ces mezzanines discrètes et de ces bibliothèques spacieuses qu'il découvrait pour la première fois. Le cabinet aurait eu besoin de son guide Michelin.

La salle, située au quarante et unième étage, aurait été à elle seule assez vaste pour abriter plusieurs petits cabinets juridiques. La table centrale lui parut aussi longue qu'une piste de bowling. Une quarantaine d'avocats massés autour, une tasse de café bue en vitesse, s'apprêtaient à une nouvelle semaine interminable. À l'extrémité de la table, Wilson Rush se leva et s'éclaircit la voix, tout le monde se tut, tout le monde se figea.

– Bonjour. Nous allons tenir notre séance hebdomadaire. Que vos commentaires soient brefs. Cette réunion durera une heure, pas plus.

Il ne faisait aucun doute, en effet, qu'ils ressortiraient à huit heures pile.

Kyle s'était placé aussi loin que possible de maître Rush. Il maintenait la tête baissée et prenait des notes avec fébrilité, des notes que personne, même pas lui, n'aurait pu relire. Les huit associés se levèrent, chacun son tour, procédèrent à une rapide mise au point concernant des sujets aussi captivants que les dernières requêtes déposées devant le tribunal, les dernières escarmouches sur les pièces et les experts, les dernières initiatives d'APE et de Bartin. Doug Peckham présenta son premier rapport sur une requête compliquée concernant une communication de pièces. Le sujet faillit endormir McAvoy et tous les autres.

Mais il resta éveillé et, tout en griffonnant dans son bloc, il ne cessait de se répéter de ne pas sourire devant l'absurdité de la situation. Il était devenu un espion, parfaitement implanté par son gestionnaire, avec maintenant des secrets à portée de main, des secrets si importants qu'il était incapable d'en mesurer la valeur. D'une valeur telle qu'ils poussaient des hommes à commettre un meurtre.

Quand Isabelle Gaffney prit la parole à son tour, il releva rapidement les yeux et, sans du tout s'intéresser à son intervention, porta le regard vers le fond, à l'autre extrémité de la piste de bowling, où Wilson Rush donna l'impression de le fusiller du regard. Enfin, non, peut-être pas, ils étaient trop loin l'un de l'autre, et le cacique du cabinet portait des lunettes de lecture, il était par conséquent très difficile de dire exactement ce qu'il fixait ainsi d'un œil noir.

Que ferait maître Rush s'il savait la vérité ? Que feraient l'équipe Trylon et les centaines d'autres associés et collaborateurs de Scully quand ils apprendraient la vérité sur le jeune Kyle McAvoy, ancien rédacteur en chef du *Yale Law Journal* ?

Rien que de songer aux conséquences, c'était horrifiant. Face à l'ampleur du délit, il en avait des palpitations. Il se sentit la bouche sèche et but une gorgée de café tiède. Il avait envie de se ruer vers la porte, de descendre les quarante et un étages au pas de course, et de courir dans les rues de New York comme un homme saisi de folie.

À l'heure du déjeuner, il eut recours au stratagème des sous-sols pour sortir et se rendre au bureau de Roy Benedict. Ils bavardèrent deux ou trois minutes, puis l'avocat lui expliqua qu'il aurait à rencontrer deux interlocuteurs. Le premier était son contact au FBI, le deuxième un juriste d'échelon supérieur, au ministère de la Justice. Il accepta, non sans nervosité, puis ils franchirent la porte voisine, celle d'une salle de réunion.

Le chef de bureau du FBI s'appelait Joe Bullington, un individu affable, grand sourire carnassier et poignée de main chaleureuse. L'homme du ministère, Drew Wingate, avait le visage chagrin et préférait visiblement s'abstenir de toute poignée de main. Ils s'assirent tous les quatre autour d'une petite table de réunion, Kyle et Roy d'un côté, les émissaires du gouvernement de l'autre.

En qualité de puissance invitante, Benedict présidait.

– Tout d'abord, Kyle, de combien de temps disposez-vous ?

– Environ une heure.

– J'ai tout exposé à ces messieurs. Nous avons eu une dizaine de conversations avec M. Bullington et M. Wingate, et, pour nous, il est essentiel de dresser un état des lieux dans cette affaire. Joe, parlez-nous des antécédents de M. Bennie Wright.

Sans se départir de son sourire, Bullington croisa les mains et commença :

– Bien, alors, donc, nous avons rentré la photo de cet individu dans nos systèmes. Je ne vais pas vous encombrer de détails ennuyeux, mais nous sommes équipés d'ordinateurs très sophistiqués qui stockent les faciès de millions de gens. Quand nous tenons un suspect, les ordinateurs cherchent et balaient et, en général, ils nous délivrent un résultat. Avec M. Wright, quelle que soit son identité, nous n'avons rien trouvé. Pas une concordance. Pas un indice. Nous avons ensuite transmis la photo à la CIA, qui a mené une recherche similaire, sur des ordinateurs et des logiciels différents. Résultat identique. Néant. Franchement, ce résultat nous surprend. Nous étions assez convaincus de pouvoir identifier cet homme.

Kyle, lui, n'était pas surpris, mais déçu. Il avait lu des articles sur les superordinateurs utilisés par les services de renseignements et, depuis qu'il partageait l'existence de Bennie, il avait vraiment envie de percer son identité.

Bullington poursuivit, en s'animant un peu plus.

– Nigel, c'est peut-être une autre affaire. Nous avons inséré son portrait-robot dans le système, et nous sommes restés bredouilles. Mais la CIA a une concordance probable.

Il ouvrit une chemise, en sortit une photo noir et blanc, format 10 × 15, et la lui tendit. Aussitôt, Kyle réagit :

– C'est lui.

– Bon. Son vrai nom : Derry Hobart; né en Afrique du Sud, élevé à Liverpool, formation de spécialiste high-tech au sein du renseignement britannique, s'est fait virer il y a dix ans pour avoir piraté des fichiers confidentiels de particuliers fortunés, en Suisse, et généralement considéré comme l'un des pirates informatiques les plus doués de la planète. Brillant garçon, mais une véritable fripouille, un mercenaire, avec des mandats émis contre lui dans trois pays au moins.

– Qu'avez-vous révélé à ces gens ? intervint Wingate.

C'était plus une accusation qu'une question. Kyle consulta son avocat du regard, et ce dernier hocha la tête.

– Allez-y, Kyle. Vous n'êtes sous le coup d'aucune enquête. Vous n'avez rien fait de mal.

– Je leur ai communiqué le plan de la salle informatique, des trucs d'ordre général. Assez pour les satisfaire, mais pas la moindre donnée.

– Quoi qu'il en soit, reprit Bullington, les autres portraits-robots ne nous ont menés nulle part. Si je comprends bien, les deux types qui vous suivent font juste partie de leur dispositif de surveillance, et ne sont pas si importants.

– C'est juste.

– Votre portrait-robot de M. Hobart est remarquable, le complimenta Bullington.

– Il vient d'un site Internet, QuickFace.com. N'importe qui peut en faire autant.

– Quel est votre prochaine étape ? lui demanda Wingate.

– Nous nous revoyons demain soir, pour nous tenir au courant. Ils veulent que je m'introduise dans le système, pour télécharger ou transférer des documents, et les leur remettre. Je n'ai aucune idée de la méthode envisagée. Le système informatique du cabinet me paraît totalement sécurisé.

– Quand ce transfert de données serait-il censé avoir lieu ?

– Ils ne m'ont rien précisé, mais j'ai l'impression que c'est pour bientôt. J'ai une question à vous poser.

Ni Bullington ni Wingate ne proposant spontanément de se charger de lui répondre, il plongea.

– Qui sont ces types ? Pour qui travaillent-ils ?

Bullington lui sourit de toutes ses dents et, avec un geste à la fois juvénile et désabusé, lui avoua la vérité.

– Sincèrement, nous n'en savons rien. Hobart sillonne le monde entier pour vendre ses services, comme une prostituée. Quant à Bennie, nous n'avons pas un seul indice sur ses origines. Vous dites qu'il n'est pas américain.

– À l'entendre s'exprimer, non.

– Tant que nous ne savons rien de son identité, nous sommes incapables de deviner pour qui il travaille.

– Il y avait au moins cinq agents présents, lors de notre première rencontre, en février, le soir où j'ai fait la connaissance de Bennie. Ces cinq-là étaient des Américains, c'est une certitude.

Bullington secoua la tête.

– Sans doute des hommes de main, des malfrats rameutés pour la circonstance. Une fois payés, on les libère. Il existe tout un univers trouble d'anciens flics ou d'anciens agents, de soldats ou d'officiers de renseignement qui se sont fait éjecter pour quantité de raisons. La plupart restent des marginaux. Ils ont été formés dans l'ombre, et c'est là qu'ils opèrent. Ils loueront leurs services à tous ceux qui les paieront. Ces cinq-là n'avaient probablement pas la moindre idée de ce que fricotait Bennie.

– Quelles chances a-t-on de capturer les assassins de Baxter Tate ?

Le sourire s'effaça un instant. Les deux visages du gouvernement affichèrent une mine perplexe, attristée. Bullington finit par reprendre la parole :

– Nous devons d'abord capturer Bennie, ensuite nous remonterons vers les gros calibres qui le paient, et après ça nous redescendrons vers les petites frappes qui exécutent ce genre de sale besogne. Cependant, si c'est un pro, et il est tout à fait clair que c'en est un, les chances de lui soutirer des noms sont plutôt minces.

– Et comment le pincerez-vous ?

– C'est la partie la plus simple. Vous allez nous conduire à lui.

– Et vous allez l'arrêter ?

– Ah, oui. Nous aurons suffisamment de mandats d'arrêt pour l'arrêter dix fois… écoutes, extorsion, association de malfaiteurs, vous avez l'embarras du choix. Nous allons le mettre au trou, ainsi que Hobart, et aucun juge fédéral au monde n'ira le libérer sous caution. Nous le transférerons probablement dans un établissement de haute sécurité, loin de New York, où nous entamerons son interrogatoire.

L'image de Bennie enchaîné à une chaise pendant qu'un tandem de pitbulls lui hurlerait au visage était assez plaisante.

Roy toussota, consulta sa montre.

– Si vous voulez bien nous excuser, il faut que je m'entretienne avec mon client.

Et là-dessus, Kyle se leva, leur serra de nouveau la main et suivit son avocat dans son bureau. Ce dernier referma la porte.

– Qu'en pensez-vous ?

– Vous vous fiez à ces types ? lui rétorqua le jeune McAvoy.

– Oui. Pas vous ?

– Vous leur confieriez votre vie ?

– Oui.

– Écoutez un peu ce scénario. Dans ce pays, à l'heure actuelle, il existe au moins dix-huit officines de renseignement, en ne comptant que les entités officielles. Il y en a sans doute quelques autres dont nous ignorons tout. Et si Bennie travaille pour l'une d'elles ? Supposons que son affaire ne soit qu'une opération officieuse parmi tant d'autres, destinées à se procurer ou à protéger toutes sortes de secrets ? Et si ces superordinateurs n'ont pas pu dénicher son visage parce qu'ils ne sont pas censés l'identifier ?

– C'est un scénario assez ridicule, Kyle. Un agent, un mercenaire, travaillant pour le compte des États-Unis, espionnant un cabinet juridique américain et tuant des citoyens américains ? Je n'y crois pas.

– Bien sûr que c'est ridicule, mais quand c'est votre crâne qui risque d'être la prochaine cible, côté imagination, ça fait des merveilles.

– Du calme. C'est votre seule porte de sortie.

– Il n'y a pas de porte de sortie.

– Si, il y en a une. Prenons cette affaire étape par étape. Pas de panique.

– En neuf mois, je n'ai jamais paniqué, mais je n'en suis pas loin.

– Mais non, pas du tout. Gardez votre sang-froid. Nous devons nous fier à ces messieurs.

– Je vous rappelle demain.

Il attrapa son imper marron et sortit du bureau.

36.

Le Cessna 182 était la propriété d'un médecin à la retraite qui ne le pilotait que par temps clair et jamais de nuit. Il connaissait John McAvoy depuis quarante ans et l'avait transporté à plusieurs reprises un peu partout dans l'État, pour des affaires juridiques. Ils effectuaient ces petits trajets autant pour le plaisir que pour le travail, John coiffant les écouteurs de l'intercom, prenant les commandes et profitant à fond de ces quelques moments de pilotage. Ils se chamaillaient toujours sur le tarif. John voulait couvrir davantage que les frais de carburant, et le médecin lui réclamait moins parce que voler était son hobby, et il n'avait aucun besoin de cet argent. Ce mardi-là, une fois qu'ils se furent entendus sur le prix du voyage, soit 250 dollars, ils se retrouvèrent à l'aéroport d'York tôt le matin, et décollèrent par une météo parfaite. Soixante et onze minutes plus tard, ils atterrissaient à Scranton. John loua une voiture, et le docteur repartit en Cessna pour déposer son fils à Williamsport.

Les bureaux de Michelin Chiz étaient au deuxième étage d'un vieil immeuble sur Spruce

Street, dans le centre. John y entra à neuf heures précises, et fut froidement accueilli par une secrétaire. Il n'avait jamais rencontré maître Chiz, n'avait jamais entendu parler d'elle, mais dans un État qui comptait plus de soixante mille avocats, cela n'avait rien d'exceptionnel. Un avocat de Scranton de sa connaissance lui avait expliqué qu'elle dirigeait un cabinet n'employant que des femmes, avec un duo de collaboratrices, deux auxiliaires juridiques et l'assortiment habituel de secrétaires et de petites mains à temps partiel. Les candidatures masculines n'étaient pas les bienvenues. Maître Chiz s'était spécialisée dans les divorces, le harcèlement sexuel et la discrimination sexuelle sur le lieu de travail, le tout traité du point de vue féminin, et elle ne désemplissait pas. Elle jouissait d'une solide réputation. Dans la défense des intérêts de ses clientes, elle savait se montrer accrocheuse, c'était une bonne négociatrice, et la salle d'audience ne lui faisait pas peur. Et elle n'était pas mal non plus, d'ailleurs, l'avait prévenu ce confrère.

Là-dessus, il avait raison. Quand il entra dans son bureau et lui dit bonjour, elle l'attendait. Elle portait une jupe en cuir noir, pas trop courte, avec un pull moulant mauve et une paire d'escarpins mauves à semelles compensées et talons aiguilles, à double bride, que plus d'une prostituée aurait craint d'enfiler. Elle devait avoir atteint le milieu de la quarantaine, et avec deux divorces à son actif, d'après l'informateur de John. Elle portait quantité de bijoux et son maquillage était chargé, beaucoup trop à son goût, mais il n'était pas là pour juger des atouts de ce petit lot.

Pour sa part, il était vêtu d'un terne costume gris en laine et d'une cravate rouge ordinaire – pas de quoi retenir l'attention.

Ils s'installèrent autour d'une petite table de travail, au milieu d'une pièce dans le prolongement de son bureau, et on pria la secrétaire d'apporter du café. Ils jouèrent quelques minutes à qui-connaissait-qui, en s'échangeant des noms de confrères, de Philadelphie au sud à Érié au nord. Une fois le café servi et la porte fermée, maître Chiz en vint au fait.

– Abordons notre affaire.

– Excellente idée. Je vous en prie, appelez-moi John.

– Bien sûr. Moi, c'est Mike. Je ne sais pas si c'est le diminutif qui convient pour Michelin, mais il me colle à la peau depuis déjà un bout de temps.

– Eh bien, alors, ce sera Mike. (Jusqu'à présent, elle n'était que charme et hospitalité, mais sous le vernis du sourire, il sentait déjà pointer l'avocate très coriace.) Voulez-vous ouvrir la discussion ?

– Non. Vous m'avez appelée. Vous vous êtes déplacé jusqu'ici. C'est vous qui avez une demande à formuler, alors allez-y.

– Très bien. Mon client est mon fils, pas le meilleur arrangement du monde, mais c'est ainsi. Comme vous le savez, il travaille pour un cabinet juridique à New York. Faculté de droit à Yale, licence à Duquesne. Je suis certain que vous connaissez les détails de ce viol présumé.

– En effet, je les connais. Elaine travaille ici à temps partiel, et nous sommes très proches. Elle veut entrer en fac de droit.

– Je lui souhaite d'y arriver. Comme vous le savez, peu après l'avoir ouverte, la police de Pittsburgh a clos l'enquête. Franchement, je ne savais rien de cette affaire, jusque très récemment.

Elle en était visiblement très surprise, et il poursuivit :

– Non, Kyle ne m'en a rien dit, pas à l'époque. Il avait prévu de m'en toucher un mot, puis l'enquête a été close. Cette histoire est très perturbante, car nous sommes très proches, mais l'important n'est pas là. J'ai cru comprendre que vous avez rencontré Joey Bernardo, Mlle Keenan et vous-même, ici, à Scranton, voici quelques semaines et que ce rendez-vous ne s'est pas passé au mieux, si j'en crois la version de Joey. Je sais aussi que Baxter Tate a contacté votre cliente, et qu'à l'évidence il était en route pour venir ici, afin de lui parler, quand il a été assassiné.

– C'est exact.

– Ils avaient prévu de se voir ?

– Oui.

– Donc, à ce qu'il semble, Mike, cet épisode vieux de cinq ans et demi ne va pas s'effacer comme ça. Mon client aimerait résoudre la question, clore l'incident. Cela reste comme un nuage noir en suspens au-dessus de la tête de ces garçons, et je suis ici pour trouver le moyen de nous en débarrasser. Je ne représente que mon fils. Les autres ignorent tout de ma démarche. La famille Tate n'est pas au courant, naturellement, et puis, vous imaginez ce qu'ils doivent endurer en ce moment. Joey attend la naissance de son enfant et il est sur le point de se marier. Quant à Alan Strock, d'après ce que nous savons, il a tout oublié de cet épisode.

Mike n'avait pas encore pris de stylo. Elle écoutait attentivement en se tapotant le bout des doigts. Des doigts presque tous ornés de bagues, et deux poignets lestés de bracelets en verroterie. Ses yeux noisette au regard dur ne cillèrent pas.

– Je suis certaine que vous avez une idée en tête, fit-elle, se contentant d'écouter.

– J'ignore au juste ce que veut votre cliente. Elle serait peut-être enchantée que les trois colocataires survivants admettent qu'il y a eu viol, soient condamnés et incarcérés. Elle se satisferait peut-être d'excuses discrètes. À moins qu'elle ne caresse l'idée d'un accord financier. Là-dessus, vous pourriez éventuellement me guider.

Mike se passa la langue sur ses lèvres enduites de rouge et agita un peu ses bracelets.

– Je connais Elaine depuis deux ans. Elle a un passé troublé. Elle est fragile, vulnérable, et parfois sujette à des humeurs très sombres. Il pourrait s'agir d'un état dépressif. Depuis presque un an, elle n'a pas touché une goutte d'alcool, mais ce sont là des démons qu'elle combat encore. Je la considère presque comme ma fille. Depuis le premier jour, elle affirme avoir été violée. Là-dessus, elle est catégorique. Je la crois. Elle est convaincue que la famille Tate s'en est mêlée, qu'elle a exercé des pressions sur certaines de leurs relations, qui ont exercé des pressions sur la police, qui a promptement fait machine arrière.

John secoua la tête.

– Ce n'est pas vrai. Aucun des quatre garçons n'a prévenu ses parents.

– Possible, mais nous n'en avons pas la certitude. Quoi qu'il en soit, une bonne part des problèmes d'Elaine découle de cet incident. C'était une étudiante dynamique, pleine de santé, elle aimait s'amuser, elle adorait l'université et elle nourrissait de grands projets. Peu après ce viol, elle abandonne ses études, se marginalise et depuis lors, elle se débat.

– Avez-vous vu ses notes, à Duquesne ?

– Non.

– Au premier semestre, elle est recalée dans une matière, en abandonne une autre, et collectionne des notes épouvantables dans les trois dernières.

– Comment avez-vous eu accès à son dossier universitaire ?

– Elle s'est un peu améliorée au deuxième semestre, en obtenant une série de C. Après ce viol présumé, elle passe ses quatre épreuves, puis rentre chez elle et ne remet jamais plus les pieds à Duquesne.

Mike haussa les sourcils et raidit l'échine.

– Comment avez-vous eu accès à son dossier universitaire ? répéta-t-elle, sur un ton hargneux.

Ah, on sentait enfin pointer le caractère de cette femme.

– Je n'y ai pas eu accès, et cela n'a aucune importance. Vos clients vous disent-ils souvent toute la vérité ?

– Êtes-vous en train de suggérer qu'Elaine m'aurait menti ?

– La vérité, Mike, en l'occurrence, est plutôt mouvante. Mais ce qui est certain, c'est que nous ne saurons jamais vraiment ce qui s'est passé cette nuit-là. Ces gamins avaient bu et fumé des joints pendant huit heures d'affilée, et ils changeaient de partenaires à une cadence que l'on ose à peine imaginer. Votre cliente avait la réputation de coucher à droite et à gauche.

– Ils couchaient tous à droite et à gauche. Cela n'excuse pas le viol.

– Bien sûr que non.

Il allait bientôt être question d'argent. Il subsistait quelques obstacles à lever, mais les deux avocats savaient qu'ils finiraient par évoquer la possibilité d'un « accord financier ».

– Que sait votre client de toute cette journée ? lui demanda-t-elle, sur un ton plus posé.

L'éclair de colère avait disparu, mais ses réserves en la matière étaient loin d'être épuisées.

– Ils sont restés tout l'après-midi au bord de la piscine, ensuite la fête s'est poursuivie à l'intérieur, dans l'appartement. Il y avait là une quinzaine de jeunes, plus de garçons que de filles, et Elaine n'était pas du groupe. À l'évidence, elle participait à une autre fête, dans l'appartement voisin. Vers onze heures et demie, la police débarque et met fin à la soirée. Personne n'est arrêté, les policiers les laissent tranquilles, pour cette fois.

Mike hocha la tête, patiemment. Tout cela figurait dans le rapport de police.

– Après leur départ, poursuivit-il, Elaine se montre. Baxter et elle commencent à se peloter sur le sofa, avec tout ce qui s'ensuit. Mon client regardait la télévision dans la même pièce, tout comme Alan Strock. Mon client étant en état d'ivresse, le mot est faible, il perd alors connaissance. Il est certain de n'avoir eu aucun rapport sexuel avec Elaine ce soir-là et, sur le moment, il n'était même pas sûr que d'autres aient eu un rapport sexuel avec elle. Le lendemain matin, il était trop saoul pour se souvenir de grand-chose et, comme vous le savez fort bien, votre cliente n'a formulé aucune accusation avant quatre jours. Les quatre garçons étaient sur le point d'en parler à leurs parents, mais les enquêteurs n'ont pas tardé à comprendre qu'ils n'avaient tout simplement rien pour étayer le dossier. Ces dernières semaines, mon client a parlé à Baxter Tate et à Joey Bernardo, qui ont tous les deux admis avoir eu un rapport sexuel avec votre cliente, le soir en question. Tous deux ont soutenu, et soutiennent encore, catégoriquement, qu'il était consenti.

– Alors pourquoi Baxter était-il si désireux de s'excuser ?

– Je ne peux pas répondre à cette question. Je ne m'exprime pas à la place de Baxter.

– Pourquoi Joey s'est-il excusé ? Il l'a fait en ma présence, vous ne l'ignorez pas ?

– Joey s'est-il excusé d'avoir violé Elaine, ou s'est-il excusé d'un malentendu ?

– Il s'est excusé. C'est ce qui compte.

– Ce qui ne donne toujours pas lieu à poursuites, et ses excuses ne prouvent rien. Il n'y a aucun moyen d'affirmer qu'il s'agit d'un viol. Il y a eu relation sexuelle, mais vous ne pouvez rien prouver d'autre.

Elle finit par écrire quelque chose. Bloc-notes couleur lavande, écriture élégante, poignets tintinnabulants. Elle respira profondément, et son regard alla se perdre un petit moment vers la fenêtre.

Pour l'équipe McAvoy, l'heure était venue de tenter le pari le plus risqué de tous. Jamais ils ne dévoileraient l'ensemble des faits, parce qu'une négociation qui aboutit ne repose pas sur une divulgation pleine et entière. Mais il fallait désamorcer la bombe qui risquait toujours de venir torpiller un accord, quel qu'il soit.

– Avez-vous parlé avec les inspecteurs de Pittsburgh ? lui demanda-t-il.

– Non, mais j'ai lu tout le dossier.

– Une mention quelconque au sujet d'une vidéo ?

– Oui, quelques notes à ce propos, dans le dossier. Mais la police a été incapable de la retrouver. Elaine a même entendu cette rumeur.

– Ce n'est pas une rumeur. Cette vidéo existe.

Elle intégra la chose sans le moindre tressaillement. Rien dans ses yeux, dans ses mains ou son corps ne trahit la surprise. Quel visage impassible, une vraie joueuse de poker, dut-il admettre. Elle attendit, et rien d'autre.

– Je ne l'ai pas vue, poursuivit-il. Mais mon client l'a vue, en février de cette année. Il ne sait pas où elle est conservée, maintenant, et il ne sait pas combien d'autres personnes ont pu la visionner, sans doute très peu. Le danger subsiste de la voir resurgir, pourquoi pas sur Internet, ou dans votre boîte aux lettres.

– Et que prouverait cette vidéo ?

– Elle prouverait que votre cliente était saoule et qu'elle fumait un joint quand elle s'est assise dans le sofa avec Baxter Tate et quand ils ont commencé de s'embrasser et de se peloter. L'angle de la caméra ne permet pas d'avoir une image plein cadre de ces deux-là lors de leur rapport sexuel, mais rien qu'à voir cette image qui part des genoux jusqu'en bas, il est évident qu'ils passent un moment agréable. Baxter cède ensuite la place à Joey. Parfois, Elaine est inactive, à d'autres elle est manifestement très occupée à la chose. Selon mon client, cela démontre qu'elle n'a pas cessé d'osciller entre conscience et inconscience, mais il n'en est pas sûr. Rien n'est certain, si ce n'est que ni lui ni Alan Strock n'ont eu de relation sexuelle avec elle.

– Où est la vidéo ?

– Je ne sais pas.

– Votre client le sait-il ?

– Non.

– Qui détient cette vidéo ?

– Je ne sais pas.

– D'accord. Qui l'a montrée à votre client ?

– Il ne connaît pas le vrai nom de cette personne. Il ne l'avait jamais rencontrée avant qu'elle lui révèle cette vidéo.

– Pigé. J'en conclus que cela recouvre une histoire compliquée.

– Extrêmement compliquée.

– Un inconnu débarque, montre la vidéo à votre fils, puis disparaît ?

– Exact, sauf pour la partie disparition. L'inconnu est toujours en contact avec lui.

– Extorsion.

– Quelque chose de cet ordre.

– Est-ce pour cela que vous êtes ici ? Votre client a peur de cette vidéo ? Vous voulez trouver un accord avec nous dans le seul but de vider cette tentative d'extorsion de sa substance ?

– Vous êtes très perspicace.

Elle n'avait toujours pas cillé. À ce stade, elle lui donnait l'impression de lire dans ses pensées.

– Ça doit être une sacrée vidéo.

– Mon client la juge gênante, même s'il n'est pas impliqué dans la séquence de sexe. La vidéo montre clairement votre cliente heureuse de se livrer à une bonne séance de baise sur canapé. Qu'elle ait eu ou non conscience de ses actes, ce n'est pas évident, du moins à l'image.

– La voit-on marcher, parler et se déplacer ?

– Parfaitement. Ces garçons ne l'ont pas entraînée depuis la rue, Mike. Elle était déjà entrée dans cet appartement à maintes occasions, ivre ou pas.

– La pauvre, fit Mike.

Son premier faux pas.

– La pauvre s'est offert un merveilleux moment. Elle avait un sac à main toujours rempli de comprimés divers, sans parler de sa collection de fausses pièces d'identité, et elle était toujours à l'affût d'une fiesta.

Mike se leva lentement.

– Veuillez m'excuser un instant.

Elle passa dans son bureau et, suivant chacun de ses pas, John admira le galbe du cuir noir. Il l'entendit parler à voix basse, sans doute au téléphone, puis elle fut de retour avec un sourire forcé.

– Nous pourrions débattre de tout cela pendant des heures. Sans rien régler.

– Je suis d'accord. Il y a trois semaines, Baxter est allé voir mon client à New York. Au cours d'une longue discussion, il a expliqué à mon client qu'il croyait avoir forcé la volonté d'Elaine. Cette culpabilité lui pesait. Il y aurait peut-être eu agression sexuelle.

– Et le violeur est mort.

– Exactement. Toutefois, mon client était présent. C'était son appartement, ses amis, sa soirée, et son alcool. Il veut se délester de ce fardeau, Mike.

– Combien ?

Il réussit à laisser échapper un rire nerveux. Quel franc-parler. Elle, en revanche, ne se fendit même pas d'un sourire.

Il nota quelques mots, à son tour, et lui posa une question.

– Est-il possible d'envisager un accord financier, que votre cliente renonce à toutes poursuites civiles et accepte de ne pas porter plainte ?

– Oui, à supposer que le montant soit suffisant.

Un silence, le temps pour lui de prendre encore quelques notes.

– Mon client n'a pas beaucoup d'argent.

– Je sais combien il gagne. J'exerce le droit depuis vingt ans et il touche plus d'argent que moi.

– Et que moi, au bout de trente-cinq années. Mais il a des emprunts d'étudiant à rembourser, et la vie à New York n'est pas bon marché. Je vais sans doute devoir verser un peu au pot, et je ne suis pas riche. Je n'ai pas de dettes, mais un cabinet actif dans le centre-ville d'York, ce n'est pas non plus la voie vers la fortune.

Son honnêteté la désarma un instant, elle sourit et parut se détendre. Ils s'offrirent une sympathique digression, en échangeant quelques anecdotes sur les défis de la pratique juridique dans l'Amérique des petites villes. Quand ils eurent fait le tour, il reprit l'entretien sur une base plus chaleureuse.

– Parlez-moi d'Elaine, métier, salaire, finances, famille, et ainsi de suite.

– Eh bien, comme je vous l'ai dit, elle travaille ici à temps partiel, pour des clopinettes. Elle gagne 24 000 dollars annuels comme directrice adjointe du service des parcs et espaces de loisirs de la ville, pas exactement un poste aux perspectives de carrière très prometteuses. Elle loue un appartement modeste avec sa compagne, Beverly, et roule en Nissan, qu'elle paie à crédit. Sa famille est originaire d'Érié, et je ne crois pas qu'ils aient jamais été à l'aise dans le passé, puis les choses ont mal tourné. Elle n'a personne, elle a vingt-trois ans, et elle survit. Malgré tout, elle a encore des rêves.

Il nota.

– Hier, lui répondit-il enfin, je me suis entretenu avec un avocat de la famille Tate, un gros cabinet de Pittsburgh. Baxter bénéficiait d'un versement de 6 000 dollars mensuels, au titre d'un fidéicommis, et cela ne lui suffisait jamais. Cette somme était régulièrement revalorisée. Maintenant, tous les fidéicommis des Tate sont sous le contrôle étroit d'un oncle plutôt autoritaire. Le fidéicommis de Baxter a été dissous après sa mort. Sa succession est dérisoire, donc toute contribution de sa famille tomberait dans la catégorie donation caritative. Ces gens n'étant pas connus pour leurs penchants charitables, il est difficile de les imaginer signer des chèques aux anciennes conquêtes de Baxter.

Elle acquiesça en hochant la tête.

– Et Joey ?

– Il travaille dur, il essaie d'entretenir une famille qui est sur le point de s'agrandir. Il est sans doute à sec, et il le restera toute sa vie. Mon client préférerait tenir Joe et Alan Strock en dehors de ceci.

– Voilà qui est admirable.

– Nous proposons deux paiements. Un maintenant, et l'autre dans sept ans, à l'échéance du délai de prescription pour d'éventuels faits de viol. Si votre cliente veut oublier cette histoire, renonce à l'idée de poursuivre ces garçons, alors elle percevra une coquette somme en bout de parcours. 25 000 tout de suite et, pendant les sept années à venir, mon client ajoutera 10 000 à un compte d'investissement qui aura produit 100 000 dollars quand Elaine aura trente ans.

Toujours ce même visage impassible.

– 25 000 d'acompte, c'est une misère, décréta-t-elle.

– Il ne possède pas ces 25 000 dollars. La somme viendra de ma poche.

– Nous ne nous soucions pas trop de savoir de quelle poche sortira cet argent. Nous nous intéressons beaucoup plus au montant.

– Eh bien, pour le moment, vous avez un montant de zéro, et si nous ne concluons aucun accord, il est très probable que vous resterez à zéro. Et, dans la meilleure des hypothèses, vos chances de récupérer quoi que ce soit sont minces.

– Alors pourquoi nous faire une offre ?

– Pour notre tranquillité d'esprit. Mike, mettons enfin cette histoire en sommeil, que ces gamins puissent mener une existence tranquille. Kyle avait presque tout oublié de cet incident, flûte, il travaille cent heures par semaine, et ensuite Joey tombe sur Elaine, et puis Baxter se pointe, tout rongé de culpabilité parce que la mémoire lui revient. C'est dingue. Ce n'était qu'une bande de gamins alcoolisés.

En effet, et Mike ne pouvait en disconvenir. Elle recroisa les jambes, et John, c'était plus fort que lui, eut un regard oblique sur ses hauts talons, un rapide coup d'œil de haut en bas, mais elle le remarqua.

– Laissez-moi en parler avec Elaine, et nous allons vous faire une contre-proposition.

– Parfait, mais en l'occurrence, Mike, nous n'avons pas beaucoup de marge. L'acompte se constituera d'un prêt que je vais consentir à mon client, et il est visiblement inquiet à l'idée d'avoir à s'imposer pareille obligation sur sept années. Il a vingt-cinq ans et il n'y voit déjà pas clair sur les trois prochaines années.

– Je vais appeler Elaine, et elle voudra sans doute venir en discuter face à face.

– Je ne quitte pas la ville tant que nous n'avons pas conclu un marché. Je vais juste sortir marcher jusqu'au café du coin, histoire de tuer le temps.

Une heure plus tard, il était de retour. Ils reprirent leurs places, sortirent leurs stylos et poursuivirent leurs tractations.

– Je suppose que vous n'acceptez pas notre offre, commença-t-il.

– Oui et non. Le plan de sept ans, c'est d'accord, mais Elaine a besoin d'un premier versement plus consistant. Elle est à deux années de son diplôme de l'université de Scranton. Son rêve, c'est la faculté de droit, et sans une certaine aide, ce sera impossible.

– Une aide de quel ordre ?

– 100 000, tout de suite.

Stupeur, incrédulité, stupéfaction, rejet. John grimaça, gesticula, laissa échapper un long filet d'air, dents serrées, à s'en vider les poumons. Tout cela n'était qu'une pantomime, une réaction apparente d'incrédulité totale en réponse à l'exigence initiale formulée par la partie adverse, un numéro de voltige, rodé depuis belle lurette. L'exaspération, quasiment la capitulation.

– Écoutez, Mike, on tente de parvenir à un accord, là. Vous, jeunes gens, vous essayez de braquer la banque.

– D'ici deux ans, Elaine gagnera toujours 24 000 dollars annuels. Votre client, en revanche, en touchera dans les 400 000, avec des hausses de revenu garanties. Pour lui, cela ne représente pas un si gros effort.

Il se leva, comme s'il s'en allait. Fin des négociations.

– Il faut que je l'appelle.

– Bien sûr. Je patiente.

Il sortit du bâtiment, se colla un téléphone portable contre l'oreille, et n'appela personne. La somme qu'ils débourseraient serait moins liée aux besoins d'Elaine qu'à la nécessité d'acheter son silence. Dans ces circonstances, 100 000 dollars, c'était une affaire.

– Nous irons jusqu'à 75 000, et ça s'arrête là, annonça-t-il, de retour à la table.

Elle lui tendit sa main droite, qui tintinnabula gaiement.

– Conclu, fit-elle.

Ils se serrèrent la main pour sceller leur accord, puis consacrèrent deux heures à se chamailler autour de la paperasserie. Quand ce fut terminé, il l'invita à déjeuner, ce qu'elle accepta volontiers.

37.

La toute dernière unité informatique de Nigel avait été assemblée à la hâte sur un beau bureau en acajou, au centre du salon d'une suite spacieuse du Waldorf-Astoria de Park Avenue. L'ordinateur était une réplique exacte, de quinze pouces par vingt, des dix unités du dix-huitième étage. L'écran en était lui aussi une reproduction parfaite. Et un boîtier bleu marine et menaçant, de la taille d'un portable de grand format, était posé à côté.

Nigel procéda fièrement à une description détaillée des divers câblages et cordons, les spaghettis, comme il les appelait, et Bennie et Kyle l'écoutèrent sans un mot. Il y avait un cordon d'alimentation, un cordon audio, un raccord pour l'écran, des câbles d'imprimante.

– Du son, Kyle ? Est-ce que ces bécanes sont sonorisées ?

– Non, non, aucun son, lui répondit-il, et Nigel enroula et rangea soigneusement le câble audio.

Il se baissa derrière l'unité centrale et désigna l'emplacement magique.

— C'est là, Kyle, la Terre promise, le port USB. Presque complètement dissimulé, mais il est là, je le sais, parce que j'ai un contact chez Fargo. Il se situe forcément à cet endroit, faites-moi confiance.

Kyle grommela, mais sans commenter.

– Voici notre plan, continua l'autre, surexcité, en extase devant ses propres inventions. (De sa trousse bien rangée de hacker high-tech, il sortit deux petits appareils, de forme et de longueur identiques, larges de deux centimètres et longs de quatre.) Ceci, c'est l'émetteur USB sans fil, à peine sorti du moule, la pointe de la technologie, pas encore accessible au public, ah non, monsieur. (Il l'inséra immédiatement dans le port situé sous la prise d'alimentation. Une fois branché, un centimètre seulement demeurait apparent.) Vous le connectez comme ça, tout simplement, et boum, c'est prêt. Et pratiquement invisible. (Il agita l'autre accessoire.) Et ce petit veinard, c'est le récepteur USB qui se branche sur ce boîtier bleu, là. Vous me suivez ?

– Vu.

– Le boîtier bleu entre dans cette sacoche. Vous déposez la sacoche par terre, directement sous l'ordinateur, vous actionnez un interrupteur, et les documents se téléchargent en moins de deux.

– À quelle vitesse ?

– Soixante mégas à la seconde, environ un millier de documents, à supposer que vous placiez le récepteur à moins de trois mètres du transmetteur, ce qui devrait être facile. Plus c'est près, mieux c'est. Vous me suivez ?

– Non, pas du tout, s'écria-t-il en s'asseyant devant l'écran. Je suis censé passer la main derrière l'unité centrale, brancher le transmetteur, le laisser là, télécharger, etc., en présence d'autres personnes dans la salle et devant des caméras vidéo qui me surveillent. Et comment je m'y prends pour réussir un coup pareil, au juste ?

– Laissez tomber un stylo, suggéra Bennie. Renversez un peu de café. Balancez des papiers. Créez une diversion. Allez-y quand la salle est déserte, et placez-vous dos à la caméra.

Il fit non de la tête.

– C'est trop risqué. Ces gens ne sont pas stupides, vous savez. Il y a un technicien de la sécurité, il est de garde, dans la pièce voisine. Il s'appelle Gant.

– Et il travaille seize heures par jour, ce Gant ?

– J'ignore quel sont ses horaires de travail. C'est toute la question. Vous ne savez jamais qui est là-dedans, à vous surveiller.

– La sécurité, on connaît, Kyle, et les grouillots qui sont payés pour suivre toute la journée les écrans vidéo en circuit fermé sont en général à moitié endormis. C'est un boulot épouvantablement ennuyeux.

– Ce n'est pas une cafète, Bennie. Je suis censé travailler, dans cette pièce. Votre priorité, à vous, les gars, c'est peut-être de voler ces documents, mais le cabinet attend de moi que je les potasse. On va m'assigner une recherche, avec un associé qui attend des résultats.

Nigel revint à la charge.

– Cela peut être bouclé en deux heures, Kyle, à supposer que vous soyez en mesure de repérer les documents rapidement.

Bennie écarta toutes ces préoccupations.

– La priorité numéro un, ce sont les moteurs aérobies que Trylon et Bartin ont développés ensemble. La technologie est si sophistiquée que le Pentagone en salive encore. La priorité numéro deux, c'est le mélange carburant. Effectuez une recherche sur « carburant à hydrogène à propulsion cryogénique » et complétez par une autre sur « statoréacteur à combustion supersonique ». Les fichiers devraient contenir des masses de recherche là-dessus. La priorité numéro trois, ce sont les « waveriders ». Lancez une recherche. Ce sont des profils aérodynamiques conçus pour améliorer le rapport entre portance et traînée. Voici un mémo.

Il lui tendit un résumé de deux pages.

– Tout cela vous dit quelque chose ? s'enquit Nigel.

– Non.

– C'est archivé dans leur machine, insista Wright. C'est le cœur de leurs recherches, la question névralgique de tout ce procès, et vous pouvez nous dénicher ça, Kyle.

– Oh, merci, j'en suis flatté.

Nigel retira le transmetteur et le lui tendit, pour qu'il s'exerce.

– Voyons un peu comment vous vous débrouillez.

Il se leva, lentement, se pencha au-dessus de l'ordinateur, écarta quelques câbles et, non sans difficulté, réussit finalement à insérer le transmetteur dans le port USB. Il se rassit.

– C'est infaisable.

– Bien sûr que si, s'écria Bennie, moqueur. Servez-vous de votre cervelle.

– Ma cervelle, elle est débranchée.

D'un bond, Nigel contourna le boîtier bleu.

– Ce logiciel, c'est l'une de mes mixtures maison. Quand vous aurez inséré le transmetteur, vous glissez un doigt sous le récepteur et vous actionnez ce petit commutateur. Le script localise automatiquement l'ordinateur et entame le téléchargement de la base de données. Cela se déroule très vite, et si vous voulez, vous pouvez vous accorder une pause, quitter la pièce, faire comme si de rien n'était, et pendant tout ce temps, mon petit gadget va pomper ces documents.

– C'est absolument merveilleux, ironisa Kyle.

Bennie alla chercher une sacoche Bally noire identique à la sienne, un modèle à maintien vertical, avec une courte languette en guise de rabat latéral. Elle comportait trois compartiments, celui du milieu étant matelassé, pour recevoir un ordinateur portable. Cette sacoche de substitution avait même quelques éraflures et la carte de visite de Kyle chez Scully & Pershing était glissée dans son porte-étiquette en cuir.

– Vous vous servirez de ceci, lui expliqua Nigel pendant qu'il soulevait le boîtier bleu et le logeait dans le compartiment central de la sacoche. Quand vous ouvrirez la fermeture Éclair de ce compartiment, le récepteur sera déjà en place. Si, pour une raison ou une autre, vous étiez obligé d'abréger la procédure, vous refermerez le boîtier, vous appuierez sur ce bouton et il se verrouillera automatiquement.

– D'abréger la procédure ?

– Juste au cas où.

– Que l'on soit bien clair. Si quelque chose tourne mal, si quelqu'un me repère, si un signal d'alarme se déclenche dans un superordinateur dès que je me mets à tripatouiller leur base de données, un signal dont nous ignorions tout, votre plan serait que je referme le rabat de la sacoche, que je récupère votre transmetteur quasi invisible, et qu'ensuite je fasse quoi ? Que je sorte de la salle en courant comme un voleur à la tire qui vient de se faire choper ? Et où est-ce que je vais, Nigel ? Vous avez prévu ce qu'il faut pour venir à mon secours, Bennie ?

– Du calme, Kyle, dit ce dernier avec un sourire artificiel. C'est simple comme bonjour. Vous vous en sortirez très bien.

– Il n'y aura aucune alarme, Kyle. Mon logiciel est trop perfectionné pour ça. Fiez-vous à moi.

– Vous voulez bien arrêter de me rabâcher ça ?

Il se rendit à la fenêtre et contempla la ligne des toits de Manhattan. Il était presque 21 h 30, en ce mardi soir. Il n'avait plus rien avalé depuis que Tabor et lui s'étaient offert le bref plaisir de déjeuner en un quart d'heure à la cafétéria, à 11 h 30. La faim n'était cependant qu'une préoccupation mineure, tout en bas d'une longue liste d'inquiétudes majeures.

– Êtes-vous prêt ? lui lança Bennie de l'autre bout de la pièce.

Ce n'était pas une question. Il le mettait au défi.

– Prêt comme jamais, lui répondit-il sans se retourner.

– Alors, quand ?

– Dès que possible. Je veux en terminer. J'irai faire un saut dans la salle, demain, à deux ou trois reprises, histoire d'avoir une idée de la fréquentation. À mon avis, ce sera vers huit heures demain soir, tard en fin de journée, mais avec suffisamment de temps devant moi pour télécharger, à supposer que je ne me fasse pas tirer dessus.

– Des questions sur le matériel ? lui demanda Nigel.

La démarche guindée, Kyle revint vers le poste de travail et fixa les machines du regard. Il haussa les épaules.

– Non, c'est assez simple.

– Super. Une dernière remarque. Le boîtier bleu émet un signal, qui me permet de savoir précisément quand vous téléchargez.

– Et cela sert à quoi ?

– À vous surveiller. Nous ne serons donc jamais très loin.

Encore un haussement d'épaules.

– Cela m'est égal.

Le boîtier bleu était toujours rangé dans le compartiment central de la sacoche, et Nigel le manipula comme s'il s'agissait d'une bombe. Ensuite, Kyle y ajouta le contenu de sa propre sacoche et, quand il attrapa la poignée et la souleva de la table, il fut surpris de son poids.

– Un peu plus lourde, hein ? s'amusa Nigel, en observant chacun de ses gestes.

– Oui, nettement.

– Pas d'inquiétude. Nous avons renforcé le fond. Elle ne passera pas au travers quand vous marcherez dans Broad Street.

– Je préfère l'autre, la mienne. Quand la récupérerai-je ?

– Bientôt, Kyle, bientôt.

Il enfila son imper et se dirigea vers la porte. Bennie le suivit.

– Bonne chance. Cela se résume à ça, et rien d'autre. Et nous croyons en vous.

– Allez vous faire foutre, siffla-t-il, et il sortit de la chambre.

38.

Pendant cette courte nuit sans sommeil, la sacoche lui pesa de plus en plus, et quand il la tira hors du taxi, tôt le mercredi matin, il aurait presque aimé que le fond s'arrache, en effet, et que le boîtier bleu s'écrase sur le trottoir de Broad Street, éclate en mille morceaux, et que la précieuse mixture maison de Nigel se déverse dans le caniveau. Il ne savait pas trop ce qui s'ensuivrait, mais n'importe quel scénario paraissait préférable à celui qui était prévu.

Vingt minutes après qu'il fut monté en ascenseur au trente-quatrième étage, Roy Benedict pénétrait dans la même cabine avec deux jeunes messieurs qui étaient sans aucun doute des collaborateurs de Scully & Pershing. Les signes étaient manifestes. Ils n'avaient pas la trentaine. Il était 6 h 35 du matin. Ils paraissaient fatigués et malheureux, mais ils portaient des vêtements hors de prix et d'élégantes serviettes en cuir, noires. Il s'était tout à fait préparé à l'idée de croiser un visage connu, même si cela lui paraissait peu vraisemblable. Il n'était pas inhabituel de voir dans cet immeuble des avocats d'autres cabinets. Roy connaissait une demi-douzaine d'associés de chez Scully, mais avec mille cinq cents avocats qui pointaient dans ces bureaux tous les matins, il en déduisit que les chances de tomber sur eux étaient infimes. Et il ne se trompait pas. Les deux zombies qui étaient montés avec lui n'étaient que deux pauvres individus, deux anonymes qui seraient partis d'ici un an.

La sacoche que Benedict tenait à la main était noire, elle aussi, identique à celle que Kyle s'était achetée en août sur la Cinquième Avenue, la troisième requise pour cette mission. Il sortit de l'ascenseur, seul, au trente-quatrième étage, et passa devant le bureau d'accueil inoccupé, continua vers le bout du couloir sur la droite, effaça quatre, cinq, six portes et son client était là, assis à son bureau, où il patientait en buvant un café. L'échange fut bref. Roy échangea leurs sacoches et il était prêt à repartir.

– Où sont les fédéraux ? lui demanda Kyle, à voix très basse, alors qu'il n'y avait personne dans le couloir, et que les secrétaires sortaient à peine de leur lit.

– Au coin de la rue, dans un fourgon. Ils vont procéder à une rapide inspection pour s'assurer qu'elle ne contienne pas de dispositif de pistage. S'ils en trouvent un, je vous la rapporte au galop et nous échafauderons une histoire. Sinon, ils l'emporteront dans leur labo du Queens. Ce truc est lourd.

– C'est le boîtier bleu. Tout spécialement conçu par quelques génies du mal.

– Vous en avez besoin quand ?

– Disons à dix-neuf heures. Cela vous laisse douze heures. Ce qui devrait suffire, non ?

– D'après ce qu'ils m'ont dit, oui. Si j'en crois Bullington, ils ont une petite armée de technos que cela démange de déballer ce petit cadeau.

– Il ne faut pas qu'ils me le démantibulent.
– Ils ne vont pas vous le démantibuler. Ça ira ?
– Super. Vous avez les mandats d'arrêt ?
– Ah, ça, oui. Écoutes illégales, extorsion de fonds, association de malfaiteurs, tout un tas de choses croustillantes. On n'attend plus que vous.
– Si Bennie est sur le point de se faire arrêter, alors je redeviens un jeune homme motivé.
– Bonne chance.

Roy fila, en laissant la sacoche Bally avec les mêmes éraflures et la même plaquette au nom de Kyle McAvoy. Ce dernier la remplit en vitesse de dossiers, de blocs-notes et de stylos, et alla se resservir un café.

Douze longues heures plus tard, Roy était de retour avec la seconde sacoche. Il prit un siège, tandis que Kyle fermait la porte.
– Alors ? fit-il.
– C'est bien ça, et rien de plus. Un ordinateur construit sur mesure, selon les mêmes normes que ceux de l'armée. Tout est à usage industriel. Conçu pour le téléchargement, et rien d'autre. Deux disques durs, d'une capacité de 750 gigas chacun. Au total, suffisamment de mémoire pour stocker tout ce que contient cet immeuble et les trois voisins. Un logiciel d'une très haute sophistication que les technos du FBI n'avaient encore jamais vu nulle part. Ces types sont forts, Kyle.
– Vous m'étonnez…
– Et il renferme bien un signal sans fil qui leur permet de surveiller vos activités de téléchargement.
– Bordel. Donc je suis obligé de télécharger quelque chose ?

– Je le crains. Ce signal sans fil ne peut pas leur indiquer la nature ou le volume de ce que vous téléchargez. Il leur permet simplement de savoir que vous êtes à l'intérieur de la salle et que vous avez démarré le transfert de la base de données.

– Merde !

– Vous pouvez y aller, Kyle.

– Apparemment, voilà au moins un point sur lequel tout le monde est d'accord.

– Savez-vous où vous allez retrouver ces types ?

– Non. Je serai averti à la dernière minute. À supposer que je télécharge sans déclencher d'alarmes, je vais appeler Bennie pour lui annoncer la bonne nouvelle, et il me dira où je dois le rejoindre. J'entre dans la salle d'ici une heure, et je prévois d'en sortir à neuf heures, téléchargement ou pas. Donc, vers 9 h 15, si j'ai de la chance, je devrais être dans la rue.

– Je vais rester à mon bureau. Si vous en avez l'occasion, appelez-moi, s'il vous plaît. Tout ça est assez passionnant.

– Passionnant ? Terrifiant, plutôt.

– Vous êtes le plus fort.

Après quoi, Benedict échangea de nouveau leurs sacoches et disparut.

Pendant une heure, Kyle observa la pendule, sans rien faire d'autre que facturer une heure à Trylon, avant de finalement esquisser un geste. Il dénoua sa cravate, retroussa ses manches, essaya de prendre l'air le plus décontracté possible, et gagna le dix-huitième étage en ascenseur.

Sherry Abney était dans la salle, et il dut lui dire bonjour. À en juger par l'état de sa table, elle était là depuis des heures et sa séance de travail n'avait pas été fructueuse. Il choisit un poste le plus éloigné d'elle possible. Elle lui tournait le dos.

Il avait eu beau rouspéter et se plaindre, il y avait peu de risque qu'il puisse se faire remarquer par un autre membre de l'équipe Trylon. La totalité des dix chaises faisaient face aux murs, loin du centre, de sorte qu'en effectuant ses recherches, il ne pouvait rien voir d'autre que l'écran, l'unité centrale et le mur devant lui. Le danger était là-haut, tapi derrière les objectifs des caméras. Il n'empêche, il préférait avoir la pièce pour lui tout seul.

Au bout d'un quart d'heure, il décida d'aller aux toilettes. En sortant, il s'adressa à Sherry.

– Je peux te rapporter un café ?

– Non, merci. Je m'en vais bientôt.

Parfait. Elle partit à 20 h 30, un bon horaire, manière de faciliter la facturation. Il posa un bloc-notes sur l'unité centrale, puis deux stylos, des objets susceptibles de rouler, de glisser, et qu'il faudrait ramasser. Il entassa quelques chemises à côté de l'écran, et s'arrangea pour créer un peu de fouillis. À 20 h 40, il frappa à la porte de communication en acier qui donnait sur la petite salle d'impression, sans recevoir de réponse. Ensuite, il essaya une deuxième porte métallique qui conduisait à des endroits non identifiés, mais il suspectait qu'il s'agissait de la pièce où Gant était posté, et d'où il veillait à la sécurité des opérations. L'ayant aperçu, à l'occasion, il en déduisit qu'il travaillait par là. Mais personne ne répondit non plus. À 20 h 45, il décida de plonger, avant l'arrivée éventuelle d'un autre collaborateur pour une dernière heure de travail. Il retourna à sa table et heurta le bloc-notes posé sur l'unité centrale, envoyant les stylos voler contre le mur. Il leva un bras en l'air, s'écria « Merde ! », aussi fort que possible, puis se pencha pour les ramasser. Il trouva un stylo, ne put repérer l'autre, mais continua de chercher. Au niveau du sol, derrière l'écran, sous la chaise, et de nouveau derrière la tour de l'unité centrale et, à l'instant où il retrouvait le stylo manquant, qu'il leva en l'air afin que les caméras le voient bien, il inséra adroitement le minuscule transmetteur dans le port USB. Désormais plus calme, plus posé, ayant cessé de lâcher des jurons, il se rassit et se mit à taper sur le clavier. Il repoussa la sacoche encore un peu plus sous la table, directement sous l'unité centrale, puis il actionna le commutateur.

Aucun signal d'alarme. Aucun message d'avertissement d'un antivirus à l'écran. Aucune irruption soudaine de Gant avec des vigiles armés. Rien. Kyle le hacker téléchargeait des fichiers, il commettait son premier vol véritable, à un débit de transfert étourdissant. En neuf minutes, il transféra tous les documents de catégorie A – des lettres, des mémos, une centaine d'informations différentes, mais inoffensives, déjà communiquées à APE et à Bartin au préalable. Quand il en eut terminé avec ces documents de catégorie A, il répéta la procédure et les téléchargea de nouveau. Puis il recommença. Et recommença.

Une heure après être entré dans cette salle, il réédita sa petite gymnastique, chercha ses stylos égarés et, tout en marmonnant, débrancha le transmetteur du port USB. Puis il rangea son fatras et ressortit. Il se dépêcha de regagner son bureau, attrapa sa veste et son trench, et se dirigea vers les ascenseurs sans croiser personne. Au cours de la descente, sans un seul arrêt, il se rendit compte qu'il vivait là le moment tant redouté. Il quittait le bureau comme un voleur, avec assez de fichiers dérobés dans sa sacoche pour le faire condamner au motif de crimes divers, et radier du barreau à vie.

En sortant dans la nuit glaciale de décembre, il appela immédiatement Bennie.

– Mission accomplie ! annonça-t-il fièrement.

– Superbe, Kyle. Hôtel Oxford, au coin de Lexington Avenue et de la Trente-cinquième. Chambre 551, c'est à un quart d'heure.

– Je suis en route.

Il marcha jusqu'à une berline noire, dûment immatriculée auprès d'une compagnie de véhicules avec chauffeurs, officiellement identifiée dans Brooklyn, et se laissa tomber sur la banquette arrière.

– C'est pour aller où ? lui demanda le petit conducteur asiatique.

– Et votre nom, c'est ?

– Al Capone.

– Où êtes-vous né, Al ?

– À Tutwiler, dans le Texas.

– Al, c'est vous le meilleur. Hôtel Oxford, chambre 551.

L'agent Al appela immédiatement quelqu'un, à qui il répéta cette information. Il écouta la réponse, cela lui prit quelques minutes, il roulait très lentement, puis s'adressa de nouveau à son passager.

– Voilà le plan, monsieur McAvoy. Nous avons une équipe en route, et ils devraient être à l'hôtel dans dix minutes. Là, nous allons prendre notre temps. Quand le chef du bureau sera dans l'hôtel, il m'appellera pour me communiquer d'autres instructions. Voulez-vous un gilet ?

– Un quoi ?

– Un gilet pare-balles. J'en ai un dans le coffre, si vous le souhaitez.

Il s'était beaucoup trop préoccupé de son larcin pour songer aux événements bien réels entourant l'arrestation de Bennie – et de Nigel, avec un peu d'espoir. Il était certain de conduire le FBI à son gestionnaire, certain de vouloir le leur livrer, mais n'avait pas trop réfléchi aux détails. Et pourquoi aurait-il besoin d'un gilet pare-balles, au juste ?

Pour arrêter les balles, naturellement. En un éclair, une image de Baxter traversa son cerveau en surchauffe.

– Je passe mon tour, fit-il, comprenant à quel point il était peu qualifié pour prendre de telles décisions.

– Bien, monsieur.

Al s'engageait dans les rues chargées, prenait des détours – tout ce qui l'aiderait à jouer avec la montre. Son téléphone portable sonna et il le porta à son oreille, puis dit :

– Bon, monsieur McAvoy. Je vais m'arrêter devant l'hôtel, et vous allez entrer dans le hall, seul. Vous vous rendez directement aux ascenseurs, sur la droite, et vous appuyez sur le bouton du quatrième étage. Vous sortez au quatrième, vous prenez à gauche, vous vous dirigez vers la porte de l'escalier. Dans la cage d'escalier, vous retrouverez M. Bullington et plusieurs autres agents. À partir de là, ils vous prendront en charge.

– Ça me paraît rigolo tout plein.

– Bonne chance, monsieur McAvoy.

Cinq minutes plus tard, il entrait dans le hall de l'hôtel Oxford, et suivait les instructions. Dans la cage d'escalier, entre le quatrième et le cinquième étage, il retrouva Joe Bullington et deux autres agents, tous dans une tenue identique à ceux qui l'avaient alpagué dix mois plus tôt, après un match de basket-ball junior à New Haven. À ceci près que ceux-ci étaient bien réels, et qu'il n'avait aucune envie d'examiner leurs références. La tension était maximale, et son cœur à bout de forces cognait violemment dans sa poitrine.

– Je suis l'agent Booth, et voici l'agent Hardy, dit l'un d'eux, et il fut impressionné par leur carrure. Allez à la porte du 551, continua Booth. À la seconde où elle s'entrouvre, vous tapez dedans un bon coup, du pied, et vous vous écartez tout de suite. Nous serons juste derrière vous. D'après nous, il n'y aura pas de coups de feu. Ils sont sans doute armés, mais ils ne s'attendent pas à un problème. Une fois que nous serons à l'intérieur, on vous conduira à l'écart.

Quoi ! Même pas de fusillade ! Il avait envie de lâcher une grosse blague, mais se sentit subitement les genoux flageolants.

– Compris ? ajouta Booth, d'une voix rugueuse.

– Compris. Allons-y.

Il s'avança dans le couloir et, avec autant d'assurance que possible, marcha vers la chambre 551. Il appuya sur le bouton de sonnette, respira un bon coup, et lança un regard autour de lui. Booth et Hardy étaient tous les deux à cinq mètres de lui, prêts à bondir, leurs pistolets au métal luisant dégainés. Deux autres agents s'approchaient de l'autre extrémité du couloir, avec leurs armes bien visibles, elles aussi.

J'aurais peut-être dû retenir l'option gilet pare-balles, songea-t-il.

Il appuya de nouveau sur le bouton. Rien. Pas une voix, derrière cette porte, pas un bruit.

Ses poumons avaient cessé de fonctionner, et il avait les boyaux en capilotade. La sacoche pesait une tonne, bien plus lourde maintenant qu'elle contenait les fichiers volés.

Il se tourna vers Booth, fronça le sourcil, et l'agent avait l'air perplexe, lui aussi. Il appuya une troisième fois, puis frappa à la porte et s'exclama :

– Salut, Bennie. C'est Kyle.

Rien. Il sonna une quatrième fois, une cinquième.

– C'est une chambre simple, chuchota Booth. (Puis, d'un geste, il invita les autres à se placer en formation, un dispositif soigneusement répété, et s'adressa de nouveau à Kyle en murmurant.) S'il vous plaît, écartez-vous. Mettez-vous là-bas, dans le fond, et attendez.

Hardy sortit prestement une clef de porte électronique et l'inséra. Le témoin lumineux vert s'alluma, et les quatre agents du FBI s'engouffrèrent, un en position basse, un en position haute, un côté droit, un côté gauche, en hurlant, pistolets pointés dans les quatre directions. Joe Bullington arriva vers eux en courant, suivi d'autres agents.

La chambre était vide, en tout cas vide de suspects, et si quelqu'un avait été là tout récemment, il n'avait rien laissé derrière lui. Bullington réapparut dans le couloir et lança un ordre dans un téléphone ou un talkie-walkie : « Bouclez le bâtiment ! » Il décocha à Kyle un regard de totale stupéfaction, et ce dernier commença de se liquéfier. Des agents se précipitaient en tous sens, dans une frénésie confuse et indécise. Certains couraient vers l'escalier, d'autres vers les ascenseurs.

Au 562, une vieille femme ouvrit sa porte et cria : « Silence ! », mais perdit vite son aplomb quand deux agents pivotèrent sur eux-mêmes, arme à la main. Elle battit promptement en retraite, indemne, mais réveillée pour la nuit.

– Kyle, par ici, je vous prie, fit Bullington, en l'invitant d'un geste à le rejoindre dans la chambre 551. (Celui-ci agrippa sa sacoche et entra aussitôt.) Ne bougez pas d'ici pour le moment. Ces deux-là vont rester avec vous.

Il s'assit sur le bord du lit, la sacoche entre les pieds, pendant que ses deux gardes du corps fermaient la porte et rangeaient leurs armes. Quelques minutes s'écoulèrent, durant lesquelles des centaines de scènes et de scénarios défilèrent dans sa tête, tous moins séduisants les uns que les autres. Il songea à Roy, et il l'appela. Il était encore à son bureau, en attente de nouvelles fraîches.

– Ils se sont échappés, lui annonça-t-il, d'une voix lente et faible.

– Qu'est-ce que vous voulez dire ?

– Nous sommes dans la chambre, à l'hôtel, et elle est vide. Ils sont partis, Roy.

– Où êtes-vous ?

– Chambre 551, hôtel Oxford, sous bonne garde, je crois. Le FBI fouille l'hôtel, mais ils ne trouveront personne.

– Je suis là dans quinze minutes.

Pendant que l'on passait l'hôtel au peigne fin, trois agents du FBI investissaient l'appartement de Kyle, à Chelsea. En se servant de sa clef, ils entrèrent en silence et entamèrent une perquisition qui durerait quatre heures et révélerait trois caméras dissimulées, une bretelle d'écoute sur son téléphone mural, et six autres appareils de surveillance. Quantité de preuves matérielles pour étayer des inculpations. Un dossier à charge bien rempli pour les fédéraux, mais c'était surtout de suspects qu'ils auraient eu besoin.

39.

Roy arriva à vingt-trois heures. Il fut accueilli à l'entrée de l'hôtel par Joe Bullington, qui l'escorta dans la traversée du hall. Le bâtiment était encore bouclé, une fouille de toutes les chambres suivait son cours, au grand mécontentement de quantité de clients, et la réception était complètement désorganisée.

– Comment va Kyle ? telle fut la première question de Roy.

– Assez secoué, admit l'officier du FBI. Prenons l'escalier. Les ascenseurs sont à l'arrêt. Enfin, secoués, on l'est tous.

La seconde question allait de soi.

– Que s'est-il passé ?

– Je n'en sais rien, Roy. C'est déroutant.

Kyle était assis au bord du lit, sa sacoche toujours entre les genoux. Il n'avait pas retiré son imper, il fixait le sol, le regard vide, ignorant les deux agents censés le protéger. Roy lui posa la main sur l'épaule, puis s'agenouilla, le visage à hauteur du sien.

– Kyle, ça va ?

– Bien sûr.

C'était un peu réconfortant de voir un visage qui vous inspirait confiance.

Bullington était au téléphone. Il en rabattit le clapet avec un claquement sec.

– Écoutez, il y a une suite au deuxième étage. Elle est plus facile à sécuriser et beaucoup plus vaste. On bouge.

Ils sortirent à la queue leu leu, et Kyle marmonna à son avocat :

– Vous avez entendu ça, Roy ? Plus facile à sécuriser. Je suis sous protection, maintenant.

– Tout ira bien.

La suite comportait trois pièces, dont une qui ferait très bien office de bureau – plan de travail, télécopie, wi-fi, plusieurs fauteuils confortables, et un petit espace de réunion, dans le fond.

– Ici, ça ira, fit Bullington, en se débarrassant de son imperméable, puis de sa veste, comme s'ils allaient demeurer là un bon moment, et Kyle et Roy l'imitèrent.

Ils choisirent chacun un fauteuil et s'installèrent. Deux autres agents, plus jeunes, restèrent à la porte.

– Voici ce que nous savons, commença Bullington, tout à fait dans son rôle d'agent spécial dirigeant les opérations. La chambre a été réservée cet après-midi par M. Randall Kerr, qui s'est servi d'un faux nom et d'une fausse carte de crédit. Vers 20 h 45, M. Kerr s'est montré à la réception, seul, avec un petit bagage cabine et une sacoche noire et, en bavardant avec la réceptionniste, il lui a raconté qu'il arrivait tout juste de Mexico. Nous avons visionné l'enregistrement vidéo. C'est Bennie, qui n'a fait aucun effort pour se déguiser. Il est entré dans sa chambre et, selon le réseau électronique de gestion des accès, il a ouvert la porte de la chambre

551 à 20 h 58. Il l'a rouverte dix-huit minutes plus tard, pour quitter les lieux, manifestement, car cette porte n'a jamais été rouverte. Personne ne se souvient de l'avoir vu sortir du bâtiment. Il y a des caméras vidéo sur les paliers et à la réception, mais jusqu'à présent, rien. Il s'est volatilisé.

– Évidemment qu'il s'est volatilisé, s'écria Kyle. Vous ne le trouverez pas.

– Nous essayons.

– Qu'avez-vous téléchargé ? lui demanda Roy.

– Les documents de catégorie A. Cinq ou six fois. Je n'ai touché à rien d'autre.

– Et cela s'est déroulé sans accroc ?

– Pas que je sache. Dans la salle, il n'y a eu aucun problème.

– À quelle heure avez-vous entamé le téléchargement ? voulut savoir Bullington.

– Vers 20 h 45.

– Et à quelle heure avez-vous appelé Bennie ?

– Juste avant vingt-deux heures.

Bullington réfléchit une seconde, puis il formula l'évidence.

– Donc il a attendu de recevoir votre signal, et une fois qu'il a su que vous téléchargiez, il a pris la chambre. Dix-huit minutes plus tard, il a filé. Cela n'a pas de sens.

– Mais si, surtout si vous connaissez Bennie.

– Je ne vous suis pas, répliqua le responsable du FBI.

– Quelqu'un l'a informé de notre petit plan, ça, au moins, c'est compréhensible. Et ce quelqu'un, ce n'était pas moi. Ce n'était pas mon avocat. Et les seules autres parties impliquées, c'est vous, monsieur Bullington, le FBI, et M. Wingate et sa troupe, à la Justice. À ce stade, nous n'avons pas la moindre idée de qui a pu faire ça, et nous n'en aurons sans doute jamais aucune. Quoi qu'il en soit, Bennie a reçu le tuyau et ça l'a décidé à s'amuser un peu. Il savait que je vous conduirais ici pour le capturer, donc il a tout mis en scène. Il est sans doute à l'autre bout de la rue, en train de regarder une centaine d'agents du FBI investir l'hôtel, et il est mort de rire.

Les joues de Bullington virèrent au rouge brique. Il avait un coup de fil à passer, subitement, et quitta la chambre.

– Calmez-vous, Kyle, lui conseilla Roy à voix basse.

Le jeune homme croisa les doigts dans la nuque et se plia en deux. La sacoche était encore calée entre ses pieds. Il ferma les yeux et s'efforça de conserver la maîtrise de ses pensées, mais c'était impossible. Roy le regarda sans rien dire. Il alla ouvrir le minibar et en sortit deux bouteilles d'eau.

— Il faudrait qu'on se parle, suggéra-t-il, en lui tendant une bouteille. Nous allons devoir prendre quelques décisions rapides.

– D'accord. On fait quoi, avec ce foutu machin ? dit-il, en tapotant la sacoche. Scully n'en a pas besoin, les pièces téléchargées ne sont pas confidentielles. J'ai juste volé une copie. Ils n'ont encore rien perdu. Leurs dossiers paraîtront intacts.

– Je suis convaincu que le FBI voudra conserver cela comme une preuve matérielle.

– Une preuve matérielle contre qui ?

– Bennie.

– Bennie ? Bennie a disparu, Roy, écoutez-moi. Ils ne le retrouveront jamais, parce qu'il est salement plus malin qu'eux. Ils ne l'arrêteront jamais. Il ne sera jamais traduit en justice. À la minute où je vous parle, il est dans un avion, sans doute un jet privé, et il consulte ses quinze passeports en réfléchissant à celui qu'il utilisera la prochaine fois.

– N'en soyez pas si sûr.

– Et pourquoi pas ? Bennie a été plus rusé que nous tous, ce soir, non ? Il a des copains haut placés, peut-être pas ici à New York, peut-être à Washington. Trop de gens ont été impliqués, Roy. Le FBI, le département de la Justice, et la rumeur va se propager. Des plans par-ci, des autorisations par-là, des réunions à très haut niveau, de plus en plus de gens du renseignement dans le circuit. C'était une erreur.

– Vous n'aviez pas le choix.

– Mes choix sont limités, en effet. Apparemment, je n'ai pas fait le bon.

– Et votre travail au cabinet ?

– Je suis certain que je vais foirer ça aussi. Quel est votre avis ? Dieu sait si je paie, pour tout ça, même si c'est à prix d'ami.

Ils réussirent à sourire, tous les deux, mais ce furent des sourires très fugaces.

Roy avala une longue gorgée d'eau, s'essuya les lèvres avec sa manche de chemise et s'approcha d'encore un peu plus près. Les deux gardes du corps étaient toujours dans la partie salon, à portée de voix.

– Vous pourriez ne rien raconter. Demain, vous vous présentez au bureau et vous vous comportez comme si rien de tout cela ne s'était produit. Les dossiers sont intacts. Rien n'a été dévoilé. Écoutez, vous n'aviez jamais prévu de remettre quoi que ce soit à Bennie. Vous avez été forcé de télécharger certains contenus pour faciliter son arrestation. L'arrestation n'a pas eu lieu. Scully n'en sait strictement rien. À supposer qu'il n'y ait pas de poursuites, ils n'en sauront jamais rien.

– Mais notre plan était de coincer Bennie, de tout raconter au cabinet, et de plaider la clémence. Dans le style du casseur qui rapporte l'argent à la banque et leur dit : « Je suis désolé, on ne pourrait pas tout oublier ? » Avec quelques péripéties supplémentaires, c'est sûr.

– Voulez-vous rester dans ce cabinet, Kyle ?

– Le jour où je me suis présenté dans vos bureaux, mon départ de Scully & Pershing était joué d'avance.

– Il pourrait y avoir un moyen de sauver votre tête.

– J'ai accepté ce poste parce que Bennie me braquait un pistolet sur la tête. Ce pistolet a maintenant été remplacé par un autre, mais au moins, la menace du chantage a disparu. Il subsiste un risque pour que la vidéo reste encore une source d'embarras, mais rien de plus. J'aimerais sortir d'ici.

Une radio couina dans la partie salon, et les agents sursautèrent. L'appel n'apportait aucune nouvelle supplémentaire.

Kyle finit par abandonner sa sacoche et il étira les jambes. Il regarda son avocat.

– Vous êtes un éminent associé dans un grand cabinet. Si vous aviez un collaborateur qui vous jouait ce genre de tour, vous feriez quoi ?

– Je le virerais immédiatement.

– Exactement. Sur-le-champ, sans guère lui accorder le temps de discuter. Comment le cabinet pourrait-il me faire confiance, désormais ? Il y a des milliers de novices qui attendent, tous prêts à me remplacer. Et puis, il y a un autre aspect, Roy, une chose que Scully doit savoir. (Il jeta un œil vers le salon, où ses gardes du corps suivaient maintenant une émission de télévision.) Je ne suis pas le seul espion. Bennie en savait trop. Ils ont implanté quelqu'un d'autre, qui leur transmet des informations. Je dois le leur dire.

Il y eut du remue-ménage à la porte, et les deux agents coupèrent aussitôt le son de la télévision et se levèrent promptement, au garde-à-vous. Kyle et Roy se levèrent à leur tour, et Bullington entra d'un pas énergique avec un petit groupe de personnages à l'air important, entourant un homme d'environ soixante ans, aux cheveux gris et courts, au costume bien coupé, avec l'allure de celui qui maîtrise totalement la situation. Bullington le leur présenta comme étant un certain M. Mario Delano, directeur du bureau de New York du FBI.

Il s'adressa à Kyle et à son avocat.

– Messieurs, M. Bennie Wright a manifestement quitté ce bâtiment, et nous sommes confrontés à un grave problème. Je n'ai aucune idée de l'origine de la fuite, mais je vous assure qu'elle ne vient pas de mon bureau. Maintenant, je doute que cette information vous soit d'un très grand réconfort. Nous les recherchons activement partout dans la ville… gares, aéroports, stations de métro, héliports, péages routiers. Tous les agents placés sous mon autorité sont sur le terrain.

Si ces propos visaient à impressionner Kyle, on était loin du compte. Il se contenta de hausser les épaules, comme pour dire : « Extraordinaire. C'était le moins que vous puissiez faire. »

Delano enfonça le clou.

– Il est urgent que vous quittiez New York, monsieur McAvoy. Je vous suggère de vous placer quelques jours sous surveillance préventive, à titre de mesure de protection, le temps que les choses se tassent, afin de nous laisser le temps de retrouver la trace de Bennie Wright.

– Et si vous ne le retrouvez pas ?

– Nous aborderons le sujet plus tard. Nous avons un petit jet en attente à l'aéroport de Teterboro. Nous allons vous y conduire en trente minutes. Vous bénéficierez d'une protection permanente, vingt-quatre heures sur vingt-quatre, jusqu'à ce que la situation change.

La précision au cordeau des plans de Delano laissait peu de doutes sur le caractère très substantiel des dangers encourus. Kyle n'avait pas les moyens de discuter. Il était désormais un agent double, ainsi que le témoin principal du ministère public pour le cas où Bennie se ferait prendre. S'ils avaient assassiné Baxter rien que pour l'éloigner d'Elaine, il était difficile d'imaginer ce qu'ils seraient capables de lui infliger à lui.

— Allons-y, décida Delano.

– J'aurais besoin d'une minute avec mon client, dit Roy.

– Certainement, répondit le directeur du FBI.

Il claqua des doigts, et la pièce se vida.

Roy ferma la porte et, quand ils furent seuls, il le rassura :

– Je vais appeler Scully et remettre l'entrevue à plus tard.

Kyle sortit son CabPhone.

– Inutile. Je vais contacter Doug Peckham et lui signaler que je suis malade. Bennie n'a jamais mis les mains sur mon petit appareil, ici présent.

– Parfait. Il vaut mieux que je garde la sacoche et l'ordinateur.

– Ne laissez pas le FBI se les accaparer, c'est tout.

– J'y veillerai.

Ils se serrèrent la main.

Roy ajouta encore un mot.

– Vous avez agi comme il fallait.

– Comme il fallait ou non, ça n'a pas marché.

– Vous ne leur avez rien fourni, Kyle. Vous n'avez pas abusé de la confiance du client de Scully.

– On en discutera plus tard.

– Faites attention à vous.

40.

John McAvoy profitait d'une paisible soirée de jeudi à son bureau quand une secrétaire l'appela au téléphone pour lui annoncer que deux messieurs du FBI étaient de passage, une visite surprise. On les mena tout de suite jusqu'à lui. On se présenta, on exhiba des insignes, on refusa un café.

– Est-ce qu'il va bien ? s'inquiéta John.

– Il va bien, le rassura l'agent, un dénommé Halsey.

L'autre, un dénommé Murdock, acquiesça en hochant la tête avec un mélange d'assurance et de suffisance.

– Que s'est-il passé ?

– Votre fils nous a indiqué que vous étiez au courant de ses projets, pour aider à l'arrestation de son gestionnaire, fit Halsey.

– Oui. Je connais l'affaire, et je sais ce qu'il avait en tête. Que s'est-il passé ?

Les deux agents changèrent de position. Murdock prit la parole.

– Eh bien, cela ne s'est pas déroulé comme prévu. Il s'est procuré les fichiers informatiques, et il était censé les livrer à son gestionnaire vers dix heures hier soir, dans un hôtel du centre de New York. Le gestionnaire ne s'est pas montré ; au dernier moment, il a pris la fuite. Pour l'heure, nous ne l'avons pas appréhendé.

John ferma les yeux, retira ses lunettes de lecture, et alluma une cigarette.

– Où est mon fils ?

– Il est avec nous, sous surveillance préventive. Il est en sécurité, et il est très désireux de vous parler. Pour le moment, ce ne sera pas possible.

Une colonne de fumée de cigarette jaillit du côté de la table où John était assis.

– Surveillance préventive ? répéta-t-il.

Le nuage de fumée à la dérive vint envelopper Halsey et Murdock.

– J'en ai peur. Il pourrait être en danger.

– Qui a saboté l'opération ?

– Aucune certitude qu'elle ait été sabotée, et pas davantage d'information sur le pourquoi et le comment. Disons simplement que toute une série d'investigations sont en cours.

– Quand pourrai-je lui parler ?

– Bientôt, promit Halsey.

– Nous sommes basés à Philadelphie, précisa Murdock. Mais nous restons ici, à York, ces prochains jours. Notre mission est de vous relayer certains messages. (Les deux agents sortirent leurs cartes de visite.) Les numéros de portable sont au dos. Je vous en prie, n'hésitez pas à appeler.

Kyle dormit tard dans la matinée, et se réveilla aux fracas des vagues sur une plage. Il flottait dans les nuages – un édredon épais et blanc, des oreillers rebondis et blancs, un épais couvre-lit blanc massé à ses pieds. Le lit double était surmonté d'un dais blanc. Il savait où il était, mais il lui fallut quelques minutes pour se convaincre d'être vraiment là.

Les murs étaient décorés de pastels de scènes de plage à deux sous. Le sol était en parquet peint. Il écouta l'océan et entendit les appels lointains des mouettes. Il n'y avait pas d'autres bruits, un contraste saisissant avec l'animation matinale dans Chelsea. Aucun réveil ne l'avait fait sursauter à une heure indécente. Fini la course pour se doucher, s'habiller et se plier aux rituels frénétiques du trajet vers le bureau. Rien de tout cela, au moins pour aujourd'hui.

Ce n'était pas une manière trop déplaisante d'entamer le reste de son existence.

La chambre était l'une des trois disponibles dans une modeste location de bord de mer sur deux niveaux, à une heure de route à l'est de Destin, en Floride, sur la côte du golfe, à deux heures et vingt-huit minutes en Learjet de l'aéroport de Teterboro, dans le New Jersey. Il avait atterri à Destin juste avant quatre heures du matin, avec ses nouveaux amis. Un monospace dont les conducteurs étaient armés les avait récupérés avant de foncer sur la nationale 98, en passant devant des kilomètres d'immeubles de vacances, de maisons de bord de mer et de petits hôtels déserts. À en juger par la fréquentation des parkings, il y avait peu de vacanciers, et nombre de voitures portaient des plaques canadiennes.

Les deux fenêtres étaient entrouvertes et la brise écartait les rideaux. Il fallut bien trois minutes à Kyle pour repenser à Bennie, mais il combattit cette tentation et se concentra sur les cris lointains des mouettes. On frappa un coup léger à la porte.

– Oui, répondit-il d'une voix enrouée.

Elle s'ouvrit, à peine, et Todd, son nouvel ami, pointa son visage rondouillard.

– Vous vouliez un réveil à dix heures.

– Merci.

– Ça va ?

– Tout à fait.

Todd s'était joint à leur escapade à Destin, et il était maintenant affecté à la garde de leur témoin ou de leur mouchard – enfin, peu importait le statut qu'on lui réservait. Il venait du bureau de Pensacola, il avait ensuite rejoint Auburn, il n'avait que deux ans de plus que lui, et il était beaucoup plus bavard que tous les agents du FBI, vrais ou faux, qu'il avait pu croiser depuis le début de cette rude et longue épreuve.

Juste vêtu d'un caleçon, il quitta la douceur des nuages et entra dans la pièce voisine, une vaste cuisine américaine avec un coin salon. Todd était allé à l'épicerie. Le comptoir était couvert d'un véritable assortiment, paquets de céréales, coupe-faim, cookies, chips, toute une panoplie d'aliments industriels.

– Café ? lui proposa Todd.

– Ah oui.

Il y avait quelques vêtements pliés sur la table de la cuisine. L'autre nouvel ami de Kyle, c'était Barry, un type plus âgé et plus silencieux, le cheveu prématurément grisonnant et plus de rides qu'il ne serait de mise chez un quadragénaire.

– Bonjour. Nous nous sommes chargés des courses. On vous a acheté deux T-shirts, des shorts, un pantalon kaki, des chaussures bateau. Des articles de très bonne qualité, au supermarché du coin. Pas de souci, c'est oncle Sam qui paie la note.

– Je suis sûr que ça va m'aller très bien, fit-il en prenant la tasse de café que lui tendait Todd.

Todd et Barry, tous deux en pantalon kaki et polo, n'étaient pas armés, mais leurs armes n'étaient pas loin. Il y avait aussi un Nick et un Matthew quelque part dans les environs.

– Faut que j'appelle le bureau. Leur donner des nouvelles, vous savez, leur raconter que je suis malade et que je ne peux pas aller travailler aujourd'hui. À l'heure qu'il est, ils sont déjà en train de me chercher partout.

Todd lui sortit son CabPhone.

– Faites comme chez vous. On nous a affirmé que cet appareil était sûr. Seulement, ne leur fournissez aucun indice sur l'endroit où vous êtes. D'accord ?

– Où suis-je, alors ?

– Dans l'hémisphère occidental.

– En effet.

Avec son café et son téléphone en main, il sortit sur une vaste terrasse qui donnait sur les dunes. La plage était longue et belle, et déserte. L'air était limpide, vif, mais il faisait bien plus chaud qu'à New York. Très à contrecœur, il jeta un œil au téléphone. Des e-mails, des SMS et des messages vocaux de Doug Peckham, Dale, Sherry Abney, Tim Reynolds, Tabor et quelques autres, mais rien qui soit de nature à l'alarmer. Il les parcourut rapidement, c'était juste le tir de barrage habituel de ces gens très branchés, bénéficiant d'une trop grande profusion de moyens de communication. Dale lui demandait si ça allait, deux fois.

Il composa le numéro de Doug Peckham, tomba sur sa messagerie, et l'informa qu'il était grippé, alité, malade comme un chien, et ainsi de suite.

Après quoi, il appela Dale, qui était en réunion. Il lui laissa le même message. L'un des avantages les plus nuls à travailler avec des drogués du travail, c'était qu'ils n'avaient pas le temps de se soucier de vos petits bobos. Vous avez la grippe ? – Prenez donc des cachets, dormez, mais ne venez pas répandre vos germes au bureau.

Roy Benedict semblait attendre son coup de fil.

– Où êtes-vous, Kyle ? lui demanda-t-il, d'une voix presque haletante.

– Dans l'hémisphère occidental. Je vais bien. Et vous ?

– Bien. Vous êtes en sécurité.

– En sécurité. Je suis caché, planqué, et gardé par un détachement d'au moins quatre types, et ils meurent d'envie d'abattre tout ce qui bouge. Des nouvelles de notre homme ?

– Non. Ils auront les actes d'accusation d'ici midi, et ils en ajoutent un pour meurtre. Ils vont les diffuser dans le monde entier, en espérant faire mouche. Vous aviez raison. Votre appartement était plus infesté qu'une décharge publique. Du sacré matériel, d'ailleurs, le dernier chic de la technologie en matière d'écoutes.

– Je suis honoré.

– Et ils ont aussi déniché un émetteur dans le pare-chocs arrière de votre Cherokee.

– Ça, je n'y avais pas pensé.

– Quoi qu'il en soit, à l'heure où je vous parle, tout cela va être soumis à un jury d'accusation. Si un jour Bennie devait finalement commettre une erreur et se faire alpaguer, il aura au moins un acte d'accusation assez consistant porté à son casier judiciaire.

– Ne pariez pas trop là-dessus.

– Avez-vous parlé avec Scully ?

– J'ai laissé un message à Peckham, je lui ai fait le numéro de la grippe. Il va gober ça au moins deux jours.

– Pas d'alertes, rien de bizarre ?

– Non. C'est curieux, Roy. Je suis à mille cinq cents kilomètres, et maintenant, en y repensant, je n'arrive pas à croire à quel point c'était simple d'entrer avec le matériel adapté et de ressortir de cette salle avec les fichiers. J'aurais pu télécharger toutes les pièces de la base de données, plus de quatre millions en tout, les remettre à Bennie ou à une autre fripouille. Et j'aurais pu retourner au bureau ce matin, comme si de rien n'était. Scully doit être averti.

– Alors, qui va leur dire ?

– Moi. J'ai besoin de me soulager de deux ou trois trucs qui me pèsent sur la conscience.

– Nous en reparlerons demain. J'ai discuté au téléphone avec Bullington, ce matin. Deux fois, il a mentionné leur régime de protection des témoins. Le FBI insiste lourdement. Ils sont assez inquiets à votre sujet.

– Et moi aussi je m'inquiète à mon sujet, mais enfin, tout de même, la protection des témoins ?

– Mais si, cela tombe sous le sens. Vous êtes convaincu qu'ils ne retrouveront pas Bennie. Ils sont persuadés du contraire. S'ils ont raison, et s'ils le traînent devant un tribunal, avec une série de chefs d'accusation longue comme ça, alors vous êtes leur témoin clef. Si vous n'êtes pas là pour témoigner, le dossier du ministère public tombe à plat.

Son agréable matinée à la plage se compliquait. Quoi d'étonnant ? Rien n'avait été simple, depuis un bon moment.

– Voilà qui mérite réflexion, et qu'on pèse sérieusement le pour et le contre.

– Alors commencez déjà à réfléchir.

– Je vous rappelle plus tard.

Il enfila le pantalon kaki et un T-shirt, le tout lui allait assez bien, puis il avala deux bols de céréales. Il lut le *Pensacola News Journal* et le *New York Times*. Le *Times* ne publiait rien sur ce chahut à l'hôtel Oxford, la veille au soir. Bien sûr que non, se dit-il. C'était arrivé trop tard dans la soirée, et l'affaire était beaucoup trop secrète. Alors, pour quelle raison avait-il espéré trouver cet article ?

Après le petit déjeuner et les journaux, Todd le rejoignit à la table de la cuisine.

– Nous avons quelques règles, lui annonça-t-il.

Le visage était jovial, mais le sourire était ferme.

– Quelle surprise !

– Vous avez le droit de passer des appels, naturellement, mais uniquement avec ce téléphone. Vous ne devez pas révéler où vous êtes. Vous pouvez sortir marcher sur la plage, mais nous sommes obligés de vous suivre, à distance.

– Vous plaisantez ? Je vais sortir me balader sur cette plage, et je vais avoir un type armé d'une mitraillette qui suit le mouvement. Comment c'est relaxant.

Todd saisit la note d'humour, qui l'amusa suffisamment pour qu'il ait envie de rire.

– Pas de mitraillette, et nous savons ne pas nous faire remarquer.

– Vous vous faites tous remarquer. Je suis capable de repérer l'un de vos agents à un kilomètre.

– En tout cas, restez près de la maison.

– Combien de temps vais-je rester ici ?

Todd haussa les épaules.

– Je n'en ai aucune idée.

– Et je suis sous surveillance préventive ou sous le régime de la protection des témoins ?

– Sous préventive, je pense.

– Vous ne savez pas, Todd ? Allons. D'une manière ou d'une autre, la surveillance préventive suppose que je suis suspect, n'est-ce pas, Todd ?

Encore un haussement d'épaules.

– Or je ne suis pas un suspect. Je suis un témoin, mais je n'ai pas accepté d'être placé dans le cadre du régime de protection des témoins. Donc, selon mon avocat, à qui je viens de parler, je suis libre de franchir cette porte quand je le souhaite. Qu'est-ce que vous pensez de ça, Todd ?

– Cette mitraillette que vous venez de mentionner ? Nous en avons au moins six sur les lieux.

– Donc je suis tenu de rester ici, c'est ça ?

– Exact.

– D'accord, il est midi. Qu'est-ce qu'on va faire ?

Barry rôdait à proximité, sans manquer un mot de leur conversation. Il s'approcha de la table avec une grande corbeille, remplie de tous les jeux de société que les propriétaires de locations de vacances laissent généralement à disposition.

– Nous avons là Monopoly, Risk, L'Escroc, Scrabble, un jeu de dames chinois, vous avez le choix, Kyle.

Il étudia la corbeille.

– Scrabble.

41.

La grippe prolongea ses ravages jusqu'au vendredi, sans désemparer. Tout en faisant mine de se montrer compréhensif, Doug Peckham s'impatientait. Ils essuyaient un feu roulant de requêtes dans l'affaire Trylon, et la présence de tout le monde était requise. Sa compréhension n'allait pas jusqu'à le rendre curieux de l'endroit où se trouvait son collaborateur, de savoir qui s'occupait de lui, si tant est qu'il ait quelqu'un, quels médicaments il prenait, et ainsi de suite. La ruse de Kyle consistait notamment à insister sur la gravité du diagnostic, évoquant une souche grippale « fortement contagieuse ». Comme New York connaissait son alerte annuelle à la grippe du mois de décembre, son histoire était facile à digérer. Dale y crut, elle aussi, même si elle fit preuve de beaucoup plus de compréhension.

En début d'après-midi, la température atteignit presque 27 degrés et, dans cette maison, sur la plage, il s'ennuyait.

– J'aimerais sortir marcher, annonça-t-il à Todd. Voulez-vous préparer la plage pour moi ?

– Volontiers. Vous irez dans quelle direction ?

– Vers l'est, Miami.

– Je vais rassembler la troupe. Ils commençaient à se rouiller, avec vous.

Il marcha une heure, et croisa moins d'une dizaine de promeneurs, des ramasseurs de coquillages, qui venaient en sens inverse. Trente mètres derrière lui, il avait ses deux cerbères, un homme et une femme, un heureux couple muni de récepteurs à l'oreille et pistolet en poche.

Il entendit de la musique, et vit un groupe de gens sous un faux toit en chaume. C'était l'hôtel Gator, un motel familial de style années cinquante, avec une petite piscine et des tarifs accessibles, un petit établissement déprimant, mais le seul endroit animé de la plage. Sur un coup de tête, et pour donner du fil à retordre à son escorte, il s'éloigna du bord de l'eau d'un pas nonchalant, se glissa entre deux dunes et prit une chaise au Pedro's Bar. Jimmy Buffett poussait doucement la chansonnette, sur la vie dans une république bananière. Le barman mélangeait des punchs maison au rhum. Le groupe comptait sept personnes, toutes âgés de plus de soixante ans, toutes obèses, toutes en train de bavarder avec leur accent pointu du Nord. Les premiers vacanciers en transhumance.

Il but une gorgée de punch et commanda un cigare. Il aperçut son couple de suiveurs l'air emprunté, et qui semblait se demander comment réagir. En l'espace de quelques minutes, un autre agent fit son apparition devant le motel. Il entra dans le bar ouvert sur la terrasse, lui adressa un clin d'œil et continua son chemin.

On est là, mon pote.

Il s'attarda un peu, but et fuma, tâchant de se convaincre qu'il était détendu. Sans souci. Juste un cadre surmené de plus, qui s'accordait une petite semaine en bord de mer.

Mais il restait trop de besogne inachevée, à New York.

Au bout de trois jours de protection tatillonne, il en eut assez. Le Lear atterrit à Teterboro juste après une heure, le samedi 6 décembre. Sur son insistance, on lui avait réservé une suite au Grand Hôtel TriBeCa, entre les rues Walker et White, près du Village. Sur sa demande, tous les agents du FBI restèrent en bas, à la réception et dans l'atrium. Il était fatigué de leurs règles à la fois excessives et sottes – sottes à ses yeux.

Dale arriva à huit heures pile. Escortée par deux agents, elle se faufila par une entrée de service. Quand ils furent seuls, il commença par lui jouer la comédie de la fausse grippe, en reculant loin d'elle. Puis il lui raconta sa longue histoire, et elle l'écouta avec la même incrédulité que Roy Benedict et John McAvoy. Ils appelèrent le service d'étage, commandèrent du homard et un bon bourgogne blanc, aux frais du gouvernement, et continuèrent de parler. Il quittait le cabinet, et ne savait pas trop où aller ensuite. Elle quittait le cabinet, pour un transfert sympathique vers une vie meilleure, dans le centre de Providence. Il avait envie de parler de son avenir à elle, mais elle était déterminée à en finir d'abord avec son passé à lui. Elle trouvait tout cela captivant, incroyable, effrayant, et elle le lui répéta encore et encore. « Pourquoi ne m'as-tu rien dit ? » La meilleure réponse qu'il pouvait lui proposer était celle-ci : « Je n'ai rien dit à personne. »

Ils se parlèrent très au-delà de minuit. Leur échange ressemblait davantage à une conversation entre deux bons amis qu'entre deux amoureux de passage. Ils se dirent au revoir sur un long baiser et la promesse ferme de se revoir d'ici quelques semaines, dès qu'il aurait réglé certains problèmes.

À une heure du matin, il appela la réception et informa ses cerbères qu'il allait dormir.

Kyle McAvoy entra dans les somptueux bureaux de Scully & Pershing pour la dernière fois ce dimanche à midi. Il était accompagné de Roy Benedict, de M. Mario Delano, du FBI, et de M. Drew Wingate, du département de la Justice. On les conduisit à une salle de réunion du trente-cinquième étage, encore une salle qu'il n'avait jamais vue. Ils y furent accueillis par une demi-douzaine d'associés, le visage très sombre. Tous se présentèrent avec raideur. Seul Doug Peckham témoigna un infime soupçon de chaleur envers son protégé, mais cela ne dura qu'une seconde. Ils prirent place de part et d'autre de la table, comme des ennemis s'observant sur le champ de bataille, l'œil mauvais : Howard Meezer, l'administrateur senior ; Peckham ; Wilson Rush, qui avait l'air particulièrement contrarié, une figure légendaire de la maison ; Abraham Kintz, désormais à la retraite, et deux associés un peu plus jeunes, membres du comité de gestion, des hommes qu'il découvrait pour la première fois.

Tard le samedi soir, Roy Benedict avait envoyé un rapport de vingt-cinq pages, détaillant la grande mésaventure de son client, et il faisait peu de doute que chaque mot avait été plus d'une fois lu et relu par les six associés. La lettre de démission était jointe à ce mémo.

Meezer ouvrit les débats sur une agréable nouvelle.

– Monsieur McAvoy, votre démission est unanimement acceptée.

Pas seulement acceptée, mais à l'unanimité. Il hocha la tête, sans commenter.

– Nous avons lu le compte rendu préparé par votre avocat, reprit lentement, méthodiquement l'administrateur senior. Ce document est captivant, déconcertant, et il soulève un certain nombre de questions. Je suggère que nous les abordions par ordre de priorité.

Bien, très bien, oui, acquiescèrent-ils tous autour de la table.

– La première question sera : Qu'allons-nous faire avec vous, monsieur McAvoy ? Nous comprenons les raisons qui vous ont poussé à commettre ce vol, mais cela n'en demeure pas moins un vol. Vous avez dérobé des dossiers confidentiels appartenant à l'un de nos plus importants clients, à des fins qui ne sont pas autorisées par ce cabinet. Des poursuites pénales s'imposeraient, ne croyez-vous pas ?

Il avait reçu pour instruction de rester bouche cousue, sauf si Roy lui intimait de répondre.

– Des poursuites pénales sont possibles, admit l'avocat. Mais vous n'avez rien à y gagner. Et le cabinet n'a rien perdu.

– Le caractère effectif de la perte n'est pas une condition préalable à des poursuites.

– D'accord, en théorie. Mais soyons pragmatiques. Kyle n'avait aucune intention de remettre ces documents après les avoir dérobés. Il ne l'a fait que pour empêcher une association de malfaiteurs de porter un grave préjudice à ce cabinet et à son client.

– Le FBI ne se joindra pas à cette procédure criminelle, monsieur Meezer, le prévint Delano, avec tout le poids du gouvernement fédéral derrière lui.

– Et le département de la Justice non plus, ajouta Wingate.

– Merci, fit Meezer. Mais nous n'avons pas besoin de votre aide. Le vol peut relever d'une accusation de la juridiction de l'État de New York, et nous avons d'excellents contacts avec les autorités de la ville de New York. Toutefois, nous ne sommes pas enclins à poursuivre cette affaire sur un plan pénal. (Il avait mis l'accent sur le mot « pénal ».) Nous aurions peu à y gagner et beaucoup à y perdre. Nous ne voulons pas alarmer nos clients sur le plan de la confidentialité, et ce petit épisode offrirait matière à un merveilleux article de presse.

Wilson Rush fusillait Kyle du regard, mais Doug restait concentré sur son bloc-notes. Il était là parce que ce jeune collaborateur avait été placé sous sa supervision immédiate, et parce qu'en de si fâcheuses circonstances, le cabinet avait besoin de faire corps, de procéder à une démonstration de force et d'inflexibilité. Il observa Doug, ignora Rush, et se demanda combien de ces six partenaires facturaient Trylon à double tarif, sous prétexte d'avoir été dérangés un dimanche.

Facturer. Facturer. Il espérait ne jamais revoir un relevé horaire de prestations, ne plus jamais consulter sa montre et diviser l'heure en dixièmes, ne plus jamais arrondir ses heures à la hausse en fin de mois pour s'assurer d'avoir franchi la barre des deux cents heures, en gonflant le temps passé par-ci, par-là, au cas où il serait un peu court.

– En revanche, en ce qui concerne l'éthique professionnelle, reprit Meezer, nous constatons un grave abus de confiance au préjudice du client. La commission de discipline de l'État de New York doit en être informée.

Il marqua un silence assez long pour laisser à l'un de ses interlocuteurs de la partie adverse le temps de réagir.

– Je croyais que vous vouliez éviter toute publicité, s'étonna Roy. Ces questions sont censées être privées, mais nous savons qu'il y a souvent des fuites. Et si Kyle reçoit un blâme, s'il est radié du barreau, cela devient une affaire publique. Un collaborateur de Scully & Pershing radié pour avoir dérobé des dossiers confidentiels. Est-ce l'article que vous voulez voir s'étaler dans le *New York Lawyer* ?

Quatre au moins des six interlocuteurs secouèrent lentement la tête, et Kyle s'aperçut qu'ils étaient aussi tendus qu'il l'était lui-même. Leur réputation tant vantée était en jeu. Un client de premier plan pouvait leur retirer ses dossiers. D'autres risquaient de suivre. Les concurrents de Scully se serviraient de cet abus de confiance comme d'une rumeur savoureuse à répandre dans tout Wall Street.

– Prévoyez-vous de rester à New York, monsieur McAvoy ? lui demanda Meezer.

Roy hocha la tête, l'autorisant à répondre.

– Non, je ne peux pas.

– Très bien. Si vous acceptez de renoncer à l'exercice de votre profession dans l'État de New York, nous nous accorderons pour oublier cette violation des règles éthiques.

– D'accord, répliqua-t-il, et peut-être un peu trop vite, tant il était impatient de quitter cette ville.

Meezer reclassa quelques notes, comme s'il avait encore des dizaines de sujets à aborder, mais la réunion était quasiment terminée. Cette rencontre avait son importance, pour que le cabinet puisse officiellement accepter sa démission, peut-être le flageller un peu, écouter ses excuses, avant que les deux parties puissent se dire « bon débarras ».

– Ce boîtier bleu, où est-il ? demanda Wilson Rush.

– Enfermé à clef, dans mon bureau, lui répondit Benedict.

– Et il ne contient rien d'autre que les fichiers de catégorie A ?

– C'est exact.

– J'aimerais que nos responsables de la sécurité vérifient cela.

– Quand vous voudrez.

– Mais nous aimerions être présents, précisa Delano. Si ce Bennie se fait prendre, ce boîtier est la pièce à conviction numéro un.

– Des progrès dans vos recherches ? s'enquit Meezer, s'écartant de l'ordre du jour.

Dès lors qu'il s'agissait d'un suspect, Delano ne pouvait répondre que les recherches ne progressaient pas. Il eut donc une réponse convenue.

– Nous suivons plusieurs pistes. Nous restons confiants.

En d'autres termes : non.

Encore des papiers que l'on remue, encore d'importants postérieurs qui gigotent sur leur siège.

– Monsieur McAvoy, dans votre compte rendu, vous faites allusion à d'autres questions concernant la sécurité au sein de Scully & Pershing. Voudriez-vous nous éclairer, je vous prie ?

Un hochement de tête, de la part de Roy.

– Oui, mais je voudrais d'abord vous présenter mes excuses pour les actes que j'ai pu commettre.

J'espère que vous comprenez les raisons qui m'y ont poussé, ce qui n'empêche que j'ai eu tort. Et je tiens à m'en excuser. Quant à la sécurité, pendant tout le temps que j'ai passé à New York, j'ai eu dix rendez-vous avec ces gangsters. Notre premier rendez-vous a eu lieu en février, le dixième mardi dernier, dans la soirée. J'ai pris des notes méticuleuses sur chacune de ces réunions... les dates, les lieux, la durée, qui était présent, ce qui s'est dit, tout ce dont je pouvais me souvenir après coup. Mon avocat possède ces notes. Le FBI en détient une copie. En trois occasions, on m'a communiqué des informations qui ne pouvaient provenir que d'une source à l'intérieur du cabinet. Je pense que vous avez un autre espion. Par exemple, ce Bennie, et je suis assez gêné d'avoir à me servir de ce nom-là, parce que ce n'est qu'un pseudonyme, mais c'est le seul dont nous disposons, il savait tout de cet entrepôt rempli de documents, au sud de New York, comme il disait. Lors de nos rendez-vous, avec Nigel, encore un pseudonyme, ils ont fait allusion à leur espoir de pouvoir bientôt ouvrir une brèche dans votre dispositif de sécurité, sur place. Ils étaient au courant de l'existence de cette salle secrète, au dix-huitième étage. Bennie connaissait les noms de tous les associés et de tous les collaborateurs affectés à ce dossier. Il savait qu'un jeune avocat nommé McDougle allait partir, qu'il travaillait à l'affaire Trylon sous les ordres d'une associée senior nommée Sherry Abney, et il m'a suggéré de me mettre au squash parce que Sherry aimait y jouer. Il m'a remis des copies de conclusions, de requêtes, de décisions... je conserve plus de six cents pages d'un dossier de procédure qui, comme vous ne l'ignorez pas, est sous clef et protégé de tout accès public.

Trois des six visages qu'il avait en face de lui en restèrent bouche bée, pas béante jusqu'à la poitrine, ce n'était pas l'effroi d'une nouvelle soudaine et terrifiante, un coup à vous remuer les tripes, certes non, mais ils étaient tout de même visiblement sous le choc. Le cauchemar d'un collaborateur de bas étage exploitant une faille dans leurs défenses impénétrables était assez pénible en soi. Et il y aurait maintenant un autre infiltré ?

Enfin, rien que pour raviver encore un peu plus leurs brûlures d'estomac, il leur fit part de sa profonde conviction, sans leur apporter aucune preuve.

– Et je ne crois pas qu'il s'agisse d'un collaborateur, ajouta-t-il donc, avant de se retirer de la mêlée, en se redressant contre le dossier de son siège.

La totalité des six associés présents furent traversés par la même pensée. Si ce n'est pas un collaborateur, alors ce doit être un associé.

Doug Peckham eut du mal à déglutir, se racla la gorge, et essaya de prononcer quelques mots.

– Êtes-vous en train de nous dire que…

À côté de lui, Wilson Rush leva aussitôt la main droite, empiétant partiellement sur le terrain de Peckham. Comme un souverain imposant à ses sujets de se taire, une main brièvement levée, et la salle retomba un instant dans le silence.

Ce fut Roy qui reprit finalement la parole.

– Rien d'autre ?

– Je pense que ce sera tout, confirma Meezer.

Au bout de quelques secondes délicates, Benedict se leva, suivi de McAvoy, Delano et Wingate. Les six associés ne bronchèrent pas. Ils restèrent assis, figés, un assortiment de mines renfrognées, tandis que Kyle et son petit entourage quittaient les lieux.

42.

Dans le hall d'entrée de l'immeuble, ils furent accueillis par les trois mêmes forts gabarits qui avaient escorté McAvoy depuis son hôtel. Le petit groupe sortit sans encombre, dans Broad Street, puis marcha vers l'est, jusqu'à l'immeuble voisin où travaillait Roy, seize étages plus haut. Les trois agents, plutôt des gardes du corps, en réalité, avaient établi leur camp de base dans l'espace de réception, et ce fut là qu'ils attendirent. À l'intérieur du bureau de Benedict, Drew Wingate annonça que sa mission était terminée. Il les pria de bien vouloir l'excuser, non sans leur promettre de leur apporter toute l'aide possible. Après son départ, Kyle, Roy et Delano tinrent une autre réunion autour de la petite table de conférence de l'avocat. Une pauvre secrétaire, convoquée en ce dimanche, leur servit un café, avec le sourire.

– Quel sont vos projets, Kyle ? commença Delano.

– Eh bien, il semblerait que je ne vais plus exercer le droit dans l'État de New York, cela, au moins, c'est une certitude. Je vais rentrer chez mon père quelques semaines, prendre un peu de temps à moi, profiter des fêtes.

– Je ne suis pas sûr que ce soit la décision la plus sage.

– Merci, monsieur Delano. Votre sollicitude me touche, mais je n'ai pas l'intention de me cacher. Je vous sais gré de votre proposition d'intégrer le petit univers obscur du régime de la protection des témoins, mais vraiment, non, sans façon. J'ai vingt-cinq ans, je viens de trébucher, mais je ne me suis pas écroulé, et je vais très bien me débrouiller tout seul.

Roy allait porter sa tasse de café à ses lèvres, mais son geste se figea à mi-parcours.

– Kyle, vous n'êtes pas sérieux.

– Je suis sérieux à mort, Roy. Et sans mauvais jeu de mots. Je viens de survivre à trois journées de protection rapprochée, des gardes du corps tout autour de moi, qui me cachent et qui guettent les méchants. Merci bien. Mon avenir doit se composer d'autre chose que de noms d'emprunt et de parties de Scrabble non-stop.

– De Scrabble ?

– Ne cherchez pas trop à comprendre. Écoutez, je suis sous surveillance depuis dix mois. Vous savez l'effet que ça finit par vous faire ? Vous devenez carrément paranoïaque. Vous soupçonnez tout le monde. À chaque nouveau visage, vous faites une attaque, parce que ça pourrait être encore un de leurs gros bras. Vous repérez le moindre coin de rue, la moindre ruelle, le moindre clodo sur un banc de parking, tous les types vêtus d'un imper. Vous décrochez un téléphone en vous demandant s'il n'est pas sur écoute. Vous envoyez un e-mail et vous modifiez le texte, parce qu'il pourrait ne pas tomber sous les bons yeux. Dans votre appartement, chez vous, vous vous changez en vitesse, dos à l'objectif de la caméra, en tâchant de leur cacher votre bas-ventre. Vous entrez dans un café, et vous allez tout droit à la baie vitrée qui donne sur la rue, histoire de voir qui se trouvait sur le trottoir derrière vous. Vous apprenez toutes sortes de petits trucs stupides, parce que plus vous en savez, plus vous finirez par en connaître. Et les murs se resserrent. Le monde rapetisse, parce qu'il y a sans arrêt quelqu'un qui vous surveille. J'en ai marre. Je ne vais pas vivre en fuyant continuellement.

– Ces types ont tué Baxter Tate sans la plus infime hésitation, lui rappela son avocat. Qu'est-ce qui vous permet de penser qu'ils ne vont pas en faire autant avec vous ?

– Quand Baxter a déboulé, l'opération était encore sous haute tension. Opération qui est maintenant terminée, du moins pour la partie qui me concerne. Bennie s'est volatilisé. Leur coup a échoué. Il pourrait revenir avec un autre plan…

– J'en suis convaincu, souligna Delano.

– Mais cela ne me concernera plus. Quel intérêt aurait-il à me faire supprimer ?

– Il supprime un témoin capital, lui rappela Roy.

– Uniquement si on le pince, ce dont je doute sérieusement. Si on finit par le traîner devant un juge, alors nous pourrons en reparler.

– Ah, mais, à ce stade, Kyle, il sera trop tard, insista Delano. Croyez-moi. À la minute où il se fera épingler, il y aura quelques types qui viendront vous rendre visite.

– Qu'ils viennent. Nous avons au moins cinq fusils de chasse, à la maison. Je garderai un Luger dans ma sacoche. S'ils se montrent, ce sera une bataille rangée, dans les règles.

– Soyez sérieux, Kyle, plaida Benedict.

– Ma décision est prise. Le FBI ne peut m'imposer sa protection des témoins, et donc je vous réponds ici, officiellement, respectueusement : c'est non. Merci, monsieur Delano, mais la réponse est non.

– J'espère que vous n'aurez pas à le regretter.

– Moi aussi. Et s'il vous plaît, ne me faites pas filer. Ça pourrait me rendre fou furieux et je risquerais de descendre le prochain type que je vois tapi dans l'ombre.

– Oh, ne vous inquiétez pas. Nous avons amplement de quoi nous occuper ailleurs. (Delano se leva et ils se serrèrent la main. Il s'adressa à Benedict.) Je vous contacterai une fois par semaine, pour vous tenir informé.

Roy le raccompagna à la porte, et le FBI sortit de l'existence de Kyle McAvoy. Une fois la porte close, l'avocat vint se rasseoir et regarda son client comme s'il n'osait y croire.

– Vous êtes extrêmement courageux.

– Courageux ou stupide. La ligne de partage est parfois floue.

– Pourquoi ne pas disparaître quelques mois, un an. Pourquoi pas ? Le temps de laisser tout ça refroidir.

– Une année, cela n'a aucun sens. Ces types ont la mémoire longue. Si Wright veut sa revanche, il me retrouvera, tôt ou tard, et peu importe où ce sera.

– Vous n'avez pas confiance dans le FBI ?

– Non. Je me fie à vous, à mon père, à une fille qui s'appelle Dale, et c'est à peu près tout.

– Donc, c'était un coup monté de l'intérieur ? Un infiltré ?

– On ne le saura jamais, hein ? J'ai le sentiment que Bennie travaille pour le même gouvernement que celui auquel nous payons nos impôts, vous et moi. C'est comme ça qu'il s'en est tiré. C'est pour ça qu'on ne le retrouvera jamais.

– Je me refuse toujours à y croire.

Kyle haussa les épaules, et ni l'un ni l'autre n'ajouta un mot avant un long moment.

Finalement, il consulta sa montre.

– Écoutez, Roy, nous sommes dimanche après-midi et vous avez une famille. Rentrez chez vous.

– Et vous ?

– Moi ? Je vais franchir cette porte, faire une bonne marche à pied, jusqu'à mon appartement, sans une seule fois regarder par-dessus mon épaule et, quand je serai arrivé là-bas, je vais embarquer mes vêtements et autant de bazar que possible, fourrer le tout dans mon Cherokee qui affiche 300 000 kilomètres au compteur, et rentrer chez moi. Je devrais y être pour dîner tard avec mon père. Demain, lui et moi, nous allons rédiger un protocole de partenariat… McAvoy & McAvoy, avocats à la cour. Et je deviendrai associé plus vite que tous les licenciés en droit de Yale.

– Cela me plaît. Le rédacteur en chef du *Yale Law Journal* exerçant le droit dans la grande rue d'York, Pennsylvanie.

– Cela me plaît, à moi aussi. De vrais clients. De vrais individus. De vraies affaires. La chasse au cerf le samedi, et le match des Steelers le dimanche. La vraie vie.

– Vous ne plaisantez pas, non ?

– Je n'ai jamais été plus sérieux.

– Allez. Je vous raccompagne.

Ils descendirent en ascenseur dans le hall de la réception, et sortirent de l'immeuble. Ils se serrèrent la main, se dirent au revoir, et Roy Benedict regarda son client s'éloigner d'un pas nonchalant dans Broad Street, et disparaître au coin de la rue.

Imprimé en France par

MAURY-IMPRIMEUR
à Malesherbes (Loiret)
en juillet 2014

POCKET – 12, avenue d'Italie – 75627 Paris Cedex 13

N° d'impression : 190779
Dépôt légal : janvier 2011
Suite du premier tirage : juillet 2014
S25439/01